光武大帝 刘秀传奇

历史人物小说

中兴之盛 无出光武

刘波 著

中国书籍出版社
China Book Press

目录 Contents

第一回	篡汉室王莽乱政　图匡复刘秀起兵	1
第二回	汉军兵败小长安　义师图强大联营	12
第三回	嫉贤立愚刘玄称帝　汉军崛起王莽惊魂	25
第四回	百万兵逞凶围昆阳　十三骑踹营搬援军	35
第五回	战昆阳英雄显身手　惊天下刘秀破莽兵	43
第六回	攻城略地功高震主　明枪暗箭刘縯冤亡	53
第七回	削兵封印刘秀避祸　韬光养晦光武屈身	62
第八回	新朝覆灭王莽授首　称王称帝天下分崩	72
第九回	闹朝堂美女施巧计　抚河北刘秀脱牢笼	81
第十回	废苛政刘秀复汉制　平冤狱光武悦民心	91
第十一回	假冒皇子王郎称帝　风云突变刘秀夜奔	102
第十二回	滹沱河刘秀感天意　芜蒌亭光武识忠良	113
第十三回	识大体群英助明主　据信都刘秀击王郎	123
第十四回	铫期威震巨鹿地　贾复大战武安关	133
第十五回	平王郎河北复归汉　展胸襟刘秀烧谤书	141
第十六回	君忌臣刘玄防刘秀　臣抗君刘秀诛谢躬	149
第十七回	扫群寇刘秀定燕赵　图远略邓禹下关中	157
第十八回	众望所归刘秀称帝　将叛兵离刘玄败亡	168
第十九回	拔长安巨寇临绝地　战崤底冯异败赤眉	179

第二十回	以德报怨仇敌献城	恩威并济赤眉归降	188
第二十一回	刘秀逐鹿中原地	光武情谐将相和	198
第二十二回	征黄淮刘秀伐刘永	定齐鲁耿弇擒张步	207
第二十三回	据巴蜀公孙自立	游二帝马援择主	216
第二十四回	审时度势窦融归汉	朝秦暮楚隗嚣离心	225
第二十五回	堆米为图马援指路	征战陇西隗嚣殁平	234
第二十六回	溯江大战岑彭伐蜀	出师未捷名将归神	243
第二十七回	战成都吴汉大鏖兵	平巴蜀华夏归一统	252
第二十八回	光武帝尊贤传佳话	阴丽华让位留美名	261
第二十九回	刘秀点赞强项令	董宣名动洛阳城	270
第三十回	听逆言刘秀诚纳谏	勤国事光武获中兴	280

第一回 篡汉室王莽乱政　图匡复刘秀起兵

词曰：王莽篡夺汉室，托古改制乱政。烽火遍地天下崩，南阳刘秀起兵。端赖文韬武略，扫平乱世群雄。乾坤旋转日月明，赢得光武中兴。

一阕《西江月》，引出来一位人物。此人便是中国历史上赫赫有名的汉光武帝刘秀。刘秀二十七岁在南阳起兵反莽，历尽艰辛，身经百战，三十岁登上帝位，扫平群雄，一匡天下，使已经灭亡的大汉王朝起死回生，民富国强，又延续二百多年，史称东汉。

刘秀中兴汉朝的文治武功，历史上多有评论，史称"中兴之盛，无出光武"。明末的大思想家王夫之更认为，自夏、商、周三代之后，"唯光武允冠百王矣！"说他超过历史上所有帝王。毛泽东也曾高度评价刘秀，说他"最能打仗，最能用人，最会治国。"

关于光武中兴，千百年来，有史书记载，也有民间话本。然史书过于简略，缺乏细节，且古文难懂，难以流传；而民间话本又太过神化，说刘秀是赤龙下凡，麾下二十八将上应天庭二十八宿。有的话本，更是偏得离谱，说是王莽鸩杀汉平帝，夺取皇位之时，平帝皇后、王莽之女刚刚生下一子，取名刘秀。宰相因怕王莽斩草除根，便将自己夫人刚生下的女儿与刘秀调包，藏于家中抚养。刘秀长到十二岁时，被王莽侦知内情，下令追查。刘秀连夜逃出长安，后面追兵不断。一路之上，凡遇险情，必有玉皇大帝派天神、地神、虫王、花王等前来救应。

刘秀历经磨难逃至南阳，后进山拜师学艺，起兵反莽，夺回了汉家天下。王莽赶刘秀的故事，至今在黄河两岸的民间还家喻户晓，而对刘秀真实的艰苦创业经历，多不知情。有感于此，笔者披阅史书，踏访河南、河北刘秀当年足迹，收集有关刘秀的传说，以史为据，去伪存真，本着"大事不虚，细节不拘"的原则，撰成此书，试图对光武中兴作一有血有肉的形象解读，同时也为今人提供一面光彩照人的古镜。

要讲刘秀如何筚路蓝缕，中兴汉室，话头还要从王莽篡汉说起。

话说大汉王朝，自高祖刘邦于公元前二〇二年创建，传至汉平帝时，已是第十一代，历时二百多年。此时的汉平帝，不过是个九岁孩童，懂得什么治国理政？大权便落入他祖母、老太后王政君手中。老太后乾纲独断，将那朝中高官重位，统统交付给了王氏娘家宗亲。那王政君有一亲侄，名叫王莽，被封为大司马大将军，领尚书事，又赐号"安汉公"，乃是一人之下、百官之上的高位。这王莽时年四十四岁，不仅满腹诗书，而且恭谨谦让，礼贤下士。在任期间，扶贫恤病，献地献钱，兴办太学，勤政节俭。又执法不阿，私不犯公。他的儿子王获杀死一个奴婢，王莽硬是逼儿子一丈白绫自缢身死。此事传扬开来，朝野上下无不肃然起敬，曾有吏民四十八万余人上书汉平帝，要求褒奖王莽的功德。王莽的声望，一时如日中天。列位看官，你当这王莽真的是清正廉洁，为国为民？其实大大的不是。这老贼貌似清正，内藏野心，乃是有史以来最大的欺世盗名者。他付出如此心血，目的却是要夺那整个大汉江山。见那汉平帝长到十四岁，渐渐懂事，便一剂毒药鸩杀了这个傀儡小皇帝，立两岁的汉宣帝玄孙刘婴为帝，自称"摄皇帝"，成为实际上的当权者。为了"得民心、顺天意"，这老贼暗中命人弄了一块汉白玉旧石碑，刻上"告安汉公莽为皇帝"八个大字，悄悄埋于泰山脚下。公元八年，看看时机已到，便命人挖出石碑，护送进长安城。这老贼本就得了"民心"，这一下又顺了"天意"，便拟了一道禅位诏书，逼四岁的刘婴交出了皇帝宝座。二百年的汉家江山自此易主。王莽窃国成功，登基称帝，立国号为"新"，改元为始建国元年。可怜全国吏民，都被蒙在鼓中！后人有那唐代大诗人白居易，曾作诗叹道："周公恐惧流言日，王莽谦恭未篡时。向使当初身便死，一生真伪有谁知？"

王莽这个天字第一号伪君子，一登大宝，便露出了本来面目。称帝不到半年，便将那朝中重位，统统封给王氏宗亲子弟，姻亲爪牙遍布朝廷。又大兴土木，修建起豪华的祖宗九庙。未过两载，新朝已是吏治糜烂，贪腐盛行。这老贼又标新立异，搞起什么"托古改制"，改来改去，吏治越来越腐败，土地兼并越来越激烈，货币交换越来越混乱，皇室聚敛钱财越来越多，百姓越来越穷困。几年过去，直把个华夏大地弄得鸡飞狗跳、分崩离析。为转移社会矛盾，王莽又多次对匈奴发动战争，兵役、徭役、赋税空前加重，致使民怨沸腾，人心思汉。至新莽末岁，天下连年洪涝旱蝗，民不聊生，百姓忍无可忍，终于爆发了全国性农民大起义。大江南北，赤眉、绿林、铜马、尤来……数十股农民武装兵戈并起，一时间反莽烽火遍地燃烧。就在这风云际会之时，刘秀与其兄刘縯也在南阳的白水乡拉起了一支反莽队伍。

书讲到此，就须将刘秀的身世交代一番。这位刘秀，本是汉高祖刘邦九世孙，不过到他这一辈，家庭已沦为布衣之列。公元前六年，刘秀出生时，其父刘钦正在南顿县令任上。传说他出生当夜，红光满室，当年县内又有一禾生出九穗，刘钦认为是大好兆头，便为儿子起名刘秀。又因为刘秀此时已有大哥刘縯、二哥刘仲、大姐刘黄、二姐刘元，因而表字文叔。按理说，刘秀生长在县令之家，应是衣食无忧。谁知刘秀九岁时，父亲一病归天，家道中落。叔父刘良时任萧县县令，便将刘秀一家接到萧县生活。偏偏又逢王莽篡汉，不许刘氏宗室子弟做官，刘良便辞职回到老家南阳的白水乡，过起了平民百姓生活。刘秀长到十七八岁时，出落得天庭饱满，鼻直口阔，眉含英气，眼蕴慧光，乃是典型的一表人才，且性情沉稳，乐施爱人，举止大度，乡邻颇为敬重。而刘秀的大哥刘縯刘伯升，却是性格刚烈，锋芒外露，不喜稼穑，

第一回 篡汉室王莽乱政 图匡复刘秀起兵

专爱和一帮发小刘稷、刘赐、刘嘉、朱祐等舞枪弄棒，又爱结交豪杰，私藏盗犯。尤其是对王莽篡汉，常愤愤不平，一心想推翻新朝，匡复汉室。刘良约束不住，又见老二刘仲体弱多病，便将希望寄托在刘秀身上。因而变卖家产，送刘秀到长安太学求学，以便将来能守住家业。刘秀天资聪颖，悟性极高，进入太学后，很快便在万名学子中脱颖而出，又政治敏感，关心时事。朝廷每颁布政令，刘秀总是最先得知，并能为同学剖析曲直，点明要害。当时往来长安的南阳官吏和士绅，也都经常找上门来，与这位南阳小老乡一起探讨形势，分析时局。刘秀也在这些交流和讨论中开阔了视野，增长了见识。学业之余，他又喜读各类兵书，研究古代战例，还到终南山中拜师学艺，练得十八般武艺样样精通，尤其是一手枪法，炉火纯青，出神入化。及至学成归来，已是二十四岁。刘縯因听去过长安的乡人讲刘秀练得一身好武艺，便鼓动道："三弟，这几年我也请武师教练过宗室子弟，刀枪剑戟也还来得几下，可否让他们演练一番，你给大家指点指点套路？"刘秀答应。这日，刘縯将刘稷、刘赐等一干宗室子弟约到白水河边，递给刘秀一把虎头枪，先让他为大家演示枪法。刘秀舞起虎头枪，但见挑拨有势，隔拦得法，翻身如蛟龙闹海，腾步似猛虎下山，舞得紧时，呼呼风响，枪影翻飞，不见人形。众子弟皆喝彩不绝。这班宗室子弟中，武艺高强者，要数刘稷。这刘稷生得黑面虎目，虬髯倒卷，身高八尺，腰阔十围，一支丈八蛇矛，除去刘縯，并无敌手。他自小与刘縯一起长大，又性情豪爽，直言无忌，与刘縯兄弟最是莫逆。待刘秀枪法演示一过，刘縯笑对刘稷道："稷兄，你可敢与文叔较量较量？"刘稷嘿嘿道："不敢！不敢！文叔虎头枪刚一抡开，我就看不到人影了，哪还谈得上较量？还是我来献献丑，请文叔指点吧！"说罢，抡起丈八蛇矛，使出浑身解数，演练了一遍。刘秀看罢赞道："稷兄果然好武艺！只是蛮力太过，巧劲不足。"便将枪法中的乌龙探爪、蜻蜓点水等巧招一一讲解一番，演示一遍。刘稷口服心服。众子弟也各展兵器，让刘秀一一指点。自此，刘秀平时照常侍弄庄稼，农闲时节便指点大家习练武艺，还为大家讲解《孙子兵法》，结合前朝齐鲁长勺之战、秦赵长平之战、楚汉垓下之战等著名战例，讲述如何排兵布阵、如何诱敌深入、如何围点打援、如何瓦解敌心等等，使这些宗室子弟大开眼界。刘縯本就久存复汉之心，见刘秀武艺超群，胸有韬略，便和刘秀商量，要起兵反莽。刘秀道："凡举大事，必要天时地利人和三者皆备。以当前局势看，起兵反莽还不到时机。新莽虽然暴虐，然尚未到天亡之时。近年有几支反莽武装，不是都被镇压下去了么？再者百姓虽苦莽已久，但对匡复汉室还缺乏信心。且一旦起兵，就需要大量经费。以小弟之见，还是要暗中准备，静观待变，顺势而为。大哥你在家做长期准备，我可往来南阳各县贩卖粮谷，积攒些经费，同时观察时局人心，待机而动。"刘縯见刘秀分析得有理，也就顿心忍性，只是对匡复汉室耿耿不忘，演练武艺一日不绝。又到那宛城有名的兵器店铺，重金购得祖传宝剑一把，打造了一支混铁长槊，取名追魂槊；又为刘秀打造一支点钢枪，因用著名沥泉水淬火，取名沥泉枪。都是为有朝一日上阵杀敌，灭莽兴汉。

刘秀的二姐刘元，嫁与新野大户邓晨，刘秀入太学前就常来常往邓家。邓晨本就好侠仗义，见刘秀一表人才，谈吐不凡，二人遂结为至交。一次，邓晨带刘秀到新野大户阴识家贩粮，阴识一见刘秀，便觉得非同常人，遂倾心结交。阴识有一胞妹名阴丽华，有沉鱼落雁之容，闭月羞花之貌，号称南阳第一大美人，且琴棋书画，无所不通，又雅性宽仁，誉满乡里。刘秀第一次见到，便惊为天人。出得门来，便对邓晨冲口而出道："仕宦要做执金吾，娶妻当得阴丽华！"执金吾本是保卫京城和宫城的高级将领，邓晨一听刘秀想做执金吾，还想娶大美人阴丽华，心想这小舅子其志不小！便将刘秀这句话说与阴识，阴识大喜道："我观文叔，其志如江河入怀，恐非一个执金吾而已。舍妹如能嫁他，不虚此生！"连忙将刘秀此言告诉了阴丽华。那阴丽华早听哥哥讲过刘秀的才华、志向，又见刘秀相貌非凡，行止大度，自然高兴，当下就表示非刘秀不嫁。自此,刘秀与邓晨、阴识无话不谈。随后,阴识又介绍刘秀认识了新野豪杰李轶李季文。四人常聚在一起,指点江山,纵论天下。一日,刘秀等又在新野城内聚谈,时有一宛城人蔡少公在座。此人喜好图谶、符命之类,谈话间神神秘秘道:"我研读图谶,上有预言,谓刘秀当为天子。又有刘氏复兴,李氏为辅之语。"因当时新朝的国师也叫刘秀,大家便道:"莫不是指国师刘秀?"刘秀却玩笑道:"安知不是指我?"众人听罢哈哈大笑。那李轶本是好事之人,又好功名利禄,因听有"刘氏复兴,李氏为辅"的谶语,过后闲谈中便认真对刘秀道:"现今天下苦莽已久,人心思汉。你和伯升是汉室子弟,何不起兵反莽匡复汉室?"邓晨听李轶如此说,也鼓动道:"季文所言有理。文叔你文韬武略,素有大志。如以复兴汉室为号召,定能登高一呼,应者云集!"阴识也响应道:"文叔弟兄如举大事,我定当毁家以助!"刘秀笑而不言,其实心中早有打算,只是等待时机。

说话间时光进入公元二十二年秋,刘秀已是二十七岁。此时旱蝗连年,民不聊生,大江南北都拉起了反莽队伍。一时间兵戈并起,烽火遍地。正在新野贩粮的刘秀见时机已到,便给刘縯捎去密信,让他在白水乡招募人马,起兵反莽。信一送出,刘秀便前往阴识家中商议起兵之事。谁知刚进门来,就见县里的几名衙役正与阴识争执。只听阴识怒道:"县衙要的军粮,我家早已缴足,怎地又来催收?"衙役头目道:"前方将士正与匈奴军浴血交战,你家是大户,多缴几担粮米算个屁事!"阴识道:"那也总得讲个规矩。"头目不耐烦,"嗖"地拔出腰刀,瞪了眼道:"规矩?老子说的就是规矩!老子要多少,你就得出多少!"阴丽华闻听外面争吵,便探出身来看。头目一见阴丽华容貌,眼也直了,腿也软了,对阴识嬉皮笑脸道:"你不想缴军粮也行,只是让这小妮子跟老子走一趟。"说罢,就上去拉扯阴丽华。刘秀见状,怒火中烧,大喝一声:"住手!"头目见进来个文质彬彬的书生,一横腰刀吓唬道:"你青皮休管闲事,再说一句,看老子不……"话犹未了,刘秀早已飞步上前，一个空手夺刀，雪亮的刀刃已横在头目的脖梗上。另几个衙役见状，一时惊住，不敢动手。阴识本也有一身武功，只是怕把事情闹大，便指指刘秀，对衙役们道："你等休要不识好歹，我这远方朋友的武艺，你等十个八个也对付不了，还不快走！"刘秀将腰刀还给头目，喝声"滚！"几个家伙抱头鼠窜而去。恰在此时，邓晨、李轶走进门来。得知刘秀赶跑了衙役，李轶便道："文叔既然得罪了官府，他们岂能善罢甘休？我看得罪就得罪到底，干脆反了他娘的！"刘秀道："大哥近日就要在家乡举兵起事，我正要找你们商议。"邓晨等一听，一齐奋臂道："此时不反，更待何时！我等决与你弟兄反莽复汉，建功立业！"刘秀道："我前些时到各县活动，见人心汹汹，反莽情绪直如干柴烈火，有几处正跃跃欲动。大哥既然要举事了，我们何不就在此处招些人马带去，以壮声威？"邓晨等一致同意，便各散家财，就地招兵买马。不出旬日，已集结二千余人。出发前，刘秀特意来到阴识家中，对阴丽华道："丽华，从明日起，我就要在刀光剑影中过日子了。军旅无常，兵凶战危，万一我……"不待刘秀说完，阴丽华截住话头道："文叔你只管去建功立业，丽华一心等你凯旋归来。"说着，递过来一方帕巾，深情脉脉嘱道："我只要你记住这两句话。"刘秀展开一看，只见绢帕上绣着两行娟秀小字："仕宦要做执金吾，娶妻当得阴丽华。"刘秀心头一热，千言万语一时不知从何说起，紧紧把阴丽华拥在怀中，轻轻一吻，随即大步出门，带领队伍开进了白水乡。

再说刘縯刘伯升接到刘秀密信，便开始在家乡招募队伍，谁知招来招去，也就五百余名刘氏子弟应征。其他青壮，都在瞻前顾后，不肯报名。叔父刘良见状，也斥责刘縯道："我看你这是找死！没有金刚钻，揽什么瓷器活？还是安心务农罢了。"刘縯正在生气上火，忽见刘秀带来两千人马，还邀来邓晨、阴识、李轶参与起事，不由得喜出望外。刘秀询问共征招了多少人马，刘縯气呼呼道："诸家子弟多不争气，都说我这是害他们，就连叔父也斥责我。如此胆小怕事，还何谈复汉大业！"刘秀道："大哥不必过急，凡事须谋定而动。反莽事大，不可过于匆忙。"当日，刘秀便头戴武冠，身披绛红战袍，走家串户，动员青年参加反莽队伍。诸家子弟互相传言道："连文叔这样稳重的人都要起兵反莽了，我们还怕什么！"纷纷报名应征。旬日过去，已征召到六千余人，加上刘秀从新野带来的两千人马，阵容已很可观。刘良见反莽起兵已是箭在弦上，便叫来刘縯、刘秀道："此举乃是灭族之事，你们弟兄可考虑好了？"刘縯意气风发道："侄儿此去，必要复高祖之业，定万世之秋！"刘秀也道："开弓没有回头箭！"刘良道："我前日所言，实是试探你们。儿等既有如此志气，咱就破釜沉舟，毁家纾难！明日即散尽家财以充军资，咱全家老少都随军上阵！"

刘縯见队伍已经组成，便召集刘秀、刘稷、刘赐、刘嘉、朱祐、邓晨、阴识、李轶等商议道："自古起兵，当有旗帜、名号，我等既以匡复汉室为宗旨，当称汉军。"大家赞成道："伯升言之有理。现今人心思汉，打出汉字旗号，定得民心军心！"朱祐道："此次起兵，本是伯升发动，你就是汉军的擎天柱。咱村外的狮子山上又有天柱峰，我看就称你柱天都部大将军吧。其余我等，都称将军便了。"大家拍手同意。接着又商定进军路线，准备第一仗攻取新野县的长聚乡，然后一路西征，进击湖阳、棘阳等重镇，最后夺取南阳首府宛城，作为汉军根据地。商议完毕，刘縯便将八千人马分拨刘秀、刘稷等统带，训练士卒，操演阵法。因是起兵之初，经费不足，有些兵卒没有盔甲，有些将领没有马匹。刘秀见刘稷竟也坐下无马，便将自己的青鬃马牵来让给刘稷。刘稷见刘秀让马，摆摆手道："文叔不必客气，此次到得阵前，我空手也夺他个十匹八匹！"刘秀道："这次起兵，稷兄当是我汉军第一将，怎能无马？"执意让马。刘稷道："文叔将马让我，你如何上阵？"刘秀笑笑道："稷兄不必多问，我自有办法。"

公元二十二年十月某日，南阳的白水河边，狮子山下，数十面汉字赤旗，迎着秋风，猎猎作响。各将领统帅士卒，列队待命。阵容之中，刘秀最为惹人眼目。原来，他的坐骑不是什么高头大马，而是那头曾伴他耕地的大黄牛！有兵卒见了，不由得笑道："怎么？三将军这是要骑牛上阵？可从没见过。"一兵卒道："没见过还没听说过？当年，武成王黄飞虎还不是坐下神牛，统帅大军，襄助周武王灭了商朝，夺得了天下？三将军说不定是黄飞虎再世哩！"刘秀见队伍中对他指指点点，也并不在意，只是手执沥泉枪，端坐黄牛背，面色沉静。不一时，就见柱天都部大将军刘縯刘伯升铁盔铁甲，坐下乌骓战马，手中浑铁追魂长槊，气宇轩昂、威风凛凛来到队前，接过士卒送上的祭旗酒一饮而尽，高呼一声："复高祖之业，定万世之秋！"八千子弟兵一齐振臂呼应道："复高祖之业，定万世之秋！"呼声震彻山野。刘縯扫视一遍汉军阵容，挥手下令道："兵发长聚！"八千汉军发一声喊，按照既定进军路线，浩浩荡荡杀奔长聚而来。

长聚是新野县下属的一个乡镇，地盘不大，却是通往宛城的必经之路。新野县令闻知刘縯起兵来犯，即命县尉韩虎率一万莽兵前往长聚堵截。韩虎领兵刚在长聚郊外扎住阵脚，就见汉兵已蜂拥而来。韩虎在马上望见汉军队伍中，有些兵卒穿的还是百姓衣服，还有将领竟然骑了大黄牛，不觉哈哈大笑道："一群乌合之众，也敢起兵造反！"副将陈平欲抢头功，当下请战道："不劳县尉动手，属下一人，也杀他片甲不留！"说罢，拍马抡刀抢出阵前。汉军队中，大将刘稷一见有莽将冲来，也不搭话，一拍青鬃马，挺起丈八蛇矛，第一个迎上前去。两马盘错之际，陈平刚刚抡起大刀，刘稷的丈八蛇矛早已出手，只听"噗"的一声，陈平的大刀"嗖"地飞上了半空。不等陈平回过神来，刘稷回手一矛，正中陈平咽喉。可怜那陈平交战不及半合，便死于马下。刘稷举矛向身后喊声"杀！"纵马闯进莽军营中，左刺右挑，一气斩杀二三十人。身后的刘秀、朱祐、邓晨、刘赐、李轶等，也各领兵卒，随刘稷杀进莽军队里。县尉韩虎本没有把汉军放在眼里，没料想这些泥腿子却是如此凶猛，再也不敢怠慢，立时下令莽兵冲杀，自己也一

第一回 篡汉室王莽乱政 图匡复刘秀起兵

抖铁枪，截住李轶厮杀。一时间两军混战在一起。混战中，刘秀和他的坐骑大黄牛最让人称奇。那大黄牛甚是有些蛮力，耳听身边刀枪碰撞，杀声连连，和平日耕地气氛大不相同，一时性起，圆瞪双眼，"哞哞"吼叫，四蹄生风，在莽军营中左冲右突起来。莽军官兵哪里见过这等坐骑？又不明底里，一时惊惧不已，纷纷躲避。刘秀催动黄牛，舞起沥泉银枪，接连斩杀数十名莽军莽将，正要歇口气，坐下黄牛突然被人一枪刺中肚皮，鲜血直流。大黄牛疼痛难忍，"哞"地大吼一声，尥起蹄子，也不分敌我，只是"哞哞"叫着乱冲乱撞。偏偏凑巧，那县尉韩虎刚刚杀败李轶，正纵马紧追，大黄牛竟"哞哞"叫着，撞到韩虎马前。那韩虎的黄骠马不知眼前是何怪物，猛然受到惊吓，一声长嘶，前蹄高扬，瞬间将韩虎颠落马下。刘秀看得真切，不待韩虎站起，顺手一枪，结果了性命。随即纵身一跳，离了牛背，正落在黄骠马上，舞枪又杀入乱军之中。莽兵见主将、副将都死于非命，军心大乱，再无心恋战，一时间逃的逃，降的降，不到两个时辰，就胜利结束了战斗。

汉军出征第一仗，即大获全胜，斩杀莽军兵将两千余人，收降士卒三千余众，夺得盔甲、刀枪、马匹多件。刘縯在长聚大犒士卒，庆贺胜利。队伍休整数日，衣甲、马匹补充完备，便按既定进军路线，要攻取湖阳县城。这日正商议军情，忽报湖阳豪杰杜茂来见。杜茂字诸公，本是湖阳富户，有田数百顷，庄客上千人，却不喜稼穑，只爱结交豪杰，研习枪棒。因与刘縯性情相投，二人多有交往。因见天下大乱，兵戈并起，便也想率庄客起事。日前听闻刘縯攻下长聚，便找上门来。一见刘縯便道："伯升起兵反莽，为何不通报于我？我今前来投军！"刘縯听罢大喜道："诸公你来得正好！我正要进兵湖阳，得你相助，真乃雪中送炭！"杜茂介绍一番湖阳情况，建议道："湖阳不比长聚，城池坚固，兵精粮足。若要胜算，须当如此如此。"当下与刘縯、刘秀定了夺取湖阳之计。刘縯分拨三千汉军，让杜茂连夜悄悄带回庄园，隐伏下来。杜茂走后，刘縯即刻调兵遣将。众将领旗开得胜，斗志正旺，都争做攻城先锋。刘縯却下了一条军令：只许败，不许胜。

翌日早饭后，刘縯一声令下，兵发湖阳。那湖阳令得知长聚失守，料定汉军必来夺取湖阳，早已加固城池，调拨兵马，严阵以待。见汉军已进城郊，便让县尉率领万名莽兵倾巢出动，直冲汉营。湖阳令立于城头观阵，但见两军交战不多时，汉军便阵脚散乱，纷纷溃败回逃。县尉正驱动兵马，追杀汉军。不多时，杀声渐渐远去。湖阳令正在得意，就见城下闪出一彪莽军人马。为首一将，金盔金甲，手持瓦面双锏，向城上拱手施礼道："末将见过大人！"湖阳令见是莽军旗帜衣甲，忙问道："将军从何而来？"来将道："末将是棘阳县尉，听得汉军来犯湖阳，县令大人特命末将赶来支援。"湖阳令手指远处呵呵笑道："汉军已被我军杀得大败而逃，不劳将军上阵了。快请进城喝杯得胜酒！"一时城门打开，来将带领几名兵卒进城，湖阳令上前拱手道："多谢将军来助……"话犹未了，只见来将铁锏一挥，县令头颅早已破碎。原来，这是杜茂和刘縯、刘秀定下的夺城之计。杜茂斩杀了湖阳令，夺得湖阳城，立刻命人赶往正追杀汉军的莽兵身后，连放三声号炮。刘縯听得炮声，知道杜茂已经得手，令旗一挥，汉营中突然鼓声大作，刘秀、刘稷等汉军将领立时拔转马头，返身杀将过来。县尉抵挡不住，知已中计，急忙收拾莽兵，调头撤回湖阳县城，不想又被杜茂指挥兵马截住了归路。县尉见队伍受到两面夹击，自知大势已去，只好乖乖下令湖阳莽军放下兵器，阵前投降。

汉军连获大胜，一时军心振奋，士气高昂。刘縯紧握杜茂手道："诸公兄为我军献策出力，伯升感激不尽！"杜茂道："伯升说哪里话来？诸公不才，愿今后驰驱马前，襄成兴汉大功！"刘縯大喜，当下任命杜茂为将军。接下来，汉军又一鼓作气，攻克了棘阳县城，兵锋直指重镇宛城。宛城为南阳首府，郡守甄阜、郡尉梁丘赐皆是久经沙场之将。见汉兵接连攻克长聚、湖阳、棘阳等地，也觉吃惊，断定刘縯下一步必攻宛城，便早早布下了一张天罗地网，只等汉军来钻。欲知汉军命运如何，且听下回分解。

第二回　汉军兵败小长安　义师图强大联营

话说汉军接连攻克长聚、湖阳、棘阳等地，又添加了大批兵马、粮草，一时士气大振。刘縯更是沉浸在胜利的喜悦中，便对刘秀道："三弟，我军连连得胜，兵精粮足，士气正旺，干脆乘战胜之威，一鼓作气攻下宛城，你看如何？"刘秀沉吟一刻道："大哥不可逞一时之勇。我等轻取三城，自是将士用命，然和守军轻敌、兵少将寡且疏于防范关系极大。宛城可是大不相同，城高池深不说，那郡守甄阜、郡尉梁丘赐皆久经沙场，部将岑彭武艺超群，甚是了得。听说绿林山义军都被他们打得东躲西避。更有守军十万，十倍于我，且装备精良，训练有素。我军虽然士气高昂，终究是刚刚组建，将士皆少经战阵，缺乏经验。我看，还是要从长计议，不可轻易进兵。"刘縯意气风发道："不然。兵贵在气，气盛则战胜。现今天下苦莽已久，民心思汉，莽军已兵无斗志，不堪一击。我们就应趁此时机，多打几个大胜仗，让各路义军刮目相看，让新莽朝廷胆颤心惊！"刘秀见劝阻不住，也只好同意，只是叮嘱道："宛城距棘阳不过四十里之遥，想来甄阜已早有防范。我军须小心在意，步步为营才是。"

汉军经过数日休整，刘縯一声令下，万名将士一体开拔，直扑宛城而来。一路上并未遇到抵抗，径直进到宛城十里外的小长安。这小长安只不过是宛城境内的一条山谷，少有人家，却是山高谷深，林木稠密，地势险要。汉军进入山谷，行不多时，突然间乌云密布，山林阴暗，大雾弥天笼罩四野，几步之外难分你我，一时间人马皆难看清路径。刘秀见云山迷蒙，人马杂沓，忙对刘縯道："此地山高谷深，天又不作美，万一莽军埋下伏兵，后果将不可收拾。可令队伍就地稍息，待大雾消散，再进军为是。"刘縯尚未传令，就听山头几声号炮响起，顿时，山谷两边的密林中杀声大作，满山遍野的莽兵居高临下，潮水般冲将下来。原来，甄阜断定汉军攻打宛城必走小长安，便将五万精兵早早埋伏在小长安山谷两侧的密林中，只待汉军经过，便一齐截杀。汉军地势不熟，又少经战阵，再加上大雾弥漫，兵将难以相顾，顿时乱了阵脚。刘縯急忙传令速撤，然队伍一下子被冲得七零八落，大雾之中互难寻找，命令如何传得下去？而莽军因早有准备，又谙熟地形，呼啦啦冲进汉军队里，乱杀乱砍。汉军此时已被截成几段，各自为战，只有招架之功，已无还手之力。一时间人喊马嘶，跌跌撞撞，向着谷口败退。刘縯、刘秀喝止不住，也纵马返回谷口。未行一箭之地，忽听迎面一声大喝道："逆贼哪里走？岑彭在此，快快下马受缚！"此时浓雾渐淡，只见对面一位莽军将领，面阔额宽，剑眉入鬓，座下枣红战马，手持三尖两刃刀，拦住去路。刘縯、刘秀一听是岑彭，不敢大意，拍马上前，枪槊并举，就要二打一。此时，正好刘稷拍马赶来，大叫道："伯升、文叔！伯母、叔父都在后队，速去营救。这里我自抵挡。"说话间长矛一挥，直刺岑彭。岑彭抡刀架住，二人便在山谷中大战起来。刘縯忙对刘秀道："三弟速去营救母亲、叔父，我来挡住追兵！"说罢一拍乌骓马，挥动浑铁长槊，横扫追兵。刘秀纵马舞枪，疾驰向谷口，抬眼看到刘良的车队已被冲散，叔父刘良正挥剑抵抗围上来的莽军，保护母亲樊老夫人及其他亲属。眼见母亲和叔父性命危在旦夕，刘秀急催马上前，杀散莽兵。正要搀扶母亲、叔父，就见妹妹刘伯姬披头散发，从乱树丛中跑了出来。此时幸好朱祐朱仲先杀到，刘秀嘱咐一声："仲先，保护好老夫人！"急拨马去救伯姬。伯姬慌不择路，一不小心，绊倒在草地上，恰被一莽兵发现，举刀正要砍下，刘秀马到枪出，莽兵应声倒地。刘秀喊一声："伯姬上马！"一把将伯姬拎上马背。伯姬一上马，便呜呜大哭道："三哥，二哥已被莽兵杀死了！"刘秀一惊，正要问话，又见二姐刘元牵了三个女儿，跟跟跄跄，迎面跑来。刘秀招手高喊道："二姐上马！"刘元见伯姬已在马上，拒绝道："一马怎能驼六人？文叔快走，万万不可同归于尽！"刘秀平日与二姐感情最深，见刘元拒不上马，便伸手去拉。刘元杏眼含泪，说声"文叔快走，二姐去了！"随着话音，一掌拍在马背上，随即牵上三个女儿，向相反方向跑去。刘秀马上回望，二姐已没入乱军之中。刘秀不忍，拨马要追刘元，恰逢刘縯纵马而来。听刘秀说刘元已跑入乱军之中，急道："三弟你带伯姬先走，谷口外收拢人马，兵退棘阳！"说罢，催马去寻刘元。闯过几箭之地，抬眼望见刘元和三个女儿已俯卧在血泊之中。刘縯急急下马，却见三个女孩已被杀死，重伤的刘元也奄奄一息。刘縯叫声"二妹！"忙要扶起，刘元却摆摆手，喘着粗气道："大哥，大嫂和侄女也……"刘縯已猜出凶讯，不及细问，就拉刘元上马，刘元断断续续道："大哥快走……只要你今后能匡扶汉室，我们——死也瞑目了！"说罢气绝。刘縯一时悲愤至极，大吼一声，绰槊上马，直闯进莽兵队里，一气斩杀百数十人，才回马冲出谷口。此时，莽军已撤，刘稷、邓晨、杜茂等众将也各率散兵在谷口外聚齐。刘縯收拢人马，只剩两千有余。一众人马匆匆退回棘阳，扎下营寨。这一仗，汉军大败，刘良的老伴，刘縯的妻女，刘秀的二哥刘仲、二姐刘元及三个女儿，都死于乱军之中。刘秀的母亲樊老夫人腿也受了重伤，失血过多，昏迷不醒。这个夜晚，汉军营中一片哭泣之声。黎明时分，樊老夫人苏醒过来，刘良、刘縯、刘秀、刘伯姬、邓晨及刘氏宗室子弟忙进帐内问候，却又不敢道出实情。樊老夫人一手拉住刘縯，一手拉住刘秀，神色平静，徐徐说道："战场实况，我亲眼所见，你们不必瞒我。我只望你们要学习高祖，坚韧不拔，百折不挠，不要受点挫折就心灰意冷。縯儿你慷慨任侠，嫉恶如仇，就是性情太过刚直，直则易折，你要切记！秀儿你心思缜密，气量宏大，又饱读诗书，洞明世事，要多提醒你大哥。"又含泪对刘良道："二叔，孩子们少小丧父，是你不辞辛苦，把他们抚养成人，我在九泉之下，铭记不忘！今后你还要襄助他们，匡复…匡复…"说着又昏迷过去。众人正在悲痛之际，就见阴识领了一位妙龄女子进到帐中。刘秀抬起泪眼一看，这女子不是别人，正是南阳第一大美人阴丽华！不由得心下一惊，忙上前道："丽华，你……？"阴丽华进得帐来，见樊老夫人已然昏迷，不及回答，一头扑到床前，紧握老夫人之手，眼含热泪，轻声唤道："娘！您醒醒，丽华看你来了。"这一声呼唤，震惊了帐内所有人等，就连刘秀也愣在了床前。看官须知，在那个年代，一个大户人家的绝色女子，一未定亲，二未过门，见面就喊婆母亲娘，实是石破天惊之举！阴识见众人诧异，忙解释道："这是舍妹丽华。白水起兵后，因父母早亡，我怕她在新野遭遇官府不测，便让她避居棘阳一表亲家。昨日闻听我军兵败，便连夜赶了来。"刘氏宗室子弟都知道刘秀发过"仕宦要做执金吾，娶妻当得阴丽华"的誓愿，但对于这位大美人，却是只闻其名，未见其面。今见阴丽华在如此时刻如此表现，无不感佩动容。樊老夫人本已灵魂出窍，听得阴丽华深情呼唤，竟又慢慢睁开了眼睛。见眼前坐了一位绝色美女，不觉诧异，想要问话，却已气息奄奄，不能言语。刘秀见母亲醒来，忙俯身道："娘！丽华来看您了！"樊老夫人定定望了阴丽华一刻，便抬手去摘自己手腕上的祖传玉镯，却是有气无力了，只是指指阴丽华的手腕。刘秀已猜透母亲心愿，忙将老夫人的玉镯轻轻摘下，戴在阴丽华的左手腕上。阴丽华附在老夫人耳边，一字一句道："娘！您老放心，丽华今生非文叔不嫁！"樊老夫人显然听清楚了，又指指刘秀和阴丽华的手。二人忙两手相握。老夫人点点头，将手轻轻搭在二人手上，双眼忽然涌出两行清泪，面带笑意，撒手西去了。营区内顿时哭声一片，刘縯边哭边骂道："甄阜老贼，害我家破人亡！此仇不报，誓不为人！"邓晨一夜之间失去贤妻爱女，更是悲愤难忍，一拍案几道："我愿为

第二回 汉军兵败小长安 义师图强大联营

前部先锋，定与甄阜老贼决一死战！"刘良见大家都陷入悲愤之中，忙提醒道："伯升、文叔，我看甄阜定想乘我军新败，发兵来攻。你们千万不能过于悲伤，乱了方寸。大嫂的嘱咐言犹在耳，你们要切记！大嫂等人的后事，我来料理。今日即备好棺木，可让刘稷随我护送回老家，入土为安。你们要速速商议应敌之策！"刘秀止住泪眼道："叔父所言极是。我和大哥不能亲身送葬了，待推翻新莽，复兴汉室之日，再到坟前焚香告慰亲人吧。"抬眼见阴丽华正在悲伤，忙将她拉出帐外，热泪盈眶道："丽华，我刘氏一门已是家破人亡，前路又是凶多吉少，你却如此不弃，教我于心何忍！"阴丽华道："文叔休如此说。丽华虽不懂军旅战阵，却也知道胜败兵家常事。你和大哥万万不可泄气，定要百折不挠，中兴汉室！我虽不能上阵杀敌，也要为中兴汉室出力。来时已将我闺中首饰悉数交与了兄长，可变卖购置军中急需。明日我随二叔送母亲回家。为防伯姬小妹遭遇不测，可让她和我一起避居棘阳。今后不管刀剑水火，千里万里，丽华决等你凯旋归来！"此时，阴识已将妹妹的首饰宝盒交给了刘縯，众将见阴丽华如此深明大义，非一般女子可比，遂一齐出帐向其致谢。刘縯听刘秀说阴丽华要送母亲入土为安，又要保护小妹避居棘阳，不由感慨万端道："文叔得一丽华，实是我刘门之幸！待胜利之日，大哥定要为你们主持婚礼！"

　　不说刘良、阴丽华回乡料理族人后事，且说刘縯、刘秀止住悲愤，连夜召集众将，商议御敌之策。刘縯怒气未消，粗声道："三日后，全军挂孝出征，定与甄阜老贼拼个你死我活！"刘秀劝道："我军眼下只剩两千人马，又少经战阵，硬是去拼十万莽军，岂不是以卵击石！看来我军不能只是单打独斗，应联合几路反莽义军，共同抗敌。"刘赐道："随州的绿林军，据说有六万之众，和官兵对抗数年，现在已不占上风。我们何不趁此机会和他们联手抗敌？"刘縯不屑道："他们不过是山贼流寇，懂得什么匡复汉室！"刘秀道："不管他们出身如何，只要起兵反莽，就是我们的同盟军。况且近来人心苦莽思汉，我们公开打出汉军大旗，自有一定号召力。你不见咱那圣公兄，文不成，武不就，跑到绿林山还当了个什么更始将军哩。"刘秀所说的圣公，名叫刘玄，字圣公，与刘縯、刘秀为同一个曾祖父。此人文不成，武不就，不学无术还爱惹是生非。因酒醉伤人，怕吃官司，便跑到随州流浪，之后上了绿林山。因为顶着汉室宗亲这顶帽子，绿林军还给了他个"更始将军"当，分管钱粮等物。诸将听完刘秀分析，都认为合兵联军，乃是上策。刘縯心情也渐平静下来，沉思一阵道："他们若能同意联营，当然最好。我明日即派人去绿林山联络。"刘秀道："光是派人去，显得咱们托大了，还是我亲自去一趟为好。"

翌日一早，刘秀换了便衣，快马加鞭，直奔绿林山而去。夕阳西下时分，来到绿林山隘口。刘秀抬眼观瞧，但见高山险峻，林木森青，隘口两旁是十丈陡壁，上堆檑木滚石。刘秀正要打马上山，突然一喽啰从滚石后站起，掂弓搭箭，喝问道："来者何人？"刘秀仰首答道："我乃南阳白水乡刘秀刘文叔，要见你们更始将军，有要事相商。"喽啰听说是刘玄老家来人，忙进寨通报。不一时，刘玄便随喽啰来到隘口，一见真是刘秀，不由得高叫道："文叔，是你呀，快快上来！"刘秀策马上了山路，刘玄接着，紧拉刘秀手道："文叔，你不是在长安游学么，因何来我绿林山？"刘秀道："说来话长。小弟从长安返乡后，前些时跟伯升大哥起兵反莽了！"刘玄兴奋道："那再好不过。快把人马拉上绿林山来落草！山上正缺你和伯升这样的人才呢。"刘秀道："小弟这次来，并非想到绿林山落草，而是想和绿林军联营反莽，匡复汉室。"说着，拉刘玄坐在路边一块山石上，将白水乡起兵直到小长安兵败等经历略述一遍，又询问绿林军情形。刘玄道："前些年绿林山曾有兵众二十多万，声势甚大。这两年官军多次围剿，更加上闹了一场大瘟疫，人马减去了一半以上。绿林军从此兵分三支。一支为平林兵，由陈牧统帅，人马约两万；一支为新市兵，人马约三万，由王凤统帅；一支为下江兵，由王常统帅，人马约一万，分驻在绿林山周围，平时各自统带，遇有战事，相互支援。我随渠帅陈牧在平林军勾当。"刘秀问道："渠帅们对汉军如何看法？"刘玄道："他们这两年都知道人心思汉，因此也想拉汉室子弟作旗号，以服民众。就我这两下子，你还不知道？可陈牧听说我是高祖九世孙，就让我当了更始将军，算是平林军的三把手。前些天有探马来报，说是王莽又要派重兵猛将来清剿绿林山，老陈正在烦闷，整日里喝酒骂人。眼下要劝他联兵抗莽，恐怕正是时候。"刘秀道："今晚咱弟兄好好聊聊，明日你帮我引见陈渠帅便是。"当晚，刘玄在山寨与刘秀置酒话旧。刘玄问及家中父母情况，刘秀悲痛道："自你逃离家乡后，官府就将伯父、伯母捉拿了去。硬要他们交出你来，交不出人，就严刑拷打。两位老人经受不住，相继死在牢中。后事是我和伯升处理的。那时不知你去向，也无法相告。"刘玄听罢，不由得失声痛哭，一摔酒杯道："我与莽贼不共戴天！今晚我就去找老陈，说服他与汉军联兵，与莽贼决战到底！"

　　翌日早饭后，刘玄便向陈牧引见了刘秀。陈牧是铁匠出身，不识文字，言语粗鲁，只爱打打杀杀。因有了刘玄昨晚的铺垫，听刘秀分析了局势，已同意合兵。但看刘秀眉清目秀，文质彬彬，一付书生模样，思忖着刘秀也就是个美男子而已，要说上阵杀敌，怕是不会。将来打起仗来还不是个累赘！不待刘秀说完，便摸摸络腮胡子道："俺老陈是个粗人，不懂什么文韬武略，刘将军你说合兵，咱合兵就是。昨晚听圣公说，刘将军不光是饱读经书，武艺也甚是了得，俺今天就想见识见识。"刘秀道："在下也是粗通枪棒，不劳渠帅见笑。"陈牧哈哈笑着，拉起刘秀就往外走。一时来到山寨演兵场上，只见兵器架上摆着刀枪剑戟，二十来名兵卒各执刀枪，已围成一个圆圈。陈牧指指兵器架道："刘将军请！"刘秀明白这是陈牧要检试自己的武艺，当即从兵器架上取下来一支虎头枪。陈牧使个眼色，众兵卒刀枪并举，呼啦啦围攻上来。刘秀舞动虎头枪，出如蛟龙离水，收似雪花罩身，银光闪闪，耀人眼目。不一时，二十来名兵卒全部败下阵来。刘秀收枪笑道："诸位见笑了！"正要将枪放回，却见陈牧从兵器架上嗖地抽出一把泼风大刀，说声："请教！"搂头就向刘秀砍来。刘秀举枪架住，二人便在演武场上比试起来。三十多个回合过去，陈牧只有招架之功，再无还手之力，便卖个破绽，托地跳出圈子，扔掉大刀，向刘秀拱手道："刘将军，领教了！"刘秀将枪放回兵器架，一抬眼，只见蓝天之上，一排大雁正斜飞过来。当即取过一张硬弓，搭箭射向雁阵。只听弓弦响处，两只大雁穿在一支箭上，"扑棱棱"栽将下来。演兵场上顿时响起一阵喝彩声。陈牧哈哈笑道："刘将军果然好本领！圣公，快收拾兵器钱粮，咱们三日内就带兵下山，跟刘家兄弟合兵一处，痛打莽军！"刘秀抱拳道："多谢陈渠帅如此爽快！在下这就告辞，到新市兵王渠帅处联络。三日后，我在棘阳迎接你们！"陈牧道："你找王凤？那家伙师爷出身，打仗不行，肠子却是弯弯多，不像咱老陈直来直去。不过，他那里有三万人马，副帅朱鲔，懂兵法，有武艺，号称绿林第一将。他们要答应合兵，打起王莽来就痛快多了！"

刘秀当日带了刘玄的信札，打马奔向新市兵营地。见了王凤，将合兵的意愿讲了，王凤眯眼捻须道："现今王莽暴虐，人心思汉，你们打出汉军旗号，正应了天意民心，你们兄弟是高祖九世孙，与你们合兵，自是正理。不过说白了，人心思汉也就是人心思刘。将来你们刘家夺了天下，不要忘记我等就是。"刘秀起身道："王渠帅这就说远了，当务之急，是咱们要同生死、共患难，推翻新莽，解救万民。将来天下归谁，那就看民心所向了。"王凤哈哈大笑道："扯远了，扯远了。刘将军放心，我新市兵也三日后启程下山！"刘秀返回棘阳，将合纵联兵之事报告了刘縯，又提议道："绿林军还有一支下江兵。听圣公说，主帅王常熟读兵书，智勇兼备，在军中威信素著。但近来也被甄阜追赶得东西飘忽，现在游击于宜秋地区，离此甚近，如能说服他联兵，岂不更好？"刘縯赞同，让刘秀速去联络。这王常字颜卿，原本是舞阳县吏，因任侠仗义，放走朝廷重犯，官府难以容身，才上了绿林山。

因作战有勇有智，又善待士卒，在军中颇有威信。近来因被官兵追逼，正愁无立足之处，听刘秀纵论局势，不觉五体投地，当下表态道："王莽篡逆，残虐天下，百姓思汉，故豪杰并起。将军开诚布公复兴汉室，此正当其时。颜卿愿驰驱马前，效命沙场！三日内必前往棘阳报到！"刘秀走后，王常便将与刘秀合兵之意告诉下江诸将。一些将领听了，起而反对道："大丈夫既起，当各自为主，何故受他人制约？"王常耐心剖析道："王莽篡位，政令苛酷，民心思汉，非止一日。我等因此而得以起势。然以我等区区万人，如何对抗王莽朝廷？只能相聚草泽，四处飘零。眼下不就几无立足之地了？今南阳刘氏兄弟起兵，首倡复汉，正合天意民心。况且我观刘将军谈吐，有王公之才，与之合兵，必成大功，我等亦可名垂青史。这正是上天给我们的良机，不可错过！"下江诸将多是草莽出身，素来尊敬王常，听他一番分析，都恍然大悟道："若不是渠帅点明曲折，我等几陷于不义，愿敬受教！"遂跟随王常拔营向棘阳而去。

且说平林、新市、下江三支兵马相继来到棘阳，与汉军合兵一处，一时间拥众七八万人。王常见军营中飘扬着各路义军的旗帜，号令不一，便对王凤、陈牧等绿林兵将倡议道："我等既与刘伯升兄弟合兵，复汉的目标又已明确，就不必再各树旗帜，当一律改为汉军，由刘伯升统一号令为好。"那个年代，农民军的正统观念甚强，都认为汉朝既为刘邦所建，要恢复汉室，自然得由一位刘邦的子孙扛起大旗，也就赞同王常的建议，将绿林兵一律改为汉军称号，共推刘縯仍以柱天都部大将军的名义，统帅全军。刘秀见汉兵声势大盛，便对刘縯道："自古兴义兵，必有檄文发出，表明是堂堂之师，吊民伐罪，方能赢得民心，招纳豪杰。我汉军既成规模，也应发表一篇讨莽檄文，昭告天下。"刘縯大为赞成，当下让刘秀写就一篇讨莽檄文，遍发南阳各县乡、村镇。檄文曰：

王莽以外戚世家，伪作谦恭，欺瞒天下。弑帝篡位，乱我华夏。大造九庙，极欲穷奢。政令日变，货币岁改，吏民昏乱，不知所措。田改王田，买卖不得。规锢山泽，夺民本业。又增重赋税，荼毒百姓，致使庐废丘墟，哀鸿遍野。死者露尸不掩，生者流离失所。此逆天理、背民意之大罪也。人神之所同嫉，天地有所不容。今我高祖九世孙、南阳刘伯升等，因天下之失望，顺宇内之推心，爰举义旗，为天下诛贼，为万民除害，兴灭继绝，匡复汉室，以遵高祖之旧制，修文景之遗德。现我汉军，兵盛将锐，同指山河。旌旗所向，无不披靡。凡我吏民，起而应者，自当建成大功。若其眷恋穷城，徘徊歧路，必贻后至之诛。勿为言之不预也。

汉柱天都部大将军刘伯升谨识

讨莽檄文一出，中原震动，许多穷苦青壮，闻听刘縯等首举反莽复汉大旗，纷纷前来投军。这就难免泥沙俱下，良莠不齐。骚扰百姓之事，便时有发生。为整肃军纪，刘縯发出严令约束队伍，特别规定：杀人者斩！抢掠财物者斩！奸淫女子者斩！又组建一支军纪队，由朱祐当队长，日夜巡查军营。

这日，刘縯正在帐内与王凤、陈牧等商议军情，忽见朱祐来报：擒获扰民兵卒八名，其中七名为抢掠百姓财物，一名为奸淫女子。刘縯一拍案几道："带上来！"一时八名兵卒被押进大帐。这八名兵卒，七人原为绿林兵，一人却是原来的汉兵。那汉兵脸带伤痕，一见刘縯，扑通跪地道："大将军饶命！"刘縯问朱祐道："他所犯何罪？"朱祐道："奸淫女子。"刘縯喝一声："斩了！"那兵卒一听，大哭道："大将军，小的脸上伤痕，是为伯姬小姐阻挡追兵落下的啊！"刘縯闻听此言，一时怔住。那汉兵忙乞求道："是小的一时糊涂犯下死罪。小的家中上有老娘，下有弟妹，请大将军饶小人一命，让小人冲锋陷阵，戴罪立功，战死沙场吧！"其他七名绿林军兵卒见这汉兵如此说，也都向王凤、陈牧求情。陈牧摆摆手，就要放行，王凤急忙使个眼色制止，看着刘縯道："伯升，你看……"刘縯并不看王凤、陈牧等脸色，直冲那汉兵道："你救伯姬有功，但功过不能相抵。军令如山，我若不杀你，如何服众？你家中老小，我自会照顾，上路去吧！"王凤、陈牧等见刘縯如此严厉，心下不悦，却也不好再言语。一时八名犯纪兵卒，全被斩首。刘縯又让朱祐将八颗头颅遍示军营，自此，汉军纪律肃然，士气高涨。刘縯将原先的四路军兵统一编配，列为六部，厉兵秣马，准备迎击王莽官兵。

再说南阳郡守甄阜在小长安大败汉军之后，志得意满，心高气盛。闻听刘縯与绿林军合兵，实力壮大，便召梁丘赐、岑彭道："小长安一战，本以为贼兵全军覆没，自此平息，不想刘縯贼心不死，又纠集绿林草寇，想卷土重来。我今定趁他立足未稳，重兵出击，一鼓歼之！"岑彭道："贼兵聚合，实力已和我军不相上下。况且绿林山寇与我军交战经年，亦有经验，不可小视。还是先摸清他等底细，再运筹帷幄，决战决胜。"甄阜呵呵笑道："绿林草寇已被我打得四处流窜，几无战力。刘縯汉军，无非一群乌合之众。现今聚集一处，正好一鼓聚歼，建成大功！"遂不听劝阻，下令兵发棘阳。又留下岑彭镇守宛城，因怕岑彭守城决心不坚，便将他老母、妻女送往新野，名为保护，实作人质。

甄阜安排好宛城事宜，便和郡尉梁丘赐率领十万莽兵，杀奔棘阳而来。大军路过沘阳时，甄阜为轻装疾进，下令将全部辎重留在兰乡镇，又要越过沘水河，与棘阳汉军对阵。梁丘赐谏道："背水列阵，不可轻用。不若与敌军隔河相持。待贼兵渡河来攻，我半渡而击，可当全胜。"甄阜道："郡尉用兵多年，岂不知置之死地而后生？我军此次南征，本是要与贼兵决一死战，就是要以此激励士气，一鼓荡平贼兵！"遂不听劝阻，率军渡过沘水，背水扎营。又仿效当年项羽"破釜沉舟"的气势，拆掉河上浮桥，传令明日只留一顿早饭，砸碎锅灶，发起进攻。

甄阜这一系列动作，早有探马报到汉军大营。刘秀见甄阜摆出一副拼命的架势，便向刘縯建议道："甄阜如此来势汹汹，看样子是要与我军决一死战。我看可先偷袭兰乡，劫了他粮草，先乱他军心。"刘縯赞同道："事不宜迟，你今夜即去夺他粮草。如能得手，我明晨即先发制人，发起总攻。"刘秀当即挑选了一千名勇士，趁夜色偷渡过沘水，直取兰乡。此夜正值除夕，守卫兰乡粮草的一百多名兵卒吃喝一通，刚刚睡下，就见汉兵从天而降，眨眼间便成了俘虏。刘秀急报刘縯，黎明时分又故意放跑俘虏，好让他们前往甄阜大营报信，以乱其军心。

且说刘縯得知兰乡已经得手，连夜部署兵力。翌日天刚放亮，便擂动战鼓，主动向甄阜发起总攻。甄阜的官兵正吃早饭，不想汉军已如猛虎出山，杀将过来。只见东南角上，刘秀、王常、刘稷、杜茂、阴识等率汉军两万，直冲梁丘赐营地；西南角上，刘縯、陈牧、朱鲔、邓晨等领兵五万，直扑甄阜中军大营。甄阜满以为汉军见到十万莽军列阵河边，早已心惊胆颤，万没想到汉军却来了个先下手为强，主动发起猛攻，赶忙仓促应战。梁丘赐刚刚绰枪上马，刘稷已纵马挺矛，杀到营前。二人大战三十回合，刘稷一矛刺梁丘赐于马下。官兵此时听到兰乡粮草被劫的传言，本就心下惊慌，见郡尉已死，顿时乱了阵脚，四散奔走。而西南角上，甄阜尚不知梁丘赐战死，已横刀立马于旗门之下。见刘縯、朱鲔等杀到眼前，倒也并不慌乱。他以为来敌皆曾是他手下败将，今日来势虽凶，无非是虚张声势。只要先斩杀几名头领，定可挫掉其锐气。便在马上大喝道："败军之将，谁敢与我决一死战？"邓晨、朱鲔见甄阜叫阵，拍马就要冲去。刘縯止住道："你等且休动手，我今日定斩此贼！"说罢，一拍乌骓马，挥动长槊，杀上前来。甄阜道："贼酋，可记得小长安之战？"刘縯两眼怒火喷射，也不答话，举槊直刺甄阜。这两军统帅，一个家破人亡，要雪深仇大恨；一个想斩草除根，要拼你死我活。二人刀槊并举，两马盘错，大战七八十个回合，难分胜负。正杀得难解难分，甄阜忽见身后将领交头接耳，继而纷纷走散。原来，这些将领忽听兰乡粮草被劫的消息传来，营中却已砸烂锅灶，粮草皆无，又见对阵汉将个个如狼似虎，不由得心下惊惧，纷纷逃离。甄阜见状，稍一分神，被刘縯一槊戳下马来。朱鲔、邓晨、陈牧等发一声喊，纵兵大进。官兵无主，一时溃不成军。数万人马，乱哄哄向沘水河逃去。然浮桥已拆，后面又有数万汉军掩杀，走投无路，仅是溺水而亡者，就达两万多人。余者死的死，降的降，官军全军覆没，汉军大获全胜。

再说王莽得知刘縯首举复汉大旗起兵造反，就想将其消灭在萌芽之中。及至接到甄阜要歼灭汉军的奏报，便诏令正在河南围剿农民起义军的纳言大将军严尤、秩宗将军陈茂，火速领兵五万前往支援甄阜。那知正在行军途中，便传来甄阜、梁丘赐兵败身亡的凶讯。严尤大吃一惊，又担心镇守宛城的岑彭兵少将寡，难抵汉军，急令大军日夜兼程，开赴宛城。刘縯闻讯，立即带领汉军在淯水截击严尤。两军对阵，严尤的兵马闻听甄阜大败而亡，已有惧战心理，汉军则在沘水大捷后士气正盛。刘縯陈兵誓众，鼓行而前，一举击败严尤兵马。严尤、陈茂弃军逃往汝南。汉军连战连捷，斗志昂扬。刘縯乘战胜之威，要攻重镇宛城。然而正在这个当口，原绿林兵将领王凤、陈牧、朱鲔等却心生嫉意，谋划要压制刘縯。欲知后事如何，且听下回分解。

第三回 嫉贤立愚刘玄称帝
汉军崛起王莽惊魂

话说沘水一战，汉军打败莽军，阵斩甄阜、梁丘赐，紧接着又击败严尤援军，进占淯阳。刘縯在淯阳城大摆筵席，庆贺胜利。席间，刘縯一一敬酒，鼓励众将乘战胜之威，攻取重镇宛城。筵席一散，王凤便将陈牧、朱鲔拉到自己军帐中说话。陈牧刚刚几大碗烈酒下肚，高喉咙大嗓门道："这两仗打下来，总算出了老子胸中闷气，痛快！痛快！过几天再拿下宛城，老子们享福的日子到了！"王凤摇头道："我等的好日子也就到头了！"陈牧睁了眼道："此话怎讲？"王凤道："刘縯、刘秀，其志远在我等之上。我等在绿林山游击数年，也不过是聚散草泽，打家劫舍。你看人家刘氏兄弟，旗帜、号令、文书、檄文，一应俱全，明摆着要和王莽争夺天下。近来汉军连获大捷，刘縯声名鹊起，威望远超我等。近日来投军的不少，却都是慕刘縯之名而来。就连咱们的绿林兵将，也都开始倾心刘氏兄弟，王常就是一个。照此下去，我等将来在汉军中还算得上哪根葱？"朱鲔道："现今人心思汉，刘氏兄弟出身宗室，又以复汉为号召，将来如推翻新莽，自然是他们坐天下了。"王凤道："若新莽复亡，天下自然非刘氏莫属。然汉军中刘氏宗室多人，为何非要刘縯来坐？"陈牧一拍大腿道："着哇！咱绿林兵将，早就腻歪刘伯升了！老子们提着脑袋打仗，睡个女人，掠点财物，算个屁事！可你看他那个球样，说杀人就杀！现在已不把咱们放在眼里，要是他坐了天下，说不定那天连咱们的脑袋也要了呢！"朱鲔道：

"灭莽兴汉,八字还没一撇,眼下议论此事,为时尚早吧?"王凤道:"不然,人无远虑,必有近忧。待刘伯升统帅汉军灭了新莽,做了皇帝,谁还敢惹他半句?咱们怕是早就靠边站了!我近日辗转思虑,不如咱们现在就立一个另外的刘氏子弟为帝,压下刘縯的风头。"朱鲔道:"那就立刘赐?"王凤摇头。朱鲔道:"立刘嘉?"王凤又摇头。朱鲔道:"总不能立刘稷吧?"王凤笑道:"那家伙从合兵起,就瞧不上我等,眼里只有刘伯升。立他为帝,岂不是找死?"遂捻须吐出三字:"立刘玄。"陈牧一听,哈哈大笑道:"立刘玄?老王你别逗了。刘玄要能当皇帝,我就能当皇帝他爹!"王凤道:"就是要你当皇帝他爹!正因为刘玄无勇无谋,优柔寡断,手下又没有嫡系人马,咱们才把他推出来。他当皇帝,咱们就是太上皇,今后生杀予夺,还不是咱们说了算?刘縯、刘秀纵有文韬武略,还能不听皇帝的?"陈牧笑道:"老王你肠子就是比俺们弯弯多。那咱们就立刘玄!"朱鲔道:"如此当然是好,只怕刘伯升不服。"王凤道:"现今汉军十万人马,咱绿林军就占了九万,不怕他不服。"朱鲔道:"王颜卿对刘縯、刘秀已是五体投地,只怕他不会同意。"王凤道:"王颜卿手下的几个将领,都和我有过交往,有的还是我老部下。待我晓以利害,为我所用,让他王颜卿孤掌难鸣。再者,那个李轶,近来对刘伯升甚有成见,咱们再烧上一把火,让他替咱们说话。"陈牧嚷嚷道:"还啰嗦什么!谁敢不拥立刘圣公,老子先把他砍了!"王凤道:"此事不可鲁莽,总要让他刘伯升无话可说才是。"

三人计议一过,王凤便找李轶说话。那李轶本就不是本分之人,当年鼓动刘秀起事,也是因了谶语"刘氏复兴,李氏为辅"的诱导,一心想着出将入相。汉军与绿林军合兵之后,刘縯将兵马重新组合编配,分为六部。李轶本想自领一部,刘縯却没有答应,而是将他分在朱鲔帐下。李轶不满,几次向王凤发刘縯的牢骚。王凤找来李轶,先是挑拨道:"将军本是将相之器,统兵布阵,并不在刘伯升之下。现今有志难展,真真是可惜了呢。"李轶恼怒道："若不是我与刘文叔带兵到白水乡，仅凭他刘伯升，怎能拉起八千汉兵队伍？没想到他当个柱天大将军，就如此目中无人！"王凤道："刘伯升之志，恐不是仅仅当个柱天都部，一旦咱们推翻新朝，重建汉室，他必然称王称帝。虽说图谶有'刘氏复兴，李氏为辅'之语，但李性之人千千万万，岂独是你？他眼下就不重用你，到那时更不会把你放眼里了！"李轶听罢，沉默不语。王凤进而鼓动道："将军不必多虑，我们现在就未雨绸缪，制约刘伯升的权力。"李轶问道："计将安出？"王凤道："我们马上拥立一个刘姓皇帝，承续汉统。不过此人并非刘縯刘伯升，而是刘玄刘圣公。"李轶一听要刘玄当皇帝，大出意外，讶然不知所以。王凤见李轶惊疑，便将拥立刘玄的好处一一道出，又诱惑道："刘玄如能称帝，将军可做朝中重臣，地位不在刘縯之下，这岂不就是'刘氏复兴，李氏为辅'？"这一番言语，使得李轶大为心动，当下表态，同意拥立刘玄为帝。接下来，王凤又避开王常，私下找下江兵将领游说。这些将领放纵惯了，正忌惮刘縯治兵太严，自然同意拥立刘玄。

王凤一一铺垫停当，便将刘玄找来密谈。刘玄一听要他当皇帝，以为是在做梦，又是摇头，又是摆手道："要我当皇帝，那还不是笑话！要当，也得伯升来当才是。"王凤道："刘伯升是高祖九世孙，你不也是高祖九世孙？况且论起和高祖的血统，你比他还近，为何非要他当？"陈牧哈哈大笑道："圣公你真是傻小子一个。老子倒是想当，可就是没那个命！"刘玄支支吾吾道："那……伯升兄弟能服气？"王凤道："你不必顾虑这个，我等自有安排。"

王凤等人这几日的行动，早被刘秀看在眼里。见刘縯一心想的是如何攻取宛城，便特意提醒道："王凤等这几日鬼鬼祟祟，频繁相聚，像是要生出什么事来，大哥多多提防才是。"刘縯道："这帮人目光短浅，叨叨咕咕，能成什么气候！"刘秀道："大哥不可轻视他等。现今汉军拥兵十万，原绿林军人马就有九万之众。这些兵将乐于放纵，而大哥治军甚严,难免惹他们不满。另外,我发现李轶也和他们打得火热,万一闹起事来……"刘縯并不在意,不屑道:"不必理会他们。当务之急,还是抓紧研究攻取宛城的方略。"

不几日,刘縯制定出攻取宛城的作战方案,召集众将商议。待方案议定,王凤一本正经提议道:"眼下有件头等大事,须今日议定。"刘縯以为他是要补充作战方案,忙道:"王将军有何高见?请速讲来。"王凤捋捋胡须,徐徐言道:"现今新朝分崩,兵戈并起,人心思汉。我军既要匡复汉室,就需及早拥立刘氏宗室,建立朝廷,以号召天下,收服民心,我汉军从此也可名正言顺。目前汉军中有宗室子弟十多人,谁来承继汉统为好?"李轶抢过话头道:"南阳宗室子弟,多是高祖九世孙、十世孙。但要论起与高祖的血统,当是圣公最近。"不少将领因王凤事先做了沟通,纷纷拥护刘玄为帝。王凤望着刘縯道:"既然如此,咱们就拥立圣公,伯升意下如何?"刘縯万没想到王凤会来这一手,这不是明摆着要将刘玄作为傀儡,挟天子以令诸侯么?不由得怒火上冲。抬眼却看见刘秀投来眼色,也就冷静下来。望一望在座将领,徐徐谈道:"各位将军要立刘氏宗室,德泽深厚,伯升心存感激。然现今兵戈并起,山头林立,若听说我等尊立宗室,恐怕各处也会复有所立。如此以来,王莽未灭,义军所立宗室之间难免要互相攻战,实是令天下疑惑而自损实力的事情,于反莽大业十分不利。纵观历朝前例,凡起兵之初就立号称帝者,皆不能成功。陈胜、项羽就是前车之鉴。况且我汉军起兵至今,占地尚不足三百里,拥兵不过十万,算不了什么功业。仓促间便自尊立,必然会成为天下攻击的目标,实非上策。依我之见,今日不如暂且称王,用以号令全军。如果将来其他义军所立的刘氏宗室贤明,我们就服从他的领导。如果他们始终无所尊立,待我军攻灭新朝之后,再举尊号,犹为不迟。还望诸位仔细考量。"刘縯在军中本就威望甚高,这一番分析又有理有据,很能说服人心。王常首先拥护道:"伯升大将军所言极是,我看还是缓立尊号为好。"

一时不少将领也纷纷议论道:"咱们可不能学那陈胜、项羽,自取灭亡。"也有人大声道:"还是请伯升大将军统领全军,待灭了王莽再说吧!"王凤眼看定好的计谋就要泡汤,便向陈牧丢个眼色,陈牧呼地站起,大声喝道:"疑事无功。今日立圣公为帝,不得有二!"说罢,拔出宝剑,"唰"地插入地下。刘稷见状大怒,也喝道:"要立汉帝,非刘伯升莫属!"说罢抽出宝剑,"咔嚓"一声,砍掉一个桌角,气氛一时紧张起来。王凤见事有不谐,一拍案几道:"王莽未灭,就争争吵吵,成何体统!"说罢,眼睛直瞅着刘縯。刘縯站起身来,摆摆手道:"诸位不需再争。灭莽复汉既是我们的共同目标,那就立圣公为帝吧。还望各位尽力辅佐圣公,早日推翻新莽,中兴汉室!"王凤见目的达到,接过话茬道:"那就请圣公择日登基。从今往后,各路军兵一律要尊从大汉朝廷号令,推翻新朝,中兴汉室!"

众将各怀心思散去,刘縯留下刘秀,恼怒道:"三弟你看看,我汉军刚有起色,这帮人就争权夺利,还谈什么同心同德,反莽兴汉!"刘秀道:"绿林兵将用意已明,就是要借圣公懦弱,挟天子以令诸侯。然从眼下大局看,我们还不能和绿林兵分道扬镳。"刘縯本是慷慨有大节之人,虽然对绿林兵将的行为大为不满,但也深知目前的大好局面来之不易。如果与绿林军分道扬镳,另起炉灶,十万之众的汉军队伍就会四分五裂,反莽大业就会付之东流。见刘秀如此说,叹口气道:"三弟所言甚是。为大局计,我们自不必计较。去年白水起兵,也只是一心要推翻新莽,并非为了称王称帝。至于将来谁坐天下,那就看天意民心,有德者居之吧。眼下当务之急,还是集中精力,消灭莽军主力。"

弟兄二人正在议论,刘稷又怒冲冲闯了进来,愤愤不平道:"伯升、文叔,起兵图大事者,本是你们兄弟,刘玄算什么鸟人?咱宗室子弟,随便拉出一个来,都比他强。如今却要他当什么皇帝!真是天大笑话!"刘秀劝道:"事已如此,稷兄还是要从大局着眼。圣公过几天就要登基,你千万不要惹出是非来。"刘稷怒道:"要我向他俯首称臣?休想!

典礼那天，我得给他闹出点动静来。"刘縯听罢一惊，他深知刘稷性如烈火，嫉恶如仇，万一一时意气用事，把刘玄的登基大典扰乱了，汉军局面将不可收拾。忽然想到严尤正在鲁阳招兵买马，准备保卫宛城，便对刘稷道："稷兄，你干脆率一支兵马攻下鲁阳，严尤兵马若向宛城运动，你可就地截击，决不许他兵到宛城！"刘稷道："如此甚好！这就叫眼不见，心不烦！"遂领兵往鲁阳而去。

　　再说王凤、陈牧、朱鲔等见计谋已实现，便找到刘玄，商议登基事宜。刘玄做梦也没想过自己能当皇帝，一时结结巴巴问道："渠帅，我真要成皇帝了？"陈牧一瞪眼道："你是大汉皇帝了，怎地还渠帅渠帅的？从今往后，你就是君，老子们都是臣，懂了吗？"谈到登基典礼，刘玄自是一窍不通，便问王凤道："登基那天，我要做几件事？别闹出笑话。"王凤道："一是要祭拜天地，二是要昭告天下，宣布国号、年号，三是要册封文武官吏。此事我们都给你准备停当，你高坐龙椅，君临天下便是。"刘玄听到要册封文武官吏，猜想王凤等人必让绿林将领独占上风，自己虽是绿林出身，却是正宗汉室宗亲，如不考虑南阳宗室子弟，不惟面子上过不去，将来这皇帝怕也当不稳当。便怯生生道："册封官吏一事，绿林将领自不必说，南阳宗室子弟，还望渠帅多加关照。"王凤道："这个自然要公正处理。像刘伯升，让他当个大司徒，总可以了吧？各位将领职位，我列一个名单，呈你皇上御批也就是了。"刘玄道："我这个皇上，还不是渠帅抬上来的？一切听候渠帅安排就是。"

　　汉军经过一番紧锣密鼓筹备，在淯水河滩搭起一座草台。公元二十三年二月初一日，刘玄身穿龙袍，登台面南而坐，汉军众将领身穿朝服，立于台下。朱鲔因怕典礼遇有不测，按剑立于刘玄身旁。登基典礼时刻已到，典礼官按照仪程，先请刘玄率群臣祭拜天地，再由刘玄敬读祝辞。刘玄哪经过这种阵势？一篇祝词，结结巴巴念下来，已经汗流浃背。典礼官又宣布道："今日新皇登基，承继汉统，现改元为更始元年！"众将领及兵卒一起高呼："吾皇万岁！万岁！万万岁！"典礼官又打开封册，高声念道："更始皇帝册封：国老刘良！成国上公王凤！大司徒刘縯！大司马朱鲔！大司空陈牧！辅国大将军李轶！廷尉大将军王常！太常偏将军刘秀！大司徒司直刘赐！大司徒府护军朱祐……"一一册封完毕，众将一起拜伏于地，高呼："谢陛下！"

典礼结束，刘玄正式当了更始皇帝，便以更始朝廷名义发出第一道诏令，诏制全国各地官吏，凡脱离王莽新朝，易帜归汉的，官职一律不变。按当时的更始政权，据地不过三百里，拥兵不过十万，比起山东、河北拥兵数十百万，据地千八百里的赤眉、铜马义军来，格局要小得多。然吏民苦莽思汉已久，今见汉室复立，一如大旱之望云霓，各地郡县纷纷脱离新朝，易帜归汉，其对朝野的震动，要比其他义军大得多。更有那反莽复汉的志士、豪杰，见大汉政权已建立起来，都想在中兴汉室的斗争中建功立业，便弃官的弃官，出山的出山，投向更始政权。这其中就有当过狱吏的王霸王元伯，当过郡吏的陈俊陈子昭，当过亭长的傅俊傅子卫、臧宫臧君翁，当过县吏的祭遵祭弟孙、马成马君迁，当过山大王的马武马子张等。后来皆跟定刘秀百战沙场，屡立大功，成为东汉的中兴名将，开国功臣。此是后话。

且说那新朝皇帝王莽，原先并未把各路起义军放在眼中，认为他们只不过是一帮山贼流寇，成不了什么气候。及至刘縯起兵白水乡，明确打出汉军旗号，联合绿林军兵，斩杀南阳郡守甄阜、击败朝廷大将严尤，尤其是得知刘玄竟然称帝，建立了汉政权，要和新朝分庭抗礼，这才认识到问题的严重性。听说汉军统帅乃是刘邦九世孙刘縯，更加惊惧。于是发布诏令，凡杀死刘縯者，封上公之位，食邑五万户，尝黄金十万斤。又有国师献言，用诅咒之法来"厌胜"刘縯。王莽就下令长安城中官署及全国乡亭皆悬挂刘縯画像，每晨起，必须以箭射之。谁知如此一来，反而使刘縯声名大振，妇孺皆知。一日，王莽得报，言说长安城中发现了刘縯。王莽大惊，立命全城搜捕，当日即将刘縯抓获，押送朝廷。几经审问，原来是城郊一农民进城办事被错抓。王莽对照刘縯画像，见此人相貌果然极像刘縯，忽然心生一计，便命武士将此人五花大绑，背插箭牌，上写"贼酋刘縯"，推进囚车，沿长安城内大街小巷，游街示众。三天后，又将这位农民的头颅砍下，挂于城头。又发布告示，晓喻吏民，慌说刘縯刘伯升已被处死，汉军已被荡平，云云。

不说王莽在长安城装神弄鬼，糊弄吏民。且说更始政权建立之后，虽说内部仍存在矛盾，但究竟是有了统一领导，刘縯又能顾全大局，消弭汉军中的不满情绪，一心辅佐更始朝廷，使得汉军声威日益壮大，把反莽斗争推向了一个新阶段。统兵之权虽然归了大司马朱鲔，但要攻城略地，仍离不开刘縯。这年三月，汉军兵分三路，一路由刘玄、朱鲔率领，南攻新野；一路由王凤、王常、刘秀率领，北伐昆阳、郾城、定陵；主力则由刘縯率领，围攻重镇宛城。不出一月，王凤、刘秀等连克昆阳、郾城、定陵，兵锋直指颍川。而南攻新野的刘玄、朱鲔却遇到顽强抵抗。朱鲔屯兵坚城之下，心中着急；新野城粮草将尽，新野令也惶惶不安。朱鲔便向城上喊话说，更始皇帝御驾亲征新野，大司徒刘縯即将攻克宛城，不日将带大兵赶来。如不归降，城破之日，玉石俱焚。新野令站立城头，呵呵冷笑道："刘伯升人头早已挂在长安城头，你等还在这里虚张声势，快快退兵就是！"朱鲔道："那不过是王莽故弄玄虚，欺瞒你等罢了。刘伯升现正攻打宛城，人头何来挂上长安城？现且更始皇帝在此，还不快快归降！"即让刘玄打马立于城下。新野令道："我不管什么更始不更始，只需让我见刘伯升一面，即可归降。"朱鲔当下命人快马请刘縯过来。新野紧邻宛城，刘縯得讯，不一时赶往新野城下，横槊立马高喊道："汉大司徒刘伯升在此，速速开城归降！"新野令见刘縯果然与画像一模一样，方知受了王莽欺骗，当即开城归降。刘玄见新野吏民只认刘縯，却不认他这个更始皇帝，心中大为不悦。

王莽听得汉兵南征北伐，连战皆捷，他那套骗人的把戏又不管用，心中恐慌。思来想去，下定决心孤注一掷，要集中新朝全部主力部队，一举荡平更始政权，除却心头之患。于是将他的族侄大司徒王寻、大司空王邑召进宫来，商议进兵之事。王莽皱眉道："只怪朕当年手太软，没将他老刘家斩草除根，以致酿成今日大患。他等如今北略中原，其志不在小。若中原失陷，我新朝危矣！"那王寻、王邑曾镇压过各路义军，又攻打过匈奴，多有战功，自是狂妄。见王莽忧虑，王寻便劝道："圣上不必忧心。那刘玄称帝，不过儿戏之事，河滩上搭个台子，就做了什么皇帝。他号令不出百里，兵马不过十万，能成什么气候！待臣侄提京师劲旅，一鼓荡平就是。"王莽道："刘氏兄弟以复汉为号召，登高一呼，不可小觑。朕今痛下决心，尽拨京师精锐，命你二人为正副统帅，明日即布告天下，选练武卫，招募猛士，尤选懂兵法、有异能之人，襄赞军务，此去定要敉平贼虏，永绝后患！来日班师回朝，也让满朝文武对你兄弟二人刮目相看。"主帅王寻奋臂道："臣侄决不负圣意，此去定要人奏凯歌，马敲金蹬而还！"遂在朝中挑选将领，整训士卒，同时到乡间强征青壮入伍，又发布告示，招募各类人才随军出征。不几日，长安城内外人喊马嘶，大军云集。那些散落各地的江湖术士，也闻讯赶来凑热闹。有说能呼风唤雨的，有说能撒豆成兵的，不一而足。王寻、王邑为鼓舞士气，也不管真假，一律收纳，以壮军威。其中有一名壮汉，名唤巨无霸，碧眼赤须，身高丈二，腰阔十围，睡觉头枕大鼓，吃饭手执铁筷。平时以训练猛兽为业，此时也驱赶豺狼虎豹前来应征。王寻见巨无霸相貌绝异，能与豺狼虎豹为伍，颇觉新奇，便唤到跟前问道："壮士可能驱使这些猛兽？"巨无霸道："嘶吼扑咬，悉听小人号令。"王寻道："你且演来看看。"巨无霸将那三十多只猛兽笼子摆放整齐，啪啪啪连拍三掌，就见笼内的三十多只豺狼虎豹一齐躺倒，四脚朝天，两只前爪呈作揖状，憨态可掬，围观者一齐喝彩。巨无霸又一声呼哨，笼中各类猛兽顿时一咕噜爬起，一个个张开血盆大口，长啸短嚎，声震四野，让人骨软筋酥。王寻让巨无霸收了，又问道："壮士可使得兵器？"巨无霸指指放在笼边的一条混铁狼牙棒道："这条棒，小人颇使得来。"王寻看时，见这条狼牙棒长一丈八尺，碗口粗细，少说也有二百斤重。便道："你且使来看看。"巨无霸得令，伸手拎起大棒，发一声喊，舞将起来。那铁棒上下翻飞，呼呼生风，近前的士卒险些要被吹倒。巨无霸舞得兴起，托地跳将起来，大吼一声，轮棒向一棵老槐树横扫过去。就听咔啦啦一阵响动，一根碗口粗细的枝干，齐齐折断下来。众人看得呆了，一时喝彩声又起。王寻大喜，当即任命巨无霸为垒尉，随军征战。

看看旬日过去，王寻、王邑统帅兵马四十三万，号称大军百万，择日在长安城下祭旗出师，浩浩荡荡，杀奔中原而来。一时间，自长安至南阳，千里运输线上，旌旗蔽日，刀枪闪光，人喊马嘶，虎啸狼嚎。辎重车辆，连绵不绝。自秦汉以来，凡出师征战，从未有此盛况。如此大兵压境，汉军究竟如何迎敌？且听下回分解。

第四回　百万兵逞凶围昆阳
　　　　十三骑踹营搬援军

　　话说王寻、王邑统领百万大军，一路浩浩荡荡，出潼关，进函谷，兵锋直抵昆阳。昆阳为南阳东北出口上的桥头堡，占领昆阳，就等于扼住了南阳盆地的咽喉。因而此地历来为兵家必争之地。久经战阵的王寻，很自然地将昆阳定为首攻目标。当时，汉军主力正在刘縯统帅下围攻重镇宛城。王凤、王常、刘秀连克郾城、定陵、昆阳之后，留马武、马成各领兵一万，分守定陵、郾城，王凤、王常、刘秀领兵九千进驻昆阳，准备北伐颍川，且刘秀已到颍川地界察看北进路线。得知王寻兵锋已抵昆阳，王凤、王常急登城头观望。放眼远眺，但见城外旌旗蔽日，尘土冲天，大队莽军前不见头，后不见尾，正源源不绝而来。王凤见状，不由得心下惊惧，对王常道："莽兵百万，我军九千，怎能抵敌？不若赶快撤至定陵，暂避锋芒，再做理会。颜卿意下如何？"面对如此强敌，王常也深感压力巨大，但若弃城而走，莽军必然直扑宛城，围剿汉军主力。汉军主力一旦溃败，反莽大业必将化为泡影。想到此，便对王凤道："我们弃城而走，我宛城主力必遭重创。然若出城迎敌，我区区九千汉兵必败无疑。还是速将文叔将军召回，共议对策。"王凤不悦道："刘文叔又没有三头六臂，还是让他直接回定陵，与我们会合再说。"二人正议论间，有兵卒上城报告，言说刘秀已返回昆阳城，王凤、王常一听，急忙走下城头，来会刘秀。刘秀见事已紧急，马上召集城中诸将商议对策。不少将领同意王凤的意见，主张赶快弃城而走。刘秀见诸将多面有惧色，平静问道："我们撤往定陵，王寻定会立刻追到定陵，那时我军又怎么办？"有将领道："实在扛不住，就重返绿林山！"刘秀摇摇头道："莽军此次百万重兵压境，分明就是来寻我军决战的。我们无论退至何处，都难逃过重兵围剿。如若分散避敌，势单力薄，正好为其各个击灭。如能并力拒敌，尚有希望。"王凤忧心忡忡道："莽军数十倍于我，即使倾我十万军兵之力，恐也难以抵挡，何况昆阳区区九千人马，两军对阵，岂不是以卵击石？"刘秀道："莽军虽然势大，却是师劳远征，号称百万，实是虚张声势。我军虽少，却是战胜之师，斗志正旺。昆阳虽小，却是城池坚固，城中百姓苦莽已久，必能助我。以我之见，即刻动员全城军民，死守昆阳，将此城作为一颗钉子钉在这里，牵住王寻兵马，待宛城攻克，我军主力前来，与我内外夹击莽军，形势庶几可变。"王常听刘秀一番分析，慨然奋臂道："刘将军所言极是。我军已无退路，当速速晓喻全城军民，同心协力，死守昆阳！"王霸、臧宫、祭遵、邓晨等皆同声响应道："我等决坚守到底，人在城在，城破人亡！"王凤想想确实已无退路，也只有如此，走一步看一步了。当下交代王常、刘秀紧急布置守城事宜，准备抗击莽军。

再说王寻统领大军抵达昆阳，就见城头上已经刀枪密布，堆满檑木滚石，似已做好守城准备。不觉冷笑道："真真是螳臂挡车，不自量力！"便扎下营寨，与王邑商量攻城事宜。忽有将领来报，言说纳言大将军严尤、宗秩将军陈茂领兵前来报到。原来，严尤兵败淯阳后，收集残卒退守颖川、鲁阳一带，又征招新兵两万，正准备赶往宛城支援岑彭，听得王寻、王邑统领大军到达昆阳，急忙赶来听命。王寻得知严尤赶到，即唤他进帐汇报。严尤进帐参见已毕，惭愧道："都是属下无能，劳顿二位殿下鞍马亲征。"王寻问道："纳言将军熟读兵法，久经战阵，竟被那个什么刘縯打得溃不成军。那刘縯究竟有何能耐？"严尤道："刘縯用兵，有似项羽。"王寻呵呵笑道："纳言真是败军之将不可以言勇了！区区草寇何足道哉！且看本帅克日攻取昆阳，再一举生擒刘縯！"那严尤本是新朝名将，却被王寻揶揄得脸红脖子粗。然听王寻要攻打昆阳，仍建言道："以属下之见，昆阳似可围而不打。"王寻道："纳言此话怎讲？"严尤道："据属下所知，汉军主力眼下全聚集宛城。我军可分兵一部围困昆阳，大军主力即刻杀奔宛城，内外夹击刘縯，一举歼灭汉军主力，昆阳守军自可不战而降。"王邑也觉严尤所言有理。而王寻却不以为然道："本帅此来，是要彻底荡平汉军，以绝后患，必逢州破州，遇城夺城。今日定要全力扑灭昆阳，展示我军声威，让那刘縯心惊胆寒！你也不必再去宛城，先领兵在外围驻扎，待命便是。"严尤虽有些战略眼光，却因战败而遭王寻冷嘲热讽，一时无话好说，只好讪讪而退。王寻不听劝谏，抽出十万兵马驻扎在昆阳城外的潢水河边，作为机动，其余莽军全部集结于昆阳城外，层层设营，一气将一个小小的昆阳城围定十圈，接着传下攻城号令。不几日，昆阳城四周便竖起了十多座高过城墙的箭楼。看看准备停当，王寻一声令下，箭楼上万弩齐发，飞箭犹如蝗阵，带着呼呼风声，飞向城内。守城士兵和送粮送水的百姓，一时死伤多人。刘秀、王常忙命军民拆下门板，顶在头上抵挡箭矢。飞箭稍有停歇，就见一百多队莽军，队队抬了云梯，迅速靠近城墙。不一时，百架云梯上，便有莽兵喊着杀声，爬将上来。守城军民不敢怠慢，有的忙将城头的檑木滚石推将下去，有的合力掀翻云梯，有的箭射正爬云梯的莽兵，还有的挥刀抡枪，和刚冲上城头的莽兵拼杀格斗。一时间昆阳城头尘土四起，杀声震天。攻城莽兵人多势众，源源不绝，一队刚被打退，一队又补充上来。如此连战三日三夜，昆阳城虽未被攻破，却也伤痕累累。守城军民也疲惫已极，苦不堪言。这日，刘秀和王凤、王常上城巡逻。遥望城外，但见王寻大军营帐连绵，箭梯高耸，城下的攻城莽军密密麻麻，杀声阵阵。那些邪术异人，正披发仗剑，登台作法。更有长人巨无霸，手持丈八浑铁狼牙棒，驱赶猛兽助阵。虎啸狼嚎，声震四野。小小昆阳城，简直成了惊涛骇浪中一座孤岛。面对莽军如此冲天气焰，王凤胆颤心惊道："如此重兵围城，

第四回 百万兵逞凶围昆阳 十三骑踹营搬援军

我等已成瓮中之鳖，似此如之奈何？"王常道："城中尚有粮二十万担，半月之内，尚可支撑。但愿大司徒能早破宛城，率主力前来支援。"刘秀沉吟道："宛城乃南阳首府、中原重镇，城高且坚，一时恐难攻克。我等只是困守待援，恐非上策。为今之计，不若速到定陵、郾城调兵前来，与守军内外夹击莽兵，庶几可解昆阳之围。"王凤叹道："郾城、定陵兵不满两万，还不是杯水车薪！再说重兵十围，谁能杀得出去？"刘秀鼓励道："以少胜多的战例，前朝所在多有。昆阳守将中，也不乏武艺高强者，待我挑选数名将领，连夜杀出重围，搬取救兵。国公与王将军坚守此城，定要等我领援兵前来！"王凤见别无他法，也就点头同意。心下却怀疑刘秀动机：是否想临阵脱逃？

当日，刘秀召集守城诸将，分析形势道："莽兵围城，已过五日。眼下敌强我弱，昆阳城小，粮少兵寡，军民疲惫，难以久守。我们绝不可束手待毙。今夜须有猛将杀出重围搬取援兵，夹击城外莽军，以解昆阳之围。此去陷阵溃围，生死难料，谁敢与我前去踹营？"昆阳守将中，邓晨、阴识等已随刘秀征战有年，新投身汉军的王霸、马成、臧宫等，经过几场战阵，对刘秀的沉着、坚毅、胆略、智谋皆有了切身感受，见刘秀生死关头选将，顿时情绪激昂，同声请战道："属下愿随将军陷阵溃围！"刘秀当下点了十二将领。哪十二将？乃是王霸、马成、杜茂、邓晨、阴识、臧宫、祭遵、陈俊、傅俊、任光、宗佻、李通。刘秀让这十二将吃饱喝足，选出最好的马匹，准备停当。当夜趁着月色，带领十二将登上城头，遥指东南方向道："我日来数次观察，莽军大营东南角最为薄弱。今夜子时，我等就从此处杀出。此战是突围，切切不可恋战。凡杀出重围者，在十里之外定陵方向会合。"

子夜时分，昆阳城东门悄然打开。月光下，刘秀银盔银甲，手持沥泉枪，座下雪花马，率先冲向城外。众将紧随其后，各执兵器，犹如一阵旋风，卷进莽军大营。前面几座营盘的莽兵，因日夜攻城鏖战，不免疲惫，防范松懈。本以为昆阳城指日可下，不想这十三骑凶神恶煞从天而降，见营就踹，见人就杀，刹时就死伤百十人。营地一时慌乱，士卒大喊大叫道："汉兵杀出城了！汉兵杀出城了！"刘秀等并不停歇，也不答话，只是刀劈、枪刺、鞭打、剑砍，一连闯过五座营盘。此时，莽军已被惊动，将领上马，士卒提刀，灯火通明，来围追堵截刘秀等。十三骑一时被乱兵冲散，只是各自为战，向东南方向直冲前去。那臧宫臧君翁本紧随刘秀冲杀，忽被一莽军将领斜刺里截住。来将乃是严尤副将宗秩将军陈茂。他率兵驻扎外围，本已睡下，忽听帐外乱喊汉军踹营，不及披挂，绰矛上马，正遇臧宫迎面杀来，遂大喝道："贼将休走！"挥矛便刺，臧宫抡起虎节钢鞭猛地架住。因坐下战马正在狂奔，突受惊吓，一声长嘶，瞬间将臧宫颠下马来。陈茂一见，抖动长矛直向臧宫咽喉刺来。臧宫见眼前寒光闪闪，情知不妙，"噌"地一个侧翻，抬手抓住陈茂的长矛。那臧宫本就臂力过人，此时又当生死关头，更是用尽气力，一把便将陈茂拽下马来。陈茂正要翻身，臧宫早已跨步上前，双手抓定陈茂两腿，忽地抡将起来，直向前后左右的莽兵乱打过去。莽兵莽将本就猝不及防，夜暗中又人声嘈杂，难辨敌我，只管围上来乱刺乱砍。可怜那陈茂被臧宫当做了兵器，又挣脱不得，不一时便被刀枪戳成了血窟窿。臧宫杀得性起，扔下陈茂，拾起虎节钢鞭，大吼一声冲入敌营，也不分东西南北，见人就打。后面的任光任伯卿正挥刀纵马冲来，抬眼见臧宫一味死缠乱打，忙喊道："君翁不可恋战，速速冲出重围！"臧宫应声，一鞭打下一个莽将，夺过战马，紧追任光驰去。那王霸王元伯，弓马娴熟，胆大心细，被乱军冲散之后，他一路斩杀，最先冲进最后一座营盘。正要打马冲出，听得身后喊杀声正起，料想刘秀等尚被围追，当即跳下马来，闪身隐在一片丛林后面，张弓搭箭，借着月光，专射那围追堵截的莽兵莽将。不一时，就见刘秀纵马冲来，身后两名莽将紧紧追赶。王霸看得清楚，"嗖嗖"两箭，两莽将顿时倒栽马下，刘秀纵马冲过。此时，刘秀已闯过九座营盘，斩杀莽兵莽将百数十人，已是血染征袍，汗透马背，

第四回　百万兵逞凶围昆阳　十三骑踹营搬援军

精力不济了。正要在第十座营盘中最后一搏，冲出重围，忽听人喊马嘶，又一彪人马迎面冲来。为首一将手提青龙大刀，眨眼之间已到跟前。刘秀暗叫一声"不好！"，抖擞精神，举枪便刺。来将举刀架住，高叫道："刘将军住手，属下马武来也！"刘秀月光下望去，只见来将虬髯蓬松，相貌魁梧，果然是随他攻取定陵的马武马子张。这马武山大王出身，武艺超群，一把青龙大刀，少有人敌，江湖上人称"花刀太岁"。刘秀一见马武，惊喜道："子张，你缘何至此？"马武道："将军休多问，速速随我冲出大营！"说罢，调头向外冲去，手中大刀左劈右砍，莽军人头滚滚落地。刘秀紧随其后，冲出大营，直奔到十里之外，才停歇下来。刘秀喘息着问道："子张，我等夜踹莽营，就是要找你借兵。你怎地知道前来接应？"马武道："属下在定陵得知昆阳被围，心下牵挂，夜来到莽营周边哨探，不想在路上抓到一群莽军逃兵。听他等供述有人踹营，料想是昆阳汉军，便赶来接应，不想恰与将军会合。今且先到定陵，再作计较。"刘秀听说抓了莽兵，当下吩咐将他们带回，好生对待，细细审问。此时，王霸等十二骑也陆续赶到，个个血溅征袍，所幸都未受伤。一行人马连夜返回定陵。

刘秀率十二骁骑踹营突围，早有人报进了驻扎在外围的严尤军帐。待严尤披挂上马赶来，刘秀等已杀出重围，了无踪影。严尤听说走了刘秀，又见折了陈茂，莽兵莽将死伤三百多人，心下着实吃惊。本想向王寻汇报，却怕王寻又要嘲讽自己，便径直来到王邑大帐，讲出自己的判断：刘秀等定是突围搬兵来解昆阳之围。并建议尽早调整营地部署。王邑听了严尤报告，觉得有理，当即指派严尤前去巡视各营，安定秩序；自己带领参军、波水将军窦融急去中军大帐面见王寻。王寻刚被惊醒，听王邑报告刘秀突围搬兵，不屑一顾道："搬兵？我正寻他不到哩。最好是十万贼兵齐来，正可一网打尽，毕其功于一役！"那波水将军窦融，字周公，颇识兵法，曾随王邑北伐匈奴，东征赤眉，屡立战功，深得王邑赏识。这次出征河南，特意推荐他做参军，襄助军务。

见王寻毫不在意，口出大言，忙献策道："大帅不可大意。刘秀一旦搬来救兵，我军就会腹背受敌。他既去搬兵，说明昆阳城已难以支撑。兵法上讲，归师勿遏，围城留阙。依属下之见，今夜就在城东门开一缺口，放守军出逃，他等必然溃不成军，我大军随后掩杀，一举夺取昆阳；随即南下宛城，歼灭汉军主力。"王寻道："本帅统兵多年，难道还不懂兵法？围城留阙，乃是兵法之常，还要因时因势而用。昆阳城已是指日可破，正好将其斩尽杀绝，以震敌胆，还留什么缺口！传令下去，明日加紧攻城！没有本帅命令，各营不得擅自行动！"王邑、窦融退出中军大帐，一时心下忐忑。窦融忧虑道："大帅太过自信。如此轻敌，我军恐有不测。"王邑道："周公所虑甚是。我这位老兄，刚愎自用，自恃甚高，很难听进不同意见。为今之计，你可自带一支兵马，扎于中军大营一侧隐蔽之处。倘遇紧急，即刻接应大帅。"窦融道："无大帅军令，属下何敢私自动兵？"王邑道："你且去悄悄扎营，他若问起，我自应付就是。"窦融领命，匆匆扎营而去。

　　王寻得知刘秀突围搬兵后，更加破城心切。除用云梯加紧攻城外，又从后队调来专门攻城的冲车、撞车，从各营遍选精壮士卒，轮班上阵，日夜不停撞击城墙。一时间"咕咕咚咚"之声传遍城内，震人心魄。又调集工兵，在城墙下开挖地道，欲对昆阳城外攻内袭。昆阳城虽说坚固，却也被撞得裂缝纵横，几处还塌出了缺口。守城军民没日没夜严防死守，已是筋疲力尽，莽军攻势却越来越猛。看看又过五日，昆阳城已是岌岌可危，刘秀仍搬兵未回。王凤心下不免嘀咕起来。思忖刘秀十三骑出城五日并无音讯，或许已全部战死？即使突出了重围，岂肯再返回危如累卵的孤城？眼见我等已成瓮中之鳖，如仍坚持抵抗，城破之日定然性命难保。倒不如献城投降，或许还能弄个一官半职。想到此，便把王常找来，想试探他的态度。王常刚进门，就见一守城头目押进来两名士卒，报告道："禀将军，这两名小子昨晚想开城投降，正好被属下发现，请求发落！"王常一听，不待王凤答话，已经熬红了的双眼凶光迸射,"唰"地抽出宝剑,只见寒光一闪,两颗人头已滚落地下。王常一拍案几,怒喝道:"人在城在!不论是谁,敢有言降者,此即是榜样!"王凤见状,不觉心中一颤,暗想我幸好话未出口,不然,怕也要吃他一剑!忙改变主意,和王常商议起守城事宜来。王常走后,王凤思绪烦乱,耳听城外攻城的喊杀声,城墙的撞击声,更觉心惊胆颤。思来想去,还是保住小命要紧。思忖如要献城投降,必得王寻允准。只要王寻答应,你王常要命不要命就随便你了。挨到深夜,便找来一块绢帛,匆匆写下一道乞降书,揣在身上,提了弓箭,上城巡逻。来到一座垛口,俯瞰城下,见莽兵营中灯火闪烁,人声嘈杂,攻城队伍正在换班。王凤瞅准机会,衣袋中取出绢帛,绑在箭头上,悄悄射向莽兵军营。眼见得有莽兵把箭帛拾起了,才忐忑不安地返回住处。

莽兵拾到王凤射下来的箭帛,急忙呈送王寻中军大帐。王寻解下绢帛,只见上面写的是:

大司徒麾下:王凤等违逆天意,不识时务,害国误民。今麾下率天兵前来,凤等仍不思望风归顺,反冒犯虎威,罪莫大焉!连日反思,方幡然悔悟,今愿率全城军民献城归降。其余所有汉军,凤亦可说服来归。如蒙麾下允准,请停止攻城,容凤等先自到大营请罪,悉听处置。王凤惶恐顿首。

王寻当即将王凤的乞降书拿给王邑看了,捋须呵呵笑道:"贼军势穷,走投无路,到底想献城归降了!"王邑长舒一口气道:"如此最好,我军也省去了征战之苦。今夜即可停止攻城,以待明日受降。"王寻却摇头道:"不可答应!贼军势穷,不过花言巧语罢了。留下他等,后患无穷!城破之日,昆阳军民一个不留!"说罢传令,明日必要破城。又将王凤的乞降书传喻各营,以提振士气。

那王凤将乞降书射出后,眼巴巴盼望王寻回话。谁知第二天莽军攻城更加猛烈,眼见得是死路一条了。王凤彻底绝望,又大骂刘秀一去不回。欲知昆阳城安危如何,且听下回分解。

第五回　战昆阳英雄显身手　惊天下刘秀破莽兵

花开两朵，各表一枝。不说危在旦夕的昆阳孤城，且说刘秀率十二骁骑杀出重围，由马武接着，连夜驰往定陵。此时东方已白，马武关照刘秀等匆匆用过早餐，劝道："将军一行已累极，且将息一日，再做计较。"刘秀摆摆手道："昆阳危如累卵，一刻不可延误，即唤俘虏问话。"马武将那些莽兵俘虏唤来，刘秀好言抚慰，详细询问莽营内情。一莽军头目道："小人名叫李元，本是灵宝县尉。前些时王寻率大军路过，不由分说就把小人编入队伍，让小人带一千士卒，一路跟了来。"刘秀问道："王寻究竟有多少兵马？你如实道来。"李元道："据小人所知，朝廷禁军有三十万，临时抓来的壮丁有十三万，共计四十三万，号称百万。那三十万禁军，受过训练，还能打仗。那十三万新兵，刀枪还不曾摸过。又出师匆忙，至今还将不识兵，兵不识将。小人还听一些将领发牢骚说，王寻刚愎自用，让他们带兵，却不发给兵符，几十万人马，没有王寻的军令，谁也调动不了一兵一卒。"其他俘虏也一齐跪下道："俺们本是长安城外的庄稼人，稀里糊涂就被抓来打仗。其实这天下本就是人家刘家的，是那王莽硬夺了皇位，才弄得天下大乱。俺们不想给王莽当替死鬼，才逃了出来。"一逃兵道："听说那汉兵的刘縯、刘秀，是老刘家子孙，又能打仗，又能善待兵卒。俺们回去也得冻饿而死，还不如跟着他们干算了。谁知刚跑出来就让大爷们擒住了！"马武一指刘秀，哈哈大笑道："你们这帮孙子，真是有眼无珠！抬起头来，看看眼前是谁？这位大将军，便是刘秀！"李元和众逃兵一听，一时皆向刘秀叩头高呼道："愿追随大将军马前，效命汉军！"刘秀让他们起来，又细细询问了莽军营中各项细节，让马武将他们编入汉军。此时，镇守郾城的马成，得知刘秀等已经突围来到定陵，也赶来定陵相会。刘秀当下召集众将，分析敌情我情，制定了一套作战方案。吩咐王霸率一千弓弩手如此如此，邓晨率兵三千如此如此，傅俊率兵五千如此如此，马武、马成、任光、陈俊、臧宫、祭遵各率兵一千如此如此……。分拨完毕，又再三嘱咐众将，擒贼定要先擒王。凡杀进莽军阵中的，都不要恋战，哪怕乱成一锅粥都不要管它，各自要不顾一切，直冲王寻的中军大营，只要擒杀主帅王寻，就是胜利。看看五日过去，诸将已各按刘秀吩咐准备停当。翌日黎明时分，两万汉军吃饱喝足，随着刘秀一声令下，杀奔昆阳而来。

昆阳城外的莽军，平日做饭都是到昆阳城北的潢水河取水。这日一早，伙夫们照常前去取水做饭，一到河边，却都傻了眼。原来，邓晨奉了刘秀将领，率三千汉兵先一日赶往潢水河上游，连夜筑起一道堤坝，将河水截断了。伙夫们一个个惊疑不定，忙散向四野寻找水源。士卒们一时吃不上早饭，军心先自乱了起来。而刘秀的两万汉军，却是个个酒足饭饱，精神抖擞，已直抵莽军营前，列好阵势。此时，天空阴云密布，雷声隆隆，刘秀挥一挥手，就见王霸一马驰出，拉开一张硬弓，搭上一支响箭，觑定昆阳城头，左手如托泰山，右手如抱婴儿，嗖地一声，那响箭裹着一方绢帛，犹如飞鸟凌空，瞬间落在昆阳守军的城楼之上。随后，王霸又将两支绑着绢帛的响箭故意射落在王寻大帐附近。刘秀见王霸三支响箭射过，立命军士擂鼓。刹时钲鼓之声大作，伴着鼓声，就见树丛中飘出一面大旗，上书"汉偏将军刘"五个大字。刘秀银盔银甲，手执沥泉抢，座下黄骠马，率两千精兵居中；马武抡青龙大刀，率一千精兵在左；臧宫挥虎节双鞭，率一千精兵在右，发一声喊，犹如三道洪流滚滚向前，直向王寻中军大营卷将过去。

那纳言大将军严尤，本是奉了王寻将令，防守外围，以抵挡定陵方向的汉兵援军。听得士卒报告汉军闯营，急忙绰枪上马，率兵迎敌。怎奈他手下兵卒，多是刚从颍川征来，未经训练，更未上过战阵，见刘秀的汉军如狼似虎冲来，纷纷躲闪。里面各营盘的将领，一来无思想准备，二来未得王寻将令不敢擅动，有的以为是王大帅使出的欲擒故纵之计，有的以为王大帅早已为汉军设下了口袋阵，也就不狠命出兵拦截。严尤尚未交战，刘秀的突击队已经旋风一般卷入里面大营去了。严尤眼望营外，但见二里远近的树林中，尘头大起，战马嘶鸣，喊杀声不绝于耳，似有千军万马就要冲出。岂不知这是阴识奉了刘秀将令，带领五百骑兵，马尾上绑了树枝，在林中来回奔跑，虚张声势。严尤不知底里，急命两万莽军齐出，准备迎战汉军援军。严尤只顾监视营外密林中汉军动向，没提防汉将任光已率一彪人马斜刺里杀进了营盘。如若密林中汉军大出，就有腹背受敌的危险。严尤正要调整部署，却见巨无霸正挥舞丈八浑铁狼牙棒，驱赶着豺狼虎豹而来。忙喊道："巨无霸，快放猛兽！"巨无霸道："未得主帅将令。"严尤喝骂道："混账！立即放出，违令立斩！"巨无霸领命，当下打开笼子，一声呼哨，就见三十多只猛兽一齐冲了出来。此时，任光任伯卿正好冲到跟前。巨无霸又一声呼哨，那些豺狼虎豹便张牙舞爪，长啸短嚎，扑向汉军。这些汉军在两军阵前听惯了军兵的喊杀声、刀剑的碰撞声，却从未听过豺狼虎豹在阵前的嚎叫声。今见一只只猛兽张着血盆大口猛扑过来，又撕又咬，惊吓不已，纷纷躲闪。那巨无霸紧随猛兽冲进汉军队伍，抡开丈八狼牙棒，左右开弓，一棒下去，便有一排汉军倒地。任光见莽兵队里竟有如此长人、如此猛兽参战，也觉心惊。正焦急间，猛听王霸一声高喊："伯卿队伍速速退后，元伯来也！"原来，刘秀得知莽军中有豺狼虎豹参战，便特地分拨王霸千名弓弩手，专门对付这些猛兽。王霸见汉军已退后，立命千名弓弩手列成扇形，截住猛兽，一齐放箭。那些豺狼虎豹虽无比凶猛，怎抵得过千张长弓，乱箭齐发！不多时，三十多只猛兽便死

第五回

战昆阳英雄显身手
惊天下刘秀破莽兵

的死，伤的伤。巨无霸见状，大吼一声，抡动狼牙棒，直冲王霸扫来。王霸盘马弯弓，嗖的一箭，射中巨无霸右眼。巨无霸大吼一声，伸手将箭拔出，却连眼珠也带了出来。尽管眼中汩汩淌血，口中仍咿咿呀呀发着指令，抡棒冲来。王霸随即又放一箭，这一箭不偏不倚，正中巨无霸眉心。巨无霸不待喊出声来，便听"扑通"一声闷响，仰面倒地。王霸拍马上前，一刀结果了性命。正在此时，天空炸雷轰鸣，狂风大作，暴雨如注。那些带伤的猛兽受了雷声惊吓，又不得巨无霸口令，倒返回头来冲入莽军营中，乱撕乱咬起来。一时间搅得莽兵乱作一团。任光、祭遵趁势率军卷进了大营。严尤见巨无霸已死，汉将踹营，猛兽离群，兵卒散乱，不觉心下大怒，拍马抡枪，直取王霸。二人大战三四十回合，王霸不敌，拔马跑出营外。严尤追出两箭之地，见前面树林中人喊马嘶，旗帜飘扬，疑是汉军援兵就要冲出，忙拨马返回大营，准备整军迎敌。刚返至营外，猛见自己营盘中莽军旗帜已无踪影，一面面迎风招展的，皆是汉军的赤色旗帜。一时惊诧不已。原来是杜茂奉了刘秀将令，率领一千兵卒，换上莽军衣甲，冲进莽营，将莽军旗帜一一拔掉，换上了汉军旗帜。严尤的莽军尚未经过战阵，以为汉军已夺了营盘，一时阵脚大乱。严尤勒马营外，见自己的兵卒正在风雨中乱喊乱叫，东奔西跑，一时心下慌乱。正思忖如何应对，恰恰给了王霸绝好机会。那王霸回头见严尤勒马不前，犹豫不定，当下取出弓箭，在风雨中觑个清楚，一箭射去，正中严尤后心，严尤登时栽下马来。王霸返身杀回，严尤的兵卒已作鸟兽散。外围既无阻拦，作为第二梯队的马成、陈俊、祭遵等，也各率军顺利杀进了莽军大营，直向王寻的中军大帐冲去。

那莽军主帅王寻，清晨起来刚要督师攻城，一将领急急进来呈上一支箭帛——正是王霸故意丢落的响箭。王寻扯开一看，只见上面写的是："成国公王凤麾下，宛城已破，大司徒刘伯升已率四万主力来解昆阳之围，属下亦搬得两万兵马，片刻即到城下。望麾下整兵出战，夹击莽兵！刘秀急笔。"王寻看罢，冷笑道："到底是寻死来了！"即对王邑道："你速到河边大营，拔起十万大军截击刘縯，待我灭了刘秀，即一起围歼汉军主力，今日定要将贼军一鼓荡平！"王邑领命急去。王寻急传将令，调集三万莽兵莽将，在中军大营外层层摆开阵势，迎战刘秀。又命其余各营照旧攻城，不得军令不许擅动。

再说刘秀率领两千敢死队一路冲杀，刚临近王寻中军大营，就见莽兵已迎面列开阵势。为首一将，白面短须，手持双戟，乃是王寻手下将领武烈，一摆双戟喝道："逆贼速速下马受缚！"刘秀并不答话，举枪便刺。武烈双戟架住，二人杀在一处。战不十合，刘秀喝声"下去！"一枪将武烈挑落马下。来不及喘气，刘秀即纵马猛往前冲。冲过三箭之地，只听一阵鼓响，又一彪莽军闪出。为首一将，个矮身瘦，却是王寻手下战将狄龙，手持泼凤大刀，拦住去路。两人刚一照面，刘秀的沥泉枪已刺向狄龙咽喉。狄龙偏头躲过，一抡大刀向刘秀肩膀劈来。二人枪刀并举，一气大战三十回合。刘秀见狄龙刀法精准，并无破绽，心想不可恋战，便将马一兜，跳出圈外跑去。狄龙以为刘秀要逃，急拍马追下。看看追上，双手举刀，照刘秀头盔猛劈将下来。刘秀陡地将马一勒，闪身躲过。狄龙因马急力猛，一时连人带刀，直扑向刘秀怀中。只见刘秀轻舒猿臂，一把将狄龙摘离雕鞍，猛地向下一掼，狄龙直跌得面肿血流，不能动弹。刘秀也顾不得他死活，只是纵马前冲，要擒杀王寻。眼看王寻的中军大帐已在视线之内，却又见一彪莽军早已迎面摆开，为首一独眼将领，乃是王寻手下虎将黑伯。此人身高八尺，紫面紫须，紫盔紫甲，手持紫铜棍，坐下紫骝马，见刘秀冲到跟前，吼一声"着棍！"紫铜棍已劈头砸下。刘秀举枪一挡，觉得沉重，不敢掉以轻心，遂使出看家本领，将一支沥泉枪舞得似腾云掣电，与黑伯杀在一处。战至二十多合时，天空忽然电闪雷鸣，暴雨如注。刘秀见黑伯颇有些功夫，心想如此缠斗下去，胜负难分，何时才能摧毁王寻指挥部？见大雨瓢泼而下，遮人眼目，敌将又是独眼，一时计上心来，举枪一个乌龙探爪势，直刺黑伯肩窝。黑伯抡棍架开，那枪尖却不走肩窝，早从黑伯肩上擦过，

第五回　战昆阳英雄显身手　惊天下刘秀破莽兵

瞬间向上一挑，只听当地一响，黑伯的紫盔早被挑落地上。那黑伯掉了头盔，一任大雨劈头猛浇，雨柱遮得独眼难睁，再看不清刘秀身影，只得将紫铜棍舞动如风，遮身护体，却是只剩招架之功，再无还手之力。刘秀觑个破绽，沥泉枪一抖，正中黑伯咽喉，黑伯当即翻身落马而亡。

刘秀一心要擒贼擒王，不顾一切，直冲王寻中军大帐。看看冲到帐外，就见旗门前青罗伞盖之下，四五名大将簇拥一人，四十来岁年纪，面阔额宽，目光凌厉，长髯飘胸，红袍金甲，手持蘸金虎头枪，坐下汉血宝马，煞是威风。此人正是莽军统帅王寻。这王寻统兵多年，久经沙场，曾战赤眉、败匈奴，是新莽朝廷中名声赫赫的人物。正因如此，才变得刚愎自用，目空一切。这次统领大军杀奔南阳，根本没把区区汉军放在眼里。今早得知刘秀仅率两万兵马来解昆阳之围，还笑他不自量力。突见这位青年将领于万马军中斩将踹营，直杀到中军大帐，虽觉惊异，却也并不慌张。手中虎头枪一指，喝问道："来将可是刘秀？"刘秀道："正是本人！"王寻不屑道："本帅统百万大军前来平贼，尔等区区乌合之众，竟敢抗拒天兵，岂不是螳臂挡车！速速归降便罢，如若不然，片甲不留！"刘秀枪尖一指道："休出狂言，今日你死期已到！"说罢挺枪便刺。王寻身边将领一见，各执兵器，截住刘秀就要厮杀。王寻摆手道："你等闪开，今日要让他看看本帅是谁！"一摆蘸金虎头枪，来战刘秀。二人双枪并举，便在风雨中大战起来。一个枪去如闪电乱舞，一个枪来似雪花飘飞。战到紧处，两支枪犹如两条蛟龙激水，摇头摆尾，搅成一片。二人大战六十余合，直杀得云愁雨泣，仍难分胜负。此时，马武、臧宫、马成、王霸、陈俊、任光、祭遵、杜茂等，已按照刘秀指令，闯过莽军座座营盘，不顾一切，从各个方向杀进了王寻中军大营。只因王寻刚愎自用，傲慢轻敌，并不研究作战方案，手下将领对战局懵懂不清，又不发兵符，诸将无临机处置之权，致使战机稍纵即逝。再加上王霸射落的箭书已传遍军营，不仅各营盘军心散乱，就连中军大营的精兵强将也无心恋战，又见冲进来的汉军将领各个如狼似虎，遂应付一阵，纷纷弃军而走。倒是那波水将军窦融，见王寻危急，忙领兵来救，但怎敌得过那一班虎将？乱军中急忙落慌而逃。王寻万没想到四十多万兵马竟然挡不住这十多员汉将，这才心下着慌。就在此时，猛听杀声大起，又一队兵马冲了过来。队前飘动一面大旗，上写："汉大司徒刘"五个大字。为首一将，浓眉广额，口阔虬髯，手持混铁长槊，座下乌骓战马，声如巨雷喝道："王寻老贼，速速领死！刘縯在此！"王寻在长安就熟识刘縯图像，见真是刘縯杀来，心想王邑必定有失，思忖一世英名，难道要毁于刘氏兄弟之手？稍一分神，早被刘秀沥泉银枪一抖，挑落马下。那汗血宝马也怪，见主人阵亡，并不悲伤嘶鸣，反而跑到刘秀马前，两眼望着刘秀，似乎找到了真正主人。刘秀也觉心有灵犀，忙跳下黄骠马来，纵身跳上汗血马背。那汗血马长嘶一声，抖动鬃毛，撒起欢来。那刘縯近前与刘秀对视一下，也不搭话，下马割下王寻首级，带着血水雨水，挂上马头，纵马驰往昆阳城下，围绕城墙边跑边大喊道："莽兵已败！王寻头颅在此！"攻城莽军一见王寻血淋淋人头，知主帅已死，又听刘縯的数千汉兵杀声震耳，顿时魂飞魄散，扔下云梯冲车，四散乱跑。

再说昆阳城中，守军精力已到极限。这日清早，王常正拖着疲惫的身子在城头巡逻，忽见一士卒送来一支箭帛。王常展开一看，见是宛城已克，刘縯、刘秀前来解围，顿时精神大振，奋臂对王凤道："我军生死，尽在今日一搏。请国公在城中坚守，我即刻整兵杀出，夹击莽军！"立马调来两千精兵，提刀上马，立于城头。片刻时辰，就见刘縯的大旗飘了过来，刘縯挥舞长槊，马上王寻的人头，还正滴着雨水血水，攻城的莽兵已作鸟兽散。王常一声号令，城门大开，两千守军发一声喊，呼啦啦冲出城来。那刘縯见王常一马当先，大呼道："王将军努力！"王常听口音不像刘縯，定睛一看，却是傅俊傅子卫，忙喊一声"傅……"将军二字尚未出口，傅俊忙使个眼色止住。王常会意，向身后高呼一声："大司徒领主力前来解围，我等并力杀敌！"说罢拍马舞刀，杀向前去。

第五回 战昆阳英雄显身手 惊天下刘秀破莽兵

城中汉兵已憋气多日，得知今日刘縯率主力来救，又知刘秀阵斩莽军主帅王寻，个个精神振奋，高喊着杀声冲进莽营。此时的莽军大营，已尸横遍野，血流成河。诸将无主，士卒散乱，一时将不顾兵，兵不顾将，你挤我，我挤你，踩着泥泞，潮水般涌向滍水河边。那王邑本是奉了王寻命令，正要奔滍水大营调集重兵，却被冲进来的汉将马武、任光、马成截住厮杀，脱身不得。危急时刻，所幸窦融赶来，拼死救出了王邑。二人见莽军已陈尸累万，血水染红了战场，哪还顾得上收拾残局？只是穿过乱军，急急往滍水河奔去。

王邑原想赶到滍水大营，调集那里的十万机动莽军，再与汉军一决雌雄。不想那滍水大营的莽军听说主帅被斩、副帅逃命，汉军主力又即将杀来，顿时士无斗志，将无战心，十多万的预备队顷刻间土崩瓦解。十里河岸上，人马杂踏；泥泞的河道中，挤满散兵。那扎营滍河上游的邓晨，见河道中人满为患，当即传令毁坝放水。堤坝一撤，早已憋满的河水，犹如脱缰之马，卷着惊涛骇浪，一泻千里，直冲下游。可怜河道中的莽兵莽将，顷刻间便遭到灭顶之灾。

王邑与窦融赶到河边时，河中已漂起无数尸首。二人见大势已去，不敢停留，急急沿着河岸向西奔逃，直到不见了汉兵踪影，方才停歇下来。王邑望着河中惨景，想到四十多万大军不过一日便灰飞烟灭，主帅王寻又死于非命，不由得泪流满面，仰天长叹道："此天亡我新朝也！"拔剑就要自刎。窦融忙拦住道："殿下不必如此，留得青山在，不怕无柴烧。我们还是先返长安，再做计较。"劝慰一番，二人狼狈逃回长安去了。

再说刘秀见昆阳城外几十万莽军已风流云散，却也不敢掉以轻心。因为滍水河边，尚有十万莽军的大营。王邑如退至河边大营，就有调动兵马卷土重来的可能。想到此，即留王常打扫战场，收编降兵，又命傅俊仍假扮刘縯，当先开路，自己与马武、王霸等带领兵马，直杀向滍水河边。刚到岸边，就见莽兵大营已分崩离析，岸上人马乱跑，河中无数莽兵莽将正在浪涛中挣扎。王霸立命千名弓弩手在岸上一字排开，向河中乱箭齐射，一时间河中莽军哭爹喊娘，声震数里，惨不忍闻。此时已是傍晚时分，风停雨住，残阳如血，河道尸体阻塞，河水为之不流。刘秀命马武、王霸等收缴莽军大营的粮草马匹，即刻转送宛城前线，支援刘縯。据史书记载，汉军此次缴获的粮草辎重、衣甲马匹，连运月余，尚未运完。昆阳之战，也成为我国军事史上以少胜多的典型战例。

此时，昆阳城已四门大开，灯火辉煌。王凤带领城中军民，在城门一字排开，迎接刘秀等入城。王凤勉慰刘秀道："刘将军大智大勇挽救危城，居功至伟！我当奏明圣上，特加褒奖。"刘秀施礼道："成国公坚守城池，指挥若定，刘秀来迟，不敢言功！"王凤不见刘縯，忙问道："伯升何在？"刘秀道："正在围攻宛城。"王凤讶然道："我今晨接你箭书，说宛城已破，伯升即来解围啊！"刘秀道："那是我谎报军情。报之于上公，是为鼓舞士气；泄之于王寻，是为乱他军心。"王凤不解道："可我在城上亲眼看到伯升冲杀了呢？马上还挂着王寻人头。"刘秀将傅俊拉过来，笑问道："上公请看，此人像不像伯升？"王凤一时明白，哈哈大笑道："傅将军假冒伯升，竟连老夫都瞒过了！"傅俊施礼道："还望上公恕末将假冒大司徒之罪。"王凤道："傅将军立下大功，何罪之有？老夫还要为你领功请赏呢。"说罢，请刘秀和众将进城。城中军民，皆欢呼雀跃。当晚，王凤在城内大摆筵席，庆贺昆阳大捷。

刘秀以两万汉军之力，一日之内大破百万莽兵，又阵斩新朝名将、大司徒王寻，一时名声惊天动地。昆阳城内，大街小巷争传刘秀故事。汉军诸将提起刘秀，个个五体投地，却无一人提起王凤。王凤自感受了冷落，心中自是郁闷。这日晚间，王凤觉得无趣，换了便装，到一小酒馆饮酒解闷。酒馆内，众酒客也是边饮酒边谈论刘秀。一酒客道："听说那刘秀座下神牛，头上天眼，百万军中取上将首级，犹如探囊取物，好生厉害哩！"一酒客道："刘将军本是赤龙下凡，听说那些豺狼虎豹一见到他,就骨软筋酥。"一酒客道:"据说王莽是青莽精转世,玉帝恼怒他残害百姓,特派赤龙下凡除掉他!"又一酒客道:"就是。人说刘将军隆准日角,龙姿凤表,将来定是汉家天子!"王凤越听越不是滋味,正要离开,就听旁边桌上几个士兵模样的酒客正在窃窃议论。一个道:"你看这场大仗打的!幸亏咱们两军阵前早早降了汉军,不然脑袋早就搬家了!"一个道:"我娘!听说光是淹死的,就有五六万!"一个喝高了,故作神秘道:"告诉你们吧,当初那个守城的什么成国上公,射下来一封降书,是我捡到的。咱们大帅还硬是不准人家投降。结果怎么着?刘秀一杀回来,连小命都没了。"一个拉拉他袖子道:"什么?成国公那么大的官,也想投降?真他娘的没骨气,给人家刘秀提鞋都不够格!"王凤听着这几个降兵议论,不由得心下一惊,思忖大事不好!乞降之事如若传开,不光是刘秀、王常不会答应,就连那几个绿林兄弟们,脸面上也难过去。今后这成国上公的位子还能否保住,都不好说。想到此,杀心顿起。待那几个降兵喝完酒,东倒西歪走出酒馆,王凤便悄悄跟在后面,走到一僻静处,拔剑将这几名降兵杀死。回到住处,虽心中不快,却也难埋没刘秀功劳,还是连夜给刘玄写了奏章,亲自送回淯阳,为刘秀等诸将请功。两日之后,刘玄便派使者来昆阳传达诏命,拜封刘秀为破虏大将军、武信侯,马武为振威将军,王霸为偏将军。其余诸将也各有封赏。又言宛城已被刘縯攻克,皇上不日将入驻宛城,召王常、马武回朝任事,命刘秀不必回朝,率兵两万,继续北伐颍川,威逼洛阳。那刘秀大败莽军,惊动天下;刘縯攻克宛城,威名远扬。这兄弟二人正意气风发,要为匡复汉室再建功勋,却不料一场杀机已悄然逼近。欲知兄弟二人性命如何,且听下回分解。

第六回　攻城略地功高震主
　　　　　明枪暗箭刘縯冤亡

　　话说王凤经昆阳一战，切身领略了刘秀的大智大勇。他本来是要回朝为刘秀报功请赏的，可这老小子肠子弯弯多，一路上暗自思忖：刘秀一战成名，震动天下；刘縯又攻克宛城，声名远播，如此发展下去，我等在朝中的地位恐怕就岌岌可危了。必得施一计谋，不让刘縯、刘秀做大，最好能除掉这兄弟二人，永绝后患。

　　回到淯阳参见了刘玄，王凤不但未隐瞒刘秀的功劳，反而将刘秀的智谋勇略吹得神乎其神，并将刘秀是赤龙降生、有帝王之相的传闻也添油加醋讲述一遍。刘玄并不知王凤用意，反而高兴道："朕有国公及伯升、文叔辅佐，看来推翻新朝，中兴汉室，大有希望呢。"王凤看刘玄不识玄机，进而挑拨道："等他们弟兄推翻了新朝，你这个天子也就坐到头了！"刘玄讶然道："成国公此话何意呀？"王凤不客气道："你能当皇帝，人家智谋勇略比你强百倍，就不能称王称帝？现今汉军中就只知有刘縯、刘秀，不知有你刘玄了，若是他们兄弟打下天下，这皇帝宝座还能有你的份？"

　　听王凤如此这般分析，刘玄不由得想起新野令不认他这个皇帝，而见刘縯一面就归降的情景。更有一事，也让刘玄耿耿于怀。那是刘玄和朱鲔攻取新野之后，为使坚守宛城的岑彭早日归降，便将岑彭的老母妻子解救出来，好言抚慰，好生招待，又将她们送往宛城城下，劝岑彭归降。岑彭见刘玄等如此厚待他家人，便举城归降。当时刘氏宗室诸将因在小长安吃过岑彭的大亏，都主张杀掉他。刘玄、刘縯念岑彭是一代名将，不但力排众议未杀他，还封了他个归德侯。然而岑彭并未对他这个皇帝感恩戴德，反而和刘縯惺惺相惜，过从甚密。想到这桩桩件件，刘玄面露愠色，默然不语。王凤见刘玄心有所动，又进言道："当务之急，还不是攻城略地，应是紧紧盯住刘氏兄弟，切不可让他俩做大！"

当夜，王凤又悄悄召集陈牧、朱鲔、李轶等，密商如何对付刘縯、刘秀。陈牧是老粗，刚听王凤讲出原委，便一拍桌子道："这有何难！老子今夜就带兵把刘伯升抓了，要杀要砍，还不是咱们说了算？"朱鲔道："老陈你倒说得痛快！眼下咱绿林兵将虽说人多势众，但刘縯、刘秀的威望非同小可，再说南阳那几个将领，各个都不好惹。若是平白无故把刘縯抓了，恐怕咱们也没有好果子吃。要抓要杀刘縯，还须皇上下令，才能名正言顺。"王凤捻须道："刘玄懦弱，并非杀伐决断之主，要他凭空下如此决心，恐非易事。"陈牧道："老子这就去皇宫，要他写个手令，看他敢说半个不字！"王凤摆手道："强扭的瓜不甜。咱们虽算是太上皇，但也不可把皇帝逼得太紧，总要让他对刘縯心生恨意才是。"又对李轶道："季文，你是和刘縯一同起事的，须你到刘玄那里如此如此，刘玄方信。"

再说那更始皇帝刘玄自听了王凤挑拨，心下郁闷，夜来正在皇宫辗转反侧，就见李轶急急进来，神神秘秘道："启禀圣上，臣有急事奏报。"刘玄见李轶深夜闯宫，必有要事，忙道："爱卿请讲！"李轶凑到刘玄跟前道："刚才刘伯升召我进府，大讲他的功劳，大骂圣上无能，让我暗中联络宗室子弟和南阳诸将，待圣上大会群臣、论功行赏之时，起而逼宫。"刘玄大惊道："竟有这等事？"李轶道："臣不敢乱讲，深感兹事体大，才深夜来禀。"刘玄一听，头皮发麻，急得团团乱转。李轶道："圣上可速召成国公、大司马进宫，商议对策。"刘玄急道："速速有请！"一时王凤、朱鲔进来，李轶又将上述言语讲述一遍，王凤勃然大怒道："这个刘伯升，早有不臣之心！圣上登基那天，你看他那个模样，鼻子都气歪了！"刘玄沉吟道："伯升和我是同宗兄弟，反莽复汉同属一心，想来还不至于……"王凤打断道："兄弟相残，哪一朝没有？必须赶快下手，先发制人！"刘玄嗫嚅道："这个，这个，我再找伯升谈谈？"朱鲔道："还谈个屁！当断不断，反受其乱。再不下手，你脑袋掉了还不知是谁砍的！"刘玄顾虑道："眼下文叔手握重兵，若除掉伯升，他怎会善罢甘休？"王凤道："无妨。我今日回朝，本就是为他请功加爵的。圣上可加封他为破虏大将军，再命他率军北伐颖川，不让他回朝便是。"朱鲔问道："昆阳现有多少兵马？"王凤道："加上降兵，已有二十多万。"朱鲔道："可让他带兵两万北伐，其余军兵返回宛城。他若敢反叛，咱们已有三十万兵马，足能和他一战。"刘玄仍显犹豫，王凤催促道："就依大司马所言，圣上速速拟旨，对刘秀封官远调，庆功会上就除掉刘縯！"这才有了上文刘秀接到刘玄的诏命。

　　十日过后，刘玄进驻宛城。安置已毕，便在皇宫大摆筵席，庆贺昆阳、宛城大捷。众将开怀畅饮，纷纷向刘玄、刘縯敬酒，又拉马武、王常讲述刘秀如何用兵如神。刘縯满带胜利喜悦，大碗喝酒，豪气干云。酒过数巡，就向刘玄建言道："陛下，昆阳一战，王莽几无可用之兵。依臣之见，趁我军新胜，即刻兵分两路，一路由文叔攻取颖川、洛阳，一路可由臣过函谷关攻取武关，对长安形成夹击之势。如能攻下长安，汉室中兴可望可期！"刘玄道："伯升攻城风霜劳顿，不妨休整一时。"此时，王凤便向刘玄使个眼色。刘玄就对刘縯道："听说伯升宝剑削铁如泥，吹毛可断，能借朕一看么？"刘縯当即解下佩剑呈给刘玄。刘玄接过宝剑，仔细审视，但见鞘面装饰古雅，镂刻精致，剑柄镀金，系两束淡绿穗绦。拔剑出鞘，剑刃霜锋凛凛，寒气逼人。刘玄口中连说："好剑！好剑！"心下却不由嘀咕：看伯升言谈举止，并无逼宫之意。我若一剑将他砍翻，宴席上必然大乱。依伯升的威望，拥戴他的不在少数。若是变成一片刀光剑影,不要说自己的皇位,就连小命也怕难保。一时难下决断。那王凤、朱鲔等已在席外埋伏好武士,只待刘玄一剑砍杀刘縯,便伏兵四出,看住南阳诸将,随即宣布刘縯谋逆大罪。谁知刘玄心下恐惧,头上虚汗直冒,不敢出手。末了摇摇头,将剑还给了刘縯。王凤见刘玄如此懦弱,心中暗骂"竖子不足与谋!"抬眼望望朱鲔,做了个摔杯动作。朱鲔会意,起身离席,从腰间摸出一枚玉玦,呈给刘玄道:"陛下,臣有一玉玦,乃是秦代皇宫之物,特呈陛下观赏。"刘玄再不读书,也知道当年项羽鸿门设宴、范增献玉玦,欲杀老祖宗刘邦的故事。此时他心中却是另一番寻思。自从进了南阳首府宛城,出入前呼后拥,起居有人侍候,不觉心花怒放。正想挑选几名美女,日日陪伴宫中呢。这样的好日子还没开头,就要搞什么宫廷残杀,何苦来呢。即使将来刘縯逼宫,我把皇位让他,当个王爷,也能享一辈子清福哩。这样胡思乱想着,哪还考虑什么摔玦为号!接过玉玦看了几眼,还给朱鲔道:"朕不胜酒力,先自退席,让众位将领一醉方休吧。"说罢离席回宫去了。王凤、朱鲔一看刘玄无意除掉刘縯,又气又恼,一时又无计可施,也早早离席而去。此时的刘縯正雄心勃勃,一心一意想的是如何攻克长安,推翻王莽政权,对宴席上的猫腻浑然不觉。倒是叔父刘良看得明白,私下提醒刘縯道:"伯升啊,今日的庆功宴,实是当年的鸿门宴!"刘縯呵呵笑道:"什么鸿门宴?难道圣公要害我?"刘良道:"事情还不是明摆着?圣公平白地要观赏你的宝剑,恐怕是想当场砍杀你。朱鲔献玉玦,还不是要圣公摔玦为号擒杀于你!这和当年的鸿门宴有何两样?我曾几次暗示你赶快离席,你却浑然不觉。幸亏圣公懦弱,或许念起同宗兄弟之情,没有出手。不然,今天的局面就不可收拾了!"刘縯不屑道:"这帮小人,就知道勾心斗角!不必理会他们。至于圣公,我是一心辅佐,他应该心中有数。"刘良道:"圣公无能,还不是听他们几个摆布?眼下绿林兵将人多势众,他们又不让文叔带兵回朝,这其中大有深意。你和文叔战功显赫,声望日增,怕是要功高震主。我老了，帮不上你多大忙，文叔又不在跟前，你要处处警惕啊！"刘縯大大咧咧道："量他们也不敢造次！"刘良见刘縯不以为然，又叮嘱一番，摇摇头离去。

再说王凤、朱鲔见刘玄不能以计行事，并不肯善罢甘休，便找来陈牧、李轶，谋划下一步行动。王凤气咻咻道："这个刘圣公，真是扶不起来的天子！"陈牧道："你们那肠子，就是弯弯绕太多。这事要是交给老子，早就一剑完事了！"朱鲔道："这事可不像你打铁，叮当几下就成。为今之计，是要激起刘玄对刘縯的仇恨。"王凤捻须道："我看倒可先拿刘稷开刀。从咱们拥立刘玄，他就极为不满，整日骂骂咧咧，不听招呼。他是刘縯爱将，抓他个蔑视皇上的罪名杀了，刘縯必然不服，要大闹朝廷，到那时……"陈牧道："对！俩人一锅烩！不然杀了刘伯升，那小子肯定要领兵造反，真打起来，咱们几个怕都不是他对手。"几人密议已定，要杀刘稷。

刘稷此时已攻克鲁阳，正和众将领喝得胜酒。忽报更始皇帝派使者前来传旨。刘稷恼怒道："传什么鸟旨？扫老子们的兴！叫他进来！"使臣进得营帐，刘稷并不起身。使臣不悦，高喊道："圣旨下，刘稷接旨！"刘稷也不跪接，端起酒杯喝了一大口酒，才摆摆手道："念！"使臣展开黄绢念道："奉天承运，皇帝诏曰：刘稷攻克鲁阳，功勋卓著，钦封抗威大将军！"刘稷道："抗威二字是何意思？"使臣故意激道："是说你抗拒天威吧？"刘稷大怒道："说我抗拒天威，我今日就抗了！"一把夺过圣旨，唰唰唰撕了个粉粹。使臣又惊又怒，喝道："大胆刘稷，你敢蔑视皇上？"刘稷道："什么鸟皇上！老子就认刘伯升，滚！"使臣怕刘稷动粗，急出帐外，打马奔回宛城，见了刘玄，将刘稷发飙之事讲述一番。刘玄一听，火冒三丈，马上召来朱鲔，下旨道："大司马，你即刻带兵前去鲁阳，擒拿刘稷！"朱鲔道："那刘稷天不怕地不怕，他真要领兵造反，又有刘伯升撑腰，朝廷可就危险了！"刘玄怒道："他一骂皇上，二撕圣旨，三赶钦差，这不就是造反吗？"

第六回 攻城略地功高震主 明枪暗箭刘縯冤亡

朱鲔道："他不是只认刘伯升么？那就让刘伯升调他回朝。他若单人匹马回来，那就由不得他了！"刘玄正在气头上，遂连夜召来刘縯，要他调刘稷回朝，只说是商议军情。

朱鲔连夜将刘玄发火之事报告了王凤等。王凤道："咱们再趁机点把火，猛烧到刘伯升头上。"李轶道："我已思得一计，定让刘玄下决心除掉刘伯升。"王凤等听罢李轶的计谋，无不拍手赞同。李轶便将大司徒府的侍卫李虎约到自己府上小酌。那李虎本是李轶在新野时的家丁，此人为人机灵，却非良善之辈。刘秀在新野招兵时，李轶带李虎参加了汉军。及至刘玄称帝，刘縯当了大司徒，李轶推荐李虎担任了司徒府侍卫。那李虎原以为一进司徒府，便可身价百倍，升官发财，不想刘縯对府中人员约束极严，李虎几次请求刘縯为自己谋个官职，刘縯不但不通融，还将李虎责骂一顿。李虎感到委屈，常到李轶府上诉苦。这夜李虎见了李轶，几杯酒下肚，就又发起了牢骚。李轶趁机撩拨道："小虎子你真想升官？"李虎道："小人提着脑袋跟随大人造反，就是想着恢复了汉室，弄个一官半职当当。现今刘玄坐了皇帝，刘縯当了大司徒，却把俺们当成了驴粪蛋，想想就气恼。"李轶道："眼下就有升大官的机会，就看你干不干了。"李虎眼睛一亮道："只要能升官，大人叫小人干啥就干啥！"李轶故作神秘道："小虎子你是下人，不知朝中内情。别看当今皇上和刘縯是同宗兄弟，其实二人并不同心。刘玄称帝，刘縯早就不服。现今刘縯、刘秀连打胜仗，威望如日中天，弄得军中只知有他兄弟二人，不知有更始皇帝。刘縯自恃功高，早不把皇上看在眼里。这样下去，他还不要夺取皇位？皇上已经看到这个危险，下决心要除掉他。"李虎一听，唬得眼也直了，腿也软了，哆哆嗦嗦问道："大人，大人……是想让我暗杀大司徒？"李轶道："你还没那个胆量！只需你如此如此。事成之后，坐等升官就是。"李虎听罢，虽然心下惊惧，但升官的诱惑实在太大，也便应命而去。

李虎连夜返回大司徒府，见刘縯屋中依然灯火通明，便为刘縯端了茶水送去。刘縯正在灯下制定西征长安的作战计划，头也不抬，摆摆手让李虎退出。李虎守在屋外，直到黎明时分，方见刘縯上床歇息。听得刘縯鼾声如雷，李虎蹑手蹑脚进来，悄悄解下刘縯衣带上的钥匙，开了密柜，取出一道调兵兵符藏好了，退出门口。待刘縯起床，李虎悲悲切切进来，扑通跪地，嚎啕大哭道："禀大人，新野老家昨夜来人报丧，说是小人的老娘没了。"刘縯见李虎哭得伤心，忙劝慰道："人死不能复生，你不必太过悲伤。去到府上领些银两，速速奔丧去吧。"李虎道："谢大人！"爬起来收拾一番，出了司徒府，竟直奔到李轶府上禀告。李轶接了兵符，立马将王凤、陈牧、朱鲔请来，四人密议一番，带上李虎直闯皇宫而来。刘玄因心情不爽，正在宫中闷坐，就见王凤等急急闯了进来。李轶道："启禀圣上，大事不好！"刘玄心惊，忙问何事？李轶扬扬手中兵符道："刘伯升真要反了！"回头对李虎道："李虎，快对圣上奏来！"李虎跪下道："启禀圣上，小人是大司徒府侍卫李虎。今日早晨，大司徒交给小人一道兵符，让小人速速送往鲁阳，秘密交给刘稷将军。小人不知底里，正要前往鲁阳，恰巧碰到李大将军。小人将兵符让李大将军看了，大将军吃惊，这才拉上小人面见圣上。"李轶假装吃惊问道："圣上让刘伯升调刘稷回朝，可曾让他带兵前来？"刘玄道："只是让他一人回朝。"李轶道："这就大有文章了！"说着将手中兵符递给刘玄。刘玄一看，刘縯的兵符上写着让刘稷带兵一万来朝，不觉神色大变，连连惊呼道："反了！真要反了！"王凤加火道："陛下，刘稷要是带兵回朝，恐怕就不只是逼宫了，是要你项上人头！还望陛下速定大计。"李轶道："我早就吩咐过李虎，让他注意刘縯一举一动。这次要不是李虎报告及时，圣上性命危矣！李虎你救驾有功，速速藏进我府，不可出门！"李虎退出后，王凤等就和刘玄商议如何除掉刘縯。陈牧见刘玄仍然心神不定，便粗声粗气道："你这个皇上就是心慈手软。刘縯、刘稷谋反，人证物证俱全，你还犹豫个屁！这回你可别像上回一样，让老子们白费一番辛苦！"王凤止住陈牧，对刘玄道："看

第六回 攻城略地功高震主 明枪暗箭刘縯冤亡

来，刘縯、刘稷是非除不可了。圣上若不忍见杀，可不必出面，但须写一道诛杀令，交由我等处置，方为名正言顺。"刘玄见刘縯真要谋反，也不由怒从心上起，当即御笔写下一道诛杀令，交由王凤等处置。

再说刘縯刘伯升按刘玄旨意调刘稷回朝，拟让他担任征西的先锋。刘稷接到军令，当下交代了鲁阳军务，单人匹马直向宛城奔来。时值盛夏，沿途林木茂盛，生机勃勃。刘稷想到就要进兵长安，不由得豪情满怀，打马如飞。不想刚驰进必经之地葫芦谷，迎面猛然拥出一队人马，中间王凤，左边陈牧，右边朱鲔，挡住去路。刘稷见这三人横眉怒目，来者不善，却也未把他们放在眼里，抽出宝剑，打马就要冲过。此时就听一声唿哨，山谷两侧突兀站起数百兵卒，各个箭在弦上，指向刘稷。刘稷一时愣住，正要质问，就听王凤大喝道："反贼刘稷，还不下马受缚！"刘稷见已被困，思忖硬拼无益，还是暂且跟他们回去，见了伯升再做理会。便扔下宝剑，任凭王凤等绑了，返回宛城。

王凤将刘稷带回宛城，连夜审问。刘稷不服，怒吼道："你说老子谋反，有何证据？"王凤道："朝廷抓你，自有证据。"取出刘縯兵符，高喊一声："带证人！"就见两名兵卒押了李虎进来。王凤问道："李虎，刘伯升是如何让你送兵符给刘稷的？"李虎便将事先编好的一套谎话和盘托出。王凤教人做了记录，对刘稷道："反贼刘稷，你还有何话说？"刘稷此时方知王凤等要阴谋加害刘縯，不由得怒目圆睁，大吼道："你们这帮狗贼，要杀老子现在砍了就是，绝不能加害伯升！老子死不足惜，只可惜复汉大业迟早毁在你们手中！"王凤喝道："大胆！拉出去打！"立时上来武士，将刘稷拉出去严刑拷打。那刘稷英雄盖世，眼下却是虎落平阳，一时间被打得皮开肉绽，昏死过去。王凤又指使人扯过刘稷指头，在李虎的所谓供词上摁了手印。

那刘縯刘伯升一心一意要匡复汉室，哪里知道王凤等阴谋正一步步实施！这日正在等待刘稷回朝商议西征军务，忽然御前侍卫前来告知，更始皇帝要听取刘縯调兵遣将的部署，因天气炎热，地点设在宛城北郊的杨林苑中。刘縯听罢，便带了攻战方案，策马来到北郊杨林苑外。刚栓了马，就听里面传来刘稷的怒吼声："狗贼王凤，老子今日掉了脑袋，不过是碗大一块疤！你等胆敢陷害伯升，老子到了阴间也决不饶你！"刘縯闻言大惊，疾步闯进苑中，猛见刘稷被紧紧捆绑在一棵大杨树上，两名持刀武士站立两旁，王凤、陈牧、朱鲔坐在对面桌前，摆出一副监斩架势。刘縯见状，犹如五雷轰顶，怒指王凤道："刘稷何罪？"王凤道："刘稷谋反，证据确凿。"刘縯吼道："刘稷勇冠三军，谁人不知？自起兵以来，披羽登城，陷阵溃围，哪一仗少得了他？你等胆敢如此陷害忠良！先将他放开，我和你等一起面见圣上，御前评理！"说罢上前去解刘稷身上绳索。刘稷见状大叫道："伯升快走！这帮狗贼就是冲你而来！"刘縯一愣，就听王凤喝道："圣上有旨，诛除逆贼！"随着话音，杨林深处伏兵四起，数十枝乱箭一齐射来，刹时间，二人状如刺猬，倒地身亡。可怜那刘縯英雄一世，刘稷勇冠三军，一心一意要反莽复汉，却不明不白死于小人之手。

眼见刘縯、刘稷已死，王凤即吩咐朱鲔调动兵马，准备应对刘秀，又命李轶即刻回府杀掉李虎，永绝后患。自己进宫向刘玄奏报。刘玄听罢，想起刘縯功劳，也觉有所不忍，叹口气道："传旨大司徒府，厚葬伯升也就是了。"一时又想到刘秀手握重兵，闻讯必不肯善罢甘休，急忙问王凤道："万一刘秀兴兵前来报仇，如何是好？"王凤道："不妨。臣已让大司马调集了十万兵马，大可与他一战！"欲知刘秀闻讯如何动作，且听下回分解。

第六回 攻城略地功高震主 明枪暗箭刘縯冤亡

第七回　削兵封印刘秀避祸
　　　　韬光养晦光武屈身

话说刘秀昆阳一战成名，被更始皇帝刘玄封为破虏大将军、武信侯，又命他率军两万，北略颍川，进逼洛阳。此时，刘秀声名远播，附近的青壮纷纷慕名前来投军，麾下兵卒一时增至五万余众。刘秀在昆阳休整数日，命杜茂镇守昆阳，马成镇守定陵，陈俊镇守郾城，自率王霸、臧宫、祭遵、邓晨等将领北伐，一路攻取了颍上、阳翟等县。及至兵到父城，却遭到父城县令冯异的坚决抵抗。冯异字公孙，颍川父城人。少好读书，精通孙子兵法，且武艺出众，又清正廉明，深得民心。当年王凤的绿林兵也曾数次攻打父城，都被冯异打得大败而逃。王莽朝廷因冯异有功，特授权让他监管附近五县。昆阳之战后，听闻刘秀一日之内以两万汉兵击溃王寻百万大军，甚觉吃惊，讶然道："不想绿林军还能有如此奇人！"待刘秀兵临城下，冯异不敢大意。立即排兵布阵，抵御刘秀。冯异手下有一县尉，姓铫名期字次况，身长八尺二寸，豹头环眼，燕颌虎须，容貌绝异，一支长戟，力敌万人。两军交战，铫期挺戟出马。汉军中先是王霸上阵，战不十合，败下阵来。紧接着祭遵出马，二三十回合后也拨马退下。然后是臧宫、任光出战，皆不能赢。铫期力战四将，毫无惧色。一连半月，父城难克。刘秀在阵前观察，见冯异排兵布阵章法精密，铫期又勇猛过人，便退兵四十里外的车巾乡，筹划攻城之策。时有冯异族兄冯孝，正在刘秀帐下担任谋士。见刘秀着急，便自告奋勇道："公孙文韬武略，又勤政爱民，人才难得。

年来对王莽政权早已灰心，但又不屑与绿林为伍。是他没有见到大将军，未遇明主罢了。大将军可修书一封，待属下前去晓以利害，说他来归，岂不更好？"刘秀大喜道："先生如能说动公孙来归，实是大功一件！"当下写就一信，劝冯异认清大势，脱离王莽新朝，共同复兴汉室。

冯孝持刘秀书信，进父城见冯异。冯异接过书信细细阅读，一时陷入沉思。冯孝劝道："王莽篡汉，朝政日非，今天下分崩，兵革遍地。然我观数路武人崛起，皆在劫掠，并无大志。唯刘氏兄弟深图大略，志在中兴。我随刘公有年，深感刘公文韬武略，无人能及。公孙熟读兵书，想来对昆阳一战自有评判？"冯异赞道："一日之内，以两万兵马击败百万大军，秦汉以来，尚未闻未见。"冯孝道："昆阳一战，王莽再无可用之兵，公孙尚能坐守一区区父城乎？"冯异道："昆阳一战，刘秀奇才已见一斑。怎奈绿林人物，皆是庸碌之辈。他追随刘玄，真是明珠暗投。我还是静观其变罢了。"冯孝道："我观刘公，绝非池中之物，乃是人中龙凤。你未见其人，自不知底里。还是随我赴汉营一见，再做定夺为是。"冯异思忖一刻道："公孙遵从兄言也罢。"当下吩咐各将领坚守城池，单骑随冯孝来到刘秀大营。刘秀亲到营门迎接，见冯异目光深邃，气质不凡，一派儒将风度，先自心中喜欢，设宴招待。席间与冯异谈古论今，发现冯异见识远高于手下诸将。冯异见刘秀龙姿凤表，谈吐恢弘，经史子集，无所不通，和绿林人物判若云泥，不觉五体投地，诚拜道："公孙愿追随大将军左右，生死不计！"刘秀动情，执冯异手道："我今得公孙一人，胜夺十座城池！"冯异道："末将这就回去召集五城将领一齐来归！"刘秀当即解下战袍，披在冯异身上，送出营门嘱道："我全营将士，翘首以待将军！"

冯异返回父城，立刻召集五城守将，将面见刘秀情景讲述了，对诸将道："我观大将军刘公言谈举止，决非常人可比，可以归身，以成功业。"众将领早闻刘秀威名，听冯异如此说，异口同声道："我等悉听将军一言！"翌日，五城城门大开，迎接刘秀人马入城。

第七回　削兵封印刘秀避祸　韬光养晦武屈身

刘秀收了冯异、铫期等将领，又得五城兵马五万余人，一时声威大振，便积极准备北上攻取颍川。这日，刘秀正要下令人马出动，忽见一将领盔甲不整，灰头土脸，一人一骑急驰进营区。刘秀看得清楚：来将不是大司徒府护军朱祐朱仲先吗，怎地如此模样？顿时心下一惊。朱祐一见刘秀，即下马伏地大哭道："大将军，大司徒和刘稷已被王凤那帮狗贼杀害了！"这消息如此突如其来，刘秀怕一时听错了，急道："仲先，再说一遍！"朱祐哭道："王凤、朱鲔这帮狗贼，诬告大司徒和刘稷谋权夺位，昨日已将他俩乱箭射杀了！"刘秀闻言，有如五雷轰顶，只觉得天旋地转，扑通跌坐椅上。因悲伤过度，难以言语，只是对众将摆摆手，由朱祐搀扶进后帐去了。外面众将，顿时如凉水倒进热油锅，炸声四起。王霸跳起来大骂道："若不是大司徒兄弟举兵反莽，刘玄、王凤等辈还不是啸聚山林，打家劫舍！当他娘的什么皇帝、国公？如今却是恩将仇报，是可忍孰不可忍！"臧宫一擂桌子道："我等就该即刻发兵攻打宛城，灭了那帮猪狗不如的东西，夺了刘玄那鸟位子！"铫期吼声如雷道："这帮孙子，全是我手下败将。攻打宛城，我愿做前部先锋，杀他个痛快！"任光道："无非是再来一次昆阳大战！"一时间个个气愤填膺，要与刘玄朝廷立决雌雄。冯异见众将情绪失控，怕出意外，忙劝大家先回去整顿兵马，以待刘秀发令定夺。

　　再说刘秀由朱祐扶进后帐，将息片刻，才缓过神来。听得外面众将喧哗，忙对朱祐道："仲先，你先出帐看大家的动静，我一人静坐一时。"朱祐满以为刘秀就要调兵点将，攻打宛城，便出帐准备去了。刘秀独坐帐中，心潮一时起伏难平。回想一年前和大哥在白水乡起兵，自己就被大哥匡复汉室的一腔豪情感染、激励。小长安一战，汉军兵败，大哥一下子失去了妻子女儿，仍毫不气馁。当时有人劝大哥续弦，大哥却发誓道："王莽未灭，何以家为！"从此全心全意扑在灭莽兴汉的事业上。多次攻城略地，大哥总是身先士卒，冲锋陷阵，赢得全军将士的拥戴。刘玄称帝，明显是绿林将领有意排斥大哥，而大哥依然毫无怨言，戎马倥偬，旰衣宵食，为更始朝廷立下大功。前些时分兵离别时，大哥还豪情满怀地和自己约定会师长安城下！当时自己看出王凤、朱鲔等不怀好意，曾提醒大哥小心在意，大哥却心地磊落，并无防人之心，一心一意想的是中兴大业。如今王莽新朝已遭重创，汉室复兴可望可期，大哥却因功高震主，突遭奸人陷害！似此下去，匡复大业何能完成？前路又在哪里？想到此，心中愤懑难捺，不由得捶墙大哭。少顷，冯异进帐来见，劝道："大将军千万节哀顺变，不可过度悲伤。"刘秀此时已神情平静下来，忙问道："各位将领情绪如何？"冯异道："个个怒火中烧，都要即刻杀回宛城，为大司徒报仇。我怕事出意外，已劝大家回营待命去了。"刘秀道："多谢公孙将军助我！"冯异道："末将有一言，愿为大将军道。依末将看来，眼下还不能和宛城兵戎相见。倒不是怕他们人多势众，而是当下形势不容。大将军和大司徒白水起兵，为的是匡复汉室大业。年来攻城略地，吏民归心，成果来之不易。尤其昆阳一战，汉兵声威日盛，正待一鼓西进，推翻新莽。若此时发生内战，汉军定会分崩离析，风流云散，反莽大业必将化为泡影。大将军饱读经书，当知审时度势，谋定后动。还望大将军卧薪尝胆，以待时机！"一席话推心置腹，刘秀不觉热泪盈眶，紧紧拉住冯异手道："我心知矣。愿公孙将军时时教我！"二人正说话间，朱祐闯进帐来高声说："大将军，各将领都已经准备就绪……"不待朱祐讲完，刘秀不容分说下令道："胡闹！仲先你即刻返回宛城，告诉大司徒府所有人等，不许胡乱议论，更不得妄动！"朱祐见刘秀如此态度，大惑不解，刚想说话，刘秀一瞪眼道："速速返回，不得有误！"

　　翌日一早，刘秀召集众将道："伯升忤逆皇上被诛，也是咎由自取。我平时劝谏不力，今日即回朝谢罪。父城一应军务，悉由公孙将军处理。你等要听命更始朝廷，勠力同心，完成反莽复汉大业，决不要乱说乱动！"王霸道："更始朝廷如此混账，大将军不可返朝！"臧宫奋臂道："一帮狗贼当道，还能恢复什么汉室！大将军速带我等杀向宛城，推

第七回　削兵封印刘秀避祸　韬光养晦光武屈身

翻更始，另立朝廷！"众将气愤难平，也都跃跃欲动。刘秀怒责道："你等要想造反，可先取下我的头颅！"众将一惊，皆低头不语。王霸道："大将军执意返朝，属下愿随同前往。"刘秀道："不必，我一人不带。只是要你等好自为之，休惹祸端！"交待完毕，即单人独骑奔向宛城。

且说王凤、朱鲔等杀害了刘縯、刘稷，心想刘秀必然要兴兵报仇，赶忙调集了十万兵马，专待刘秀前来厮杀。刘玄更是心神不定，召王凤进宫商议道："刘秀如兴兵报仇，朝廷将如之何？"王凤道："陛下不必犯愁，我和大司马已调兵十万应付他。"二人正议论间，有内侍来报，言说刘秀已到宫外，求见皇上。刘玄心下着慌，急忙问道："带了多少兵马？"内侍道："只他一人，并无一兵一卒。"刘玄听罢，一时愣住。王凤道："刘秀颇有心机，且看他葫芦里卖的什么药。"立命刀斧手在皇宫内埋伏好了，传刘秀进见。刘秀进得宫来，身未披甲，腰未悬剑，只是一身朝服，面色平静。一见刘玄，便伏地自责道："罪臣刘秀参见陛下！臣听得伯升被诛，心不自安。伯升固是罪有应得，然臣平日劝谏不力，多有失职之处，请陛下治臣之罪！"刘玄满心想的是如何对付刘秀的发难，万没想到刘秀不但不为刘縯鸣冤喊屈，还连连自责谢罪。留意观察刘秀神情，竟不带一丝怒意。一时倒也无话可说了。稍顷，支支吾吾道："文叔快快请起！伯升谋反，朕治其罪，也是情非得已。文叔远在昆阳，不知者不为罪。不但无罪，而且有大功。你一日之内击溃王莽百万大军，功劳非比寻常啊！"刘秀道："昆阳大捷，靠的是陛下深得军心，成国公运筹帷幄，指挥若定。臣不过是奉陛下和成国公旨意行事，决不敢言功！"刘玄道："文叔，你先去处理伯升后事。不管怎么说，朕和伯升也是兄弟一场，我已下旨厚葬，你全权处理吧。过几天朕再为你庆功！"刘秀又叩头道："圣上厚德，臣铭记不忘！"

刘秀出宫来到大司徒府，只见府中已摆了刘縯、刘稷的大红棺木，全府上下都身穿孝衣，哭泣之声响成一片。刘氏宗室子弟刘赐、刘嘉及刘縯手下的一些南阳将领，正围着刘縯棺木悲悲切切，一见刘秀进府，呼啦一下围了上来，询问刘縯葬礼如何举办。刘秀见一个个面带怒容，毫不客气道："伯升身犯谋逆大罪，皇上留他全尸，已是格外开恩了，还搞什么葬礼！取消！"大司徒府护军朱祐因刘玄有旨厚葬，正要筹办隆重的葬礼，见刘秀进来，忙拿来孝衣、祭品。刘秀狠瞪他一眼道："拿走！你们也都把孝衣脱掉！"众将一时怔住，心下顿时凉了半截。朱祐哭道："那就请大将军最后看一眼大司徒吧！"刘秀不屑一顾道："谋逆之人，看又何益！"朱祐见刘秀竟变得如此绝情，实在难以理解，不觉抗声道："厚葬大司徒，是皇上旨意，大将军你为何如此……"绝情二字尚未出口，刘秀一把将朱祐拉过一旁，吩咐道："仲先，你今日就将伯升运回老家埋掉，不要惊动旁人，速去速回。另外，告诉宗室子弟和南阳诸将，一律不得进我府中探望！"说罢，拉住朱祐之手，紧紧握了三握。也不和一干人等搭话，大步走出了司徒府。朱祐望着刘秀背影，愣了一刻，似乎明白了什么，当下就取消了葬礼，让宗室子弟和南阳诸将各自回府，然后将刘縯、刘稷的棺木运回白水乡，草草埋葬掉了。

看看几日过去，王凤、朱鲔等见城外并无刘秀一兵一卒，又得知刘秀已将刘縯尸体运回老家埋掉，和南阳诸将也并无来往，就鼓动刘玄赶快解除刘秀兵权。刘玄便在宫中摆下酒筵，为刘秀庆功。席间，刘秀神色自若，大碗喝酒，大口吃肉，谈笑风生，却不言半句自己的昆阳之功。酒过数巡，刘玄对刘秀道："现今汉室复立，汉制自当恢复。然王莽篡汉十几年，胡乱改制，我大汉礼仪几乎荡然无存。当务之急，是整理恢复大汉典章制度。眼下咱们这二十多万人马中，只有文叔你进过长安求学，熟读诗、书、礼、易，此事非你莫属。你就不必返回颍川前线了，留在宛城整理典章制度吧。"刘秀已料定自己必被削掉兵权，因而早有思想准备，当即神色平静答道："圣上旨意，正合臣的心思。我大汉朝廷既立，就需明定典章。臣在太学时，也曾刻意攻

第七回　削兵封印刘秀避祸　韬光养晦武屈身

读过此类典籍。今定不负圣命，完成重托。"刘玄道："大司徒一职，朕这就下旨，由刘赐担任。你所需何种书籍资料，可让他齐备。"刘秀又奏请朱祐担任破虏大将军府的护军，刘玄也当即准奏。

　　刘玄让刘秀整理制定典章、礼仪，明则说非他莫属，实则是削其兵权。刘秀心知肚明，却高高兴兴接下了任务。当日便交出了兵符，将刘玄拨给的大将军府收拾一过，又请刘赐从南阳各地调来书籍一百多箱，从此闭门不出，整日抄写，删削，以汉制为基础，结合时下情势，恢复、制定出一条条典章制度及各种礼仪。两月过去，刘秀手捧数册整理好的典章，奏报刘玄道："臣遵陛下旨意，研读三代以来的典籍、礼制，对汉制有所增减，现已完毕，呈请陛下圣裁！"刘玄道："文叔，你又为朝廷办了一件大事！这两个月来，我汉军势力发展甚快，黄河南北不少郡县都归顺汉室，改换了汉制，你整理出的典章制度，正好能派上大用场。"刘秀道："愿陛下威德加于四海，早日统一天下！"刘玄道："文叔虽然多日不曾征战，却是声名远播。现今典章已完成，朕再给你一支劲旅，北伐洛阳如何？"刘秀知是试探，不假思索道："臣近日研读典籍，兴趣甚浓。臣还想继续研究改进太学制度，以备陛下统一天下后，教化子民。征战之事，就由大司马一力主持吧。"刘玄见刘秀一心弃武从文，心下自是高兴，便命刘秀继续研究改进太学教育。刘秀回到府第，每日仍是手不释卷，苦读苦钻。然而朱祐却发现，刘秀常在读书之余，望着挂在屋内的盔甲出神发愣，又想到自从刘縯被害之后，刘秀在府内从不饮酒吃肉，还几次发现他枕上留有斑斑泪痕。为了反莽大业，刘秀家破人亡；功盖天下，却又被削兵夺权，闲居一隅。现今仇不能报，志不得展，犹如长空孤雁，笼中猛虎，他心中该是藏着多少苦楚啊！一日，已被朝廷任命为新野县尉的阴识来宛城办事，因刘秀有令，不许他们进府探望，便找了朱祐说话，动问刘秀近况。朱祐叹气道："文叔现在是虎入牢笼，有志难展啊。"阴识听朱祐讲了刘秀近况，便对朱祐道："舍妹丽华听得大司徒被害，文叔又被解除了兵权，心中无比牵挂。曾表示要来宛城陪伴文叔。因文叔不让进府探视，也无机会相告于他。"朱祐道："丽华既然如此重情，何不就让她和文叔成亲，也好慰藉文叔心中疾苦。"阴识道："我正有此意。仲先可转告文叔，近来新野的官家子弟，富商人家，前来登门求亲的络绎不绝，丽华却一个都不肯见，认定了非文叔不嫁。"朱祐回府将阴识所言告知刘秀。刘秀闻言，不由得勾起了对阴丽华的思念。他取出阴丽华和他分别时所送的绢帕，放在面前，双目凝视，心潮翻滚。想到白水起兵时阴丽华对自己的支持，想到小长安兵败后阴丽华对自己的鼓励，想到眼下孑然一身的孤寂，他多么想让丽华日夜陪伴身边，倾听他诉说心里话！可一想到眼下自己的处境，不由叹气道："我何尝不思念丽华！可我眼下处境，仲先你最清楚，今后前途也吉凶未卜。我是怕连累了人家啊。"朱祐道："依我看来，你和阴丽华成亲，更能解除小人们的怀疑。再说丽华认定非你不嫁，你还让人家等到几时？"刘秀沉思片刻，下决心道："仲先，你先去一趟新野，向丽华如实讲明我的处境，如丽华不弃，我们近日即可成亲。"朱祐去了一天，回来报喜道："阴小姐得知大将军处境，当下就要跟我返回府来，还说不必举行什么仪式。"刘秀道："不但要举行仪式，还要大操大办！我这就去奏明皇上，仲先你找人选个吉日，给朝中文武遍发请柬，邀他们参加婚礼！"

第二天，刘秀就向刘玄奏明成亲之意。刘玄一听，呵呵笑道："文叔你曾说过，仕宦要做执金吾，娶妻当得阴丽华。现今你已做了破虏大将军、武信候，今年也二十八岁了，阴小姐芳龄几何呀？"刘秀道："今年一十九岁。"刘玄道："那还拖什么？赶快成婚！朕准你假期。阴小姐可是咱南阳第一大美人，文叔你艳福不浅啊！"

看看吉日已到，阴识雇了彩车宝马，一路吹吹打打，将阴丽华送至宛城城下。刘秀身穿大红吉服，骑了高头大马，喜气洋洋，率仪仗队到郊外迎亲。大将军府内，已是张灯结彩，鼓乐齐鸣，人头攒动，笑语欢声。

第七回 削兵封印刘秀避祸 韬光养晦武屈身

刘玄御赐的礼品摆在了院中央，王凤、陈牧、朱鲔等，也各有礼品，前来道喜。不一时，随着鼓乐之声，阴丽华的彩车停在了将军府门口。刘秀下马，掀开车上帷帘，只见阴丽华凤冠霞帔，袅袅婷婷，下得车来。明眸稍一顾盼，众人已经看得呆了。顿时，赞美之声四起。有的说："阴小姐真不愧是南阳第一大美人！"有的说："何止南阳？就是那西施、王昭君，怕也比不过哩！"一阵热闹过后，婚宴开始。刘秀执杯在手，逐席敬酒。王凤举杯祝贺道："阴小姐大名，俺们在绿林山时，就已闻知。今日一睹芳容，果然名不虚传！"陈牧道："老子在绿林山时，就几次想抢阴小姐当压寨夫人。可惜没有你武信侯的艳福。今晚你可不能饶过她！"众人大笑，婚礼一时掀起了高潮。

　　席散，已是月上东山。新房内，一对新人相对而坐。刘秀在灯下望着光彩照人的阴丽华，不由得叹口气道："丽华，可是苦了你了！我和大哥起兵后，总觉得军旅无常，兵凶战危，不忍向你提出成婚。现今大哥被害，我又虎落平阳，吉凶难料，你在此时嫁我，更让我于心不忍！"阴丽华道："文叔休如此说。出嫁前，我去了一趟老夫人和大哥的墓地。我在坟前发誓，生是刘家人，死是刘家鬼！"刘秀凄然道："大哥曾说，待胜利之日，他要为咱俩主持婚礼。可如今……"说着掉下泪来。阴丽华道："文叔，我当初认定你，是看你有大丈夫气。是大丈夫，就要能忍常人所不能忍，谋常人所不能谋。你饱读诗书，道理自明，用不着我来多舌。"说罢，手沾茶水，在桌上写下"韬光养晦"四个大字。刘秀一时感怀万端，猛地将阴丽华拥入怀中，热泪盈眶，喃喃道："此生有一丽华，足矣！"

　　自此之后，刘秀便和阴丽华耳鬓厮磨，形影不离，不是吟诗作对，就是花下弈棋。为表明自己胸无大志，还在府内辟开一块菜地，种上各种花卉蔬菜，亲自浇水、施肥。把个武信侯府打理得鲜花绽放，菜蔬青青，一派平和、温馨景象。一段时间过后，刘秀养花种菜、追求安逸生活，在朝中传扬开来。一日，刘玄和王凤等议论起刘秀，刘玄笑道："文叔真是日日美人，天天诗酒了，改进太学教育的章程，竟然迟迟制定不出来。"王凤道："如此正好。但愿他从此声色犬马，不问朝政。"陈牧哈哈大笑道："我要有这样的美人陪伴，天天抱都抱不过来，还问他娘的什么朝政！"自此，对刘秀的猜忌渐渐放松。欲知后事如何，且听下回分解。

第七回

削兵封印刘秀避祸
韬光养晦光武屈身

第八回 新朝覆灭王莽授首
称王称帝天下分崩

话说更始皇帝刘玄刘圣公,本是庸碌之辈,胸中并无什么雄图远略。自攻克重镇宛城,控制了整个南阳地区,又除掉了刘縯,削掉了刘秀兵权,便觉得完事大吉,一心想那三宫六院的帝王生活。一日散朝之后,刘玄嬉皮笑脸问王凤道:"卿等可知这中原地区何处美女为盛?"王凤道:"那还用问?只新野就够你挑选了。没见那大美女阴丽华么?"陈牧哈哈大笑道:"过两日老子到新野溜达一趟,定给你弄十个八个回来!"倒是那大司马朱鲔还有些战略眼光,或者说有更大野心。见刘玄君臣提不到正经事上,便正色道:"现今汉室虽立,然王莽未除。我朝目前地不出南阳,兵不过二三十万,只是偏居一隅,若不思进取,恐非汉室之福。"一席话说得刘玄等甚为尴尬。刘玄赶忙道:"大司马不必介意,刚才所言,不过是君臣玩笑罢了。大司马有何建言,只管讲来就是。"朱鲔道:"昆阳一战,莽军主力丧失殆尽,几无可战之兵。我们正好乘战胜之威,全力攻取长安,一举推翻新朝,那时再安享尊荣不迟。"刘玄本无一统天下的志向,听朱鲔如此讲,一时沉默不语。那王凤在昆阳城饱尝了兵凶战危的滋味,再不愿杀伐征战,听朱鲔又要兴兵西征,便问道:"老朱你其志甚大,可宛城至长安,千里阻隔,关隘重重,谁能当此重任?"朱鲔道:"我军可兵分两路。一路由西屏大将军申屠建统兵十万,沿汉水进击武关,打开长安的东南门户。一路由臣统兵五万,先攻拔洛阳,再西取长安。现今王莽政乱,人心思汉,谁还肯为新朝卖命?陛下和成国公就坐镇宛城,静听捷报便是。"王凤一听朱鲔让自己坐镇宛城,也就安下心来,赶忙对刘玄道:"大司马筹划有方,陛下可先忍耐一时,等咱们攻下长安,还不是想要什么有什么!"刘玄道:"西征之事,就由大司马一体安排定夺便了。"朱鲔领旨,当下便辟划西征路线,调拨兵马,择日出征。

公元二十三年九月,更始朝廷的两路汉军自宛城开拨,分别进击河南洛阳和陕西武关。沿途百姓苦莽已久,又都闻知汉军在昆阳大胜莽军,都盼望早日推翻王莽政权,因而汉军每到一地,皆送牛酒慰劳。贫苦农家子弟,也纷纷投入汉军。此时王莽朝廷已无可战之兵,守关将士毫无斗志,一遇汉军,便作鸟兽散。汉军一路势如破竹,不到一月,申屠建统帅的汉军连破武关、临潼,直抵长安城下。那新朝皇帝王莽,自昆阳之战后,部队主力丧失殆尽,日夜不安。正忧虑间,又听汉军已两路出动杀奔长安而来,急召王邑道:"汉军如此穷凶恶极,我朝又无兵可用,社稷危矣!"王邑宽解道:"臣侄听说更始一伙勾心斗角,刘玄已杀了刘縯,软禁了刘秀。汉军无此二人,我军眼下尚无大患。陛下可急出重金,征兵选将,严守关隘,庶几可与汉军一战。"王莽也觉别无他法,仓促间选调十数名将领,各重赏黄金万两,前往前线抵御汉军。谁知这些守关将领个个一触即溃,汉军未经多少激战,便已兵临城下。王莽困坐愁城,日不思食,夜不能寐。时有大司空崔发进言道:"《周礼》有言,凡邦有大灾,歌哭而请。陛下既为天子,当歌哭告天以救。"王莽自知这不过是骗人的把戏,然为迷惑吏民,振奋人心,也便装模作样率领群臣百姓,前往南城的白虎台哭天。并传旨城中百姓,凡哭声悲极恸人者,可封郎官。一时间朝中官员、城中百姓五千余人,挤挤挨挨,跪于台上,放声大哭。王莽仰天哭道:"皇天既授命于臣莽,何不殄灭反贼?若以为莽有不是之处,请即降雷霆诛臣莽!"这老贼口中告天,心内却是思绪万端:为夺取汉室江山,自己隐蔽多年,克勤克俭,礼贤下士,怜贫恤病,奉公执法,甚至处

第八回 新朝覆灭王莽授首 称王称帝天下分崩

死自己亲生儿子，真是费尽了移山心力！好不容易将皇帝宝座弄到手，谁知不过十有五年，王氏江山就要土崩瓦解，自己前程也吉凶未卜，怎不叫人肝肠寸断！想到此处，不由得发自内心恸哭不已，直哭得气尽伏地。臣下将其劝醒过来，他又从袖中取出"告天策"，自述功劳千余言，叩头流血，乞求皇天保佑。有那被逼来哭天的城中百姓见此滑稽一幕，窃笑道："这老小子，好话说尽，坏事做绝。眼前报应来到，怕他不是哭天，是哭他自己罢了。"

不说王莽哭天求佑，且说关中地区的豪强大姓，闻知汉军兵临长安城下，新朝又已无可战之兵，断定王莽政权灭亡在即，有的想借机立功，有的想抢掠皇宫宝物，便纷纷自发组织武装，自称汉军，起兵反莽。时有临潼人申砀、华县人王大、武功人严春、咸阳人董喜等，各率数千人赶往长安城下，与汉兵汇合一起，将一座偌大的长安城团团围住。一时间长安城四周尘土滚滚，杀声震天，撼动宫阙。王莽耳听杀声，却无计可施，无兵可派，直急得两眼赤红，嗓音嘶哑。急召王邑进宫问道："城中监狱共有多少囚徒？"王邑道："尚有三千余人。"王莽道："我欲赦免其罪，分发兵器，出城抵御汉军，如何？"王邑沉吟道："此等人物，恐非可战之兵。"王莽道："事急矣！皇宫尚存有六十万斤黄金，每人发给十两，有立功者，赏一万两！你速去办理，今日就让他们出城迎敌！"见王邑面有难色，一把拉过来道："我年老体衰，膝下又已无子，你文武兼备，朝中也有声望，今番如能躲过此劫，我便传位于你。"王邑一听，忙叩头道："陛下万万不可折煞臣侄！我马上办理，决与陛下共赴国难！"说罢出宫，传令即刻释放城中囚徒，每人发兵器一件，黄金十两，有杀敌立功者赏黄金万两。分拨完毕，即命将军史湛率领出城迎敌。这些囚徒本就是不满王莽朝廷才被抓进监狱，现在面临生死关头，又让他们出城拼命，谁肯白白送死？还未到城门口，就听有人喊道："汉军已兵临城下，我等还卖甚鸟命！早早散了吧！"众人响应，发一声喊，四散而去。史湛哪里约束得住？一时手下空无一人。寻思回朝也难以复命，便急忙躲回家中，准备迎降。

挨到十月一日，汉兵攻破长安都门宣平门。此时，新朝百官投降的投降，藏匿的藏匿，只剩王氏宗室子弟王邑、王巡、王揖、王林、王盛等人，各率残兵，节节抵抗，最后败退至未央宫。翌日一早，城中青年朱弟等组织起一帮市民，烧毁皇宫的敬法门，突入未央宫中，大呼："王莽老贼，何不出降？"王莽见已是最后关头，犹如一头发疯的困兽，穿上深青透赤的龙袍，佩戴玺绶，手握舜帝传下来的匕首，坐在龙椅上，嘶哑着嗓子，连连吼道："天生德予我，汉兵其如我何！"王邑环顾四周，见尚有禁军千人，即命人扶掖王莽，退到太液池中的渐台之上。汉军和城中起事者万余人也跟踪而至，将太液池团团围住。王邑命军士放箭，汉军也放箭还击。相持一时，渐台上矢尽援绝，汉军涉水而过，冲上渐台。王邑见大势已去，忙将王莽藏于台上一间小屋内，又指挥禁军与汉军格斗。那王邑日夜操劳，疲惫已极，虽说一连斩杀汉兵十数人，却也身中数枪，已是力不能支，仰天叹道："天亡新朝，非人力所及，愿陛下好自为之！"言罢，自刎而绝。此时渐台上一片混乱，战至午时，王氏宗室子弟皆被杀死，无一幸免。千余禁军也非死即伤。渐台上渐趋平静，却不见了王莽。随队冲上渐台的长安商人杜吴，见台上一小屋飞檐斗拱，寻思屋内定有珍宝奇玩，便推门窥看，却见一人官府玺绶，伏于墙角，正浑身哆嗦，料想是朝中大官，也不搭话，进去一刀结果了性命，取下玺绶出来，恰遇汉军校尉公宾就。杜吴本无甚见识，不知玺绶是何物，便顺手交给了公宾就。公宾就一见，便知是王莽所佩，当下问道："佩绶之人何在？"杜吴指指屋门道："已被我结果了。"公宾就即刻进门，割下王莽首级，连同玺绶一起献于汉军统帅申屠建，得记大功。渐台上军民得知王莽授首，争先恐后冲进小屋，分裂莽身，刹时王莽身体就被脔割净尽。申屠建得了王莽头颅，即刻快马传送宛城。刘玄下令将王莽头颅挂上城头，以示新朝灭亡。城中百姓闻知，潮水般涌来观看。有人登上城头，取下王莽头颅踢来踢去，又有百姓恨这

第八回 新朝覆灭王莽授首 称王称帝天下分崩

老贼巧舌如簧，欺瞒天下，便将其舌头抻出，切割成无数碎肉喂了狗。史书记载，历代帝王之死，从未有如此惨烈。

王莽新朝灭亡，给了更始朝廷极大振奋。刘玄在宛城大摆筵席，庆贺胜利。文臣武将正开怀畅饮，大司马朱鲔又派人飞马报来喜讯，言说洛阳已经攻克，大军正向长安挺进。刘玄听罢，喜不自胜，传旨大宴三天。欢宴过后，大司徒刘赐刘子琴即向刘玄奏道："陛下，当务之急是须尽速颁发诏令，晓喻全国吏民，新朝已亡，大汉已复，全国各郡县皆须改号易帜，恢复汉制，王莽苛政一律废除。"刘玄一拍脑袋道："我娘！真要让我刘圣公君临天下了？咱现在是大汉朝廷，总不能总呆在宛城这块小地方发号施令呀，咱们就搬往长安吧！"刘赐道："长安是我大汉故都，又有列祖列宗陵寝，总归是要定都长安。然眼下长安都城刚刚攻克，皇宫被破坏，且局势尚不安定。以臣之见，可暂且定都洛阳。长安一切善后，可由大司马到后一体主持。待一切安定下来，再迁都长安为好。"刘玄道："子琴所言甚是。那就暂都洛阳。既是大汉首都，宫室、官府也须整饰一新呢。"王凤接过话茬道："刘秀研读典章、礼制颇有心得，可派他前去整修。"刘玄当即传旨，命大司马朱鲔主持长安一切善后事宜，加封刘秀为司隶校尉，带领一些兵将前往洛阳修整街道、宫室。刘秀领命，带领朱祐及百十名兵将来到洛阳，请来能工巧匠，整修宫殿、官府，又雇来五六百民工，拓宽街道，又引洛水入城为河，两岸栽种花木。不出两月，将个洛阳城整修得面貌一新。刘秀见大功告成，便奏请刘玄移驾洛阳。

刘玄得报，择了吉日，率文武官员进驻洛阳城。洛阳城的士农工商听说大汉皇帝驾临，一时万人空巷，拥聚街头观看。只见更始皇帝刘玄身穿龙袍，坐在六马龙辇之上，一进城门，看到洛阳宫殿巍峨，绿草嘉木，三街六市繁华异常，酒楼茶肆鳞次栉比，便东张西望，一时眼睛不够使唤，时而站起身指指点点，时而又蹲下呵呵大笑，举止轻浮，毫无帝王气度。再看那跟随龙辇前行的绿林将领，有的黑布缠头，有的腰间别着酒葫芦，不时拧开盖子喝上两口；还有的身上披着女人衣服，嘻嘻哈哈，不成体统。见此情状，百姓中窃窃议论道："这哪像大汉天子，汉家将帅！分明一群乌合之众！"看看队列即将过完，众人正在窃笑之际，忽然有人高叫："看，大将军过来了！"众人举目观瞧，就见最后一队人马徐徐而来。打头的大将军刘秀，银盔银甲，头盔上红缨点缀，坐下雪里驹白马，威风凛凛，英气逼人。身后部众，个个衣甲鲜明，仪容端正，目不旁视。在整个入城队伍中，俨然鹤立鸡群。有几位老者见了，不由得感慨流泪道："想不到今日又见汉官威仪！"

且说更始皇帝刘玄入驻洛阳皇宫之后，连发数道诏令，传喻天下，恢复汉制。只是这刘圣公无功无劳，无名无望，不能服众。王莽新朝一经灭亡，各地原先起兵反莽的武装集团，都想出来收拾残局。山东的反莽赤眉军，已有八十万之众，号称百万，此时已打到山西，兵临黄河。听到新朝灭亡，也拥立一个汉室子弟、十二岁的放牛娃刘盆子为帝，并不听从刘玄的什么诏令，而是继续向长安进军。江汉一带的秦丰，拥兵二十万众，自称楚黎王。淮海一带的刘永，乃是汉室子弟，新朝一亡，便自立为汉帝，拥兵三十万，占据山东、河南、安徽、江苏大部。陇西天水人隗嚣，拥兵十万，自称陇西大将军，割据陇西八郡。巴蜀的公孙述，拥兵四十万，仗着巴蜀关山险阻，土地肥沃，兵粮精足，自立为成家皇帝。还有那波水将军窦融，随王寻、王邑攻昆阳兵败返朝后，被任命为巨鹿太守。窦融看出新朝不能长久，而自己祖父、兄弟都曾在张掖、武威任过郡守，根基深厚，且河西殷富，带河为固，一旦天下有变，杜绝河津，足以自守。因而谢辞巨鹿太守，自请去河西任职。新朝既亡，河西五郡共推窦融为河西大将军，据地自保。形势最为复杂混乱者，当属河北。王莽新朝末年，河北一带已有铜马、尤来、大枪、青犊、高湖、重连等反莽武装，这些起义军各领部曲，合众数百万人，捕杀官吏，打家劫舍，已使河北混乱不堪。新朝灭亡后，他们并不归附更始朝廷，依然我行我素。原王莽政权的一些地方官吏

第八回 新朝覆灭王莽授首 称王称帝天下分崩

不知何去何从，持观望态度；更有一些刘氏宗室子弟趁机联络地方豪强，据地称王。一时间，河北大地上旗号杂乱，壁垒四起，百姓惶惶不可终日。当时就有民谣流传："得不得，在河北；谐不谐，在赤眉。"意谓夺得了河北，才能得到天下；收服了赤眉，天下才能安定。

面对如此形势，刘玄并不知道居安思危，辟划未来，只是沉溺于眼前安乐。而大司徒刘赐刘子琴却是忧心忡忡。在刘玄朝廷重臣中，刘赐称得上文武兼备、目光远大的人物。新朝一灭，他便派人出行全国各地，自己也潜入河北，观察时情，因而对天下大势多所了解。眼前的情势，新朝虽灭，却是天下汹汹，分崩离析。更始朝廷中，刘玄懦弱无能，绿林将帅横暴，皆无深图远虑。自己虽位居中枢，却是有心无力，孤掌难鸣。如不及早辟划，刚刚草创的汉家政权必然得而复失。必得有一人撑起辅汉重任，平定天下，方能中兴汉室。而欲平定天下，必先平定河北，建立巩固的后方基地，然后逐鹿中原，一匡华夏。而欲平定河北，必得一智勇双全、威德服众之将前往招服。点检诸将，刘赐认定非刘秀莫属。然又想到刘秀这半年来只是养花种菜，打猎钓鱼，尤其是迎娶阴丽华后，更是一入温柔乡，不离鸳鸯巢，每日琴棋书画，夫唱妇随，再不问军国大事。如今让他到错综复杂的河北招服各路人马，他是否肯应命？以刘秀的胆略志向，难道他对大汉江山真的就漠不关心了？想到此，决定对刘秀推心置腹，道出自己殷忧。

这日，天朗气清，秋色绚烂，刘赐便来邀刘秀出城打猎。刘赐与刘玄同一个祖父，论血缘要比刘秀亲近。刘縯遇害后，刘秀被削掉兵权，刘赐却升任为大司徒。刘秀韬光养晦，不问朝政，虽知刘赐为人正直，却也不肯向他敞开心扉。见刘赐邀自己出城打猎，猜不透他的来意，只是敷衍笑道："子琴日理万机，还有如此闲情逸致？"刘赐道："听说文叔常猎于林间，特来与文叔一比高下。"二人并马来到郊外，刘秀盘马弯弓，准备射猎。刘赐心思却不在猎物，很快将话题引到天下大事上，将他对目前局势的分析和盘托出。谈及派员前去招服河北，刘赐定定望着刘秀道："文叔，收服河北，非你莫属！"刘秀先是一愣，随即不动声色道："子琴兄，文叔恐难当此任，还是让成国公、大司马等人前去为好。"刘赐叹道："我遍观朝中，皆非深图远虑之辈。除你之外，无论何人，皆不可能奏功。"刘秀道："这半年来，我已习惯了清闲生活，现今王莽已灭……"见刘秀又要推脱，刘赐忙滚鞍下马，向刘秀深深一揖，推心置腹道："圣公只图眼前安乐，王凤等又弄权误国，如此下去，汉室危矣！汉家兴灭继绝，就靠文叔一力承担了。你若坚辞不去，匡复大业必将付之东流！"说着掉下泪来。刘秀见刘赐说得至诚，甚觉动情，忙下马道："子琴兄不可折煞文叔！容我思量就是。不过皇上那里，恐不肯放我出去。"刘赐道："圣公面前，我当一力促成。你不必再作犹豫。近日可将丽华送回新野老家。丽华一走，我即向圣公奏明，放你前往。"正说话间，只见前方一只大鸟落于林间。那鸟身长二尺，红冠红尾，甚是惹目。刘秀挽弓要射，刘赐拦住道："此鸟不能射杀。"刘秀道："却是为何？"刘赐道："此鸟可能就是传说中的大鹏鸟。别看它现在飞得低，一旦大风起兮云飞扬，定会一飞冲天，一鸣惊人！"说罢，打马而去。

　　刘秀伫马林间，心潮起伏，一任秋风吹动滚滚思绪。白水起兵，家破人亡，昆阳大战，兄长被害，屈身避祸……一年来经历的悲欢场景，一幕幕在眼前闪动。这一切所为何来？还不是为了汉室中兴？自己几个月来韬光养晦，不就是等待时机脱离牢笼，一展胸中抱负么！眼下正当其时，怎能坐失良机？忽又想到河北形势复杂多端，如果此行有去无回，将置丽华于何地？如若平定了河北，会不会又是功高震主，落个大哥一样的下场？想到大哥，耳边不觉响起了大哥常讲的豪言壮语：复高祖之业，定万世之秋！大哥那豪气干云的音容笑貌，又出现在眼前。而今大业未竟，大哥的墓地已然青草离离。如果自己不去拼力一搏，大哥的遗愿谁来完成？想到此，一股豪情涌上心头，面向家乡遥拜三拜，眼含热泪默默发誓："大哥！小弟决继你遗志，复高祖

第八回　新朝覆灭王莽授首　称王称帝天下分崩

之业,定万世之秋!愿大哥在天之灵,保佑文叔成功!"拜罢,策马回府。阴丽华见丈夫空手而归,问道:"子琴邀你打猎,怎地空手而归?"刘秀一把拉过,将刘赐所言对阴丽华讲了一遍。阴丽华道:"以子琴为人,不会是虚言试探。正是要给你创造机会,一展胸中抱负。文叔绝不可错失良机!"刘秀望着深爱的妻子,动情地说:"丽华,子琴兄让你返回新野老家,其中深意何在?"阴丽华道:"子琴兄是怕你将来尾大不掉,担心更始朝廷将我扣为人质吧?"刘秀道:"我想也是此意,现今满朝文武都知你我情深意笃,形影不离,你突然返回新野,定会让人满腹狐疑。我回来路上左思右想,我们只有如此如此,方能瞒过旁人眼目。"欲知刘秀如何脱身,且听下回分解。

第九回　闹朝堂美女施巧计
　　　　抚河北刘秀脱牢笼

话说刘秀与阴丽华商议已定，便将朱祐找来，告之刘赐所言，交待如此如此。朱祐笑道："夫人一向宽容雅性，这回可要撒泼耍赖，可别到时下不了手。"遂去依计行事。

两日后，朱祐侦知刘玄、刘赐等在朝堂议事，便到那洛阳市最有名的青楼怡情院，找到老鸨娘道："破虏大将军想请你家头牌姑娘进府喝茶，特让我来迎请。"那老鸨经营青楼多年，常听各色人等在此谈天说地，早知刘秀大名，今听这位大英雄有此兴致，不由得喜上眉梢，立马将头牌姑娘潘小红唤出来，让她随朱祐进大将军府，好生侍候刘秀。那潘小红也早闻刘秀是大英雄、美男子，心仪已久，听得刘秀有请，当下打扮停当，跟随朱祐来到刘秀府邸。刘秀早已换了行头，沏了香茶坐等。小红一见刘秀羽扇纶巾，英气勃勃，顿时脸也红了，腿也软了，忙施个万福道："小女子见过大将军。"刘秀情意绵绵道："久闻小姐美若天仙，今日有幸一见，果然名不虚传。快快请坐。"小红袅袅婷婷坐了，二人正要对话，就听"咣当"一声响，阴丽华一脚踢开屋门，闯了进来。一见二人对坐，顿时柳眉倒竖，杏眼圆睁，怒指刘秀道："刘文叔，你可干得好事！"不待刘秀搭话，一把抓住小红臭骂道："臭婊子，你青楼卖笑还不够过瘾？竟敢跑到大将军府偷情来了！"也不容小红分辨，抬手就是一个耳光。刘秀忙起身拦住道："丽华，你听我解释……"不待刘秀说完，阴丽华甩手又是一个耳光，结结实实打在刘秀脸上。

刘秀大怒道："臭婆娘，你敢撒泼，今日定要你好看！"那小红见刘秀夫妻大闹起来，深感自己闯了大祸，忙站起来要走。阴丽华喝道："来人！将她看好了！"立时有人进来，将小红带了出去。阴丽华呼地将门关紧，大骂刘秀道："好你个花心贼！论容貌、论德性，我哪一点不比青楼女子强百倍！你还要寻花问柳，竟将婊子引进堂堂大将军府！莫不是要金屋藏娇？今日定要说个明白！"只听刘秀猛拍茶几道："我一个堂堂破虏大将军，不要说只是请一个青楼女子喝茶，就是找十个八个绝色女子侍候又有何不可？"阴丽华道："你找！你找！我今日就死给你看！"哭着喊着，一头撞进刘秀怀中，二人就在屋内厮打起来。吵打声一时惊动府中下人，纷纷出来劝解。朱祐匆匆赶来，拍门道："夫人请开门！有话出来好好说嘛，这成何体统！"阴丽华哭道："护军你不必多管，我今日就死给他看！"朱祐一脚踢开屋门，只见阴丽华披头散发，满脸泪痕，刘秀脸上也被抓下数道伤印。朱祐正要劝解，阴丽华喊道："备车！我要去见皇上！"朱祐立时将车备好，阴丽华也不梳洗打扮，叫人押了潘小红，气哼哼来到皇宫外，哭着喊着要见皇帝刘玄。侍卫们素知阴丽华宽容雅性，今见其突然大哭大闹，一时不知何事，忙通报进去。刘赐心知肚明，便对刘玄道："阴丽华向来知书达理，今日突然大哭大闹到朝堂，定是文叔不慎，惹下什么祸端，可先请她进宫，问明就是。"刘玄便传旨让阴丽华进见。阴丽华衣冠不整，披头散发上得朝堂，也不行君臣之礼，冲口便道："皇上，看看你这个破虏大将军！人前道貌岸然，人后男盗女娼。竟把什么青楼女子弄到将军府了！"刘赐道："弟妹不可乱讲，文叔不会做出此等事体。"阴丽华气哼哼道："我已将青楼女子带来了，皇上可让她进来，一审便知。"刘赐道："弟妹气糊涂了？圣上是一国之君，岂能朝堂之上审什么青楼女子？快把人家放回去！"阴丽华道："那就请皇上治文叔行为不端之罪。"刘玄一听阴丽华是为了此事而来，"噗嗤"笑道："大汉律例，刚经文叔修订过，可并没有规定将军结交青楼女子就治罪呀？

弟妹你先回府消消气，让文叔马上来见我，我给你们调解就是。"阴丽华道："他哪还有脸见皇上？早躲到郊外去了。我不想看到他，今日就回新野老家！"刘赐接过话茬道："弟妹想回老家住一段时间也好，只是等气消了，即返府邸。"刘玄笑劝道："弟妹还记得咱们老家的顺口溜么？天上下雨地上流，小两口打架不记仇。你气消之后，尽快返回。你可知文叔是美男子，不知有多少女子心仪于他哩。你若不回，他可真要移情别恋了！"阴丽华道："皇上你可要看好他！"刘玄哈哈大笑道："哭是哭，闹是闹，弟妹心中还是有文叔嘛。你执意要走，朕今日就派人护送你到新野，文叔那里，我去劝他。"阴丽华谢过刘玄，出宫回府，收拾了行装，也不等刘秀从郊外返回，便回新野老家去了。

　　阴丽华走后，刘赐便在一次上朝时，将招抚河北之事提了出来。他根据各地称王称帝的混乱情势，一一向刘玄、王凤等做了介绍。谈及河北情形，又刻意夸大见闻，将局面说得复杂无比，凶险异常。又强调河北作为战略后方的重要性，最后建议道："当务之急，是要选派一员懂汉制、有才能、有威望的重臣前去主持大计。臣以为成国公可当此重任。"王凤一听，连连摇头道："不敢当！不敢当！我刚出绿林山不久，哪里懂得什么汉家典章制度！"刘赐道："那就让刘秀前去吧！"一旁的辅国大将军李轶，深知刘秀的志向、才能，思忖让刘秀前往河北，岂不是放虎出笼？正要开口阻拦，王凤接过话茬道："臣以为刘文叔可当此重任。一来他熟谙汉朝典章制度，二来昆阳大战之后，他早已声名远播，主持河北大计，正当其时。"刘玄道："成国公言之有理。再者阴丽华赌气一走，文叔定是甚感寂寞，不要又弄出什么事来。去招抚河北，倒也能让他定下心来。"刘赐道："以文叔目前身份，不是朝中重臣，吏民也不一定人人诚服。"刘玄道："这个好办。朕这就特命他为全权钦差大臣，行大司马事，持汉节，代表朝廷处理河北一应事务，总可以了吧？"王凤道："职务可以提升，只是不能让他带人马前往。"刘赐道："只是文叔近日情绪不佳，不知他

第九回　闹朝堂美女巧施计　抚河北刘秀脱牢笼

愿否出巡河北。"刘玄道:"明日朕亲带诏命、汉节,前去他府邸下旨,看他还能推辞?"朝散,李轶埋怨王凤道:"最不该让刘秀出巡河北,这岂不是放虎出笼?"王凤道:"不必担心。河北情势凶险异常,我们又不给他人马,估计去不多久,小命也就玩完了。假如他有异动,不待他做大,就让他做刘伯升第二。"

翌日上午,刘秀正在家中枯坐,只听府外一声高喊:"皇上驾到!"刘秀急步迎出,就要跪接,刘玄摆手道:"文叔不必多礼,咱君臣今日只是叙旧谈心。"见刘秀脸上还有抓痕,刘玄哈哈大笑道:"你这个大将军,能破王莽百万兵,不想却败在了弟妹手下!"刘秀摇头道:"说来惭愧!不过这个婆娘也太较真了。"刘玄道:"谁不知道你和弟妹伉俪情深?他一时赌气,执意回了新野。临走让我看好你,不许寻花问柳,这说明她心中有你,你也不必在意,等她气消了,你再赔个不是,也就和好如初了。"刘秀道:"都是文叔不检点,让陛下多有操心。"刘玄让侍卫递过提升刘秀的诏书,奉上汉节,道:"眼下汉室虽立,天下未平。河北重地急需恢复汉制,安定秩序。朕以为能担此重任者,非文叔莫属。你可持汉节,以钦差大臣身份行大司马事。河北各郡县官员,升降予夺,悉由你定,不得推诿抗旨!"刘秀跪地道:"臣自愚钝,本不敢当此重任。但陛下委臣以重托,岂敢抗旨不遵!臣当勉力为之,为中兴汉室鞠躬尽瘁!"刘玄又道:"文叔此去河北,是招抚各郡县,不事征战杀伐,就不必带人马前去了。可随意挑选几员不在朝廷任职的将领,随从前往。"

刘秀领旨,怕事情生变,当日便挑选了朱祐、邓晨、任光、杜茂、陈俊等数名将领随行。王常、马武见刘秀未点到自己,便来找刘秀,要求随行。刘秀道:"圣上有旨,不带朝官,你二人在朝,圣上要随时委你们事务,哪能离开?"马武道:"什么在朝在野,俺就知道跟着大将军心下痛快!"王常道:"河北形势复杂,我等不能随行,心实不安。大司马此去,还望多多珍重!"

两日后，刘秀收拾停当，便带领朱祐等向河北进发。途经父城，冯异已率铫期、王霸、祭遵、臧宫等在城下等候。原来，刘縯被害后，刘秀的部下也被分而治之，被派到各郡县任职。他们本就对更始朝廷心灰意冷，听说刘秀要巡行河北，便辞去官职，齐聚父城冯异处，坚决要和刘秀同行。刘秀感慨道："我现在虽是钦差大臣，又加封行大司马事，却无一兵一卒。诸位非要辞官不做，随我深入险地，又是何苦！"王霸道："我等只是心悦诚服大司马威德，甘愿追随，不计前程！"刘秀心下感动，说声："疾风知劲草！"遂率领众将北上渡河。一行人来到黄河渡口，只见大司徒刘赐正在河边等候。刘秀忙下马趋前，拱手道："有劳子琴兄远送！"刘赐从怀中取出一封信札，交给刘秀道："河北邯郸知府耿纯，原为新朝官吏。新朝灭亡后，他第一个从邯郸赶来宛城，上书归汉。我观此人耿介谨厚，有文武才，便仍任命他为邯郸知府。此人是河北栾城人，熟悉当地情形。我已写就书信一封，让他随你出力。另外，我已请圣上诏令河北各郡县，一切事务悉听你定夺。"几位将领平素敬重刘赐为人，也都上前向刘赐辞行。刘赐嘱道："诸位将军定要协助大司马，勠力建功！"又拉住刘秀道："中兴汉室，任重道远，文叔努力！"言罢用力一握，上马而去。刘秀等正待开船，只见远处一人一马，沿河岸疾驰而来。马上一人扬手高呼道："大将军且慢行！"一时马到眼前，下马拜伏道："马成拜见大将军！"这马成马君迁曾随刘秀参加昆阳大战，后被分派到郏县任县令。闻知刘秀巡行河北，便弃官挂印，快马追来。刘秀忙扶起道："君迁你主一县之事，公务可交待好了？"马成擦着汗道："谁还管他什么公务私务？晚来一步，就无缘追随大将军了！"众人大笑。说话间渡船已到，刘秀带众将上船。此时，秋风拂面，天朗气清，黄河滚滚滔滔，一泻千里，朝阳照耀下，浪花似火。刘秀眺望茫茫水天，心潮翻滚。众将更是兴奋，七嘴八舌议论开来。朱祐展开双臂大声道："真他娘的痛快！再不用看那帮小人脸色了！"王霸随口道："这就叫挣碎铁笼出猛虎，顿开金锁走蛟龙！"刘秀见众将胡乱议论，忙制止道："休得胡言！朝廷让我等招抚河北，是委以重任，我只要你等与我勠力同心，早日奏功朝廷。你等既然随我出行，就都是朝廷官差，我现在就为你们任命官职，进入河北也好行事。"臧宫道："更始朝廷的鸟官，要它作甚！"王霸道："对！更始朝廷的官俺们不要，只待来年受大司马册封哩！"刘秀见他们越说越离谱，陡然作色道："我现今有生杀予夺之权，谁再胡言乱语，小心你项上人头！"冯异道："既然大家都不愿要更始朝廷的官，那就都称将军罢了。"众将赞同。

　　船行迅速，一时已到北岸。刘秀等谢了船家，上岸策马徐行。走过一段，进入山路。只见前面山岭起伏，林木茂盛。刘秀嘱众将道："此地已入河北，形势错综，不可大意。"话犹未了，就听一阵锣响，密林中窜出二三十名喽啰，截住去路。朱祐呵呵笑道："尔等来得正好！老子金刀半年未见腥味，今日就拿你等开荤便了。"拍马上前，就要动武。又听林中一响，跳出一条大汉，手提朴刀，喝道："什么鸟人？识相的，留下买路钱来！"朱祐道："你等山贼草寇，也敢挡我大汉钦差大臣？"大汉不屑道："什么狗屁钦差大臣！老子只认刘縯、刘秀。这二人已被你等害死，今日遇到老子，怕你也活到头了！"这大汉乃是昆阳大战中冒充刘縯的傅俊傅子卫。朱祐当时正随刘縯围攻宛城，因此二人并不相识。听他话中有因，便道："壮士休要动粗，大汉钦差大臣、大司马，正是刘秀。"傅俊道："你休骗老子，先吃我一刀。"说着就要动手。朱祐向身后一指道："你且看来者何人？"傅俊抬眼观瞧，果见刘秀正打马上前。一时扔了朴刀，趋前几步，伏地哭道："不想今日还能见到大将军！"刘秀见是傅俊，也吃了一惊，忙下马扶起道："子卫缘何在此？"傅俊道："说来话长。自从大司徒被害，大将军又被软禁，我因打抱不平骂了更始，朝廷就要加罪。是我一气之下跑回了老家。期间也曾多次打听大将军的讯息，却是不得要领。后听说你也被害，属下心中郁闷。那日在此路过，山大王来劫路，被我杀死，喽啰们就拥我占了此山。不想今日得遇大将军！"任光、邓晨等本与傅俊熟悉，便笑道："子卫缘何听信传言？如今大将军已是大汉朝大司马了！"傅俊道："如此说来，更始皇帝又重用大将军了？"刘秀道："皇上委我重任，招抚河北，子卫你何去何从？"傅俊道："那还用说？子卫决定随大将军左右，再不离分！"当下遣散喽啰，随刘秀北行。

　　刘秀一行沿途招抚郡县，走走停停，不觉半月过去，时令已至深秋，这日正沿太行山麓前行，旁边灌木丛突然跳出一只黄羊。那王霸本有百步穿杨之功，一时手痒，摘弓搭箭，"嗖"地射去，黄羊应声倒地。王霸拍马上前，正要收取猎物，丛林中突地跳出一条大汉，扛起黄羊就走。王霸喝道："呔！你那厮，休抢老子猎物！"大汉道："这黄羊是你家养的？到了老子手里，便是老子的！"王霸恼怒，举弓便打。不想那大汉抬手攥住弓弦，只一拉，便将王霸拉下马来。王霸吃了一惊，看这汉子，身高八尺，虬髯赤须，便知此人膂力过人，思忖大司马抚理河北，正是用人之际，若能收服此人，或可大用。便向后招手道："大司马！大司马！"刘秀听王霸喊叫，忙拍马上来。王霸指指那大汉道："大司马，属下一时玩兴，射得一只黄羊，这厮却来抢夺。"那汉子听王霸称呼大司马，便也扔下了黄羊，上下打量刘秀。刘秀和气问道："壮士从何处来此？"汉子并不回答，只是直统统问刘秀："你就是当朝大司马刘秀？"刘秀道："正是。"汉子从怀中掏出一封书札，递给刘秀道："你既是大司马，可认得此信？"刘秀展开一看，却是真定王刘扬写来的举荐信。原来，这大汉名贾复，字君文，祖籍南阳冠县，少时即随父游走河北，在太行山中打猎为生。这贾复贾君文有一身好武艺，也粗通文墨。王莽新朝灭亡后，河北山头林立，贾复也拉起一支队伍。听到真定王刘扬正招兵买马，便率众来归。见刘扬只是想据地自保，便劝刘扬道："老王爷既为汉宗室，天下未定而安守所保，怎能为中兴汉室建功立业？"刘扬道："我年老，建功立业非我所能任。现今汉大司马刘秀正在河北巡行，君文其志甚大，可持我书信投奔刘秀，当能建大功。"当下写信给刘秀书札一封，推荐贾复。刘秀研读汉家典章礼制，对汉宗室支脉早已烂熟于心，按宗谱排序，真定王刘扬还是刘秀的叔辈。刘秀看过信札，高兴道："老王爷举荐君文，正是雪中送炭！"贾复见果真是刘秀，纳头便拜道："君文寻找大司马，非止一日了。今见尊面，方了我心愿！"刘秀扶起，介绍给众将。见贾复拴在树上的马匹羸弱，便要用自己的坐骑雪里驹换过。贾复道："大司马不可折煞君文，我即使步行追随，也决无憾！"自此，贾复追随刘秀南征北战，立下不世之功。此是后话。

刘秀率众将北行，这日夕阳西下时分，抵近邺城。正行走间，就听身后马蹄声踏踏作响，急如雨点。众将回头望去，只见夕阳照射下，一匹白马四蹄翻飞，疾驰而来。马上一翩翩公子，身披青丝斗篷，腰悬宝剑，一时马到跟前，便在马上扬手高呼道："文叔！文叔！"冯异急拍马拦住道："汉钦差大臣、大司马在此，不得无礼！"刘秀定睛一瞧，也不由得高叫道："仲华！仲华！别来无恙！"当即下马，两人四手紧紧相握。来者何人？乃是后来东汉开国第一将邓禹邓仲华。那邓禹出身新野大户人家，是阴丽华的邻居。少小聪颖过人，九岁能诵书，十三岁能成文。刘秀入长安太学两年后，邓禹也来学习。邓禹小刘秀五岁，因刘秀少年时常来姐夫邓晨家走亲，二人早就认识。进入太学，他乡遇故知，使得两人亲密无间，形影不离，常在一起论时政，谈志向。邓禹见刘秀谈吐不凡，举止大度，心中钦佩不已。二人又都喜读兵书，常在一起切磋排兵布阵，又到终南山学艺，各练就一身武艺。待邓禹学成归来，刘秀已和刘縯起兵反莽。有人推荐邓禹到新朝为官，邓禹不屑一顾。及至刘玄称帝，又有人举荐他到更始政权为官，邓禹仍不为所动。这次阴丽华返回新野，邓禹一得知刘秀招抚河北，立即北渡黄河，日夜兼程，追赶刘秀。刘秀见邓禹不远千里赶来，大为感动，当晚在邺城驻地小宴邓禹。席间，刘秀问邓禹道："我现在有封官拜爵之权。仲华远道而来，想要任个什么官职？尽管讲来。"邓禹摇头道：

"更始朝廷的官，我不想做。"刘秀道："那你想做什么呢？"邓禹正色道："但愿明公威德加于四海，仲华得效其尺寸，垂功名于竹帛而已。"刘秀惊问道："仲华何出此大言？"邓禹道："更始虽取长安，新朝已灭，然天下远未安定。赤眉、铜马之属，动以百数十万。陇西、河西、巴蜀、江淮等地，称王称帝者所在多有。更始昏庸无能，朝中诸将皆武人屈起，志在财帛，争用威力，朝夕自快而已，并无忠良明智、深图远虑、尊主安民者。现今四方分崩离析，形势可见，更始朝廷决难长久。明公虽声名远播，但如仍听命于更始，只是想建辅佐之功，到头来恐怕是白费力气，汉室中兴亦如泡影。于今之计，莫如延揽英雄，务悦民心，立高祖之业，救万民之命。明公可先立足河北，待有雄兵百万，良将千员，即一鼓而下洛阳，逐鹿中原，平定西北，收服巴蜀。以明公雄才大略，天下不足定也。"这一番分析，只说得刘秀血脉偾张，激情四射，遂留下邓禹，彻夜长谈。自此，刘秀与邓禹食则同席，寝则同室，任命将领时，都先听听邓禹的意见。邓禹所举荐的将领，皆当其才。刘秀深感邓禹有知人之明，越加器重。

刘秀一行一路招抚郡县，倒也顺利。一月过去，看看来到邯郸郊外。这日正沿大路策马前行，驿道上突然闪出一位道人，身穿青丝道袍，右手执拂尘，左手捋长须，挡在路中央。铫期拍马上前，扬手喊道："道长请让路！"那道人并不理睬，望望一行人，仍站立不动。铫期恼怒，喝道："我等乃朝廷命官，来河北公干，闲人让开！"道人肃然道："我非闲人，乃有真言相告。"刘秀见这道人出言神秘，想必有些来历，遂下马施礼道："烦请道长赐教。"道长打个稽首道："无量天尊！敢问尊号可是当朝破虏大将军、武信侯？"刘秀道："正是在下。"道人捋捋长须道："贫道夜观天象，河北之地，不日即有真龙天子出现。"铫期性急，不待道人说完，冲口而出道："可是应在大将军身上？"道人摇头不语。刘秀道："王莽新朝已亡，我大汉更始皇帝已君临天下，何又来真龙天子？"道人道："无量天尊！天道循环，非人力所及。"

第九回 闹朝堂美女巧施计 抚河北刘秀脱牢笼

又从头打量刘秀一番，徐徐说道："我观大将军相貌不凡、骨骼清奇，将来贵不可言。然大将军虽为贵人，却非福相。此来河北，主有血光之灾。"刘秀道："可能破解？"道人挥挥拂尘，遥指太行山道："大将军若想躲过此劫，可速去太行山中，暂避一时。待真龙天子现身，即出山辅佐，当可一人之下，万人之上。"铫期一听大怒，劈胸揪住道人骂道："你这妖道，满口胡言！我先割掉你的舌头，看你还敢妖言惑众！"刘秀忙制止了，对道人施礼道："道长且请自便。"那道人瞥了刘秀一眼，打个稽首，说声"无量天尊"，摇摇头，拂袖而去。望着道人背影，铫期道："这老小子装神弄鬼，胡说八道，莫不是邯郸城派出来的探子吧？"刘秀道："卜者靠算命吃饭，总是要编出一些言语来，自不必在意。不过现在已进入河北腹地，我等且不可大意。"刘秀河北之行究竟遇何凶险？且听下回分解。

第十回　废苛政刘秀复汉制　　平冤狱光武悦民心

话说刘秀率众将来到邯郸城下，只见城头汉旗飘扬，刀枪密布。朱祐拍马上前喊道："更始朝廷钦差大臣、大司马刘秀到！"城门守将李立早已从朝廷公文中得知刘秀正在巡行河北，又早闻刘秀大名，忙开城下得关来，验了文书，伏地拜道："久闻大司马大名，今日幸得一见！"遂将刘秀一行迎进城内。刘秀因未见耿纯出迎，便问道："你家耿大人可在城中？"李立道："因朝廷诏令恢复汉制，耿大人这几天下去督察落实去了，末将即去召他回城见大司马？"刘秀道："不必。且将你家大人处理过的文案拿些来看。"不一刻，有典吏送来一批各类公文，刘秀一件件阅看，见文案件件处理得有章有法，有始有终。官司卷宗中，原告被告的辩辞记录详细；户籍卷宗中，户主的土地、人口、牲畜等清清楚楚；税务卷宗中，各色人等纳税记录井井有条。特别是有一卷宗，专门记录恢复汉制的落实项目，这是其他地方所没有的。刘秀又让邓禹、冯异到街头巷尾与百姓闲谈，暗访耿纯口碑，百姓也是赞扬有加。对这样的官员，刘秀未见其人，先自有了好感。

两天后的傍晚，刘秀正在阅看案卷，馆舍中进来一位三十来岁的汉子，瘦长身材，剑眉入鬓，脸色虽显疲惫，两眼却炯炯有神，进门拜伏于地道："下官耿纯拜见大司马！不知道大司马驾到！迎接来迟，还望大司马恕罪。"刘秀忙扶起耿纯，取出刘赐的书信交于他。耿纯看罢道："大司马威名，下官早已闻知，愿接受大司马督察！大司马在河北期间有何吩咐,下官定竭尽全力!"刘秀便详细询问河北局势。耿纯道:"河北局势错综复杂,人心混乱。更始朝廷虽然恢复了汉名,但局面远未安定。因朝廷诏令凡易帜归汉者,可保原官职不动,不少新朝官吏为保官职,表面上归附了朝廷,实际上是换汤不换药。我这次下去检查,按朝廷要求恢复汉制者,也不过十之一二。长此下去,百姓仍会离心。另外,河北有几十路武装集团,总计数十百万人,他也不管是新朝汉朝,谁都不从,照样打家劫舍,攻城夺池。一些豪强大户见天下汹汹,都在私下组织武装,据地自保,百姓无所依归,正在人心惶惶。我去洛阳朝见更始时,本想就河北局势陈述意见,然见朝中重臣多是文恬武嬉,未有深图远虑,也就懒得进言。"刘秀道:"我今受朝廷重托前来河北,就是要尽快安定局势,恢复秩序,中兴汉室。还请伯山教我。"耿纯道:"天下同苦王氏,思汉已久。夫有桀纣之乱,乃见汤武之功。人久饥渴,易为充饱。大司马昆阳一战,声名远播,河北吏民几近家喻户晓。今又奉朝命专制一方,有生杀予夺之权,当尽速巡行各郡县,整顿吏治,废除莽政,平理冤狱,布施恩泽。但得吏民归心,何事不可为?"刘秀听耿纯的剖析高屋建瓴,不觉想起邓禹"延揽英雄,务悦民心"之语。眼前这位耿伯山,不就是要延揽的人才吗!便对耿纯道:"伯山一言,可以安邦矣!明日起即巡行各郡县。你在邯郸的政绩、口碑,我已知悉,又对河北熟悉,明日即将邯郸政务交待一下,随我下去巡视。"耿纯道:"伯山正想聆听大司马教诲。"刘秀又留下耿纯畅谈,直至深夜。刘秀深感耿纯是可以大用之才,耿纯深感刘秀是可以归身之主。

翌日,刘秀召集众将分派任务,分头巡视信都、赵州两郡。要求大家一律以大汉钦差身份行事,不得对更始朝廷说三道四。又每人发一枚钦差令牌,授以临机处置之权。分拨完毕,众将分头而去。刘秀自带耿纯巡行信都各郡县。这日来到广平县,并不向县衙通报,径直来到乡间,邀请了几名有声望、有阅历的父老座谈。刘秀讲明来意,征询道:"请问老人家,抚理河北,何事最为紧急?"这几位父老早闻刘秀大名,今见刘秀礼贤下士,和蔼可亲,便也敞开心扉,知无不言。有老者说,王莽胡乱改制,将土地收回官田,又吏治腐败,大量土地都被豪强大户兼并了。百姓失去了土地,无所归依,自然会游手社会,以致盗贼蜂起,秩序大乱。当务之急是要豪强还田于民,让民众各安生业。有老者说,这些年天灾人祸不断,大批农人不得已卖身为奴,致使大片田地荒芜。无人种地,退田给谁?应先释放奴婢,凡还家者,拨给土地,还可鼓励开荒垦田,发展生产。也有老者说,王莽新朝时税种多如牛毛,盘剥无度,致使民怨四起。当前急需清理税种,凡不合理的,即使是前汉制定,也应一体废除等等。刘秀起于民间,又当过多年田舍郎,深知农家疾苦。听罢父老们一番倾诉、建言,决定先从释放奴婢入手,安定民生。回到县里,将打算对县令讲了。那县令原是新朝官员,虽不是贪官污吏,却也是无所作为,尸位素餐。听刘秀要让豪强大户释放奴婢,连说棘手。刘秀问道:"现在哪个大户奴仆最多?"县令道:"要说土地、奴仆最多的,要数刘侃,不过此人最不好惹。"县令所说的刘侃,乃是前汉广平王之子,现年五十多岁,虽然早就沦为布衣,仍有良田千顷,奴仆数百。靠着万贯家财,结交信都太守,兼并土地,插手诉讼,实为当地一霸。刘玄称帝、王莽灭亡后,刘侃查了汉室族谱,发现刘玄还是他的子侄辈,更是趾高气扬,到处吹嘘他乃当今皇叔。县令本是庸碌之辈,就更不敢惹他。刘秀听了县令介绍,发话道:"皇亲宗室,更应带头遵从朝廷法令。你即派人去传话,叫他今日即来见我!"县令暗想,刘秀和他是一家子,如若认了他这个皇叔,我今日对他不敬,以后可没有好果子吃。便唯唯诺诺道:"还是我亲自去请为好。"一时返回来,支支吾吾禀道:"刘侃说了,不劳我请,过几日亲来拜访大司马。"刘秀怒道:"不劳他来拜访。伯山,你我今日就去会会他。"说罢带上耿纯,策马赶往刘庄。到了刘府门外,亮明身份,刘侃迎出府外。这刘侃刚听县令讲刘秀巡行到此,正想以皇叔身份与刘秀拉关系套近乎,还想让朝廷为他恢复王位,见刘秀亲自登门,还以为刘秀是以晚

第十回 废苛政刘秀复汉制 平冤狱光武悦民心

辈身份前来拜访，心下高兴，一见刘秀便道："文叔远道而来……"话刚出口，耿纯按剑道："住口！大汉朝廷钦差大臣、大司马刘公在此，岂容你胡乱称呼？"刘侃见刘秀并无表情，心不自安，忙改口道："大司马辛苦！我正说要到县衙去拜访哩，先请厅堂用茶。"刘秀和耿纯进厅堂坐了，刘侃命仆人端上茶来。那端茶的仆人一进门，见是耿纯，便喊了声道："伯山，你怎地来到广平？"原来，这仆人和耿纯是一个村子，且一起长大。先前一直为农，后因家贫母病，田地卖光了，无奈卖身来到刘府，当了奴仆。耿纯见是发小，正要答话，刘侃斥道："耿大人有公务来府，你休要啰嗦，还不退下！"将仆人赶了出去，便要和刘秀叙话。刘秀并不客气，直接了当对刘侃道："你速将府上土地、人口的账册拿来我看！"刘侃不知刘秀是何用意，便让管家取来账册送上。刘秀仔细看了，见他有土地一千五百顷，奴仆八百多人，确是家大业大，便道："汉室刚刚复立，急需安定民生，发展生产。眼下大量土地荒芜，无人耕种，需放奴仆归家务农。你府中这些奴婢，凡愿归家务农的，即刻放人。兼并来的田地，也一律退还。"刘侃听罢十分恼怒。他本想和刘秀叙叙家谱，让刘秀叫他一声"皇叔"，抬高自己身份，没想到刘秀如此冷漠，毫不通情，便也问道："请问大司马，朝廷恢复汉制的公文我也看到了。上面并没有释放奴仆这一项呀？"刘秀正色道："朝廷授我生杀予夺之权，代表朝廷说话，我现在定的，就是朝廷所定。限你两日之内放还愿意归家的奴婢，至于退多少田亩，由县里官署前来处置，我两日后前来检查。"说罢也不喝茶，带领耿纯返回县城。刘侃碰了个硬钉子，因官场黑幕听到见到的多了，也并不在意。刘秀一走，便找来管家说道："别听他的！这类表态我见得多了。朝中高官，都和王莽差不了多少，说的一套，做的另一套。刘秀口气如此强硬，无非是为了要钱。你去准备一万两银子，咱们就用银子砸他，让他睁只眼闭只眼就是。"

看看两日已过，刘秀和耿纯带了县令、衙役来到刘庄，问刘侃放还了多少奴仆？刘侃道："按大司马旨意，我本来准备放还七百人，可他们都不愿还家。大司马可亲口一问便知。"说罢一摆手，让管家带进来五六个奴仆，跪在刘秀面前。刘秀问道："我现在就放你等还家，拨给土地，安心务农，可是愿意？"众奴仆异口同声答道："不愿意！"刘秀道："却是为何？"一奴仆道："自从进入刘府，老爷待俺们如同父母，吃得饱穿得暖还不算，还经常给俺们零花钱，这样好的去处哪里去找？俺们已把这里当成家了，决不肯离开！"刘侃得意道："大司马还要不要再找人来问？"话犹未了，就听厅堂外一阵喧哗，涌进来五六十名奴仆，大声嚷嚷道："大司马千万不要听刘老爷的，这几个仆人是他家丁装扮的！俺们卖身为奴，都是被逼无奈，谁不想着归家为农！"原来，刘侃见那端茶的仆人是耿纯发小，便让仆人带了一万两银子连夜送去，想演一出过场戏。谁知这仆人将刘侃的把戏如实告诉了耿纯，耿纯便和刘秀将计就计，收下银两，让仆人回去如此如此。刘侃见耿纯收了银子，以为刘秀过来无非是走走过场，不想却被戳穿了把戏。一时心下疑惑，拉住耿纯道："耿大人，请借一步说话。"耿纯冷笑道："你不是还有一万两银子要砸大司马么？抬上来！"就见两名衙役将一筐白花花的银两抬进了厅堂。刘秀一拍案几道："刘侃听了！你欺瞒钦差大臣就是欺君之罪，又贿赂朝廷官员，先判罚你半年劳役，拉下去！"立时上来衙役将刘侃押走。刘秀又对县令道："你且留在府内，将愿意还家的奴婢一律放还。有愿意开荒种地的，由县里发给种子，五年内可免交租税，不得有误！"众奴仆一齐跪拜道："大司马恩重如山，俺们无以为报，定安心务农，发展生产！"刘秀不认皇叔，惩治豪强的故事，很快传遍全县，百姓无不称颂。

再说马成、贾复按照刘秀分拨，来到饶阳县巡察。这日正在乡村行走，忽听身后一阵锣响。二人回头望去，就见一辆马车辘辘而来。车上捆着一条壮汉，光着膀子，绳索深深陷入肉皮。车头站立一人，满脸横肉，穿了官服，提了铜锣"噌噌"敲着，到跟前停了下来。街头百姓见捆了人，

第十回　废苛政刘秀复汉制　平冤狱光武悦民心

不知发生何事，都过来围观。有人认得那官人是县衙税曹，窃窃私语道："看，催命鬼又来了！"那税曹见车下已围了一圈百姓，"噹噹"两声锣响，开口道："兀那百姓听了！凡没有交税的，赶快回家拿钱补交。如敢抗税，这就是榜样！"车上被捆的汉子不服，也大喊道："乡亲们，不要听他的！更始朝廷已有公文下来，诏令废除王莽新朝的苛捐杂税。他们不但不执行，反而还要加重……"话未讲完，就见税曹车上拿起鞭子，"叭叭"就是两鞭，壮汉背上顿时便显出了两道血印。壮汉咬牙喊道："听说当朝大司马刘秀来信都巡察了，乡亲们快去告他！"车下百姓听说刘秀来了，纷纷议论起来。有的说："刘秀真的来了？得让他给咱们做主！"有的说："他是个打仗的，能管咱百姓的事？"也有的说："弄不好还官官相护，还是看看情况再说吧。"税曹见车下百姓议论纷纷，并无一人交钱，抡起鞭子便往下乱抽乱打。马成喝道："不许打人！"税曹斜眼瞅瞅马城，见他穿戴不像农人，又不是本地口音，估计是走亲串友的，便发横道："老子执行公务，干你甚事？"马成怒道："老子也执行公务，此事就是要管！"税曹道："你他娘的算哪根葱？滚！"说着，举鞭向下抽来。马成抬手接住，只一拉，便将那税曹拉下车来。贾复早已按捺不住，跨步上前，劈胸揪住税曹衣领，嗖地举过头顶，"咕咚"一声，扔进了车里，顿时口鼻淌血，哼唧不已。围观百姓不知这二人来历，怕惹祸上身，就要四散躲避。马成纵身上车，招手道："乡亲们回来！我二人乃是当朝大司马刘公手下钦差。"众人一听，又都围拢过来，眼神却惊疑不定。马成取出令牌让众人看了，解释道："大司马刘公奉朝命抚理河北，命我二人来饶阳巡查。"那被捆的汉子听得清楚，猛地站起道："救星来了！"马成问道："这位汉子，你因何被绑？"汉子道："小人名叫赵耕，世代为农，家有几亩薄田。新朝时期，苛捐杂税多如牛毛，害得俺们苦不堪言。好不容易盼来汉室复立，朝廷发文恢复汉制，心想这回过上好日子了。谁知俺县不但没减税，反而加重了税赋。新朝时期并没有什么红枣税、核桃税，俺县今年却加上了红枣税、核桃税。俺心中不服,集合了几个弟兄到县里理论,谁知县令说我抗税不交,带头闹事,便将我绑了,游街示众。"围观百姓纷纷说道:"他讲的全是实情。除他说的,还加了什么猪头税、药材税,照此下去,今后放个屁也得交税哩!。"马成踢了那税曹一脚,问道:"可有此事?"税曹捂着鼻子道:"有是有,可这不关我事,都是县令大人定的。"贾复大怒道:"放你娘的狗屁!你们如此盘剥百姓,还敢狡辩!"腾地跳到车上,将赵耕身上的绳子解了,命令税曹道:"脱了膀子!"税曹怕又挨揍,忙脱光了膀子。贾复将绳子递给赵耕道:"你把他捆了!"赵耕一时没反应过来,愣在那里。贾复道:"叫你捆你就捆!"赵耕拿起绳子,将税曹捆了个结实。贾复又把铜锣交给赵耕道:"你也敲锣吆喝,就说他抗拒朝廷旨意,随便加重百姓税赋,因而让他游街示众。他若敢还一句嘴,你就抽他一鞭子。"赵耕道:"他是朝廷命官,我一个百姓能打?"贾复哈哈大笑道:"叫你打你就打,从现在起,他就是个毬毛,撤了!"车下百姓一齐鼓起掌来。赵耕鼓起勇气,提起铜锣,"噇噇"敲了两声,吆喝道:"乡亲们听了!当朝大司马刘公来河北巡察,要为咱百姓减租减税。谁敢不遵,这就是榜样!"说罢就结结实实给了那税曹一鞭子。贾复道:"就这样喊,把这几个村镇都走遍!记住多打他几鞭子。游完街到县衙找我们,估计这个县令也该撤毬了!"马车离了众人,踏踏向前走去,车上两个汉子都光了膀子,一个敲着铜锣,高喉咙大嗓喊话;一个被绳索捆着,口鼻带血,耷拉着脑袋不敢看人。众百姓看着这滑稽一幕,都捂嘴笑了起来。又围住马成、贾复,问东问西。马成本当过县令,便将刘秀来河北要废除苛政、理讼平狱、抚贫恤寡等等,一一讲解给众人听。众百姓心中疑云顿时消散,兴高采烈道:"大司马刘公给咱们带来福祉啦!"

按照刘秀的指派,王霸巡行来到隆尧县。进了县城,忽见一六十多岁老婆婆,挂了拐杖,步履蹒跚,边走边仰天哭喊道:"老天爷你睁

第十回 废苛政刘秀复汉制 平冤狱光武悦民心

开眼看看这世道吧！你若主持公道，就快救救俺儿子吧！"王霸赶上前去，见是一瞎眼老妪，便拦住问道："老人家，你儿子有何委屈？"老妪哭道："俺儿子名叫狗剩，今年三十岁。半年前夜里去浇地，在麦田发现一具女尸，便去报了案。谁知县里查来查去，查到了俺狗剩头上，抓住就往死里打，狗剩受刑不过，屈打成招。县里判了死刑，秋收一过就要杀头。可巧前些天真凶抓住了，供认那女子是他奸杀的。这总该放俺狗剩回家了吧？可县里非要俺交一百两银子才放人。俺一个瞎老婆子，他爹又死得早，平时连饭都吃不饱，上哪儿弄这一百两银子？过几天狗剩一死，俺可咋活下去呀？"王霸曾当过狱吏，因见狱中黑暗才辞职投军。听完老人讲述，自是恼怒。当下安慰老人道："老人家不必伤心，大司马来河北了，他能给你做主！"老妪道："死马？死马还能管活人的事？"王霸笑道："不是死马，是朝廷的大官刘秀！"老妪惊问道："是那个打王莽的刘秀？那可是赤龙下凡，这下狗剩可有救了，快领俺找他去，俺给他磕头！"王霸道："老人家且请回，今天定让你儿子回家见你！"老人半信半疑，口中嘟嘟囔囔，摇摇晃晃回家去了。王霸便请一名路人带路前往监狱。路人得知王霸身份，指指监狱道："上差快到里面查查吧，冤假错案怕是多了去了。"王霸来到监狱，亮明了身份，让狱吏领进死囚牢房，将狗剩提出，一一问清细节，又和真凶对证了，并无差错。当下命令狱吏道："将狗剩放了！"狱吏道："上差且慢，此事还需上报县令大人。"王霸瞪了眼道："混账！老子叫你放你就放，县令那里我自有区处。"狱吏见王霸厉害，不敢多言，当场将狗剩放出。狗剩万没想到自己能死里逃生，做梦一般千恩万谢走了。王霸又让狱吏将牢中囚徒全押出来，也有一百多人。众囚徒不知要如何发落他们，一个个惊疑不定。王霸道："你等不必惊慌，本人是当朝钦差大臣、大司马刘秀手下钦差，现随刘公巡察河北各地。你等所犯何事，有何冤屈，可从实讲来。"众囚徒一听，顿时七嘴八舌，直呼冤枉。一囚徒道："我家小妹去年找好人家，正待出阁，县令的远房小舅子看上了小妹，硬说我家欠他租子，要拉小妹去顶替。小妹不从，半路上跳河而死。我咽不下这口气，一怒之下将那小子打了个半死，县令便把我抓来坐了牢。"王霸问狱吏道："此事可属实？"狱吏道："属实。"王霸道："放人！"又一囚徒道："前年县里说国家要跟匈奴打仗，就硬是拉我充了军。我家就我和爷爷两人相依为命，爷爷七十多岁了，我这一去，爷爷谁来养活？便在半路上逃回家来。县里知道了，就抓我坐了牢。至今我也不知爷爷死活。"王霸问狱吏："此事可属实？"狱吏道："属实。"王霸道："放人！"王霸就这样一一审理，不到半天就释放了二三十名囚犯。看看已到正午，县令因得知有钦差到狱中去了，赶忙准备了酒菜到监狱去请。听说王霸放出了许多犯人，忙问道："上差怎地就把犯人放了？"王霸道："他们走了，你倒是该进去了！"当下命人摘掉县令官帽，锁进班房，待查明劣迹后以律论处。

　　看看十天过去，刘秀和众将集合到信都郡。检点这次巡察，共废除苛捐杂税二十多项。平理冤案三百多件，惩治豪强十多名，撤换县令五名。因各县行贿、买官、冤案等事项多牵扯到信都太守，刘秀当场宣布撤销其太守官职，判刑监禁。又对众将道："看来抚理河北，任重道远，急需有用之才。你等一路巡行，可发现能大用之人？"邓禹道："藁城县令邳彤邳伟君，口碑甚佳。我到藁城巡访时，百姓们都说此人不吃请，不受贿，爱护百姓，关注民生。他也没有官邸，夫人至今还在老家为农。也不大坐衙门，三天两头下乡。那日我到藁城官署，他因滹沱河涨水，正在乡下和民工们一起抢筑堤坝。有官吏去叫他回衙门见我，他却说上差并未召唤他，他不必回去凑热闹。也没回城见我。"刘秀想到这一路巡视，每到一县，县令老远便在城外迎接。且前呼后拥，步步跟随，招待热情，生怕有啥纰漏。这个县令倒是个另类。便对邓禹道："此人倒有点意思，明日我俩去见识见识。"

　　第二天早饭后，刘秀和邓禹策马直奔藁城。来到县衙，典吏告知，邳大人下乡筑坝修堤，已经五天未回。刘秀便让典吏带路，直接来到修坝工地。只见工地上搬石的、抬土的、打桩的,正干得热火朝天。典吏指着一名抬土的大汉道:"那个抬土的大个子,就是邳大人。"刘秀抬眼看去,但见这个邳彤,身材高大,宽额方脸,面如重枣,浓眉短须,穿了件粗布短衫,挽着裤腿,脸上汗水直淌,一边抬土,一边指挥垒坝,俨然是一名壮工。此时已近正午,有民工挑来一桶豆汤,一筐玉米窝头,一盆萝卜咸菜,喊大家吃饭。邳彤双手在衣服上抹了几下,便和民工们一起围坐在地头,就着老咸菜,香香甜甜地啃起了玉米窝头。刘秀见状,对邓禹道:"仲华,我肚子也饿了,咱们过去蹭上一顿吧。"说着走了过去。典吏赶忙拉过邳彤,指着刘秀道:"朝廷钦差大臣、大司马刘公前来视察!"邳彤忙放下窝头,拍拍身上道:"不知大司马驾到,邳彤衣冠不整,不便施礼,还请大司马恕罪!"刘秀拍邳彤背道:"你这个县令当得辛苦哇!不必多礼,我们肚子也饿了,咱们边吃边聊。"说罢也蹲在地上,取过一个窝头就啃起来,边吃边询问邳彤县内情形。交谈之中,邳彤对县内哪条河流需要治理,哪块荒地需要开垦,哪些税赋应该废除,哪些孤寡需要抚恤,都讲得一清二楚。民工们见刘秀平易近人,也都七嘴八舌夸赞邳彤。饭毕,刘秀让邳彤继续整修堤坝,便和邓禹返回信都。路上,刘秀问邓禹道:"和成郡缺一太守,你看邳彤如何?"邓禹道:"正当其才!"刘秀道:"我欲留一将担任信都太守,你看谁能当此重任?"邓禹道:"任伯卿可当此重任。"回到信都,刘秀就宣布任光为信都太守,又将邳彤邳伟君叫来,任命为和成太守,嘱他二人尽快恢复汉制,安定民生。安排停当,刘秀正要率众将继续北行巡察,就见赵耕带了十几名年轻后生,跑来求见马成、贾复,说死说活要跟随大司马刘秀鞍前马后。刘秀也觉正需要人手,便让他们穿上兵卒衣服,随队出发。

刘秀等一路巡行,走走停停,不觉一月过去,巡察了五郡三十六县,颇得吏民赞颂。许多百姓送来牛酒表示心意,刘秀都一一谢绝。这日北行至中山县境,已是秋末冬初时令。此时秋收已过,华北大地,天高云淡,原野辽阔,山山青黛,树树叶黄。一行人心情舒畅,说说笑笑,策马徐行。正行走间,忽然身后一骑快马绝尘而来。马上一将,衣甲不整,一到耿纯面前,即下马哭道:"耿大人,王郎夜袭邯郸城,已在赵王宫宣布称帝了!"这突如其来的消息,犹如晴天霹雳,直惊得众将目瞪口呆。欲知后事如何,且听下回分解。

第十回 废苛政刘秀复汉制 平冤狱光武悦民心

第十一回 假冒皇子王郎称帝
风云突变刘秀夜奔

话说刘秀正率众将北行，突闻邯郸城已被袭破，王郎已在赵王宫登基称帝。这突如其来的事变究竟是何人所谋？那王郎又是何等样人？看官稍安勿躁，且听在下讲清来龙去脉。

一个月前，刘秀北巡来到邯郸，刚刚入驻馆舍，就有宗室子弟刘林来见。这刘林乃是故赵王刘元之子，按宗室族谱排列，还是刘秀的族兄。老赵王死后，正赶上王莽篡位，他就成了平头百姓。此人不学无术，游手好闲，靠着老王爷留下的丰厚家产，结交了一些不三不四的人物。像打卜卖卦的王郎，邯郸豪强李育，山贼张参、倪宏、刘奉等，都是他的座上客。听说刘秀作为更始朝廷钦差大臣来抚理河北，便兴冲冲来套近乎。见了刘秀，也不施礼，大大咧咧道："文叔，你昆阳一战成名，震动天下，这次一路招抚河北，归复汉制，可是给咱汉家出了大力！我不日将到洛阳朝见更始，让他为我恢复王位，到时定为你请大功！"刘秀见他大言不惭，表情轻浮，寒暄几句，想让他赶快离开，也便告诉他刘玄已移驾长安。刘林一听，吃惊道："圣公已移驾长安？这可危险了。文叔你可知道，百万赤眉现已打到河东，听说不认圣公这个皇帝，正要进逼长安，夺取皇位。咱们得想办法保定更始朝廷。我有一计，可让赤眉顷刻覆灭。"刘秀不耐烦道："你可有何高见？"刘林道："赤眉现在河东，咱们只要掘黄河水灌他，让百万大军顿成鱼鳖！"刘秀皱眉道："百万赤眉可成鱼鳖，那河东数百万百姓的身家性命呢？"刘林大咧咧道："咱们保的是汉室江山，至于百姓，那就听天由命呗！"刘秀见话不投机，无心再和他谈下去，便冷冷道："没有了百姓，哪还有汉室江山？我还有公务要办，你先回去吧！"

刘林碰了一鼻子灰，气呼呼回到家里。庭院中鸟笼里一只画眉叫得正欢，刘林一把抓出，"叭嚓"摔在地上。这时，刘林的座上客王郎恰好走了进来。此人四十多岁年纪，细眉长眼，三绺长髯飘胸，身穿道袍，手执拂尘，颇有几分仙风道骨的味道。这王郎曾读过几页书，练过几天武，却也无什么正当营生，靠着能说会道，日常游走燕赵之间，靠卖卦打卜为生。因刘林喜好术数，常听王郎谈论玄机，二人过从甚密。别看这王郎穷困潦倒，却有大大的野心。王莽新朝末年，他见天下大乱，兵革并起，便野心膨胀，想做一件惊天动地的大事。便利用游走燕赵的机会，在民间到处宣扬河北有天子之气，又说汉成帝之子刘子舆就流落在河北民间，不日即将现身。一来二去，河北许多吏民就相信了他这说法。他又暗中和李育、张参等秘密联络，正准备在邯郸举兵起事，却听说刘秀来招抚河北，便先行阻挠。前些时在驿道上恐吓刘秀的，正是这个王郎。近日听说刘秀一行离开邯郸北巡，知府耿纯也跟着北去，心下窃喜，就来找刘林密议。进院见刘林正在生气，一挥拂尘笑道："小王爷见过钦差大臣了？弄了个什么头衔？"刘林气呼呼道："狗屁！这个刘秀太不近人情，当了个什么钦差大臣，就不认我这个同宗大哥了！"王郎激道："刘秀起兵前不过是个田舍郎，身份还不如你高贵哩！"刘林道："就是！我爹当赵王的时候，他爹才是个小县令。狗眼看人低！等我大富大贵的时候，再让他瞧瞧！"王郎撩拨道："小王爷欲要大富大贵，眼下时机已到。"刘林瞪大眼睛道："什么时机？"王郎道："现今新朝灭亡，天下汹汹，称王称帝者所在多有，却都不是汉室正统。更始皇帝也不过是高祖的旁支别系，论血缘关系，还不如你近。与我相比，更有天壤之别。"刘林讶然道："老道你说什么疯话？"王郎故作神秘道："天机不可泄露，你我密室说话。"二人一时来到密室，王郎先是掉了几滴清泪，然后徐徐讲述道："不瞒小王你说，我本是成帝之子刘子舆，家母乃是成帝的许贵妃。怎奈我出生不久，就遭皇后赵飞燕迫害，欲要我性命。多亏好心宫人以自家儿子将我换过，抱出长安城，送至武安山区一亲戚家避祸，为我起名子舆，还在我胳膊上刺下子舆二字。"说着挽起袍袖，让刘林看过。刘林见王郎臂上果真刺有"子舆"二字，一时惊讶不已，顿时肃然起敬道："我小时曾听老王爷讲述过赵飞燕掐死皇子之事，原来说的就是你呀！"王郎道："正是。论起咱们汉室宗谱，我还是你叔父。"接着就从高祖刘邦每朝每帝的宗室族谱一直讲到汉成帝刘骜。刘林听他讲得天衣无缝，忙问道："叔父你因何又改名王郎，还做了道人？"王郎道："为避人耳目，我才改名王郎。从此我闯关尘土，藏身民间，遍尝酸甜苦辣滋味。十二岁时，被一位清虚道人带至太行山学道。三十岁，师父见我已深通谶纬之学，阴阳之书，遂将我的身世讲明，要我出山深察民意，以待天时，承继大统，复兴汉室，并授我一部《包元太平经》，让我参悟天机。这十几年来，我游走燕赵，以打卜卖卦为生，实则观察民意，以待天时。太平经有预言讲，有一日卧石突立，枯柳生芽，则是刘氏复兴之时。我前些时在山中修炼，亲见一卧石突立，一枯柳生芽，近日又夜观天象，见天子之气聚于邯郸上空，应是天时已到，民意所催，因此来找你商议复兴大计。"刘林本就迷信术数，听王郎讲得如此生动，更加深信不疑。忽然想到刘玄已称汉帝，便问王郎道："刘圣公已称帝有年，历朝历代可是天无二主呀？"王郎道："刘圣公并不知我在人间，姑且称帝，然他命中并无皇位，一旦我身世大白于天下，他必然退位。到时封他个王爷也就罢了。"刘林急问道："那我这个王爷的位子呢？"王郎道："那还用说？你本就应承袭王位，只不过是王莽篡汉逆天罢了。我若继位大统，当日就复你赵王爵位，还要担任大汉朝宰相一职，地位比当年萧何还高哩！"刘林一听，眼也亮了，精神头也来了，"扑通"跪地道："叔皇在上，先受小侄一拜！"王郎道："你且起来。趁刘秀、耿纯北行，咱们赶快占领邯郸，就在你这赵王府发布檄文，昭告天下。事不宜迟，你速去联络李育、张参等，我这就到山中通知刘奉，今夜各路人马都到他山寨聚齐！"

当夜，王郎、刘林、李育等数十人齐聚刘奉山寨。刘林指着王郎道："诸位，这位道长你等熟识，却非熟知。他根本不是什么王郎，而是我大汉孝成皇帝之子刘子舆！"众人一听，顿时惊得目瞪口呆，一个个定定看着王郎，一时说不出话来。王郎见状，又把对刘林所言更加夸张地讲述一遍。刘林又鼓吹道："大太子隐身深山二十多年，学得文韬武略。又深谙天理玄机，就是为了匡复汉室，一统天下。刘玄命中无运，不日即将退位。我等正需一举拿下邯郸，拥立太子登基！"众人立刻纷纷议论起来。有的道："都说真龙天子隐于河北，想不到就在眼前！"有的道："那更始皇帝刘玄，跟人家太子快八竿子打不着了，还坐什么龙廷！"那山大王张参，更是精神振奋，挽袖子捋胳膊道："大太子，你快点将排兵，俺们决定拿下邯郸，拥立你老登基！"王郎道："虽说天道民心如此，也还需要尔等勠力相助。今夜即各自回去集合人马，听我号令，明夜子时，一齐从四门杀入！"这帮人本来就已做好了起事的准备，又听说是为拥立汉太子登基而战，人人都想立功封官，精神振奋。翌日子夜时分，四千多人马呐一声喊，一齐攻进城中。守城士卒毫无防备，又早听过刘子舆在河北的传闻，听说是刘子舆率兵进城，一时真假难辨，惊疑不定，王郎便轻而易举夺取了邯郸城，当夜就在老赵王宫温明殿登基称帝，宣布大汉皇朝成立。第二天一早，又发出檄文，昭告天下。其檄文曰：

制诏部刺史、郡太守：朕，孝成皇帝之子子舆也。苦遭赵氏之祸，赖幸知天命者将护朕躬，隐于燕赵，更名王郎。王莽篡位，获罪天下。天命佑汉，知朕隐于人间，故着各地兴兵讨伐，尤使南阳诸刘为先驱。今王莽灭，朕仰观天象，汉祚应兴于河北。故朕以今日壬辰即位于邯郸。刘圣公因不知朕在，故且持帝号。诸义兵因不谙天理，同室操戈，百姓流离，朕甚悼焉。盖闻为国，子之袭父，古今不变。朕既即位，已诏圣公及诸义兵来归，咸以助朕，共兴汉室。

即位檄文发出，接着就册封官员，以刘林为赵王兼丞相，李育为大司马，张参为辅国大将军，刘奉、倪宏为大将军。又发表刘玄为燕王、刘秀为魏王兼天下兵马都招讨大元帅等等，一场闹剧红红火火上演开来。

话休絮烦。且说刘秀听完耿纯的校尉禀报，说王郎自称成帝之子刘子舆，率兵占领了邯郸城，且登基称帝，不觉冷笑道："成帝本无子嗣，才使得外戚干政，王莽篡位。哪里又冒出个太子刘子舆来？真是活见鬼了。"朱祐按剑大呼道："大司马，我等即刻杀向邯郸，将那些冒牌货统统砍了！"耿纯也自责道："都是属下疏忽，让逆贼钻了大空子。属下即随大司马杀回邯郸，将这帮贼人碎尸万段！"刘秀道："我等眼下也就十几个人，二十几个兵，即使杀到邯郸城下，城高且坚，又怎能攻得进去？"又问校尉道："伯山家眷可曾带出？"校尉答道："末将已将耿大人家眷平安带出，车子尚在后面，正往这里赶来。"刘秀招呼耿纯道："伯山，你老家离此甚近，可速将家眷安置回老家。"耿纯道："当此之时，我怎能离开大司马？"刘秀道："伯山之心，我自知之。眼下形势紧急，你速去速回就是。"

耿纯走后，众将皆义愤填膺，大骂王郎。刘秀不屑道："一个卜者，能成什么气候！一场闹剧而已。"邓禹道："明公不可轻看。王郎以成帝子自居，号召力远胜更始。吏民不知真伪，王郎登高一呼，河北的大好局面恐要生变。杀回邯郸既无可能，还是先到中山观察一时，再审时度势。"刘秀赞同，一行人便进入中山县城。此时县令还未接到王郎檄文，不知邯郸生变，也便照常接待刘秀一行。当晚，刘秀正和众将议论形势，忽报有位上谷公子求见。来者何人？乃是上谷郡守耿况之子耿弇耿伯昭。耿弇年方十八，生得面白身长，眉清目秀，英气勃勃。少时即研读《孙子兵法》，尤喜将帅之事，常与父亲谈兵论阵，又武艺超群，一支方天画戟曾逼退过多名匈奴兵将，上谷军民多称他为"大耿"。这日奉了耿况之命，代父去长安向刘玄上送奏章。行至栾城县，就见大街上贴出了王郎称帝的檄文。耿弇看罢，思忖成帝之子刘子舆既已称帝，这奏章又该送往何处？正犹豫间，闻听刘秀就在中山。那耿弇自昆阳大战后，就对刘秀的用兵如神五体投地，只是无缘相见。今听刘秀就在附近，又一路听到百姓对刘秀赞誉有加，便即刻拔马北返，来中山面见刘秀。见刘秀龙姿凤表，谈吐非同常人，当下便决定追随刘秀到底。刘秀见耿弇骨骼清奇，面容俊朗，也甚喜欢。便留耿弇襄赞军务。两天过去，刘秀正在馆舍听耿弇介绍上谷、渔阳等边地情况，中山县令忽然带领邯郸使者来见刘秀。原来，王郎得知刘秀已巡行到中山，便派人来送诏令，册封刘秀为魏王兼天下兵马都招讨大元帅。王郎原以为刘秀屈身更始，肯定对刘玄心中不满，现在给他封王拜帅，还能不心满意足？谁知刘秀接过看了，一把扔在地上，对使者作色道："成帝无子，何来什么刘子舆？现有更始皇帝驾坐长安，即使成帝复生，帝位也不可再得，况一个卜者王郎！你速回邯郸告知王郎，如即退位，解散朝廷，还可活命。如再胡闹下去，将有灭族之祸！"使者和县令见刘秀黑下脸来，只得讪讪而退。耿弇在一旁看了，即对刘秀道："大司马，此地混乱，不可久留，可速速北行上谷。王郎一伙，不过是乌合之众，不足为患。现今上谷、渔阳各有突骑过万，号称天下精锐。待我急返上谷，说动家父，与渔阳合兵一处，交由大司马统帅。以大司马威名，诛灭王郎直如摧枯拉朽！"刘秀赞道："伯昭小小年纪，却是气吞万里。你就是我北道主人！"耿弇道："形势紧迫，我这就返回上谷，大司马珍重！"说罢辞别刘秀，急返上谷而去。

再说王郎使者被刘秀斥责赶走，心下恼怒。回到邯郸，将刘秀言语添油加醋向王郎禀报了。王郎勃然大怒道："好你个刘秀！朕封你为魏王，又让你做天下都招讨兵马大元帅，你竟然不买账！这倒也罢了，还蔑视朕躬，辱骂朝廷，真真大逆不道！"刘林恨恨道："刘秀自恃功高，连正宗的皇帝都不放在眼里了，将来必成大患！趁他现在无兵无卒，赶快除掉他！"王郎便即刻发出诏令，凡取得刘秀人头者，赏黄金十万两，食邑十万户。又发一道密旨给故广阳王的儿子刘接，如能擒杀刘秀，可立复王位，封左丞相，食邑八县。这位刘接，生长在蓟城的广阳王府，和刘林一样，文不成，武不就，却也野心勃勃。老广阳王去世后，王莽篡汉，削了他的王位，他自是心有不甘。王莽灭亡，他见天下大乱，也组织了上万人马，准备起事，据地称王。因王郎游走燕赵，和他有所交往，对刘子舆藏身河北民间之事，他早就知悉。现今得知王郎就是刘子舆，还成了大汉皇帝，若能擒杀刘秀，可给他恢复王位，又封他重臣，又让他食邑八县，这天大的好事，他怎肯放过？便找来蓟城令张振商量。这张震也是蝇营狗苟之徒，平时就与刘接打得火热。刘接将王郎的密令拿给他看了，张振见能升官进爵，便积极出谋划策。刘接欲在半路上截杀刘秀，张振摇头道："小王爷你总该听说过昆阳大战吧？"刘接道："家喻户晓，我当然听说了。不过他眼下并无一兵一卒，我豁上一万人马，还能输给他？"张振道："听说刘秀在万马军中取上将首级，直如探囊取物，他手下将领，也各个都不是善茬。真要打起来，我看咱们蓟城没一个是他们对手。即使他们战败跑了，我等也难向上交待。皇上要的可是刘秀人头！当今之计，只可智取，不可力敌。"说着便道出诛杀刘秀之计。

且说刘秀依耿弇所指，率众将一路北行，直奔上谷。这日午后，到了必经之地蓟城，本不打算停留，欲绕城而过，却见城外大路旁早有十多名官员等候。为首一人，身材矮小，八字眉，绿豆眼，山羊胡子稀稀疏疏，见刘秀一行马到跟前，便拱手作揖道："来客可是更始朝廷钦差大臣、大司马刘公？"朱祐打马上前道："你等是何人？"那官员道："下官是蓟城县令张振。"说着就要跪拜。朱祐指着刘秀道："大司马在此！"张振忙向刘秀跪拜道："下官久闻大司马大名，今日有幸一见，得慰平生！"刘秀本不想在此停留，下马扶起道："多感县令迎送，我等公务在身，就此别过。"张振见刘秀不想进城，心中着急，忙拦住道："大司马来河北，一路废苛政，平冤狱，声名远播燕赵。敝县百姓正翘首以望，下官更想聆听大司马教诲。还请大司马进城小住！"邓禹问道："邯郸王郎称帝，可有檄文发来？"张振眨眨小眼睛道："昨晚已有檄文发来。下官以为更始朝廷已恢复汉室，定都长安，怎地又冒出个刘子舆来？心下怀疑。听说大司马北巡，下官便将檄文扣住，未曾张贴，专待大司马到来，聆听指教。"刘秀道："成帝无子，哪来的什么太子刘子舆？不过是王郎演的一场闹剧。"张振故作惊讶道："还有这事？真是胆大包天！如此说来，王郎檄文定已遍布燕赵各地。吏民不知真伪，大司马再巡行各处，必有风险。以下官之意，大司马就立足蓟城，发布檄文，揭穿王郎骗局。下官即帮大司马招兵买马，反击王郎。以大司马威望，小小王郎，不值一击！"刘秀见他讲得慷慨激昂，也觉得还未得耿弇回话，不宜贸然进入上谷、渔阳等边地。如能在此地立足，招兵买马反击王郎，也不失为一应对之策。便答应进城住下，再作区处。一行人便随张振进入县城馆舍，安顿完毕，张振对刘秀道："大司马连日奔波，鞍马劳顿，多有辛苦。下官今晚设下一小宴，以表慰问之情。大司马和诸位将领先小歇一时，下官这就去张罗。"

张振走后，刘秀不由得心潮翻滚。自进入河北以来，复汉制、废苛政、平冤狱，恤孤寡，吏民心悦诚服，形势一片大好。本要在河北创立基业，大展宏图，中兴汉室，谁知半路杀出个王郎，兴风作浪，欺瞒百姓。吏民不知真伪，如若归附于他，一月来创建的大好形势必然风流云散。我不归附，王郎必然将我作为头等对手。邓禹、冯异、铫期、王霸等一班将领虽说个个武艺超群，忠心耿耿，然手下却无一兵一卒。向更始要兵？他们可正等着看我的笑话。眼前真是危机四伏，前路茫茫啊！一时心神不宁，便命随行的赵耕等化妆上街打探情况。这时朱祐进来，直冲冲道："我看这个张振贼眉鼠眼，似不是什么好鸟！"刘秀道："县令之言不必当真，只是伯昭北去上谷数日，不知能否搬来突骑？"朱祐道："嘴上没毛，说话不牢。万一他爹硬要归附王郎，调来突骑打我们，麻烦可就大了！"刘秀道："伯昭必不负我。只是边地更为复杂，不可不防。"二人正说话间，赵耕汗流满面地闯了进来，气喘喘禀报道："大司马，大事不好！"刘秀道："你且休慌，细细报来。"赵耕道："小的们扮作农夫上街与百姓拉话，都说前两天大街上就贴了刘子舆称帝檄文，县令还宣布归附了刘子舆，昨天突然又将檄文全部揭掉了，大家都觉得奇怪。小人还听巷子里有两人说悄悄话，好像说王郎已出十万两黄金买大司马人头！"正说话间，老馆吏送来茶水。这老馆吏早就仰慕刘秀，知张振晚间要设鸿门宴，颇担心刘秀安危，便借送茶之机，手蘸茶水，在桌上写下一个"酒"字，望了刘秀一眼，匆匆离去。刘秀心领神会，悄悄对朱祐道："晚间酒中有毒，切切小心。"朱祐一听，拔剑大怒道："好个狗日的张振！待我先去杀了这厮，再做理会。"刘秀止住朱祐，马上召集众将商议对策。众将听罢，一个个怒火中烧，就要去大闹县衙。刘秀道："他要害我，必然早有准备。且看他今晚鸿门宴上如何表演。大家速速回去喂饱马匹，兵器在身，如有不测，我们就杀出南门，再往南去。"

看看天色已晚，张振让馆舍点起灯笼，备齐酒菜，便来请刘秀一行入席。阴识手按宝剑，巡视一遍宴席四周，见并无埋伏，便立于刘秀身后。张振本来准备了一篇奉承之辞，一见刘秀面无表情，一班虎将个个怒目而视，又兵器在身，心想是否计谋泄露了？一时头上虚汗直冒，祝酒辞也跑到爪哇国去了。寒暄两句，便举杯道："大司马鞍马劳顿，下官先敬大司马一杯！"说着便将酒杯端给刘秀。刘秀向铫期使个眼色道："次况，你知我从不饮酒，代我先敬张大人一杯！"铫期跨步上前，接过酒杯，对张振道："我代大司马先敬大人！"张振见不是事，忙推辞道："下官也从不饮酒……"话未说完，就被铫期一把揪住衣领，酒杯对嘴，"咕咚"一口，灌了进去。刘秀对众将道："张大人辛苦，大家敬酒！"贾复过来，捏住鼻子，一杯又灌进肚里。臧宫、祭尊、马成，每人又灌了一杯。张振拼命挣扎，但被铫期提小鸡似地紧紧抓住，哪里挣脱得了？只是手指刘秀，口不能言。不一时便扑倒在地，七窍流血而亡。阴识骂道："逆贼！"宝剑一挥，张振已头颅滚地。刘秀猛地站起道："速速上马，杀出南城！"

众将得令，上马就要冲出。未出馆舍，就听得馆外一声号炮响起。原来，张振已和刘接定好要毒杀刘秀等，如事有不谐，即放炮为号，由刘接接应。刘接事先已在馆舍四周巷子中埋伏下五千兵卒，听得号炮一响，伏兵大出，一齐向馆舍拥来。刘秀等急冲到门口，却见馆舍大门已被死死锁住。贾复、臧宫急跳下马来，两人发一声喊，臂膀猛力一撞，只听"卡啦啦"一阵响动，大门顿时倒塌。铫期纵马挺戟，率先冲向馆外。就见大街小巷，人喊马嘶，道路堵塞。铫期大喝道："昆阳大战诸将悉数在此！不识相的，尽管来领死！"这一声大喝，声如巨雷，直震得众兵卒心惊胆颤，纷纷后退。铫期在前，贾复、臧宫紧跟，邓禹、冯异、朱祐、阴识保护刘秀居中，祭遵、王霸、马成、邓晨等殿后，各挥兵器杀向南门。铫期一马当先，正挥戟横扫蜂拥而来的兵卒，却见刘接在马上挥了宝剑，喊叫指挥众兵卒上前围截，更是怒火上冲，纵马上前，一戟将刘接戳于马下。刘接这些兵卒本就征来时间不长，遇着这班虎将，刀、枪、剑、戟齐下，还不犹如羊群遇虎？不一时街巷已横尸累累。铫期、贾复、臧宫当先杀出城外，就听身后传来喊声："关闭城门，不要走了刘秀！"三人向后望去，只见城楼守兵已解开楼上铁锁，城门已徐徐下落。而刘秀等刚到城下。三人正要回马杀进城内，就见满身血迹的赵耕带领十几名士兵急急赶来，在城门下一字排开，用肩头扛住正在下落的铁门，齐声高呼道："大司马快走！我等来生定再追随大司马左右！"刘秀等纵马跃出城门，就听身后"咣咣当当"连声响动，大铁门结结实实砸下，赵耕等十几名兵士已血染尘埃。刘秀回身向城门深深一揖道："壮士，多谢了！"

刘秀等冲出南门，刚喘口气，就见野外火把通明，人马杂踏，刘接的兵将又追了出来。有人喊道："皇上已从北部调来铁骑，快快抓住刘秀，到邯郸领赏！"听到如此喊声，众将不由得一惊。刘秀急招呼道："拐上小路，速进树林！"欲知刘秀等性命如何，且听下回分解。

第十二回　滹沱河刘秀感天意
　　　　　　芜蒌亭光武识忠良

　　话说刘秀等连夜冲出蓟城，沿小路直向西南奔去。夜暗之中不辨方向，一时进入一片山林之中。听林外大路上追兵渐渐远去，刘秀招呼众将下马歇息。众将领拴了马，各倚一棵大树坐下。朱祐问道："大司马，我们明日去往哪里？"刘秀沉吟一刻道："看目前情景，王郎必然到处搜捕我们。当务之急，是先找一容身之处。伯卿现在信都，我们可先到信都，再做理会。今夜都抓紧休息，明日一早赶路。"说罢，闭目沉思。时值深秋，一弯冷月透过枝叶洒下凄清的光影。刘秀仰望夜空，思虑前路，辗转难眠。翌日晨曦初露，刘秀发现山林间有一道溪水，便去洗脸。猛见倒影中自己衣冠不整，脸上也被荆棘划了几道口子。此时众将也都睡醒，来到水边。一个个也都是晨露沾身，霜华染须。大家你看看我，我看看你，皆苦笑不迭。刘秀等都来自河南，对河北北部边地两眼一抹黑。眼下身处何地？去信都又该如何走？皆不知情。邓禹对兵要地志曾有所研究，刘秀便命他先到林外探察。一时回来说："我询问几名晨耕农人得知，我们现已进入涞水县境。由此去到信都，有两条路可走。一条是走大路，经涿郡、中山、真定，过滹沱河到达信都。一条是走小路，沿太行山向南，经唐县、曲阳、行唐、灵寿，过滹沱河到达信都。据我观察，走大路多有凶险。我见大路旁的亭子上，都贴有王郎布告，要赏十万两黄金买大司马人头哩。还是走小路为好。"刘秀点头，当下定了南行路线。因昨晚酒宴没吃成，又冲杀奔跑一路，已是人饥马乏。冯异抬眼见远处林中一棵棵野柿树上柿果已红透，在秋阳照耀下，犹如一盏盏小灯笼，高兴道："这就叫天无绝人之路！"即招呼上贾复、臧宫、祭遵、邓晨，每人到树上摘下一包野柿子，拎过来摆在树下的草地上，招呼大家来吃，又把马匹散放了，任凭他们去啃食野草。待马匹吃饱，时辰已近正午。刘秀等不敢走大路，策马沿太行山小路前行。直到夕阳西下时分，忽见山间隐隐现出一座村庄。大家来到庄外，刘秀让朱祐前去探看情况。朱祐去了一时，便领着一位老者过来，扬手高喊道："大司马，今晚咱们有吃有住啦！"刘秀见老者六十多岁，步履蹒跚，忙下马趋前道："老人家，我们是朝廷派往太行山剿匪的，想在贵处借宿一晚，多有叨扰！"老者听朱祐喊大司马，定定望了刘秀一眼道："敝处是丁家庄，老朽是这里的庄主。将军们为民除害，老朽感激还来不及，何谈打扰？请进庄歇息就是。"说罢带领大家进庄，安顿好了，又让庄客做了晚饭。众将只是早晨吃了几个野柿子，早已肚子打鼓，一时狼吞虎咽吃饱了，已觉疲惫，便早早睡下。约莫三更时分，正熟睡的阴识突然被一阵剧痛惊醒，猛然坐起，却见屁股下面压了一只大黑蝎子。原来是这蝎子蛰了自己。阴识恼怒，一把将蝎子掐死，却因屁股疼痛难再入睡，便起身到屋外闲步。走至墙角，忽听有悄悄说话的声音，月光下望去，原来是两个家丁。只听一个道："这回丁员外可要升大官发大财了！"一个问："他喜从何来？"一个道："就在这帮将军身上。你没听说邯郸皇帝已下了悬赏令？凡杀死刘秀的，赏十万两黄金，还封个什么侯爷。丁员外怀疑那个领头的就是刘秀。他已连夜到县里报信，请县里派兵前来捉拿。估计黎明时分队伍就到。"一个道："我娘！真是刘秀来了？我可听说他是赤龙下凡，手下将领也个个应着什么天罡星、地煞星。谁敢惹他们？"一个道："谁说不是哩！咱全庄都上来，怕也惹不了他一个。正因为这个，老头子才连夜到县里报信，临走吩咐我一定看住他们，等队伍来了，趁他们熟睡，捆了绑了，解送邯郸。"一个问道："你可得些好处？"一个道："老头子许诺我一万两黄金，那是多大一笔？咱一辈子也挣不来。我怕一个人困了睡了，才私下找你来帮手。事成之后，我分你五成。"一个兴奋道："这事我干！"原来，这庄主丁奉，乃是王莽新朝时曲阳县令，几年前退休还乡，做了员外。这老家伙在任时就贪赃枉法，退休还乡后仍不安分，经常与曲阳县的官员勾勾搭搭，说事过钱。前几天他到曲阳县城与县令勾兑，见街上已贴出大汉皇帝刘子舆的悬赏令，又见县令调动兵马搜寻刘秀行踪，知刘秀已到曲阳一带。今日见刘秀一行都是河南口音，又听他们叫他大司马，再加上陪吃晚饭时断断续续听他们讲什么蓟城脱险、昆阳大战等等，就断定是刘秀一行，心想着升官发财的机会到了，便让家丁守候，自己连夜赶到县衙报信。阴识听到此处，不由得倒吸一口冷气，心中念道："老蝎子啊，我真不该掐死你！若不是你把我蜇醒，我等睡里梦里脑袋就掉了。愿你托生到一个好人家吧。"夜暗中向蝎子拜了两拜，也不吭气，悄悄转到二人身后，宝剑一挥，两人未及吭声，头颅已滚落尘埃。阴识不敢怠慢，急急叫醒刘秀及众将，讲述了详情。刘秀急命大家上马，暗夜中冲出庄外，沿山路向南急行。此时天将拂晓，未行多远，就见迎面大路上影影绰绰来了一队人马。刘秀断定是丁奉带领县尉等前来拿人，忙命众将隐伏路旁树丛。一时人马来到近前，果见丁奉和县尉并马而行，边行边谈。县尉道："如能抓住刘秀，定报丁员外第一大功！"丁奉道："还是抓紧赶路，若等他们醒来，可都是不好惹的。"县尉道："我已带了千余人马，为怕事有不谐，县令大人已急报涿郡郡守了，大队人马随后即到。同时又派人到邯郸急奏朝廷，派重兵前来搜捕。这一回，定让刘秀插翅难逃！"话音刚落，就听路旁树丛中一声大喝道："汉大司马刘秀在此！"这一声大喝，犹如巨雷轰顶，丁奉猛受惊吓，一时肝胆俱裂，"扑通"一声倒栽马下，口鼻流血而亡。随着喝声，铫期已拍马冲出，挺戟直刺县尉。那县尉猝不及防，不待还手便稀里糊涂见了阎王。众将见铫期杀出，也各挥兵器，忽啦啦冲了出来，顿时将那千余人马截成了七八段，刀枪齐下，随意砍杀开来。这些山城小县的兵将，平时也就能捕捉几个打家劫舍的山贼，遇到这般凶神恶煞，还不像小鬼见了阎王？不多时便死的死，伤的伤，逃的逃，一哄而散了。刘秀见铫期仍在挥动长戟追杀逃兵，忙阻止道："次况，我等急须赶往信都，王郎兵马随后就到，赶快离开此地！再遇到兵马，不可厮杀恋战！"铫期嘿嘿笑道："我看他们几个也就是鸡毛蒜皮，顺手收拾掉算了。"冯异从县尉身上取下兵符，递给刘秀道："大司马，咱们干脆装扮成曲阳县的兵将，再遇上王郎兵马，就说是奉命捉拿刘秀的。你就带领我们上演一出刘秀抓刘秀的大剧吧。"众将哈哈笑着，有几人已换下合身的兵卒衣服，整理一番，又打马南行。

过午时分，刘秀一行来到滹沱河北岸的灵寿县城外。抬眼望去，城门旁也贴上了捉拿刘秀的悬赏令。众将走了一个上午，早晨又未能吃上饭，肚子早已饿得咕咕叫了。朱祐骂道："他奶奶的！王郎这老小子，可把爷爷们害苦了。要不是他兴风作浪，县令还不要请咱们进城吃喝一顿去！"刘秀见人饥马乏，思忖一刻道："干脆，咱们来个浑水摸鱼，进城混一顿吃喝去！"朱祐咋舌道："现在到处都是捉拿大司马的悬赏令，咱们进城还不是自投罗网？"刘秀笑道："王郎兵马，估计正在曲阳一带搜山。咱们现在和他们是南辕北辙，先吃饱喝足，等他们发觉，咱们也早过了滹沱河了。"说罢，让众将整理好衣冠，打马来到城门口。守门长吏见来了十几个兵将，忙拦住道："什么人？"刘秀将曲阳县的兵符拿给门吏看了，施礼道："我是曲阳县的刘县尉，奉命搜捕刘秀。走到贵县，大家都饿了，想在贵县讨一顿饭吃。"门吏信以为真，忙将刘秀等迎入城内传舍，热情道："请将军暂时在传舍歇息，我即禀明县令大人过来接待。"刘秀摆手道："不必劳烦县令了，我等公干紧急，只须准备一顿便饭即可。"门吏即吩咐传舍速备饭菜。不一时饭菜端来，众将一拥而上，顿时狼吞虎咽，大吃大嚼起来。一时风卷残云扫光了，朱祐一拍桌子道："再上饭菜！"传舍见这些人吃没吃相，喝没喝相，且又兵不让将，将不让兵，心下怀疑道："我接待过多少起官兵，哪有这等吃相的？莫不是曲阳的山贼野寇来混吃混喝？"口中答应着朱祐，出来却对传舍的兵丁道："我看这伙人不像官军，你等速去禀报县令大人，我先来吓他一吓！"说罢跑到传舍门外敲起门鼓，边敲边喊道："邯郸将军到！邯郸将军到！"众将一听，全扔下碗筷站了起来，欲拔剑杀出。刘秀使个眼色让大家坐下，故意高声道："你们继续吃喝，邯郸将军是我的老相识了，不必虚礼。"又对门外喊道："是邯郸将军到了？快进来用餐！"喊罢继续吃喝。传吏见这班人并不惊慌，一时也摸不着头脑，只得进来应酬。刘秀已看出来是诈，却佯作不知，故意对传吏道："邯郸将军也是奉命来捉拿刘秀的，快请他进来，问问有何收获。"传吏支吾道："邯郸将军说军务紧急，不进来了。"说罢溜出传舍，想去告诉守门长吏关闭城门。传吏一出门，刘秀说声"快走！"众将急忙离席。朱祐、贾复、铫期、臧宫饭量大，尚未吃饱，便随手又抓了几个馒头放进衣袋。各个拉过正吃草料的马匹，一声呼哨，冲出了传舍。那传吏还未走到城门口，刘秀等已纵马出了南门，直向河边奔去。急驰十多里路，见身后并无追兵，才渐渐慢下来。回想刚才滑稽一幕，朱祐呵呵笑道："大司马就是非同常人，料事如神。跟着大司马，吃喝不愁哩！"刘秀笑道："只是你藏的几个馒头，不许独吞，留作晚饭。弄险之事，只能一次。再去混吃混喝，还不要把脑袋混掉了？"大家说笑着，已远远望见了滹沱河。

想到过了滹沱河，到了信都任光处，就有了容身之地，众将都兴奋起来。但因不熟悉河北地理，只知信都在滹沱河南面，具体位置谁也说不清楚。刘秀让大家下马稍歇，命王霸前往河边勘察渡口，寻找船只。王霸拍马赶到河边，放眼四望，只见五六里宽的滹沱河水正滚滚东流，岸边并无渡口，河上更无船只。此时已近黄昏，天空突然彤云密布，北风骤起，寒气刺骨。王霸正想继续寻找，忽见迎面一农人挑了一担柴禾，急步行来。王霸上前施礼道："这位大哥，我有急事要渡河南去,附近可有渡口?"农人往前一指道:"东行二十里有一大渡口,可渡人渡马,还可住宿。"又抬头望望天空,提醒道:"眼看就有大雨,你有马,可快快赶去,还能在哪里躲避。"王霸谢过农人,拨马返回。见了刘秀,正要报告,就见身后尘土飞扬,隐约似有兵马追来。刘秀也发现势头不对,忙问道:"元伯,可能渡河?"王霸见前有大河,后有追兵,思忖若实说前面无渡口,无船只,恐引起慌乱,不如暂且谎报,冲到河边再说。当下撒谎道:"河水已结冰,滹沱可渡。"刘秀正要疑问,王霸急使个眼色,刘秀会意,高喊一声道:"此天助我也!快快渡河!"说罢一马当先,众将随后,冲到河边。说来也巧,那滹沱河水刚才还滚滚东流,待众人赶到河边,竟然在呼啸的寒风中结了冰。刘秀、王霸对视一眼,心下甚觉奇怪,却也不便说明。王霸催促道:"大司马,你们快快过河,我在此抵挡追兵!"刘秀说声"元伯速速赶来,不可恋战!"遂带领众将牵马踩冰,缓缓而过。王霸见刘秀等已近南岸,身后追兵越来越近,已能听到人喊马嘶之声,也便策马踏冰,急驰对岸。不料离岸尚有四五丈远时,冰河突然开裂,只听"喀啦啦"一阵响,王霸连人带马掉入河中。王霸一手抓住马尾,一手猛拍马屁股。好在那马下午刚吃过草料,昂头一声嘶吼,四蹄用力一跃,浮出了水面,眨眼间将王霸带到了岸边。岸上众将奋力将马拉上岸来,王霸已浑身湿透。刘秀拂着王霸身上水珠,感动道:"我等今日能顺利渡河,端赖元伯之功!"王霸拜谢道:"此明公至德,神灵之佑,非元伯之力也。"说话间追兵已到北岸,眼见河水滚滚,无奈望河兴叹一阵,返回去了。

一过滹沱河,大家都松了一口气。刘秀伫马河边,眺望河水,回想刚才惊奇一幕,思忖莫不真是天意?遂望空诚心诚意拜了三拜。见天色已晚,就让王霸指路前行。王霸道:"东行二十里,有一大渡口,可借宿打尖。"刘秀遂率众将沿南岸策马徐徐东行。走不多远,就听空中雷声隆隆,眼前闪电乱划,不一时,大雨倾盆而下。一行人无处躲避,只好一任大雨劈头盖脸淋浇。走过一程,随着一道闪电划过,右前方突然现出一座亭子。刘秀忙命大家进亭子暂避一时。众将牵了马，夜暗中冒着风雨泥泞走进亭子。借着一道闪电，看清了亭上横一匾额，上写"芜蒌亭"三个大字。这芜蒌亭虽年久失修，却也高大宽敞，能容十多人避雨。众将挤进亭内，将刘秀围在中间，遮挡着飘进来的风雨。眼见风雨不停，朱祐又骂了起来："他奶奶的！王郎把咱们追得东躲西藏倒也罢了，可这老天也不咋的，硬是把我等逼到这荒郊野外，落得个饥寒交迫。"刘秀接过话茬道："仲先，你偷拿的馒头丢掉没有？"朱祐抬手一摸，三个馒头依然躺在怀中，便冲铫期、贾复、臧宫嚷嚷道："你们藏着的，也得拿出来，谁也不能吃独食。"铫期笑道："不是仲先嚷嚷，我还忘了呢。都拿出来，先让大司马吃饱再说。"一时四人凑了九个馒头，送到刘秀面前。刘秀掰下一块，对王霸道："元伯，你当过狱吏，眼下你们是十一个人，八个馒头，你来分配吧。"大家说说笑笑，围着刘秀啃起了冷馒头。这一班虎将都是凶神恶煞，半个冷馒头怎能吃得饱？不过垫垫肚子而已。听着亭外的风声雨声，又冷又饿，大家也都没了困意。朱祐便找话头道："大司马，王郎这老小子，怎地就硬是和你们刘氏宗室挂上勾了？这内中有无一点瓜葛？"刘秀道："毫无瓜葛，纯属胡发奇想。成帝是有过两个儿子，一个是许贵妃生的，被皇后赵飞燕摔死；一个是曹贵妃生的，也让赵飞燕逼着成帝给掐死了。赵飞燕不能生子，也不许其他妃嫔生子，自此成帝再无皇子。王郎将赵飞燕害皇子之事安到自己头上，又编出一套皇宫换子的故事，实为欺瞒天下。不过他既敢自称成帝之子，看来对汉室的支脉是下工夫研究了的。"冯异道："我等只知大司马是高祖九世孙，而对刘氏宗室的支支脉脉，不甚了了。反正今夜也睡不着，大司马谙熟汉家族谱，就给我等讲讲你家族支脉便了。"众将也都想听。刘秀道："要说我家这一脉，还得从五世祖长沙王刘发说起。我这个五世祖是景帝之子，武帝之弟。虽说难比武帝的雄才大略，却也自小聪敏过人。"接着便讲了一段长沙王刘发智讨封地的故事。原来，汉景帝生有十三个儿子，除去汉武帝刘彻立为太子外，其余十二个儿子都封了王位，分给了领地。刘发被封为长沙王，但封地最狭小，且地区最贫瘠。有一年景帝过生日，诸王来朝贺寿。景帝一时高兴，便命诸王轮流献歌献舞为祝。轮到刘发时，他却既不歌又不舞，只是扬扬袖子，应付一下完事。景帝问他为何如此，刘发奏道："儿臣国小地狭，不足回旋。"景帝感到对不住这个儿子，又见刘发聪明伶俐，就将长沙以外的武陵、凌陵、贵阳三地都划归了长沙国，成为当时占地最多的诸侯王。众将听罢，都称赞长沙王聪明过人。冯异又道："大司马既是长沙王之后，怎地又生在南阳？且又成为舂陵子弟？"刘秀道："到我六世祖刘买时，因不是嫡长，不能封王，便降为舂陵候了。他嫌长沙一带气候阴湿，便奏明皇上，搬来南阳居住，仍以舂陵为名号。所以南阳的刘氏宗室，都称舂陵子弟。舂陵候几代过去，支脉越分越多，离高祖的血统就越来越远，官也就越做越小。到我老爹、叔父这一辈，你们都知道了，只是小小的县令。到我这一代，便成了平头百姓。眼下虽还挂着更始朝廷的大司马、武信侯，却是无兵无卒无粮无草无立足之地……"说着伤感起来。冯异忙劝道："大司马不必伤感，你饱读诗书，应当记得孟夫子所言：天将降大任于斯人也，必先苦其心志，劳其筋骨，饿其体肤，空乏其身，行拂乱其所为，所以动心忍性，增益其所不能……现今你心志也苦过了，筋骨也劳过了，肚子也饿过了，下一步该担当大任了。属下敢作预言：乾坤定能在你手中旋转，汉室定能在身上复兴！"众将异口同声道："公孙所言句句在理，我等决随大司马中兴汉室，建立功业！"

听着这铮铮之言，刘秀不由得感慨万端，思绪滚滚。想到白水起兵时，邓晨、阴识本是新野富户，却毁家纾难，投身血火沙场，二姐和三个女儿小长安殒命，邓晨仍无怨无悔，初心不移。昆阳大战，王霸、马成、臧宫、祭遵、傅俊等跟随自己不计生死，陷阵溃围。大哥被害后，是冯异力劝自己忍辱负重，韬光养晦。抚理河北，是邓禹千里追随，鼓励自己创立基业，平定天下，中兴汉室。蓟城被围，是铫期荷戟大呼，杀开血路……眼下自己更是一无所有，处境凶险，前路茫茫，竟无一人离心离德，且对自己寄予厚望。这一班忠勇良将，哪个能有？想到这些，刘秀眼含热泪道："诸位和我，真称得上风雨同舟，生死相依了。他日若能如愿，决不忘芜蒌亭这一夜！"及至刘秀扫平群雄，一统天下之后，果然命画师画了一大幅《风雨芜蒌亭》，挂于龙椅之后的屏风上，时时警醒自己善待功臣，勤政治国。此是后话。

翌日天亮时分，风停雨住。冯异走出亭子，想到秋收过后的原野上捡拾一些丢掉的红薯、土豆之类，给刘秀充饥。抬眼却见田间小路上走来一白须老者，肩扛锄头，正往这边窥探。冯异拔剑喝道："什么人？大胆！"老者听到喊声，走近前来，打量一眼冯异，忽然一扔锄头喊道："哎呀，冯将军，大恩人呀，你因何在这荒郊野外？"冯异也认出了老者，忙问道："老丈，你缘何来到此地？"老者指指前面的村子道："此地已是安平，我女儿嫁在此地。我前些时来帮她家搞完秋收，闲住些日子。"冯异大喜，立刻将老者带进了亭子，指着老者对刘秀道："我上个月在信都乡间私访，得知里正抢了这位老丈的田亩，就帮他要了回来。不想在此处相遇。"又指着刘秀道："这位就是更始朝廷钦差大臣、大司马刘秀将军！"老者一听是刘秀，扑通跪地道："小老儿拜谢大司马！大司马来河北，给俺百姓带来了多少福祉！信都百姓无日不在感念大司马的好处！"刘秀忙道："老丈快快请起！此去信都还有多远？"老丈道："此去东南八十里便是。"刘秀道："可有王郎兵马？"老者道："没有。听说太守任将军给各县下了死令，谁敢归降王郎，定斩不饶！"刘秀举手拍额道："伯卿果不负我！"老者道："那个王郎，原先走村串户，卜卦算命，还给小老儿算过一卦。怎么突然就当了皇帝？实在弄不懂。看将军们这般模样，一定是冷饿交加，走！随我到家里，人吃饱，马喂足，再干你们的大事去！"

这真是"山穷水尽疑无路，柳暗花明又一村！"众将无不欢呼雀跃，当即随老者进村，大吃了一顿玉米饼子小米粥。吃饱喝足，谢过老者，也不走小路了，径直沿东南大路向信都城奔去。眼看信都城在望，忽见迎面闪出一彪人马。铫期、贾复即刻拍马冲向前面，护住刘秀。欲知来者是谁，且听下回分解。

第十三回　识大体群英助明主
　　　　　据信都刘秀击王郎

　　话说刘秀一行急驰到信都城下，迎面突然闪出一彪人马。为首一将，身材高大，面如重枣，手执点钢枪，策马而来。一见到刘秀等人，即刻滚鞍下马，拜伏路旁道："邳彤拜见大司马！"刘秀定睛一望，乃是晋州太守邳彤邳伟君，不由大喜，下马扶起邳彤道："伟君缘何来此？"邳彤道："自听闻大司马冲出蓟城南来，属下便分派四路人马，在晋州、信都两地沿路巡逻，以迎接大司马。不想今日在此相遇。"刘秀急问道："伟君可知眼下河北局势？"邳彤道："据属下所知，河北多地都归附了王郎，只有信都、晋州两郡还在咱们手中。我已和任伯卿结成犄角之势，以敌王郎。"刘秀道："你和伯卿共有多少兵马？"邳彤道："两郡合计，约有万名。大司马一路劳顿，请先进城歇息，伯卿也正日夜打听大司马讯息呢。"说罢，头前引路，一行人来到城门口。刘秀抬头见城头刀枪密布，戒备森严，城楼上还高挂一颗人头，忙问道："伟君，这颗人头是……？"邳彤道："是王郎派来宣读狗屁诏书的。伯卿一怒，便将他斩了！"众将兴奋，齐呼道："伟君，你们干得好！"邳彤扬手向城头高呼道："大司马刘公到，快快开城！"守城兵将听邳彤呼喊刘秀来到，顿时欢呼雀跃。不一时，城门大开，任光率信都文武官员拜伏两旁，迎接刘秀。信都城内的百姓听说刘秀来了，万人空巷，皆呼万岁！刘秀等驻进馆舍，歇息片刻，换过衣甲，任光摆酒招待。席间，刘秀问任光道："王郎在河北的兵马，计有多少？"任光道："估计有五六十万。"刘秀道："我们兵力太少，难与王郎决战。我听说山东的城头子路、力子都两支人马，有二十万众。我来河北之前，已归顺更始朝廷了。两军都离此地不远，是否将他们调来，共击王郎？"任光道："不可。这两支人马，只是名义上归顺了更始朝廷，实则与赤眉无异。只图财帛，不识大体，难以成事。"刘秀一时沉默。邳彤道："大司马不必过虑。现今吏民思汉已久，因此更始举尊号天下响应。卜者王郎假名因势，吏民不知真伪，才归附于他。今只须揭穿王郎假象，以大司马威望，河北吏民必群起响应。我们不用城头子路、力子都两军人马，倒可以借他的声势。明日即可出榜招兵，就说大司马率城头子路、力子都百万之众东来，要彻底扫平王郎，估计从军者不在少数。大司马奋二郡之兵，扬响应之威，以攻则何城不克？以战则何军不服？"

第二天，任光、邳彤便将讨王郎檄文及招兵布告分发河北各地。这一招果然见效。因刘秀在河北已声名远播，民众听得他统帅百万之众来扫灭王郎，纷纷响应。不出旬日，已有上万青壮前来投军。刘秀高兴，便与众将商议，先攻取几座县城，以震慑王郎。正当刘秀秣马厉兵之际，耿纯也赶来信都报到。前回书讲过，耿纯随刘秀北上途中，因王郎在邯郸称帝，耿纯家眷逃出，刘秀让他回栾城老家安顿眷属。耿纯回到老家，告诉其族弟耿欣王郎夜袭邯郸称帝等事。耿欣讶然道："年前民间即有传言，说河北即将出现真龙天子，莫不是应在王郎身上？"耿纯冷笑道："我专命邯郸数载，还不知王郎是何等样人？一个靠骗人吃饭的卜者罢了。与大司马刘公相比，直如大鹏之于蝼蚁，不过是借了人心思汉的大势，扮演一场闹剧而已。你等切不可轻信谎言。今大司马刘公已北去上谷，拟调兵征讨王郎，你即晓喻家族宾客，决不许一人归附王郎！"后见到王郎捉拿刘秀的悬赏令，因不知刘秀去向，日夜担心。前几日见到刘秀讨王郎檄文，心下振奋，即在家乡招募精壮，连同宗族宾客三千余人来投信都。临行前吩咐耿欣，一把大火将村庄烧了个干净。刘秀见耿纯人马中年老有病者，竟拉着棺木前来，甚为不解。得知耿纯烧了村庄，叹道："伯山何必如此呢？"耿纯道："大司马来河北，并未用金钱财物聚拢人众，只是靠恩德收复民心。现今天下未定，伯山虽举族跟随大司马，然族人宾客中难免有贪求财帛之人，不能同心。因此我干脆烧掉村庄，断绝归路，使人从此了无牵挂，一心一意跟随大司马扫灭王郎，克定天下！"刘秀十分感动，当下拜耿纯为前将军。

刘秀手中有了两万兵马，便以信都为基地，分兵攻取信都周围县城。一路由邳彤领前军，王霸、马成、傅俊随后，攻取新河、任县、武强等地；一路由耿纯领前军，铫期、臧宫、祭遵随后，攻取衡水、束鹿、深州等地。兵马所到之处，皆在旷野遍张骑火，弥漫泽中，造成百万大军压境之势。那些已归附王郎的县令、郡守，本就听到过刘秀的赫赫威名，不少人还受到刘秀接见。今闻刘秀率百万之众来击王郎，不少人又复归了刘秀。刘秀很快夺下十多座县城，兵马也发展到四万多人，集结于真定府郊外，暂作休整。

这日，刘秀正与冯异等商议如何攻取真定，忽有探马来报，言说真定太守不但自己归附了王郎，现正在拉拢说服真定王刘扬。这位真定王刘扬，本是汉景帝七世孙，成帝时世袭了王位。虽非更始朝廷命官，却也是当地显赫之家。庄园有良田千顷，奴仆数百。连那真定府历任太守，都要敬他三分。此人五十多岁年纪，不甚喜读书，偏爱结交豪杰、侠客。王莽篡汉，他虽不满，却也无复汉大志。新朝末年，他见天下大乱，兵革并起，也便招募了十万兵马，以便乱世之中据地自保。昆阳大战震惊天下，他自然知道刘秀大名，刘秀招抚河北，他也知道刘秀深得民心。及至王郎称帝，他明知是假，因并未触动他利益，他也就缄默不语。刘秀兵临真定城下时，刘扬刚刚接到王郎诏书，封他为定国上公，命他起兵迎战刘秀。当下情势，如若刘扬十万人马归附了王郎，河北局面将不可收拾。刘秀闻知此事，心不自安。铫期、贾复、王霸、朱祐等见刘秀忧虑，皆奋臂道："我军已有四万之众，老王爷敢归附王郎,可与他一战!"邓禹道:"先休言战。老王爷汉室宗亲,当不会如此糊涂。可先派人进城向他戳穿王郎底细,说服他与我们合兵,共击王郎,方为上策。"刘秀道:"果能如此,当是最好。"便对耿纯道:"伯山熟知王郎底细,老家又是在王爷近邻,可进城一谈。"耿纯领命,当下化妆进城,不一时便匆匆返回禀报道:"老王爷自视甚高,不屑与属下言语,定要大司马前去面谈不可。"刘秀笑道:"他是王爷嘛,架子还是要有。既如此,我即走一趟!"众将道:"小心有诈,我等愿随大司马进城!"刘秀道:"不必。只阴识一人随我即可。"说罢换上鲜亮衣冠,一副富商大贾派头,阴识扮作仆人,二人潜入城内,来到真定王府。见了刘扬,刘秀先深深一揖道:"文叔拜见老王爷!"刘扬一见刘秀龙姿凤表,英气逼人,心下先自欢喜,改用宗室口气道:"文叔不必多礼,你这个大司马可是做得辛苦啊!"刘秀道:"为中兴汉室,虽万死而不辞!"二人便谈论起汉室兴衰,当前形势。刘秀谈吐高屋建瓴,见解独特。刘扬见刘秀出言不凡,性格沉毅,大为折服,断定刘秀非平常之人,说不定今后真能一匡天下,中兴汉室。便手持长须,徐徐说道:"本王虽久居乡野,天下大势也了然一二。去年听说你和伯升起兵,我就有意响应。后来听说刘玄称帝,伯升遇难,绿林将领擅权,我就断定天下还有一乱。招兵买马,也是为了据地自保。你来河北,本想约你一谈,劝你不可再回河南。你文韬武略,又深得民心军心,登高一呼,应者云集,定能克定天下,中兴汉室。谁知平地里又冒出一个什么成帝之子刘子舆。成帝无子,宗室谁人不知?这个,瞒得了别人,可骗不了咱们。"刘秀道:"只是吏民不知真伪,才闹出如此大乱。还请老王爷出面戳穿王郎假相,助文叔一臂之力。"刘扬一拍案几道:"文叔休如此说。匡复汉室也是本王职责。我意已决,现将十万兵马交付于你,愿你早日扫灭王郎,一匡天下,中兴汉室!"刘秀听罢,直觉喜从天降,忙起身拜谢道:"老王爷如此器重文叔,文叔决不负王爷期望!"正在热血沸腾之际,只听刘扬话头一转道:"本王还有一事，文叔可能应允？"刘秀道："老王爷请讲！"刘扬道："我有一外甥女，名郭圣通，其家世代为栾城大姓。圣通也相貌出众，知书达理。我欲将她许配于你，想来也不会辱没咱们汉家宗室。"刘秀一听，顿时愣住，脱口道："多谢老王爷眷顾，只是文叔已经成亲了。"刘扬道："这个无妨，王侯将相，哪个不是三妻四妾？"刘秀万没想到刘扬会生出如此念头。此事如要答应，岂不是有负日思夜念的爱妻阴丽华？如不应，刘扬万一翻脸，将十万军兵交与王郎，其后果将不堪设想。一时陷入两难境地。正在此时，有人来报，说是真定太守来访。事出紧急，刘秀下意识望望阴识，阴识忙使眼色，连连点头。刘秀一横心，站起身再拜道："王爷如此看重文叔，文叔就高攀了。只是军旅无常，兵凶战危，我怕苦了圣通。王爷看是否先定下亲事，我如能平定河北，再行完婚可好？"刘扬摆手道："文叔不必多虑，三日内即行完婚！婚后圣通仍住娘家，你只管统兵征战就是。待天下平定，再与你团聚。"说话间，真定太守已走进客厅，高声说道："恭喜老王爷！皇帝刚有诏书下来，加封你为天下都招讨兵马大元帅，统兵擒拿刘秀！"刘扬接过诏书递与刘秀，哈哈笑道："文叔你看，王郎又给我加封了官职，要我统兵擒拿你呢。"太守此时才发现，座上还有一位衣服鲜亮的年轻人。忙问刘扬道："老王爷，这位是……"刘扬一指刘秀道："这位就是更始朝廷的钦差大臣、大司马刘秀刘文叔，自投罗网来了！"太守见事有不谐，急抽身而退，刘扬喝道："府台且慢走！先在本王府内歇息几日，却再理会。"当下命人将太守软禁府中。又对刘秀道："文叔速回军中，派一能吏来真定府主事，恢复汉制。你也准备一下，三日后在栾城郭家完婚。"

刘秀辞别刘扬出来，边走边对阴识道："此事好没来由！这当中的来龙去脉你都看到了，虽说是情非得已，可总觉得对不起丽华。"阴识道："你不必担心，中兴汉室事大。舍妹虽是女流，见识却不让须眉，决不会有怨言。"回到军营，刘秀将见到刘扬一事对众将讲了，大家无不欢欣雀跃。刘秀道:"只是此事无法通报丽华,我心不安。"邓禹道:"自古举大事者,不拘小节。当前悠悠万事,中兴汉室为最大。大司马与老王爷联姻,使我军如虎添翼,真是天大好事!至于丽华心胸,我自深知,非寻常女子可比,大司马尽可安心。"耿纯也道:"那郭家女子,在我老家一带,甚为知名,也称得上大家闺秀了,相配大司马,也是郎才女貌。"刘秀始觉安心,当下命马成任真定府太守,持节进城接收一切事宜,其余诸将,都为刘秀张罗婚礼。

正是早春二月,杨花吐蕊,绿柳抽丝,迎春花放,鸟声啁啾。栾城县郭家大院内张灯结彩,喜气洋洋。因郭圣通父亲早逝,就由刘扬为刘秀、圣通主持了婚礼。众将领见兵不血刃夺得了真定府,又平空得了十万军兵,一个个兴高采烈,不醉不休。刘扬想到外甥女嫁了刘秀,前程不可限量,更是难掩兴奋之情,击筑高唱起刘邦的《大风歌》:"大风起兮云飞扬,威加海内兮归故乡,安得猛士兮守四方!"……

刘秀迎娶了郭圣通,又得了刘扬十万兵马,兵威大振,接着就挥师北上,一举攻克了灵寿、行唐、曲阳、唐县、中山等地。此时中山以北,尚有二十多个郡县在王郎手中。刘秀的方略是先集中兵力将这些郡县统统收复,有了巩固的后方,再挥师南下,围攻王郎老窝邯郸。这日,刘秀正在中山与将领们研究进兵方案,分派攻城任务,突接急报,说城北突然拥来大批骑兵,有人说是王郎征调来的北地突骑。刘秀闻言猛吃一惊,急率众将登上城头。眺望城下,只见尘土滚滚,刀枪闪亮,一队队铁骑,犹如排山倒海而来,战马嘶鸣,声震四野。刘秀和众将征战有年,纵横沙场,却从未见过这等阵势。正惊疑间,就见队前一员少年将军,身长面白,银盔银甲,手持方天画戟,坐下枣红战马,身后几员将领,个个凶神恶煞,驰奔城下而来。见刘秀立于城头,那小将即刻滚鞍下马,往城上施礼道:"伯昭拜见大司马!"刘秀定睛一瞅,却是上谷公子耿弇耿伯昭,一时兴奋,扬手大呼道:"伯昭!伯昭!快进城来!"便命开城迎接。朱祐劝道:"小心有诈!"刘秀道:

"伯昭决不负我，休再多言！"一时间城门大开，刘秀率众将迎出城外。耿弇和众将领拜伏路旁道："伯昭来迟，让大司马多受惊扰！"刘秀连忙扶起，迎入城中。

这耿弇耿伯昭率大批突骑从何而来？看官稍安勿躁，且听在下详细道来。

且说少年将军耿弇，自中山和刘秀分手后，单骑急返上谷郡，要说动老父耿况，发突骑助刘秀扫灭王郎。一进上谷城门，正好遇到巡城的功曹寇恂。寇恂字子翼，上谷昌平人，文武兼备，志向高远，足智多谋，深得耿况器重，常与耿弇讨论将帅之事。当初新朝灭亡，刘玄派员巡视各地，对官员承诺，谁归顺更始朝廷，可官保原职。耿况当时是王莽新朝上谷太守，使者巡行到上谷时，耿况立即表示归附，并交出了印绶。不想使者因耿况未送财物，扣住印绶迟迟不还，耿况甚为不安。寇恂闻讯，即率兵丁赶往馆舍，请使者归还耿况印绶。使者怒道："我受更始朝廷所派，有予夺之权，你一个小小功曹，也敢威胁我吗？"寇恂义正辞严道："非敢威胁使君，只是觉得使君此举不妥。今天下尚未安定，更始信义尚未宣明，使君你持节受命以临四方，今初到上谷便有损朝廷信义，如此何以号令其他郡县？况且耿大人在上谷，吏民称贤。你若再任命一个不贤之人，岂不寒了百姓之心？为使君你着想，还是将印绶还给耿大人，以安百姓。"使者傲然，仍无归还之意。寇恂便请来耿况，硬是从使者手中夺取了印绶，配在耿况身上。使者目瞪口呆，无可奈何，只得正式任命耿况为上谷太守。此事使耿况对寇恂另眼相看，言听计从。这日寇恂巡城，见耿弇急急奔回，忙问道："伯昭，你不是到长安送奏折么？怎又急急返回？"耿弇也不回答，急急问道："上谷是否接到王郎诏令？"寇恂道："昨日刚接到邯郸诏令，命老大人出动突骑，捉拿刘秀。"耿弇急问道："家父意向如何？"寇恂道："老大人早闻刘秀威名，佩服至极。现今又出来一个皇帝刘子舆，要杀刘秀，老大人弄不清这其中纠葛，没有归附邯郸皇帝，也没有慢待邯郸使者，正在纳闷。"耿弇便将王郎假冒成帝之子、夜袭邯郸称帝等事讲述一遍,对寇恂道:"子翼,我慕名追随刘公数日,深感刘公文韬武略,无人能比。又尊贤下士,百姓归心,此天下英主也。当此之时,我等更要择主而事。子翼你足智多谋,家父一向对你言听计从,当速说动家父,发突骑南下,助刘公诛灭王郎,建功立业!"寇恂道:"我正有此意。伯昭你速去馆舍将王郎使者斩杀了,断掉老大人后路,我再和老大人计议。"耿弇听罢也不回府,冲进馆舍,一剑将邯郸使者砍翻,割下头颅,提了去见耿况。耿况见儿子提了血淋淋人头进来,大吃一惊。耿弇又将王郎称帝等事情讲述一遍,对父亲道:"此时不助刘公,更待何时!"寇恂也应声而进,和耿弇一起,诚劝耿况速发上谷突骑,助刘秀扫灭王郎,匡复汉室。耿况本是深明大义之人,听二人分析形势,奋然道:"既如此,明日俱发上谷五千突骑,南下助刘公破贼!"寇恂道:"渔阳突骑统帅吴汉,知兵能战,与我素有交往,待我前去说他,共助刘公!"寇恂所言这位吴汉,字子颜,南阳冠军人。少时家贫,遂至北地贩马,往来燕赵之间。平时喜论兵事,结交豪杰,有将帅之器。刘玄称帝后,渔阳太守彭宠归附于更始朝廷,有人推荐吴汉,彭宠便将渔阳五千突骑交吴汉统帅。昆阳大战后,刘秀声名远播,吴汉感到太守彭宠心胸狭窄,患得患失,不似归身之人,曾想过返归南阳追随刘秀,后因刘秀被削兵夺权,未能成行。寇恂因与吴汉素有交往,深知吴汉心思。见时机到来,当日便赶往渔阳,约吴汉到郊外林中,将王郎称帝等情事及上谷欲发突骑助刘秀的计划讲了,鼓动道:"渔阳、上谷突骑,天下精锐,我等何不合二郡之兵,共助刘公,建一时之功!"吴汉道:"我已得讯息,知刘公已据信都,正调集兵马反击王郎,也曾向彭大人建议发突骑相助,然日前王郎发来诏书,要彭大人立调突骑迎击刘秀。署衙中人也多有想归附王郎者。彭大人患得患失,不能定夺,正在犹豫。"寇恂道:"你手下猛将盖延盖巨卿,可有助刘公之心?"吴汉道:"巨卿勇猛忠正,去年本想与我一同投奔刘公来着。"寇恂道:"我等如此如此，可逼彭大人发兵。"

二人计议已定，寇恂返回上谷，便书写了一道出兵助刘秀讨伐王郎的檄文，署名为："渔阳太守彭宠，上谷太守耿况"，命人抄写几十份，暗中送交吴汉。第二天一早，渔阳府衙有那想归附王郎的官员，发现大街小巷贴了讨王郎檄文，且署名为两郡太守，心有不解，便进见彭宠询问底里。彭宠正觉奇怪，就听府衙外人喊马嘶，一时吴汉顶盔贯甲进来道："五千突骑已整装待发，正等待大人指令！"彭宠正想问话，有人匆匆进来报告，说是上谷五千突骑由寇恂、耿弇、景丹率领，已到渔阳城下，要与渔阳突骑合兵南下，讨伐王郎。上谷突骑统帅景丹，已进城来找吴汉商讨南征路线。彭宠闻报，猜测定是吴汉暗中沟通上谷兵马，逼自己出兵，忙出衙观看，就见街上突骑已队队排列整齐，队前盖延横刀立马，三百石硬弓斜挎在身，一见彭宠出来，即高呼道："属下决不负大人期望，襄助刘公，诛灭王郎！"身后突骑队伍皆振臂高呼道："助力刘公，诛灭王郎！"彭宠见群情激昂，已是箭在弦上，上谷突骑又列队城外，如再患得患失，恐生变故，脑子一转，便就坡下驴，挥手喊道："诛灭王郎，复兴汉室，出发！"吴汉一声呼哨，五千突骑便旋风般卷向城外，即与上谷突骑合兵向南冲去。

这渔阳、上谷突骑，乃是天下精锐，北地匈奴都闻之丧胆，内地军兵更未见过如此气势。再加上吴汉、盖延、寇恂、耿弇、景丹个个武艺高强，勇猛过人，一经南下，直如风卷残云，摧枯拉朽。一月之内，连克蓟城、怀来、定兴、唐县、涿郡等二十二个郡县，击斩王郎守将、校尉等四百余人，斩首三万级，得印绶一百二十五枚，一气杀至中山城下，这才有了上面一幕。

且说刘秀见耿弇果然搬来铁骑万乘，不觉大喜过望，当即开城相迎，耿弇将吴汉、寇恂等将领一一作了介绍。刘秀见这些将领一个个雄姿英发，又得知中山以北各郡县多已收复，更是高兴开怀，当下将耿弇等都任命为将军，慰勉有加。

上谷、渔阳两郡万乘突骑来归，再加一路投军的精壮及降卒，刘秀此时已有兵马二十万众。在中山休整数日，便挥军南下，征讨王郎。那王郎假冒汉成帝之子称帝后，见各地都望风归附，并未把无兵无卒的刘秀放在眼里，一心等待刘玄退位，他好驾坐长安，君临天下。万没想到刘秀一月之内竟集结了二十万大军，攻克数十座郡县，且正挥军北来，一时心下着慌，急忙调集重兵，扼守住巨鹿、武安等邯郸屏障，阻止刘秀南下。一场生死大战，眼看要在燕赵大地上演。欲知胜负如何，且听下回分解。

第十四回　铫期威震巨鹿地　　贾复大战武安关

话说刘秀挥师南下，一路连克隆尧、枣强、清河、河间等二十多座县城，兵锋直指邯郸。王郎心下着慌，急忙命大将王尧扼守邯郸东北屏障巨鹿，大将刘奉扼守邯郸西北屏障武安，辅国大将军张参统领大兵，扼守正北门户永年，要与刘秀最后一决雌雄。刘秀审时度势，调整兵马，命邳彤率臧宫、陈俊领五万人马攻取巨鹿；命贾复率朱祐、祭遵、傅俊领五万人马攻取武安，自率冯异、铫期、王霸、邓禹等，统领十万大军，攻取永年及周围各县。又命吴汉、耿弇等各领突骑，往来三地机动作战。

且说邳彤领了刘秀将令，率军进至巨鹿城下。这巨鹿城位于漳河之滨，乃是邯郸东北屏障。二百年前，名将项羽曾在此地破釜沉舟，大败秦兵，巨鹿也因此闻名遐迩。又经二百多年整修，城高池深，坚固无比。邳彤兵临城下，就见城上早已刀枪密布，壁垒森严。邳彤略作休整，便下令攻城。巨鹿本就易守难攻，再加大将王尧颇懂防守，一连月余难以攻克。这日邳彤正亲冒矢石指挥攻城，就听城头一阵锣响，一位老者被五花大绑推了上来。邳彤抬眼望去，这老者不是别人，正是自己七十多岁的白发老父，忙下令停止攻城。原来，是有那私通王郎的官吏，见巨鹿危急，便跑到藁城，将邳彤的老父捉了送往巨鹿，以作人质。邳彤本是廉吏，任县令数年，从未特殊照顾过家庭，老父七十多岁了，仍在乡下为农。自从被刘秀任命为晋州太守，因公务繁忙，还未与老父见过一面。不想今日相见，却是如此残酷场面！邳彤正仰望白发苍苍的老父，就见王尧全身披挂上得城头，刷地抽出宝剑，搭在老人脖子上，向城下喊道："邳彤听了！限你明日之前归降，如仍执迷不悟，明日即让你看城上人头！"邳彤深知老父正面临生死关头，然而他更懂得，此时正是剿灭王郎的关键时刻，一横心跳下马来，跪伏于地，泪流满面对老父道："儿蒙刘公大恩，思得效命。今日随刘公方争国事，不得顾家。自古忠孝不能两全，儿来生再为爹爹尽孝吧！"王尧见邳彤如此坚决，大为恼怒，一挥手道："押下去！"话音刚落，就听老人喊道："且慢！我有话对儿子讲。"王尧以为老人要劝降邳彤，便让兵卒退后。只见老人甩一甩三绺白须，挺起胸膛，大声冲城下喊道："好儿子！你只管跟定大司马刘公建功立业，我死而无憾！"说罢，用尽气力，猛地向前一挣，一头栽下城墙，脑浆迸裂而亡。这一大义凛然的举动，将城上城下的兵将都惊得呆了。邳彤见老父竟如此殉身，不由得肝肠寸断，大呼三声"攻城！攻城！攻城！"，晕倒在地。

　　刘秀此时正驻军鸡泽，闻听邳彤老父慷慨就死，急忙赶来慰问。邳彤已将老父匆匆葬于漳河岸旁，刘秀就要去焚香烧纸，邳彤道："大司马不必多礼，家父以身死节，死得其所！"刘秀道："老人家如此深明大义，我心何安！"坚持到坟前为老人行了祭礼。因见巨鹿久攻不下，便决定改取"围点打援"的战术，把重心放在消灭王郎的主力部队上来。遂命邳彤将巨鹿城团团围住，佯作攻城姿态。又命景丹率两千北地突骑，每日纵马舞刀绕城一圈，震慑敌胆。与此同时，又调铫期率邓晨、杜茂、阴识领精兵三万，在邯郸和巨鹿之间扎下营寨，一旦王郎派援兵来解巨鹿之围，坚决截杀。铫期领命，即刻率部前出，在两城之间扎下营寨。

　　再说王郎见巨鹿被困，生怕邯郸屏障有失，便派兵增援。不想连派两次，都被铫期杀得狼狈逃窜，兵马损失四万有余。王郎发一发狠，打出了手中王牌，派大将倪宏领兵三万，来解巨鹿之围。那倪宏身高马大，使一柄蘸金大斧，有万夫不当之勇，与大将刘奉并称王郎的"双子星座"。这回领了王郎旨意，一心要建大功，率领兵马一路浩浩荡荡杀奔巨鹿而来。铫期正要整兵迎战，颍川老家突然有人前来报丧，说他老母一病归天了。铫期本是出了名的大孝子，当年任父城县尉时，接到老父病逝噩耗，即刻辞去官职，回家奔丧。中国古代，官员父母亡故，不论职务高低，都要辞官回家守孝三年，叫做丁忧。如上司不准，叫做夺情。铫期丁忧三年，一日不曾离开老父庐墓，以大孝闻名乡里。今日老母病逝，铫期又该作何区处？刘秀闻讯，心不自安。眼下正是生死大决战时刻，铫期又是军中第一猛将，怎能离得开？但若夺情，岂不有损铫期大孝名节？刘秀是谨厚之人，思来想去，还是痛下决心，赶到铫期营寨，催铫期交代军务，速回老家丁忧。铫期拒绝道："家母病逝，我自是悲痛。然王郎未灭，何以顾家！"刘秀沉吟一刻道："中原民间风俗，还有百日守孝一说。你且回去守孝，待老夫人百天之后，即可归队。"铫期道："我身为主将，两军决战时刻却离队百日，何颜以对数万将士？"刘秀道："那就给你三天假期，安葬过老夫人即返回。"铫期道："兵贵神速，一日不可错过，何论三天？"刘秀动情道："次况忠勇，我早已心知。只是夺情无情，难慰老夫人在天之灵啊！"铫期流泪道："家母深明大义，自小就教我忠孝节义之礼。我今若能为复兴汉室建下大功，家母的在天之灵才当笑慰。大司马厚意，我自心领，你就不必再逼我了！"刘秀感动不已，当下又为铫期增拨两万人马。铫期打发走老家来人，当夜在营帐内设了老母灵位，身穿孝衣，泣啼叩头，守灵遥拜。邓晨等见铫期伤痛不已，劝慰一番，又派几名部将陪同铫期守灵，并嘱咐三日内不要出营。如有战事，也要瞒住不报他，以便让他将息精神。

却说王郎大将倪宏来救巨鹿，行至半途，见有汉军拦路，便也扎下营来。为早解巨鹿之围，翌日早饭刚罢，倪宏即来挑战。邓晨等瞒过铫期，领兵出战。两军摆开阵势，倪宏横斧大骂道："大汉天子刘子舆已正位大统，尔等不思归顺，反兴兵谋逆，罪该万死！今日天兵到此，还不速速降来！"邓晨尚未搭话，部将左隆一马抢出。两马相交，左隆刚刚举枪，便被倪宏一斧劈于马下。部将段建又抢刀杀出，战不两合，

第十四回 铫期威震巨鹿地 贾复大战武安关

又被倪宏大斧削去半个脑袋。杜茂挥动双锏来战倪宏,二十多合过去,败下阵来。邓晨接住厮杀,战不多时,也拨马退下。阴识见倪宏凶猛,忙命鸣锣收兵,闭营不出。倪宏立马汉营门前,呵呵笑骂道:"尔等这些鸡毛蒜皮,谁敢再来领死?"铫期本在帐中守灵,开始听得营外有喊杀之声,忙问营外何事?部将回道:"是邓将军在营外训练兵卒。"及至听得倪宏在营外叫骂,便知是两军交战,敌将并占了上风,顿时勃然大怒,来不及脱掉孝衣,绰起长戟就要出战,部将劝阻不住。此时邓晨刚回到营中,抬眼见铫期已横戟马上,忙拦住道:"敌将凶猛,次况将息几日再战。"铫期怒道:"今日就是他死期!"随着话音,已挺戟纵马冲出营门。倪宏见来将豹头环眼,燕颔虎须,却又未穿盔甲,只是身披孝衣,不觉惊奇,叫道:"来将通名!"铫期吼道:"你爷爷铫期,前来取你性命!"这一声大吼,声如巨雷,震人心胆。倪宏见铫期来势凶猛,不敢怠慢,忙抡动大斧来战铫期。一时戟斧并举,两马盘错,一个戟去如蛟龙翻舞,一个斧来似狂风扫林,二人大战一百多个回合,不分胜负。两边观战兵将,一个个看得呆了。邓晨怕铫期有失,便命鸣锣收兵。二人互不相服,下午又接战百十回合,仍然胜负难分。

翌日早饭后,铫期率先到倪宏营前挑战,骂道:"有种的,出来与你爷爷大战三百回合!"倪宏闻声出马,二人并不搭话,各挥兵器又大战起来。战至七八十合,倪宏渐渐不抵,拨马败下阵去。铫期哪里肯放?纵马直追。不想这倪宏背藏五支飞镖,有百步取人之功。见铫期不顾一切追来,便俯身马背,暗取一支飞镖在手,回头觑个清楚,甩手就是一镖。铫期听得风声,知是暗器飞来,急忙来了个蹬里藏身,飞镖却"噌"地插进了马头。那马疼痛,前蹄腾空,一声长嘶,将铫期掀下平地,正跌在乱石堆处,顿时头上汩汩淌出血来。倪宏一见铫期受伤,即刻回马杀来。邓晨等大惊,四马齐出,截住倪宏厮杀。兵卒忙将铫期扶起,送进营帐包扎。包扎完毕,正要劝他将息一时,就见铫期猛地站起,一手拨开众人,一手绰起长戟,随手拉过一匹战马,又冲出了营门。此时，邓晨等因惦记铫期伤势，不想恋战，正拨马返回营门；倪宏因镖伤铫期，正洋洋得意策马回营，就听身后一声大喝，声如巨雷。回头望去，只见铫期头缠带血绷带，身披孝衣，怒睁环眼，倒竖虎须，舞动长戟，如风而来。邓晨等一时惊住。倪宏也万没想到铫期如此凶神恶煞，一时惊惧，猝不及防中刚要挥斧迎战，铫期已马到跟前，长戟一挥，倪宏已栽于马下。铫期也不回营，纵马直冲入倪宏营中，一气斩杀百数十人。邓晨等见铫期冲阵，也发一声喊，挥兵大进，直扑敌营。王郎兵将见倪宏已死，又见铫期穿戴不伦不类，直如凶神下凡，人挡杀人，佛挡杀佛，各个心惊胆寒，四处逃窜，再加邓晨等驱动兵马猛冲猛杀，倪宏的两万多人马一时风流云散。大战结束，铫期见降卒有一万多人，便不顾伤痛，将邳彤请来商定一计，要破巨鹿。

巨鹿守将王尧因被困城内，并不知城外情况。见王郎援兵迟迟不到，手下兵将已烦闷难耐，也心下着慌。这日上得敌楼，正往西南方向瞭望，忽见邳彤的围城兵马阵脚大乱。正讶然不知何故，就见一队人马冲了进来。队前飘动着王郎的军旗，王郎的兵将高喊杀声，直扑城门。王尧以为援兵来到，精神大振，立命大开城门，守军倾巢出动杀出城外，要与援军夹击邳彤。不想刚一照面，这一彪援军却突然变脸，冲着出城的兵将就是一顿乱杀乱砍。再看那阵脚已乱的汉军，又虎狼般围拢上来。原来，这是铫期与邳彤定下的惑敌之计，那些王郎援兵乃是换过降卒衣服的汉军。王尧情知中计，心中慌乱，抵挡一阵，见手下兵将已被冲得七零八落，更有那令人胆寒的北地铁骑，已在阵中纵横冲突，马刀闪处，横尸累累。回望巨鹿城头，早已飘扬起汉军旗帜，心知大势已去，也顾不了许多，拍马舞枪杀出乱军，要回邯郸。行不多远，迎面闪出一彪军马，为首一将豹头环眼，手持长戟喝道："贼虏哪里走！"王尧见铫期穿戴不伦不类，容貌绝异，声如巨雷，知是碰到了不要命的。慌乱中拨马往斜刺里便走，却被铫期纵马赶上，王尧方寸已乱，战不十合，便被铫期一戟挑于马下。至此，邯郸东北屏障已失。铫期旬日

第十四回　铫期威震巨鹿地　贾复大战武安关

之内，带伤连斩王郎两员大将，一时威名大振。王郎军兵凡听到铫期名字，无不胆战心惊。

再说贾复贾君文领了刘秀将令，率祭遵、朱祐、傅俊领五万人马，杀奔武安而来。这武安是邯郸西北屏障，坐落在太行山下，城外山峦重叠，人马皆难通行。贾复兵到之前，王郎大将刘奉已在城外扎下营寨。这刘奉原是太行山贼，黄发赤须，容貌古怪，使一柄长槊，万人莫敌。王莽新朝时期，官兵曾多次前来围剿，都被他杀得大败。有一年，刘奉突然得了怪病，久治不愈，恰遇王郎游走山中，寻了些草药将他治好。刘奉视王郎为救命恩人，便认王郎作了干爹。王郎起事之前，常来山中小住，有意向刘奉讲述皇宫故事，散布河北有天子之气，又说刘奉有将相之貌。及至起事时谎说自己就是汉成帝太子刘子舆，刘奉更是深信不疑，第一个率领喽啰冲进邯郸城，拥立王郎做了皇帝，被封为大将军。刘奉从此对王郎五体投地，忠心耿耿。这次领了王郎旨意，一心要为干爹排忧解难，便带了副将齐梁前出城外扎下营寨，以待汉军。贾复率军翻山越岭而来，知运粮极度困难，想速战速决，扎营第二天便去刘奉营前挑战。刘奉多经战阵，并不把汉军放在眼里。第一次交锋，两人大战百数十合，不分胜负。接着两军又连战三天，贾复军兵仍不能向前推进。这贾复自从跟定刘秀，每临战阵，必身先士卒，披羽蹬城，身上已留有五处创伤，照样冲锋陷阵，不计生死，深得刘秀喜爱。因见他一上阵就不要命，很少让他担任主将。这次让他做了主将，就谆谆嘱他将不在勇而在谋。贾复性如烈火，今见武安关数天未能攻下，不由得怒火中烧。为早日建功，这日早饭贾复让士卒饱餐一顿，然后砸烂锅灶，灭此朝食，整兵鼓行大进，传令勇往直前者记功，畏缩不前者立斩，定与刘奉一决雌雄。两军交战，直杀得难解难分，山岳为之撼动。贾复一支长矛上下翻飞，连挑刘奉手下十八名将领，仍然精神抖擞，越战越勇。刘奉见贾复杀红了眼，大有你死我活的架势，又见汉军各个凶猛异常，自己兵马阵脚已乱，暗思擒贼先擒王，只有灭了贾复，才能扭转败局。贾复对山势地形不熟，不若将他引上山去，擒杀于他。想到此，拍马截住贾复，大战了三十多合，刘奉便卖个破绽，拍马拐上山路。贾复正杀得性起，以为刘奉要逃，哪里肯放？便不顾一切，拍马沿山路追了上来。转过两道山梁，刘奉见前有悬崖，又回马杀了过来。二人大战，刘奉一槊戳来，槊柄被贾复一把抓住；贾复一矛刺去，矛柄也被刘奉一把攥紧。两人同时用力猛地往后一拉，两支兵器的杆柄"咔嚓"一声，同时折断，二人同时跌下马来。两马各自沿山路跑散了，两人便各拿了半截杆柄，对打起来。贾复边打边骂道："今日不打死你，老子誓不回营！"刘奉也骂道："你虾兵蟹将全来，老子也不怕！"刘奉因常年生活山中，踏山石如踏平地，贾复却几次险被山石绊倒。眼见刘奉占了上风，贾复更是恼怒，瞅个空子，刷地扔掉杆柄，纵身一个猛虎捕食，将刘奉扑倒在地，抡起斗大拳头就往刘奉头上砸去。刘奉仗着地势熟悉，一个翻身将贾复压住，贾复又将刘奉推开，两人便在山坡上翻来滚去，扭打起来。那刘奉本来背插匕首，因两人对打，一时未能用上。见贾复力大，怕渐不能敌，便瞅个空子，猛然抽出匕首，往贾复脸上乱刺起来。贾复见刘奉手中突然亮出家伙，一时又难站起身来躲避，忙就手拉下刘奉头盔，"噔噔噔"连挡匕首。刘奉趁贾复翻身，转手一刀，"噗嗤"刺进了贾复肚子，顿时肠子连血带水涌出肚外。贾复大吼一声，一手将肠子塞进肚子，一手张开用力向上一攥，犹如一把铁钳，紧紧卡住了刘奉喉咙。刘奉喘不过气，猛抱住贾复几个翻滚，滚到了悬崖边上。生死关头，谁也不肯罢手，翻来滚去，就听扑通一响，两人一起摔下了悬崖。山间一时寂静无声，只有飒飒山风吹动树叶，像是为这两员猛将奏起挽歌。

再说山下两方兵马互杀一阵，见主将都没了踪影，皆无心恋战，各自收兵回营。刘奉副将齐梁见折了许多人马，又不知刘奉死活，便拔起营寨，退回武安城内，闭门不出。汉军回营找不到贾复，祭遵等心下焦急，忙命人上山仔细搜寻，终于在悬崖下发现了贾复。只见他已

第十四回　铫期威震巨鹿地　贾复大战武安关

无甚气息，却仍怒目圆睁，一手紧紧卡着刘奉喉咙，而刘奉已气绝身亡。兵卒见状大惊，忙将贾复抬回营帐。眼见贾复气息奄奄，祭遵急报刘秀。正在鸡泽前线的刘秀闻讯，急忙催马赶来，见贾复昏迷不醒，似已不治，不觉潸然泪下，对祭遵等道："我所以不常让君文任主将，为其轻敌也。今日果然失我名将！"又听说贾复妻子已身怀六甲，便凑到贾复耳边安慰道："君文放心！不必挂念家事。将来你有女，我若生男，定娶之为媳；你有男，我若有女，定纳之为婿！"众将见刘秀如此动情，也都感动得热泪盈眶。

　　刘秀教将贾复安顿停当，询问过两军交战情况，对祭遵道："贼兵如闻君文已亡，今夜必来劫营。你等可如此如此，夺取武安。"刘秀一离开，祭遵就宣布贾复已死，下令全军披白，停战数日。又让兵卒选择山上显眼处，为贾复挖坟修墓。汉军的活动，早有细作报进武安城中。果不出刘秀所料，齐梁闻报，心想汉军主帅已死，必定人心惶惶，兵无斗志，若趁今夜劫营，当能大获全胜。看看已到夜半，只留少数人守城，其余大队人马悉数出动，人衔枚，马摘铃，悄悄扑向汉营。到得营门，齐梁一声令下，军兵立功心切，争先冲入营寨。谁知营寨空无一人，只有山风飒飒，数灯如豆，一片火把照耀下，挂着刘奉血淋淋人头。齐梁一见大惊，知已中计，又恐武安有失，正要传令退兵，就听一声号炮响起，左有朱祐，右有傅俊，各率精兵一齐杀将出来。齐梁兵马猝不及防，又见主将已死，人人无心恋战，人马杂踏，潮水般向武安城退去。齐梁刚退至城下，就听城头一阵鼓响，火把亮处，威风凛凛站起一员大将，乃是祭遵祭弟孙，手指城下喝道："武安城已被我夺下，尔等还不速速归降！"齐梁见不能回城，又听身后追兵鼓噪呐喊而来，也顾不得许多，带了十数名随从落荒而走，投邯郸去了。几天后，刘秀也扫清了鸡泽、堂阳等地，大军直逼永年。刘秀见永年一带地势平坦开阔，便将全部兵马调至永年前线，要与王郎作最后决战。欲知王郎如何应对，且听下回分解。

第十五回　平王郎河北复归汉
　　　　　　展胸襟刘秀烧谤书

　　话说汉军攻克了巨鹿、武安，刘秀率领大军直逼邯郸正北门户永年。王郎损兵折将，邯郸东西屏障又失，一时慌了手脚。大司马李育见王郎心绪不宁，便问道："陛下颇识阴阳之数，可曾占卜吉凶？"王郎故作镇静道："朕夜观天象，见有客星来犯紫微，然则有惊无险，且有贵人相助。"李育心觉稍安，劝道："既如此，陛下不必忧心。永年已有大将军张参抵敌，万一有失，我们还可固守邯郸，以待贵人相助解围。"王郎本是胡编乱造，见李育笃信不疑，便也装模作样，只是心中暗暗叫苦。

　　刘秀大军抵达永年前线时，张参已将五万军兵摆开一字长蛇阵，以待刘秀。两军对阵，耿弇见永安城外一马平川，正适合突骑纵横驰骋，便来请缨，意气风发道："王郎军兵已成强弩之末，今日交兵，大司马只须在阵前观战，看两郡突骑摧枯拉朽！"刘秀因分兵攻取各郡县，尚未亲见万名铁骑齐出冲阵的壮观场面，也想一睹为快，便命吴汉、耿弇等先率万名铁骑冲阵。两军交战开始，吴汉令旗一挥，就见万名铁骑，万把马刀，一齐抢出阵前。一时间万马嘶鸣，刀光乱闪，伴着咚咚钲鼓、震天杀声，其势如排山倒海，滚滚冲向敌阵。万马丛中，吴汉、耿弇、寇恂、景丹、盖延各挥兵器，指挥铁骑在敌阵中横冲直撞，犹如虎入羊群，刀光闪处，血花四溅，人头滚滚。刘秀自起兵以来，大小阵战经历无数，尚未见过如此震天动地的雄壮阵势，一时也看得呆了。那大将军张参占山为王多年，曾多次与王莽官兵交战，平时的战术是打得赢就打，打不赢就分散钻山沟。还常常凭借有利地形，在山间小路设伏，寻机歼敌。这类游击战法在山里颇见成效，而到了一马平川，就毫无用武之地了。张参原想交战不久就变换阵法，悄悄调兵马绕向汉军身后，夹击刘秀。不想万名突骑一出，犹如霹雳闪电，瞬间就将他的一字长蛇阵切割得七零八碎，首尾不能相顾。那些王郎兵将更不曾见过如此凶猛的北地铁骑，一时人人心惊，各个胆寒，只恨爹娘少生了两条腿，四散奔逃。张参没想到五万兵马惨败得如此之快，不觉又惊又怒，抬眼见刘秀正伫马观战，还想来个擒贼先擒王，挥动大刀，直向刘秀冲来。随刘秀阵前观战的冯异、邓禹、王霸、祭遵等十数员大将，早已手痒难耐，见张参要来拼命，一齐出马截击。张参虽有些本领，怎敌得过这些虎将齐出？一时心下慌惧，调转马头疾驰而去。王霸道："不必追赶，看我取他性命。"取出弓箭要射。怎奈张参马快，转瞬已驰出射程之外。王霸刚收了弓箭，恰逢盖延纵马过来。一见张参奔逃，当下拉开三百石硬弓，嗖地一箭，张参应声栽下马来。王霸佩服，大叫道："真好箭法！"刘秀见盖延如此膂力过人，也不由得喝彩道："真虎将也！"鞭梢一指，挥军大进，王郎兵将一败涂地，被砍杀、马踏而死者，计有三四万人，永年城下，陈尸累累，血流成河。刘秀进驻永年城，对吴汉、耿弇赞叹道："我闻上谷、渔阳两郡突骑天下精锐，今日亲见，方知名不虚传！"遂留下将领打扫战场，安抚百姓，大军马不停蹄，直抵邯郸城下。众将建议挟战胜之威，一举夺取邯郸。刘秀道："邯郸乃赵国古都，城池坚固无比，易守难攻。我军连月征战，甚为疲劳，不必再伤我将士。只需紧困孤城，不需多日，城中必生内变，到时可一鼓破之。"遂将各处人马三十多万全部调来，将邯郸城团团围住。此时又传来喜讯，贾复已然苏醒，饮食如常。铫期头部创伤也已痊愈。刘秀心下宽慰。

再说王郎被困邯郸城内，此时已无可战之将，可用之兵。看看一月过去，虽然粮草还算充足，军心却已散乱。那宰相刘林本是个吃喝玩乐的主儿，想到城破之日的后果，日夜惊心，便找王郎问道："陛下，我等困坐孤城，已是穷途末路，贵人何时来助呀？"王郎装模作样道："待我入定一时，看天尊有何指教。"说罢摇头晃脑，口中念念有词，一时入定。少顷醒来，对刘林道："天尊有旨，说我尘缘将了，不日将带我归隐道山。"刘林急急问道："陛下自有天尊相助，俺们却是何去何从？"王郎默然不语。刘林沉思一刻，忽发奇想道："以我之见，陛下既然尘缘将了，那就将皇位让与刘秀。"王郎道："刘秀不识玄机，遍发檄文指我假冒皇子，他能答应？"刘林道："我观刘秀，非同常人。他在河北延揽豪杰，收拢民心，还不是要和刘玄分庭抗礼么？你把皇位让他，正合他意。这样，文武官员保住了身家性命，咱们凭着宗室身份，也能弄个王爷当当哩。那时陛下再归隐道山不迟。"这王郎本就是个冒牌货，心想如刘秀真能答应，能弄个王爷当当，此生也算不虚度了，假意思忖一阵，便也同意。当下召来群臣，一本正经道："朕尘缘将了，不日将归隐道山。年来刘秀与朕同室操戈，日见杀戮，心不自安。为天下苍生，也为众卿身家性命计，朕决意罢兵息战，让出帝位，从此心向清虚，不问世事。"刘林从旁鼓动道："陛下谦退让位，大家拥戴刘秀登基，官位皆可保全。"李育等众臣正感走投无路，人心惶惶，听说皇帝要让位给刘秀，还可保全官位，心想管他谁当皇帝，保住身家性命要紧，便齐声高呼道："谢陛下龙心仁厚！"朝散，王郎即拟就一道让位诏书，绑上箭帛射往城下。汉兵拾到，忙呈给刘秀。刘秀展读一遍，冷笑道："眼看王郎闹剧就要收场，却又掀起高潮。倒要看他如何表演。"遂命人转告城中，可速派员前来商谈。王郎见刘秀答应，不觉大喜过望，即派御史大夫杜威前往接洽。这杜威也颇信术数，认定王郎就是汉成帝之子。见了刘秀，将王郎让位之事细述一遍。刘秀不动声色问道："我若称帝，刘子舆及你等各安何所？"杜威道："皇上和宰相都是汉室子弟，自然应封为王爷。不过皇上尘缘将了，将归隐道山。我等群臣，决辅助您平定天下，复兴汉室！"刘秀道："更始天子早已承继大统，我若称帝，更始又当如何？"杜威道："更始命中无帝位。不过他既是汉室子弟，也应封他为王。"刘秀顿时变了脸色，一拍案几道："大胆！我更始天子乃是高祖九世孙，起兵灭莽，承继大统，正合天意，顺民心，尔等胆敢口出狂言，挑拨离间，只此一言，便是死罪！"杜威仍执迷道："此乃天意，不可违逆。"刘秀大怒道："我受更始皇帝钦差，本是来河北规复汉制，招服民心，谁知尔等利欲熏心，竟然拥戴一个江湖骗子兴风作浪，迷惑吏民，致使河北分崩，秩序大乱。今到穷途末路，尚不知悔改，要上演什么让位闹剧！速速回去告诉王郎，早举城归降，可留尔等性命，如若不然，定教尔等死无葬身之地！"立将杜威赶了出去。杜威回城，向王郎汇报了刘秀所言，王郎心下只是叫苦不迭。

且说邯郸城东门守将李立，原本是耿纯手下校尉。王郎夜袭邯郸时，未能脱身出城，违心归降了王郎，被任命为东门城守。刘秀大军一围城，他就寻思脱身之计。今见王郎军心已散，心想何不趁此时反正立功？便在夜深之时缒于城下，讲明身份，得以引进耿纯军营。耿纯见李立深夜来营，惊喜道："王郎夜袭邯郸，我原以为你没在军中，不想今日在此重见！"李立道："自从大人随大司马北上，只怪属下们疏忽大意，才让王郎钻了空子。属下一时不得脱身，才委身邯郸。后听说大人烧毁庄园，跟定大司马南征北战，属下无日不想回到大人身边。今见大司马兵临城下，属下愿为剿灭王郎贡献微薄。"耿纯听罢大喜，立即带他去见刘秀。李立跪拜道："去年大司马来邯郸，属下亲见大司马礼贤下士，勤政爱民，吏民无不称道。只怪属下疏忽，才使得王郎兴风作浪，扰乱河北。今王郎末日已到，属下现守东门，愿引军入城，以恕前愆。"刘秀忙扶起李立，慰勉有加道："将军若能建此大功，实我汉军之福！"当下任命李立为偏将军，连夜召集众将商议入城之计，命耿纯、王霸、邳彤、任光各领精兵两千，连夜埋伏于东门城下，又命吴汉、耿弇各率突骑一部,在城东扎营,准备截击王郎逃兵。翌日傍晚,刘秀大犒士卒。看看夜至三更,只见邯郸东门城头上火光闪了三闪,城门悄然打开。耿纯、邳彤在前,王霸、任光随后,一声唿哨,冲进城去。耿纯本对邯郸城轻车熟路,一进城门,便纵马领兵直冲赵王宫而去,并命兵卒大声呼喊:"大司马刘公兵到!"王郎守城军兵本已军心涣散,忽听刘秀兵马从天而降,谁还肯去送死?霎时间一哄而散,拥往东门出逃。大司马李育听得刘秀兵马杀进城中,急忙绰枪上马,也随着乱兵向东门涌去。城门已被乱兵堵塞,李育拔剑乱砍,斩杀十数人,才夺门而出。不想乱兵中奔不多远,大路旁一声号炮,数千铁骑一齐杀出,李育虽有些武艺,怎奈遇到杀人不眨眼的北地铁骑,一时便被乱刀剁成了肉泥。

  却说耿纯纵马冲进赵王宫,命手下兵卒四处搜寻,却不见王郎踪影。原来王郎心惊胆战,夜不能寐,正辗转反侧,就听宫外人马杂踏,并听呼喊刘秀兵到,心知大势已去,忙换了便服,提剑牵马,从偏门溜出。刚出宫门,就见刘林急急跑了过来,见面便喊道:"陛下既然有天尊相助,我还是跟你一起走了吧!"说罢就要上马。王郎也不搭话,宝剑一挥,刘林便稀里糊涂见了阎王。王郎趁乱忙忙逃出东门。此时耿纯、王霸正在宫门前猜测王郎去处,有一宫中侍卫跑到王霸马前报告,说王郎刚乘白马跑向东门。王霸说声:"待我擒他!"拨马急追而去。此时天已放亮,王郎从乱兵中挤出门来打马急奔,忽见前面大路上黑压压一片铁骑,眼前已是尸横遍野,不由得心慌意乱,忙斜刺里钻进一片树林。王霸追出门来,晨曦中恰见前面一匹白马钻进了路旁树林,便纵马喝道:"王郎休走!"马上之人猛回头见有人追来,紧加几鞭向前狂奔。王霸断定此人即是王郎,取下弓箭,一箭射中白马屁股。那马前蹄扬起,咕咚一声,将王郎摔下马来。王郎刚爬起,王霸已马到跟前。王郎见王霸来者不善,料想今日必死无疑,便装模作样道:"来将听着,朕是大汉皇帝刘子舆。既然刘秀同室操戈,不容于朕,朕今日必当以死殉节。然天子自有天子的死法,你不得污我身体。"说罢

第十五回   平王郎河北复归汉   展胸襟刘秀烧谤书

整整衣冠，取下衣带，搭在一棵杨树枝上，套进脖子，仰天告道："列祖列宗，刘文叔同室操戈，不容子舆，子舆不孝……"王郎的用意，是故意让王霸听他表白，以便让王霸传扬开去，证明他的确是汉成帝之子，受刘秀逼迫而死。王霸听他喃喃胡诌，不觉哈哈大笑道："王郎老儿，你死到临头，还装神弄鬼，自欺欺人，那就速速找你列祖列宗去吧！"劈胸一把将王郎揪下树来，一剑削下人头，拨马回城。王郎维持了五个月的假汉王朝，至此灰飞烟灭。

此时天已大亮，刘秀率冯异、邓禹等一众将领进入邯郸城。见城中混乱，便命王霸、邳彤等安抚百姓；命耿纯、邓禹、冯异留在赵王宫，清理王郎文书。其余将领各率兵马驻扎郊外，不得扰民。

几天过后，邯郸城渐渐平静下来。邓禹、冯异、耿纯清理王郎文书时，发现了一大批私通王郎的信件。其中有拥戴王郎称帝的，有诽谤刘秀的，有向王郎政权献粮献钱的，有报告刘秀躲藏行踪的，不一而足。有的写信人还是耿纯的部下。耿纯本就对王郎夜袭邯郸耿耿于怀，一见这些信件，更是怒火中烧，当即派人先将那些家在邯郸城的写信人拘押起来，随后便和邓禹带了信件去见刘秀。耿纯将一箱信件搬到刘秀面前，气呼呼道："大司马，这都是邯郸吏民私通王郎的信件，多是诽谤你的。"刘秀问道："有多少信件？"耿纯道："一千多件。那些家住邯郸城的，已被我抓起来了。"刘秀问道："有多少人？"耿纯道："二百多人。下面各郡县的也不在少数，我明日即派人下去搜捕。白纸黑字，铁证如山，一个都跑不了！"二人本以为刘秀听罢会勃然大怒，定要对这帮人严加惩处，没想到刘秀脸色十分平静，摆摆手道："信，我一件都不看；人，一个都不要抓。伯山，你马上回去把人放了。仲华，你明日当众把信统统烧掉！"邓禹、耿纯听罢，讶然不解，一齐劝刘秀道："大司马不可太过仁厚。这都是些见利忘义之徒，今后如有风吹草动，还不是要朝三暮四？再说这样处置也显得赏罚不明。"刘秀笑道："这不是个赏罚问题。你们想想，现今天下大乱，王郎诈称成帝之子，又早在民间广造舆论，其号召力要比我大得多。吏民苦莽思汉已久，且不知真伪，或受蒙蔽，或被胁迫，一时糊涂，也是情有可原。难免也有投机取巧者，但不必计较。我们眼下大事是收拢民心，同心同德中兴汉室，不要在此类事上纠缠。烧掉信件，让这些反侧子安心为好。"一席话说得邓禹、耿纯云开雾散，拜服不已。二人退出，耿纯仰望天空，赞叹道："大司马心胸直如海阔天空，我等望尘莫及啊！"邓禹道："大司马胸襟如此，何愁不四海归心！"

翌日傍晚，赵王宫外的广场上，点起来一堆大火。耿纯将那二百多名私通王郎的吏民押往火旁。邯郸百姓不知何事，多人前来围观。那些写信之人，以为今日要受严刑处置，甚或认为死到临头，一个个心惊胆战，面无人色。看看火势已旺，就见邓禹抱了箱子，在大火旁打开来，随手抽出一封信件，冲众人扬了扬道："王郎诈称帝子，惑乱河北，必欲置大司马于死地。尔等见利忘义，不助大司马平乱，反而助纣为虐，私通逆贼，诽谤、加害大司马，按理皆罪不可饶！"话音刚落，就听围观百姓中有人高喊道："大司马来河北，废苛政、平冤案、抚贫病、恤孤寡，俺百姓哪个不心悦诚服？这帮贼徒却私通王郎，加害大司马，良心让狗吃了？统统烧死他们！"这一声呼喊，即刻得到多人响应，广场上群情激愤，连连喊道："烧死他们！烧死他们！"那二百多人听着这呼喊声，直吓得屁滚尿流，一齐跪地叩头道："我等罪该万死！还求大司马饶过性命！"邓禹扫视众人一圈，摆摆手道："尔等不必惊慌。大司马已有钧旨，因吏民思汉已久，王郎又诈称帝子，尔等不知真伪，拥戴他称帝，当是情有可原。这千多封信，大司马一封未看，命我一把火统统烧掉，凡私通王郎者，一人不抓。今日当尔等之面，烧毁全部信件，放尔等还家，各安生业。"说罢，将信件一封封投入大火之中。那些通敌之人，眼看自己的信件随着熊熊大火化为灰烬，一时竟呆若木鸡，无一人站起。广场寂静片刻，突然有人嚎啕大哭道："大司马，你就是我等再生父母啊！"顷刻间，广场上引发一片哭声。

第十五回　平王郎河北复归汉　展胸襟刘秀烧谤书

一位中年男子猛然站起，照自己脸上啪啪啪搧了三掌，涕泣道："是大司马帮我平了冤案，我却财迷心窍，恩将仇报，在大司马生死关头，向王郎报告大司马行踪。似我这等猪狗不如之人，还有何面目立于人世！"大叫一声，撞地而死。又一人站起道："我也再无脸见人，今以死谢大司马！"说着就要往大火中跳。邓禹止住了，劝众人各自回家，不必再有顾虑。许多人仍长跪不起，纷纷表态道："大司马如此以德报怨，真教我等无地自容！从此跟定大司马，再无二心！"围观百姓见刘秀如此宽宏大量，都心生感动，振臂高呼："大司马刘公万岁！"

　　刘秀烧毁谤书、不计仇怨之事，一传十十传百，很快传遍燕赵大地。刘秀来招抚河北，本就受到百姓爱戴，现今诛灭了王郎，又以如此博大胸怀对待那些反侧子，就更令人心悦诚服。一时间，各郡县前来谢罪的、上书称颂的、献粮献草的，络绎不绝。各地青壮，也纷纷赶来投军，要跟随刘秀建功立业。刘秀的兵马，旬日之间增加到五十多万。其在河北的声望，一时如日中天。

　　刘秀诛灭王郎、收复河北的捷报，也很快送到了长安的更始朝廷。刘玄见王郎集团灭亡，十分高兴，对王凤道："文叔去河北，果然不负众望。我先前还怕他归附王郎，逼我交出皇位呢。"王凤捻须道："刘秀不光不肯归附王郎，恐怕也不肯臣服陛下了呢。"刘玄一惊道："此话怎讲？"王凤道："陛下请想，刘秀现今深得人心，又手握重兵，如若割据河北，自立为帝，陛下又将如之何？"一席话直说得刘玄心惊肉跳，忙问王凤道："似此如何应对？"王凤沉吟一刻道："为今之计，可将刘秀封王，以示褒奖；然后命他罢兵回朝，削去兵权，他在河北的兵马一律解散复员。如此陛下可无后患。"刘玄依从王凤之言，当下写了诏书，命御史大夫黄党持书赴河北，向刘秀传达朝廷旨意。这真是一波刚平，一波又起！欲知刘秀如何应对，且听下回分解。

第十六回　君忌臣刘玄防刘秀
　　　　　　臣抗君刘秀诛谢躬

　　话说刘秀诛灭了王郎集团，河北各郡县又纷纷归附了更始政权。刘秀心情舒畅，下令兵马城外休整。这日正和众将谈论如何安定河北局势，忽报更始皇帝刘玄派太中大夫黄党前来传旨。众将一听，纷纷议论起来。朱祐道："咱们刚灭了王郎，更始朝廷就来传旨，我看没安什么好心！"邓禹道："弄不好就是螳螂捕蝉，黄雀在后！"刘秀正色道："你等且不可乱讲，快随我出城接旨！"带领众将迎出城门。黄党一见刘秀，大大咧咧道："文叔啊，恭喜你了！"说罢取出圣旨念道："奉天承运，皇帝诏曰：破虏大将军、武信侯刘秀抚理河北，剿灭王郎，规复汉制，居功至伟，特诏封为萧王。念及萧王年来风霜劳顿，特着罢兵息战，率有功将士回朝受封，将息精神。钦此！"刘秀一听这几句话，就明白了刘玄的用意，却也不动声色，跪地接旨道："臣谢陛下隆恩！"众将听罢，并无喜色，一个个怒目而视黄党。刘秀赶忙用眼神止住大家，请黄党到馆舍歇息。

　　当晚，刘秀在赵王宫设宴款待黄党。黄党见刘秀手下将领各个面有愠色，心不自安。酒过三巡，便紧盯刘秀脸色道："萧王既已领旨，三日后可否与在下一同返朝？"不待刘秀答话，冯异起身问道："王郎覆灭，河北吏民笑逐颜开。百姓仰慕萧王声名，成群结队前来投军，我军目前已达五十余万。请问大人，朝廷让萧王和我等返朝歇息，这几十万兵马谁来统领？"黄党道："已有朝议，河北兵马全部解散复员。"

邓禹起身问道："请问大人，现今河东赤眉军百万之众，并不归顺更始朝廷，且正向长安挺进，朝廷不派萧王振旅剿贼，反要罢兵息战，是何道理？"耿纯也起身道："王郎虽灭，河北尚有铜马、尤来、大枪、五幡等流寇百数十万，皆不服更始朝廷，一旦攻州掠县，谁来平息？"黄党不悦道："这个，朝廷自有运筹。圣上念及诸位劳苦功高，下旨褒奖，诸位还是不要辜负朝廷心意。"王霸冷笑道："我等读书虽少，却也知道飞鸟尽，良弓藏；狡兔死，走狗烹的典故……"不待王霸说完，臧宫一拍桌子道："这样的褒奖，我等不要也罢！"刘秀见这些将领越说越离谱，赶忙呵斥道："大胆！朝廷如何安排，自有道理，岂容你等多嘴？还不退下！"宴会一时不欢而散。刘秀向黄党致歉道："我这些部将野战惯了，性格直爽，言语粗鲁，还请大夫见谅。大夫先去歇息，待我训教他等就是。"黄党怒气未消，拂袖而去。

　　入夜，刘秀仰卧赵王宫温明殿，辗转反侧，难以入眠。想到当年昆阳大战刚结束，刘玄就封自己为破虏大将军、武信侯，随即就调回宛城，解除了兵权，今日明摆着是要前戏重演。如若奉调回朝，后果将会如何？如若与刘玄撕破面皮，局面又将如何？正在反复思虑，耿弇突然闯了进来。不待刘秀坐起，便伏于床下道："更始派使臣来，命大王罢兵，大王万万不可听从。他若说抗旨不遵就抗旨不遵！更始失政，不久必败。"刘秀猛然坐起喝道："你小小年纪就敢胡言乱语，看我立斩你人头！"耿弇并不害怕，继续说道："大王待我，厚如父子，我才想对大王讲讲心里话。如果大王确认我大逆不道，伯昭甘愿受死。"刘秀嘡嗤笑道："刚才不过戏言而已，你且说来听听。"耿弇道："百姓苦患王莽，复思汉室。听说大王起兵复汉，莫不欢喜。如今汉室虽立，然更始朝廷失政，诸将擅命于外，贵戚专权于内，百姓无不寒心，反而又思念起了新莽。今赤眉百万之众正杀向长安，一路势如破竹，更始军无战力，我所以知其不久必败。而大王声名远播，人心所向，胜更始百倍。如以仁义之师征伐四方，天下传檄可定。天下至重，大王一定要自取，不可让他人所得。"这一席话，刘秀听进去了，却不形于色，只是平淡地对耿弇道："伯昭今夜所言，勿与他人透露，待我深长思之。"耿弇出来憋不住，便对邓禹、朱祐等讲了。朱祐一听，跳起来道："人家刀已架到脖子上了，还要什么深长思之？伯升的悲剧决不能重演！待我去砍了那个鸟使臣，先断了大王的后路再说。"邓禹止住，沉思一刻道："此事不可鲁莽，仲先你去如此如此，将他吓跑也就是了。"

再说黄谠回到馆舍，想想刚才刘秀手下将领各个横眉竖眼，出言不逊，不觉又气又怕。正思谋明日如何应付，就听院门被人一脚踢开，有人在院中高喉咙大嗓道："那个什么鸟人，有种你就出来跟老子理论理论！"随着话音，蹬蹬的脚步声直向屋中闯来。黄谠大惊，忙提剑在手，闪身门后。又听一人劝道："你这厮喝醉了，休要撒野！"黄谠细听，那高声之人确是醉话一通，语无伦次，一会儿大骂王郎："你若是成帝之子，就出来与我战上三百合！"一会儿又大骂刘玄："更始皇帝真是大草包一个！王郎假你名义，你咋不敢吭声？"又听有人连劝带推道："快走！若让萧王知道，看不砍你脑袋！"那醉鬼高声道："萧王杀我就杀了吧，可我临死也要找个垫背的！"就听劝者推推搡搡道："来人！朱将军喝醉了，别惹出什么事来，赶快把他弄走！"一时醉鬼被拉走了，黄谠却不敢再睡，心想谁知那厮是真醉假醉？万一半夜里摸进来一刀将我砍了，岂不是冤枉？只好枯坐灯下，以待天明。谁知不到一个时辰，又听院中有人高喊："谁在此放火？着火了！快救火！"黄谠推门观看，就见隔壁房间里已经冒出来火苗。几个兵卒提了水桶，正闹腾着救火。馆吏跑进来喝道："何人大胆，敢在此放火？"兵卒们道："我等看见火光，就跑来救火，并未发现人影。"馆吏骂道："混帐！隔壁住的是朝廷太中大夫，惊吓了他老人家，你等有几个脑袋！"抬眼见黄谠站在门外，忙上前赔礼道："都怪小人失职，惊扰了大人，还望大人恕罪！"又对那几个兵卒道："眼下邯郸秩序极不安定，你等要确保大人安全！"说罢散去。黄谠一夕两惊，心想此地凶险，还是快走为上。翌日早饭罢,即要告辞。刘秀致歉道:"文叔接待不周,多有得罪,还望大人见谅。请大人奏明圣上,待我平定了河北流寇,即罢兵还朝。"黄党那还管刘秀回不回朝?反正圣旨我已传达了,再待下去,恐有性命之忧,也不再与刘秀纠缠,急急忙忙离开了邯郸。

黄党回到长安,急忙向刘玄奏报了传旨经过,气咻咻道:"刘秀看来是要抗旨不遵了!"一旁的王凤怒道:"岂只是抗旨不遵?叛逆之心,昭然若揭!"刘玄惊心道:"刘秀真要反叛,再加赤眉作乱,朝廷危矣!"王凤道:"为今之计,趁他还没有兴兵反叛,速派要员去河北镇守要地。另外再派一员能吏去河北,明里是助他平定河北流寇,实则暗中监视,如有异动,即刻除掉。"刘玄依言,即派亲信大将苗曾前往河北任幽州牧,统辖北地十郡。又派韦顺、蔡充去上谷、渔阳两重镇接任郡守。同时又派尚书令谢躬领兵六万,前去河北监视刘秀。时有振威大将军马武马子张得知内情,便奏请刘玄,要求随行。这马武一介武夫,性情爽直,武艺高强,又作战勇猛,深得刘秀喜爱。自从随刘秀参加了昆阳大战,就对刘秀的智谋、胆略佩服得五体投地。刘秀去招抚河北时,他就要求随行,因已被刘玄封为振威大将军,留朝任用,未能成行。后随刘玄移都长安,因看不惯朝中风气,正想找机会脱离刘玄,追随刘秀。今见机会到来,自然不肯放过。刘玄一向认为马武是一粗人,无甚城府,便也同意,只是嘱他一切听从谢躬安排。不想这马武却是粗中有细,一路之上,已从谢躬口中将更始朝廷的用意打听得清清楚楚。随谢躬到达河北武安后,刚扎营已毕,便私下去见刘秀。刘秀一见马武,高兴道:"子张,你们来得正好!"马武冲口而出道:"好个屁!更始让我们监视你来了。"刘秀笑道:"我已接朝廷公文,知你和谢尚书前来助我平贼,正想明日为你们接风洗尘呢,子张何开此玩笑?"马武道:"并非玩笑。更始皇帝见你不肯回朝,猜忌你有异心,已交代尚书令,明则助你平乱,实则监视于你,一有风吹草动,便要取你性命。还有一事,我等离京之时,更始已派心腹接任幽州等重地了。这不明明是防备萧王你么？"刘秀见马武对自己如此推心置腹，甚为感动，忙打听谢躬是何等样人。马武道："要说这老家伙，倒也不是什么奸邪之人，在长安吏民中还有些声望，就是糊涂，动不动就讲什么君为臣纲，更始那么操蛋，放个屁他都惟命是从。"刘秀问道："他可信任于你？"马武道："他和属下无甚深交，倒也并无过节。叫我说，萧王干脆夺了这六万兵马，让他到一边凉快去，也省得一天到晚挂心提防。"刘秀道："我受更始钦差招抚河北，并无二心。你等现今是来助我平乱，应是同心同德，怎能挑起内讧？既然谢尚书要监视于我，子张还是速速回营，免得节外生枝。"马武道："属下这就回营，谢躬如有动静，属下即来报告。"刘秀动情地扶马武背道："有子张在，我无忧矣！"马武离开后，刘秀即召邓禹来商议对策。邓禹道："我就知道谢躬来者不善，明日接风，可试探于他。"

第二天，刘秀在赵王宫大摆筵席，为谢躬接风。席间，刘秀先对谢躬来助平乱表示感谢，接着转过话头道："河北各路流寇，合众百数十万人。我军年来多与王郎激战，伤亡甚众。今以疲惫之师平定强寇，实属不易。我意暂不出师，先招兵买马，壮大实力。"谢躬一听刘秀还要招兵买马，便直言道："圣上本要萧王复员河北兵马，萧王却要壮大实力，岂不是有违圣意？再说河北流寇不过是乌合之众，以我现有两部兵力，完全可以平定。"刘秀道："河北流寇纵横燕赵多年，颇有战力，并非乌合之众。为尽快平定群寇，我拟征调北地十郡铁骑前来助战。"谢躬又阻止道："北地突骑，本为防御匈奴，一旦调来内地，边塞空虚，岂不要造成内忧外患？"邓禹起而作色道："萧王奉钦命收复河北，自要思谋用兵之道。如这也不准，那也不许，一旦贼寇做大，兵连祸结，汉室又何时复兴？"谢躬不悦道："朝廷自有远虑，我等不必妄议。"席散，谢躬生怕刘秀硬调北地铁骑，如自己不管，岂不违了刘玄监视之命？思忖良久，终下决心，密令幽州牧苗曾，如刘秀征调北地铁骑，决不可从命。马武得知谢躬给苗曾密令，即报告了刘秀。刘秀不动声

第十六回　君忌臣刘玄防刘秀　臣抗君刘秀诛谢躬

色,却对谢躬更加热情。休兵养士期间,常到谢躬营中嘘寒问暖,又称赞谢躬带兵有方。两月过去,谢躬见刘秀并无异动,也就放下心来,两部军兵相安无事。

夏去秋来,刘秀见兵马休整完毕,士气旺盛,决定对河北群寇展开清剿,便先召邓禹、冯异商议。冯异道:"贼兵势众,必得当头重重一击,灭其锐气,震其胆魄,方可逐个击破。北地突骑乃天下精锐,扫灭王郎之战,已见其威力。萧王可悉数调来大用。"刘秀道:"我早有此意,只是怕那谢躬奉更始旨意,从中作梗。"邓禹道:"古语讲君视臣如草芥,臣视君如寇仇。今更始已视萧王为大患,萧王难道还要俯首称臣?现今萧王手握重兵,又深得民心,怕他何来?况且你眼下仍是钦差大臣,有生杀予夺之权,苗曾听命便罢,如敢不遵,夺也将十郡突骑夺来!"刘秀便向苗曾下达命令,征调幽州十郡突骑前来助战。苗曾果然以边塞不可无突骑为由,拒绝征调。刘秀恼怒,终下了决裂决心,召来吴汉、耿弇,命他二人持钦差大臣手令,不管采用任何手段,定要将幽州十郡突骑带来。吴汉出来对耿弇道:"既然苗曾敢抗拒钦差大臣之命,我等也不必和他啰嗦,杀了就是。"耿弇道:"一不做二不休,上谷、渔阳新来的太守,也一起收拾掉算了。"二人计议已定,也不张扬,只是各带二十余骑,分别奔幽州及上谷、渔阳而去。

且说幽州牧苗曾听得吴汉只带二十余骑来调兵,就未把他放在心上,只是想虚与委蛇,打发他走人了事,便只带了两名随从,出城在路边迎接。见吴汉下马,便上前拱手施礼。不想刚一低头,吴汉袖中短剑已经出手,苗曾一句客气话还未出口,便倒地而亡。吴汉随即进入州衙,夺了大印,立逼典吏当场发文,令十郡突骑速来幽州听命。吴汉在幽州得手,耿弇在上谷、渔阳也干得利索。那耿况、彭宠平白地被韦顺、蔡充接替了太守官职,正生闲气,一听耿弇讲明大势,二话不说,当夜就协助耿弇斩杀了韦顺、蔡充。吴汉、耿弇本就在北地颇有名声,今见二人不管不顾,连杀州牧、郡守,吏民无不震骇。不几日吴汉、耿弇便将北州十郡铁骑带往邯郸。吴汉等将十万铁骑列营城下，将兵簿名册恭恭敬敬呈送刘秀。刘秀大喜，紧紧拉住吴汉、耿弇之手，慰勉道："子颜、伯昭，你二人可托三尺之孤，可寄千里之命！"

吴汉、耿弇斩杀州牧、郡守，夺得十郡铁骑之事，很快传到谢躬耳中。谢躬大惊，急报刘玄。刘玄听得刘秀果然要分庭抗礼，震骇不已，即密令谢躬尽快除掉刘秀。谢躬接令，便将马武找来商议道："刘秀斩杀朝廷命官，夺取北州突骑，已成叛逆。圣上已来密旨，让我诛杀他。我等趁其不备，发兵攻杀他如何？"马武听罢大惊，沉思一刻道："刘秀现在手握重兵，部下将领各个了得。大人不可轻举妄动。待我寻机诱他单骑出营，方好下手。"谢躬称善。马武见谢躬真动了杀心，不敢怠慢，连夜疾驰邯郸，报知刘秀。刘秀审时度势，决心与刘玄政权一刀两断，独立发展。遂连夜与冯异、邓禹、马武等定下了调虎离山之计，要除掉谢躬。

两日后，刘秀声言要率兵攻击驻射犬的铜马一部。出征前请来谢躬，分析道："我领邓禹、冯异领精锐击铜马，必能大败贼军。铜马散贼如北逃，必经隆虑山。尚书令可列阵隆虑山北待贼，以尚书令神威，击此贼虏，定会一鼓荡平。"谢躬为不使刘秀产生怀疑，痛快应道："圣上命我来河北，就是要助萧王平乱。剿灭贼虏，自当义不容辞！"返回武安后，谢躬即于刘秀出兵当日留下部将刘庆、陈康守城，自与马武领兵一万，列阵于隆虑山北。列阵已毕，就听山南人喊马嘶，杀声大作。不到一个时辰，便见铜马军兵潮水般从山南面败退过来。原来，冯异、邓禹等对铜马军并未大动杀伐，只是将其赶往山北，去与谢躬交战。马武见铜马败兵漫山遍岭冲将下来，知时机已到，便对谢躬道："大人且在后面观战，看子张收拾这些残兵败将！"说罢一摆手中青龙大刀，纵马向前截击。那铜马败兵见后有追兵，前有强敌，已身处绝境，一时人人拼命，各个向前。马武本来武艺高强，江湖上曾称他花刀太岁，按说横扫铜马败兵不在话下，谁知他战不多时，突然败下

第十六回　君忌臣刘玄防刘秀　臣抗君刘秀诛谢躬

阵来。铜马军见汉兵后退,越发并力死战,汉军一时乱了阵脚。谢躬见铜马军一个个皆不要命,也自吃惊,马武趁机高喊一声:"铜马兵盛,大人快快撤退!"也不管谢躬安危如何,拨马往斜刺里走了。谢躬挡不住铜马兵冲击,下令后撤,只带了数十名兵卒退往武安。来到城下,只见四门紧闭,城上刀枪密布,忙叫开城。就听城头一阵鼓响,大旗下站出一位青年将领,面白身长,威风凛凛。谢躬认得是耿弇,忙喊道:"耿将军开门!"不料耿弇却大喝一声道:"谢躬老儿,武安城已被我拿下!"原来,谢躬刚领兵到达隆虑山下,吴汉、耿弇就按照刘秀将令,出其不意袭取了武安城。谢躬一时愣住,忙喊声"子张将军!"哪里还有马武踪影!这才心知中计,正想拨马而去,突然身后一声大喝:"谢躬老儿,萧王在河北复汉制、废苛政、平冤狱、灭王郎,为更始朝廷立下不世之功,你等却心地龌龊,要暗害萧王,是何道理?今日你死期已到!"谢躬回头望去,却见吴汉拍马挺矛,直向前冲来。谢躬大怒,骂道:"你等乱臣贼子,竟敢诡计害我!我今为圣上而死,也算死得其所!"纵马舞枪来战吴汉。哪里是吴汉对手?战不数和,被吴汉一矛刺于马下。谢躬的兵营,也早被马武带归了刘秀。

　　刘秀与刘玄朝廷彻底决裂,夺得北地十万突骑,又得谢躬六万兵马,兵威大振。接下来便要集中精力,横扫河北群寇。欲知后事如何,且听下回分解。

第十七回　扫群寇刘秀定燕赵
　　　　　　图远略邓禹下关中

　　话说刘秀剿灭了王郎，在河北恢复了汉制，然河北远未安定。在广袤的燕赵大地上，还活跃着铜马、尤来、大枪、五幡、富平、青犊、檀乡、获索、天赐等十几支农民军武装，总数有二百多万人。这些农民军不相属统，而是各自为政，忽东忽西，攻城略地，打家劫舍。在他们眼中，凡官府皆是对头。刘秀规复汉制，安定民生，他们以为不过是欺骗民众，换汤不换药罢了，依然不肯归附。刘秀既将河北作为夺取天下的战略基地，岂容后院起火？王郎一经覆灭，便将兵锋指向规模最大的铜马军。

　　铜马军发端于河北巨鹿的铜马镇。此地秦时曾铸有高约两丈的铜马，横跨街道，因而得名。新莽末年，天下大乱，铜马人东山荒、涂上、淮况在此聚众反莽，号称铜马军，数年间竟发展到四十多万人。河北之地，南到定陶，北至涞水，皆有铜马军活动。东山荒等渠帅并无什么雄图大略，只是东西飘忽，打一处换一处，不懂得建立根据地以图长远。刘秀刚刚全胜王郎，以为铜马军也不过是乌合之众，便命冯异扼守娘子关，寇恂扼守紫荆关，以防刘玄发兵来攻，其余将领分赴各地，清剿铜马。铜马军在河北游击数年，地形谙熟，并不和汉军排兵对阵，而是采取灵活战法，或用"麻雀"战术，敌来则散，敌去则扰；或诱敌深入，设伏截击；或昼伏夜出，袭击敌营，直牵得汉军东奔西走，疲于奔命。吴汉、铫期、耿弇、王霸等都是知兵能战的猛将，反而也对铜马无可奈何，几次败于铜马。

看看一月过去，见汉军清剿并无多少胜算，东山荒便对涂上、淮况道："都说刘秀用兵如神，现在看来也不过如此。我等也不必总是东躲西藏，干脆与他排兵布阵大战一场。如能击败刘秀，咱们还不是照样纵横河北？"涂上道："排兵布阵，我等恐非刘秀对手。没听说他一天之内击败王莽百万大军？"淮况道："他再厉害，也是强龙难压地头蛇。咱们可如此如此。"商议已毕，遂调动兵马，又向刘秀下了战书，约期会战。刘秀接到战书，递给跟随身边的马武、陈俊看了，陈俊怒道："区区草寇，不知天高地厚，竟敢给萧王下战书！萧王不必理会，待属下将他擒来！"刘秀笑道："我倒想会会他。"当下回复来日交战。

翌日早饭罢，两军对阵。铜马阵前，面如铁塔的东山荒，黑马上横了一条百十斤混铁长棍，左有涂上，右有淮况，高声喝叫道："刘秀出马！"汉军队里，打出一面"汉萧王刘"字大旗，刘秀银盔银甲，手中沥泉枪，座下汉血马，左有马武，右有陈俊，立马旗下。东山荒见刘秀眉清目秀，面容俊朗，呵呵笑道："俺以为你刘秀是个凶神恶煞，原来一介白面书生！本帅今日只与你斗三百合！"说罢，二人枪棍并举，交起手来。刘秀一支银枪神出鬼没，东山荒哪是对手？不出十合，棍法已乱。暗想刘秀果然名不虚传，再战下去，恐性命不保，还是依计擒他。遂卖个破绽，拨马往斜刺里奔去。刘秀一心想擒贼擒王，纵马急追。座下那汉血宝马本是天下第一良驹，抖抖身子便四蹄生风，快如利箭，看看就要追上，忽听扑通一声响，尘土起处，刘秀连人带马，跌进了一个深坑。原来，铜马军事先在此挖下一个陷马坑，上盖浮土草木，记有暗号。东山荒绕坑而走，刘秀却不知底里，着着落进坑中。那坑深约丈余，四壁逼窄，马不能抬腿，人不能腾挪，任你天大本事，亦无计可施。东山荒见刘秀落坑，回马坑边，哈哈笑道："你强龙再厉害，还是压不过俺地头蛇吧？"即命手下兵卒系下绳索捆了。兵卒正要动手，忽听坑中那汉血宝马一声长嘶，震动原野。嘶声未落，就见坑中一道红光冲天而起，汉血马四蹄腾空，跃起一丈多高，瞬间落于平地，鼻孔喷雾，汗珠如血，双目射光，怒视前方。刘秀端坐马上，手握银枪，并无半点伤痕。众人被眼前这神奇的一幕吓呆了。东山荒惊叫一声："我娘！真有神龙下凡了！"慌不择路，拨马就跑。众兵卒也都惊吓得乱跑乱喊："天神爷爷饶命！"那边厢，涂上、淮况也被马武、陈俊杀败，又听兵卒乱喊"天神下凡"，心下惊悸不已，也急忙拍马而逃。一时间铜马军兵四散奔走，死伤狼藉。刘秀挥军掩杀，直追出十里开外，方才收兵。

东山荒经此一战，不敢再与刘秀对阵，仍采取游击战术，时分时合，东西飘忽，和汉军捉起迷藏来。刘秀虽手握重兵，一时也难以毕功。陈俊率军与铜马几次交手后，发现铜马军并无粮秣后方，只是随地抢掠些百姓的粮草，吃完就走，便向刘秀建议道："贼兵无粮秣供给，可令轻骑出贼前，使百姓各自坚壁清野，以绝其食。"刘秀深以为然，遂传令各地清剿的将领，凡有铜马军活动的地区，都命百姓事先藏好粮米草料，坚壁清野。这一招果然奏效，铜马军无论走到那里，都陷入了兵不得粮、马不得料的境地。部队一天到晚忍饥挨饿，士气低落，兵卒开始逃散。再加上汉军不断追剿，不出两月，铜马四十万军兵已失去大半。东山荒见军心离散，不敢再四处游击，忙收拢部队，尚有十数万人。又不敢和刘秀对阵大战，便抢了一批粮草，退进行唐县境内的鳌鱼山中。这鳌鱼山为太行山支脉，形似巨鳌，山岭险峻，树木参天，小路蜿蜒曲折，人马难行。东山荒率军进入山中，命兵卒伐木塞道，以拒刘秀追剿。刘秀闻知铜马全军进入鳌鱼山，料定其必不能长久，便传令将鳌鱼山团团围住，也不攻山，只是休兵养士，以观动静。果然不出旬日，铜马军兵已粮尽料绝。时值严冬，鳌鱼山上早已草木凋零，遍山难寻一颗野果，山洞又无一粒存粮，东山荒几次派人下山抢粮，皆被汉军截杀于山下。部队饥寒难耐时，只得杀马充饥。一时军心离散，悄悄下山归降者，日有千人。刘秀见时机已到，便手书一扎，讲明当前大势，敦促东山荒等下山归降，并承诺如一体来归，可封几位渠帅为将军。东山荒此时已是走投无路，见到刘秀手书，便与涂上等商议。涂上道："年来我等游击各地，倒也常听百姓称颂刘秀威德。我等现已势穷力竭，走投无路，他还能如此大度，却是少见。"淮况道："我等已和他兵戎相见数月，谁知是不是骗我等下山归降再一律坑杀？项羽当年就坑杀过二十万降兵。"东山荒沉吟一刻道："要不让他亲来山寨一谈？他若肯来，不视我等如草芥，我等就归降。他若不肯来，我等饿死不降！"当下给刘秀复信，约他亲赴山寨一谈。众将闻知，各个愤然，纷纷劝阻道："贼虏无状，萧王决不可冒险！"吴汉大怒道："区区草寇，已是穷途末路，竟敢如此大言不惭！萧王不必理他，只需放火烧山，贼虏便可灰飞烟灭！"刘秀道："铜马势穷，断不会加害于我。这十数万兵马，是一火了之，还是为我所用？为将之道，不可不察。不能总是想着打打杀杀，更要懂得攻心为上。"吴汉道："萧王执意要去，属下带剑随行。"刘秀摆手道："明日我只带子昭一人上山。你等静待山下，不可鲁莽用事。"

翌日，刘秀带了陈俊，来到鳌鱼山上。东山荒等见刘秀只带了一人，身后并无兵马，先自惊佩，忙迎入洞中坐了。刘秀向各位渠帅讲明天下大势，问道："你等当年起兵反莽，所为何来？"东山荒道："王莽暴虐，民不聊生，我等起兵，无非是为了有饭吃，有衣穿。"刘秀道："现今新莽已灭，汉室重光，河北之地已恢复汉制，废除苛政，你等却依然啸聚荒山，有家难回，有国难报，何处才是归宿？"东山荒低头道："我等愚钝，特请萧王上山指教。"刘秀道："你等如愿归降，可一体下山。愿意还家的，拨给田亩安心务农；愿意留队的，几位渠帅可做将军，手下将领仍带原部军兵。"东山荒道："萧王此话当真？"刘秀道："本王一言既出，驷马难追！"陈俊插话道："我追随萧王有年，深感萧王胆略心胸无人能比。现今萧王已有雄兵百万，猛将如云，正待平定天下，中兴汉室，你等正该追随萧王建功立业！"东山荒等听罢，一齐跪地拜道："我等决追随萧王马前，效命疆场！"刘秀当下就宣布东山荒、涂上、淮况为将军，讲定铜马军三日后一体下山归降。返回路上，刘秀表扬陈俊道："今得十数万兵马，皆赖将军之策！"陈俊道："大王胸怀如海，何愁天下归心！"

三日后，东山荒等率十数万铜马军系数下山。刘秀早已命人在山外的口头镇扎好十多座营寨，备足酒菜，让饥寒交迫的铜马军吃饱喝足，休兵养士。休整数日后，刘秀召集众将，商讨如何清剿尤来、高湖、大枪等各路武装。东山荒自报奋勇道："属下熟悉他们的游击战术战法，愿为前锋。"未待说完，却被吴汉打断道："败军之将，不足以言勇，还做什么前锋！"东山荒面有惭色，不再言语。议毕出帐，涂上拉住东山荒，来到营外的鄗河岸边，愤然道："看来汉军将领对我等并不放心。若是萧王也如此看法，我等又何去何从？"东山荒眼望茫茫冰河，沉吟一刻道："且观察一时。若萧王也不能见信，我等也不必在此寄人篱下。"

刘秀本是细心之人，见东山荒等连日情绪不佳，思忖铜马军兵刚刚归降，若轻慢这些将士，定会出现离心后果。于是召来吴汉、马武等大将，训诫他等不得对铜马渠帅言语傲慢，接着就召开军事会议，请东山荒等详细介绍尤来、大枪等军的军事实力、活动规律及战术战法，让他们提出对策，还让他们给相熟的渠帅写信，劝其归降。安排停当，便让东山荒陪同，到铜马营地逐营看望铜马降兵。每到一处，便和兵卒们拉家常，问寒暖，鼓励他们为中兴汉室勇敢杀敌。又让后勤为兵卒连日置办新衣。旬日之后，刘秀在鄗河岸边搭起检阅台，和东山荒、涂上、淮况一起，登台检阅了全部铜马军兵。数十面汉军赤旗下，十多万将士盔甲鲜明，刀枪闪亮，斗志昂扬。刘秀手指虎虎行进的部队，鼓励东山荒道："中兴汉室，将军已建大功一件！"东山荒感佩万分，诚拜道："大王如此推心置腹，你就是俺铜马皇帝！"刘秀流传千古的"铜马帝"称号，即由此而来。待一切准备停当，刘秀便派出吴汉、铫期、耿弇、祭遵、朱祐、马武、王霸、贾复、盖延、景丹、坚谭、耿纯、阴识、

第十七回 扫群寇刘秀定燕赵 图远略邓禹下关中

李忠等十四员大将，各领精兵两万，突骑五千，全面清剿各路农民军武装。征讨之间各有故事，也不必细述。在下只将祭遵所遇趣事约略叙出，以博列位看官一笑。

且说征虏大将军祭遵祭弟孙奉了刘秀将令，率军直抵涿郡的唐县，清剿在这一带打家劫舍的张奉。这张奉本是太行山贼。王莽末年，他聚众造反，几年间竟发展到七八万人。王郎称帝，他并不归附王郎；王郎覆灭，他也不归附刘秀，照旧打家劫舍。其人生得方面大耳，一身蛮力，却是大字不识，还颇为迷信，笃信方术。那日打家劫舍掠得甚多，正在帐中饮酒，忽报有一道士求见。张奉忙命请进。那道士进得帐来，并不搭话，只是定定端详张奉一阵，撩起道袍，纳头便拜。张奉因从未见过此人，讶然道："老道从何处来？又因何拜俺？"道士正色道："贫道四海为家。前些时夜观天象，见涿郡上空有天子之气，贫道一路寻来，望见此气聚于将军营地。今见将军龙姿凤表，正应了天子之相，岂能不拜？"张奉一听，惊喜不已，赶忙扶起道士，请至上座，酒肉款待。此时正值王郎假冒刘子舆称帝，张奉便问道："俺也早听说河北有天子气，那刘子舆不是已做了天子么？"道士捻须道："昙花一现而已。贫道研读图谶，上言汉家十二帝即绝。刘子舆硬要做那十三帝，有违天意，岂能长久？将军有九五之相，自是天命所归。"张奉大喜，当即取出黄金百两奉送，又留道士住下，请教未来。翌日一早，道士让张奉屏退左右，从道袍中取出一只七彩绸袋，神神秘秘道："此乃宝物，是贫道昨晚作法，求得上天赐予的皇帝玉玺。内中国号年号皆已定准。"张奉喜不自胜，忙要打开来看。道士拦住道："天机不可泄露！将军须将此宝系于肘上，须臾不可离开。将军命中尚有一劫，然有惊无险。待劫数一过，位尊九五，贫道祷告上天，方能开启。"说罢要走。张奉跳起来道："道长休走，留下做俺军师。俺要做了皇帝，你就是俺的宰相！"自此留下道士，日日好酒好菜招待。说来也巧，不出数月，王郎败亡，张奉对道士更加百依百信，皇帝梦也越做越迷。

这日，张奉正请道士讲解皇室礼仪，忽报祭遵大军来攻，忙问道："军师说俺命中有劫，可是应在今日？"道士屈指一算，点头道："正应在今日。将军只管应战，待我在帐中作法，请六丁六甲神兵天上相助。此劫一过，将军即可登大宝。"一席话直哄得张奉信心满满，遂提刀上马，迎战祭遵。二人战至二十来合，张奉不敌，只盼神兵来助，不由得抬头望天。祭遵见他分神，轻舒猿臂，一把将张奉提下马来，命人绑了。张奉大叫道："谁敢绑俺！俺有上天赐给的传国玉玺，更有六丁六甲神兵护佑。你等速速退兵便罢，如若不然，死无葬身之地！"祭遵听他疯言疯语，一时不摸头脑，喝问道："什么传国玉玺？倒是拿来瞧瞧！"张奉撸起袖子，左臂上果然捆了一只七彩绸包。祭遵正要伸手取下，张奉喊道："军师不来，不可开启！"祭遵觉得好奇，便命人去找军师。谁知那道士趁张奉出帐迎战，早已卷起金玉细软，飘然而去了。祭遵举剑划开绸包，只听扑通一响，一块白石掉落地上。张奉道："不可乱动！内有国号年号。"祭遵命人找来大锤砸碎了，哪里有什么国号年号！不过是一堆乱石。张奉这才知道上当受骗了，瞪了眼骂道："狗日的老道，全是为骗老子的钱财！"祭遵哈哈大笑道："速去天上做你的皇帝梦去吧！"宝剑一挥，张奉已人头落地。

经数月征讨，尤来、大枪、五幡、青犊、获索、檀乡等十数路武装集团被清剿净尽，燕赵大地全部归于刘秀手中。此时，赤眉大军已逼近关中，刘秀断定刘玄必败，便找邓禹商议道："去年我二人在邺城曾商大计，仲华可还记得？"邓禹道："当然记得。现今燕赵已平，该是南定中原、西讨关陇的时候了。"刘秀道："赤眉大军正进逼关中，更始败亡在即。我欲派兵尾随赤眉进关，待赤眉与更始两败俱伤，可坐收渔利。然兹事体大，非一般将领可为。仲华你深沉有大略，当此重任如何？"邓禹道："仲华不才，愿为前锋。"刘秀叮嘱道："赤眉正自南路西进，你可由北路而西，避开赤眉入关。进关之后，休兵养士，坐观虎斗，待机而动。我自统大军南下中原。"

邓禹领命，即按刘秀安排，率两万精兵出河北，日夜兼程直抵河南箕关，欲破关西进河东。箕关的更始守将出关阻击，第一仗就被邓禹打败，弃关而逃。邓禹缴获辎重千余车，乘胜向西进击，包围了河东郡首府安邑城。刘玄的兵马正在南路与赤眉激战，忽闻邓禹又从北路杀入河东，包围安邑，不觉大惊，急派大将樊参领两万人马前去解救。早有细作报于邓禹。邓禹对安邑只是虚张声势，围而不打，却亲率一万兵马，悄悄埋伏于樊参的必经之路峨嵋岭。樊参一进入峨嵋岭，邓禹伏兵大出，将樊参兵马截成数段，士卒惊慌，四处乱跑。樊参突遇埋伏，心下慌乱，交战不一时，便被邓禹一枪挑落马下。未死兵卒皆跪地投降。邓禹大获全胜，回军复围安邑。

刘玄朝廷闻知樊参全军覆没，安邑城岌岌可危，不敢怠慢，忙又派出比阳王王匡、襄邑王成丹，率兵十万速解安邑之围。王匡等率大军进入安邑，见邓禹只有两万兵马，颇有轻敌之意。扎营翌日，便出兵讨战。邓禹原以为刘玄只顾迎战赤眉大军，抽不出多少兵力阻其西进，不想王匡兵马竟数倍于己，也觉吃惊，忙投入全部兵马迎战。两军对阵，直杀得天昏地暗，眼见暮色苍茫，方才各自收兵。这一仗，邓禹死伤两千余人，损失惨重。王匡手下将领刘均请战道："邓禹新败，兵势已摧。属下现请兵一万，趁夜前去劫营，可将其一鼓逐出河东。"王匡呵呵笑道："区区贼虏，何足道哉！传令各营歇息便是。"成丹道："我军可三更造饭，明日拂晓全力攻击贼兵。"王匡其人迷信，每出兵作战，都要选黄道吉日。当下屈指一算，摆手道："不必。明日癸亥，乃是六甲穷日，不利出兵。后日甲子，黄道吉日，可将贼兵一鼓聚歼。"遂命大军休整不出。

再说邓禹收兵回营，手下将领李文劝道："我军士气受挫，万一今夜王匡劫营，后果堪忧。还是连夜退兵十里，再做计较。"邓禹道："气可鼓不可泄，我当以奇兵胜他。"遂将伏兵布置于营外，严阵以待。不想直到天明，敌军并无动静。邓禹派出细作侦探，一时回来报知，称王匡因六甲穷日不再出兵。邓禹暗喜，即定下出奇制胜之计，利用这一日时间，将围城部队全部撤回营地，调整了部署，命将士偃旗息鼓，养精蓄锐，以逸待劳。说话间到了翌日清晨，王匡一声令下，更始大军系数出动，直扑邓禹营寨。顷刻来到营前，却见寨门早已大开，营中空无一人。王匡等带了数名随从，进营巡视，又见数十座灶台已然拆毁，眼见得是邓禹连夜撤兵而去。成丹道："不知邓禹撤往何处？速派斥候征知踪迹，我等轻骑急追，可一鼓歼之！"王匡道："邓禹不过是个青皮毛头，又兵马了了，不足为虑。然刘秀既派兵入关，其志就不在小，重兵必然在后。我军眼下只在南路阻截赤眉，北路多有疏忽。还是速返长安禀明朝廷，速派重兵扼守北路各隘口，严防刘秀大兵进犯。传令大军回营！"成丹出去传令，命大军后队改作前队，原路返回。此时，安邑守将杨宝快马赶来，禀告道："禀大帅，邓禹已将围城之兵全部撤走！"王匡呵呵笑道："败军之将……"话犹未了，就听营内一声炮响，霎时钲鼓齐鸣，杀声震天，四周伏兵潮水般涌出。邓禹纵马舞枪，身后邓寻、李文、李春、程宪等十多名将领，一齐向王匡等冲杀过来。王匡毫无心理准备，一时大惊。杨宝、刘均大喊道："王爷速走，属下自当抵敌！"喊罢双枪并举，截住邓禹。邓禹见王匡退往营门，撇了杨宝、刘均，纵马急追上前。王匡正要纵马冲出，营门却被死死关住了。王匡见不得出，大吼一声，回马抡刀来战邓禹。这邓禹时年二十四岁，正血气方刚，又武艺高强，王匡虽久经战阵，究竟年过半百，又事出猝然，心下慌乱，战至三十多合，被邓禹一枪挑落马下。此时，邓寻、李文、程宪等也将杨宝、刘均斩于马下，并挑着王匡人头，率万名精兵冲杀出来。营外王匡的军兵接到回营命令，已掉头后转，精神松懈，忽见营内兵马大出，杀声震天动地，大帅王匡人头滴血，一时惊惧万分，四散奔走。成丹没想到王匡瞬间人头落地，又见军兵溃乱，败势已成，也拍马逃命去了。邓禹率众将一路追出二十余里，斩首四千余级，收得印绶五百，兵器不可胜数，降者六万余人。

第十七回 扫群寇刘秀定燕赵 图远略邓禹下关中

邓禹三战三捷，斩将破军，声名大振，关河响动。河东的更始守将不敢挡其锋，皆举城归降。邓禹留下李文为河东太守，自率大军渡过黄河，进入关中，驻扎上郡、北地等处。其时，赤眉大军已逼近长安，更始部队节节败退。两军所过，多掳掠百姓，致使人心惶惶，无所依归。邓禹却师行有纪，从不扰民，因而百姓皆望风相携，以迎邓军。邓禹所过之处，常常一日十数次被男女老少围在马前，争相送水送饭慰劳。邓禹都下马——婉谢，好言抚慰，赢得民心大悦，青壮前来投军者，日过千人。三月之间，拥兵三十万众。当时，关中地区因遭大旱，秋粮颗粒无收，史书曾有"百姓饥饿，人相食，黄金一斤易豆五升"的记载。邓禹既已发展到三十万大军，粮草自然严重短缺。军中断粮时，邓禹和士兵一样以野菜充饥，不许掳掠百姓，然也时时为粮草焦虑。这日邓禹正思忖筹粮之道，军中细作忽报有更始北路军总军需官宫歙来上郡调度军粮，一时计上心来，便将手下将领程宪叫来，吩咐如此如此。程宪带了数名兵卒，扮作北地郡更始军的军需官，来到上郡见宫歙，发牢骚道："大人调拨给北地郡的粱米，全是霉烂之物，士兵吃后都拉肚子躺倒了，怎能打仗？"军需官讶然道："那批粱米是我亲自过目的，还不出三天，怎地就霉烂了？"程宪道："或许是运粮路上被调包了？大人不信，可随我前往查看。"宫歙答应，便随程宪往北地郡而来。二人并马行至半路，程宪突然变脸，趁宫歙不防，一把将其提下马来，命士兵绑了。宫宪不摸头脑，气哼哼道："将军这是为何？若真是粱米霉烂，换成好米也就是了，何必动粗！"程宪呵呵笑道："我今不是要你以好换烂，而是要你整个粮仓！"宫歙瞪了眼道："你等是要抢粮？"程宪道："老实告诉你，萧王刘秀已派邓禹大将军西进关中，现有兵马三十万众。我乃邓大将军属下。我军又不掳掠百姓，不找你要粮要草，岂不要等着饿死？"宫歙这才明白自己是受骗被擒，一时惊吓不已，忙求饶道："贵军要多少粮草，在下调拨就是，只是饶我性命。"程宪道："你不必惊慌，邓将军决不会害你性命，还要让你立功呢。"押了宫歙，一时来到邓禹营帐。邓禹见宫歆进来，忙起身上前，亲手为其解去绳索，施礼道："将军请坐。军中无粮，才出此下策，邓禹多有得罪！"宫歆见邓禹并无恶意，又出言谦逊，心始觉安，忙叩拜道："在下早闻邓将军师行有纪，从不扰民，今日幸得一见！"邓禹让宫歆坐了，询问军粮情况。宫歆道："年来和赤眉交战，所存军粮都做了统一调配。前些时听得大将军西进关中，朝廷便命我统管北路粮草，以拒将军。目前上郡、北地、安定三郡尚有存粮三十万担。其余郡县，估计能有五六十万担可以调配。"邓禹又问及赤眉就粮情况，宫歆道："据末将所知，赤眉并无后方供给，只是打到哪里，抢到哪里。今年百姓家家断粮，赤眉粮草更是短缺。"邓禹道："更始失政，赤眉无状，皆不能长久。唯萧王天时民意，四海归心。中兴汉室，非萧王莫属。还愿将军审时度势，追随萧王，为中兴汉室建功。"宫歆再拜道："萧王声威，早已如雷贯耳，末将决追随萧王，为中兴汉室贡献微薄！"邓禹大喜道："将军既愿归身，我今即放将军回营，暗中调拨粮草，为我军所用。只是何处可以存放粮草？"宫歆道："上郡山丘密布，地广人稀，多处可以存粮。我回营只说是为避百姓抢粮，将北路各地粮草全部调来上郡存放，以做将军军粮。"邓禹道："来时萧王曾授我官员予夺之权。将军如建此大功，可做上郡太守。"宫歆高兴回营，便将北路几个郡县的百十万担粮草统统调往上郡存放。邓禹人马吃饱喝足，士气高涨，遂举兵进击，连克上郡、北地、安定三郡，任命宫歆为上郡太守，又分一批粮米给饥民，然后即休兵养士，静观待变。当此之时，关中地区呈现出更始、赤眉、邓禹三支大军博弈的局面。究竟谁能赢在最后？且听下回分解。

第十七回　扫群寇刘秀定燕赵　图远略邓禹下关中

第十八回 众望所归刘秀称帝
　　　　　将叛兵离刘玄败亡

　　话说刘秀扫平了河北全部农民军武装，驻军蓟城休整。正是暮春三月时节，北国山花烂漫，大军一片欢腾。众将领重来旧地，想想一年前无兵无卒，被王郎在此地追杀的凶险，再看看今日兵强马壮、万民拥戴的盛况，无不感慨万端。纷纷议论道："当年一个占卜卖卦的王郎，眼下一个放牛娃刘盆子，就能称大汉皇帝，现今萧王已有雄兵百万，天下归心，就不能登基称帝？我等何不说动萧王，登上九五之尊？"又鼓动朱祐道："仲华，你和萧王一起长大，又是萧王护军，可趁萧王高兴，先去进言。"朱祐道："待我先去试探一番。"当晚来到刘秀住处，与刘秀一起回忆了河北创业的艰难岁月，转而鼓动道："大王你龙准日角，有帝王之相……"话未讲完，刘秀脸色已变，斥道："仲华休得胡言！部队已得休整，明日即回军南下，你速去准备，不得有误！"将朱祐赶了出去。

　　翌日，刘秀挥军南返。大军行至涿郡，刘秀放眼旷野，见数百具战死兵卒的尸体尚未掩埋，心中不忍，唏嘘道："一将功成万骨枯，此言不虚！"便命大军驻扎郊外，对这些死者以礼收葬。当晚，刘秀正在帐中思考如何南定中原，马武忽然闯了进来，不待刘秀问话，便直不笼统道："大王还要向更始朝廷称臣么？"刘秀已猜到马武来意，却不动声色问道："子张此话何意呀？"马武道："大王赶走朝廷使者，诛杀朝廷重臣，又派邓禹西进关中，更始怕是早已视你为贼了。反过来说，在大王眼中，铜马、赤眉、陇西的隗嚣、巴蜀的公孙述等等，恐怕也都是贼。现今天下兵戈并起，你说我是贼，我说你是贼，究竟谁是众望所归的真主？大王功盖天下，万民归心，登基称帝已是水到渠成，却迟迟不肯明正尊号，万一有人乘势而起，形成气候，夺得天下，大王错过时机，就是用孔子为相，孙子为将，汉室恐也难再匡复了。"刘秀沉吟一刻问道："子张所言，可是众将之意？"马武道："正是。他们知我出言无忌，才推举我来劝说大王。现都在帐外听信儿呢。"刘秀怒道："你出去传我的话，今后不许再提此事。谁再胡说八道，提头来见！"马武碰了一鼻子灰，出帐嘟哝道："都是你等唆使我去劝说，差点掉了脑袋！"王霸一吐舌头道："我娘！现今天下大乱，不知有多少人想抢皇帝这个宝座呢，可咱们大王，放着现成的位子就是不坐，真是看不懂了。"

　　刘秀大军继续南进，不日到达真定。太守马成接着，劳军已毕，与众将分析当前局势道："今更始失政，大统危殆，海内无所归依。萧王现已平定燕赵，吏民归心。河北沃野千里，且界接边塞，人习兵战，号为精勇。萧王据山河之固，拥精锐之众，顺万民之心，如正尊位，号令天下，则谁敢不从！"朱祐道："我等前几日还劝萧王明正尊号呢，不想被他斥骂一顿，再不敢提此事了。"马成道："此事可请老王爷刘扬出面。前些时他与我谈论局势，也主张萧王及早称帝。待我与他商议，请他说动萧王。"当晚，马成便来到真定王府，将众将的建言及刘秀的态度讲了。刘扬捋须道："萧王称帝，当是水到渠成，老夫自可当面劝进。然也要以军心民意为依托。太守你可用众将领名义上书一封，代表军心；老夫约当地士绅上书一封，代表民意，一起劝进，庶几可使萧王接受。"马成回府，连夜写就一封劝进文表，交与刘扬。刘扬又召集当地士绅，也写就一封劝进文表。准备停当，刘扬便在王府设宴，慰劳刘秀。此时郭圣通已为刘秀生下一子，尚未足半岁。刘秀一到真定，即去藁城郭

第十八回　众望所归刘秀称帝　将叛兵离刘玄败亡

家看望。见儿子生得眉清目秀，自是高兴，当下为儿子取名刘强。刘扬见刘秀心情舒畅，便于席间劝道："文叔去年在此反击王郎时，我就断定你有今日，如今果然应言。现今更始失政，不少有野心者又开始称王称帝，吏民无所归依，天下又要大乱。如此下去，我汉室何时复兴？文叔应当仁不让，速正大位。依你的文韬武略，军心民意所向，天下不足定也。"刘秀听罢，摇头不语。刘扬道："此话并非老夫一时心血来潮，你手下全体将领，河北所有吏民，皆有此意。听说你不许提及此事，他们不敢再当面讲明，乃写就劝进文表叫我送上。"说罢取出两篇文表，递于刘秀。刘秀展开众将的文表，只见上面写的是：

　　汉遭王莽，宗庙废绝，豪杰愤怒，百姓涂炭。大王与伯升首举义旗，朝野震动，应者云集。更始因其资以居帝位，却不能奉承大统，反败乱纲纪，致使群怨沸腾，反思王莽，汉室又遭危殆。大王初征昆阳，王莽自溃；后拔邯郸，平群寇，敉定河北。今跨州据土，带甲百万，吏民归心，言武力莫之敢抗，论文德无所与辞，天子大命不可以谦拒。唯大王以社稷为重，百姓为心，早正尊位。

　　再看士绅的劝进表，亦是讲刘秀武功文德举世莫比，荣登尊位义理昭然。刘秀看罢，脸上并无喜色。刘扬道："文叔明正尊号，已是众望所归，缘何心无所动？"刘秀坦言道："众将和百姓抬爱，文叔心知。然匡复汉室，任重道远。现今四方分崩，异性并起，三分天下，文叔未居其一，当此群雄逐鹿之时，匆忙称帝，无疑树立众矢之的。当年西伯姬发约集八百诸侯观兵孟津，众诸侯推举他以王者名义举兵伐纣，他却说时机不到。两年后才灭纣建周称王。咱们高祖，也是灭掉项羽之后才称汉帝。以文叔想来，还是等待时机为好。如将来天命所归，文叔自不敢谦拒。"刘扬听罢刘秀一番言语，感慨道："文叔所虑所言，已见帝王气度。老夫不再催逼，只望你早日一匡天下，中兴汉室！"

　　刘秀拒绝了众家劝进，继续率军南下。大军行至鄗南，耿纯不顾刘秀严令，深夜闯进，跪地劝道："天下英雄豪杰仰慕大王威德，别亲朋、抛家业、弃官职、离故土，跟从大王于矢石之间，披羽登城，陷阵溃围，不计生死，所为何来？还不是想攀龙附凤，建功立业，名垂青史？现更始失政，天下亟盼明主。大王已是众望所归，却一味推三阻四，不正尊号。我担心如此下去，大家无所指望，怕是要心灰意冷，离大王而去。大众一散，再难复合。到那时，大王即使还想在更始朝廷称臣，怕也难得了。"这一席话，直白恳切，面对现实，深深打动了刘秀。他并非不想称帝，只是思虑缜密，认为时机尚未成熟。听耿纯如此分析，一时醒悟：假如旷以时日，真出现耿纯所说的后果，匡复汉室岂不要化为泡影？忙扶起耿纯道："伯山所言，我当思之。"耿纯离开后，刘秀辗转思索，遂有了称帝之意。第二天，又将最为倚重的冯异冯公孙从娘子关召回，告之众将之议，征询冯异意见。冯异也劝道："更始失政，宗庙之忧在于大王。上为社稷，下为百姓，大王应从众议，早正名号。"

恰在此时，刘秀当年在太学的同窗强华，千里迢迢从关中赶来，向刘秀献上一道《赤伏符》，符上写的是：刘秀发兵捕不道，四夷云集龙斗野，四七之际火为主，卯金修德为天子。这是一则典型的谶语。强华指着谶语一一讲解，说是刘秀举兵征讨不道之人王莽，四面八方豪杰云集，群龙斗于神州大地，争做皇帝。惟有刘邦之后二百二十八年之际，居火德的刘秀才是天下之主。强华的解释，不管是否牵强，却正合了诸将心意，遂一齐劝刘秀道："依天命而显现的符瑞，以人应最为切实。今强先生千里迢迢前来献符，我等事先毫不知情，但结论却完全一样，可见天人同愿，不可违逆。大王应早正名号，以顺天命人心。"刘秀道："既然天命所归，你等又日日催迫，我当从众议。今后我和诸位名为君臣，实则弟兄，芜蒌亭雨夜，实不敢忘。惟愿诸位与我同心同德，复高祖之业，定万世之秋！"众将一齐高呼道："臣等既遇明主，决随圣上完成复汉大业，虽肝脑涂地，万死不辞！"刘秀当下命冯异主持筹备登基大典，并嘱咐不事奢华。

公元二十五年六月二十二日，艳阳高照，莺飞燕舞，鄗南城外的千秋亭五成陌，已筑起一座高台。台上一面面赤色龙旗迎风飘扬，仪仗队一律金盔金甲，手持长枪大戟，肃立两旁。高台正中的案几上，已燃起红火，摆好供品。众将盔甲鲜明，立于台下。登基典礼时刻一到，三十岁的刘秀头戴皇冠，身穿龙袍，在司礼礼官引导下，缓步登上高台，首先祭告天地山泽风雷水火，然后宣读即皇帝位的祝文。其祝文曰：

皇天后土，眷顾降命，属秀黎元，秀不敢当。群下百辟，不谋同辞，咸曰：王莽篡位，秀发愤兴兵，破王寻、王邑于昆阳，诛王郎、铜马于河北，上当天地之心，下为元元所归。谶语曰：刘秀发兵捕不道，卯金修德为天子。秀犹固辞，至于再，至于三。群下佥曰：皇天大命，不可稽留。敢不敬承！

刘秀读罢祝文，便在司礼官引导下，端坐于龙椅之上。司礼官朗声宣布道："我大汉皇帝今日即位，改元建武！"台下众将见自己心目中的这位明主英姿雄发，光彩照人，一齐高呼道："吾皇万岁！万岁！万万岁！"接下来宣布建武皇帝第一道圣旨，改鄗南为高邑。第二道圣旨为大赦天下。第三道圣旨便是敕封众将。任命邓禹为大司徒高密侯，吴汉为大司马广平侯，冯异为中坚大将军夏阳侯，耿弇为建威大将军好畤侯，寇恂为骁骑大将军雍奴侯，朱祐为建义大将军鬲侯，祭遵为征虏大将军颍阳侯，景丹为骠骑大将军溧阳侯，盖延为虎牙大将军安平侯，铫期为卫尉安成侯，马武为捕虏将军扬虚侯，耿纯为骁骑大将军东光侯，王霸为破虏大将军淮陵侯，臧宫为廷尉郎陵侯，马成为左将军全椒侯，陈俊为骠骑大将军祝阿侯，杜茂为骠骑大将军乐乡侯，傅俊为横野大将军昆阳侯，邳彤为太常大将军灵寿侯，任光为积弩将军阿陵侯，坚谭为左将军合肥侯，邓晨、阴识为骑都尉，等等。至此，历史上称为东汉的政权，正式建立。这就有看官要问了：刘玄称汉帝已有三载，现今刘秀又以大汉天子的身份昭告天下，刘玄岂能容忍？看官稍安勿躁，且听在下详细道来。

且说刘秀称帝之际，正是刘玄朝廷风雨飘摇之时。那更始皇帝刘玄，本就不是雄才大略、励精图治之主，入都长安之后，既没有制定统一天下的战略策略，又没有除旧布新、安定民生的有力措施，只是觉得天下归汉，可以高枕无忧、纵情享乐了。朝中诸将，也多是争官夺爵，各怀私心。那辅国大将军李轶，已是出将入相的高位了，却贪心不足，仍嫌官小。这日又和王凤、陈牧、朱鲔等聚在一起，便鼓动王凤道："现今天下归汉，大功告成，圣公早已称帝，咱们也该弄个王爷当当了。"这话正说到了王凤心里，当下赞同道："我正有此意。"朱鲔却反对道："此议不妥。高祖曾有遗训，非刘氏不得封王呢。"陈牧哈哈笑道："老朱你倒迂腐起来了！高祖都死去二百多年了，咱们封王，他还能从坟里跳出来管这事？"朱鲔道："你们称王便是，我却不做。"王凤等称王心切，遂不顾朱鲔劝阻，催逼刘玄封王。刘玄此时刚刚接收了王莽后宫的全部姬妾，日夜与这些美人宴饮，哪有心思理什么朝政！况且他又惹不起王凤等人，便按王凤的意图，一下子就封了二十位王爷，宗室有宛王刘赐、定陶王刘祉、燕王刘庆、元氏王刘歙、汉中王刘嘉、汝阴王刘信。异姓王有易城王王凤、比阳王王匡、阴平王陈牧、舞阴王李轶、淮阴王张卬、邓王王常、襄邑王成丹、郾王尹尊等。那时刘秀正在巡抚河北，安定燕赵，按说功劳最大，却不给任何封赏。

刘玄后宫已是美女如云，仍不满足。见原新朝降将赵萌之女貌美，便又纳其为贵人。这位赵贵人貌美如花，却是喜怒无常，嗜酒如命，日日要与刘玄对饮。有时两人正喝得高兴，突有大臣来奏急事，赵贵人便怒骂道："本宫正与皇上欢饮，何须你来扫兴！"有时还趁着醉意，将酒泼向大臣身上。刘玄因常常烂醉如泥，不能接见朝臣，赵贵人便出了个馊招：每当刘玄醉倒而朝臣又来奏事时，便让侍中赵达坐于帷幔之内，冒充刘玄，自称身体不适，哼哼哈哈应付几句了事。及至刘秀被封为萧王，又斩杀渔阳、上谷太守，诛除尚书令谢躬，大司马朱鲔感到事态严重，急忙赶到后宫，却遇刘玄醉倒，只得隔帘奏报

第十八回 众望所归刘秀称帝 将叛兵离刘玄败亡

道："萧王已有谋反之意……"那冒充刘玄的赵达，原是赵萌府上的家丁，因能说会道，办事机灵，被刘玄要来内宫任侍中。此人不学无术，他只知刘秀名字，却不知刘秀就是萧王。一听说萧王要谋反，忘记了哼哼哈哈应付，截住话茬就冒出一句："速速围住王府，捉拿萧王！"朱鲔听这口音不像刘玄，又听他下旨驴唇不对马嘴，不由怒道："萧王现在河北，包围什么王府！"也不顾得君臣之礼，大步上前，一把掀开帷幔，却见刘玄烂醉如泥睡于床上，和他答话的竟是侍中赵达。朱鲔哭笑不得，愤然道："胜败尚未可知，却放纵如此，朝廷危矣！"拂袖而去。时间一长，笑话百出，刘玄也感到这样下去确实不成体统，索性将朝中政务全盘委托给老丈人赵萌处理。自己沉溺后宫，日日醇酒美人，不再临朝理政。这赵萌本不是良善之辈，现在一步登天，小人得志，更是专权放纵，胡作非为。刘玄对王凤等多是听之任之，赵萌却不尿这一壶，一切都是自己说了算，几次在朝堂上与王凤等拍案对骂。王凤等本也无什么雄图大略，现今已位极人臣，又见赵萌横暴，也就乐得钻进王府安享清福，不去惹他。赵萌握了生杀予夺大权，明码标价卖官鬻爵，给钱就给官当。一时官场风气糜烂不堪，以致长安街上流传民谣："灶下养，中郎将；烂羊胃，骑都尉；烂羊头，关内侯。"意思是做饭的厨子只要给钱，就能当中郎将；杀猪宰羊的屠夫，只要给钱就能当关内侯。见朝廷吏治如此腐败，时任军帅将军的李淑实在看不下去，便给朝廷上书谏道："方今贼莽始诛，王化未行，官员任用应十分慎重。而今朝中居公卿大位的都不是能吏，尚书显官多是庸才。许多人当个亭长、捕快都不合格，却让他们担负辅佐朝廷的重任。以此治理国家，无异于缘木求鱼。深望朝廷厘改制度，因才受爵，以正名器。"赵萌看罢大怒，立将李淑打入牢房。自此再无人敢言。赵萌又放任士兵掳掠百姓，纵容官吏强取豪夺。这一来，更始政权在吏民心中的威望一落千丈。眼看赤眉大军已逼近长安，邓禹又率军进入关中，更始政权已岌岌可危，朝中有些头脑的官员便纷纷离开长安，或静观待变，或据地自保。宛王刘赐去了封地南阳，汉中王刘嘉去了汉中，殷王尹尊去了郾城，邓王王常去了襄阳。大司马朱鲔早已看出刘玄必败，刘秀将来必得天下。一想到当年自己曾谋害刘縯，打压刘秀，不由心下惶然，思忖将来别人可以归附刘秀，我却不能。刘秀胸怀再开阔，岂能容我？思来想去，决定离开长安，前去镇守洛阳。一来可躲避与赤眉之战，二来可依托洛阳重镇练兵屯粮，不论将来赤眉还是刘秀来攻，都可与之一战。思虑已定，便上书刘玄，大讲一通守住洛阳的重要性，要求前去镇守。舞阴王李轶脑袋转得更快，听说朱鲔要去洛阳，便提出要和朱鲔一同前往。刘玄、赵萌正嫌他们在身边碍眼，也乐得同意。

不说更始朝廷的文臣武将多与刘玄离心离德，各寻后路。且说赤眉数十万大军一路斩关夺隘，兵锋已抵华阴一线，旦暮便可兵临长安城下。长安城内，一时人心惶惶。赵萌、王凤等此时才心下着忙，寝食难安。经过一番紧急商议，决定由赵萌、王凤、陈牧、成丹率军二十万，驻扎潼关，准备迎战赤眉；由张卬、廖湛、申屠建等率军五万镇守长安城，保护刘玄。不想赵萌等刚离开长安城，张卬便召集廖湛、申屠建商议道："赤眉大军百万，我长安军兵系数不过三十万，两军对阵，我军还不是以卵击石？与其困守孤城等死，倒不如及早返回南阳与宛王合兵，再图发展。实在势穷，还可钻进绿林山中打游击。"大家都觉得张卬言之有理，便一齐到宫中参见刘玄，劝他速返南阳。那刘玄早已在宫中过惯了花天酒地的生活，哪还肯回什么南阳！当下一口拒绝。张卬等见刘玄坚不听从，便密谋劫持刘玄东返南阳。谁知这个计划被刘玄的内侍赵达探知，即刻禀报了刘玄。刘玄一听，唬得眼也直了，酒也醒了。忙与御前侍卫等密商了对策。这日，张卬、廖湛、申屠建均接到刘玄通知，称已同意东返南阳，请其速到后宫商议东返事宜。张卬等大喜，连忙先后赶往后宫。申屠建先到，刚进宫门，便被门后的御前侍卫一刀砍翻在地。张卬等未进宫门，闻知阴谋已败露，申屠建被杀，不由怒从心头起，即刻回府披挂上马，一齐杀进宫来。

刘玄的侍卫哪能敌得过这些绿林将领？一场混战，早已败下阵来，护着刘玄逃往城外赵萌的大营。赵萌见刘玄如此狼狈而来，大吃一惊，赶忙找到王凤、陈牧、成丹道："张卬等谋逆作乱，赤眉又兵指长安，我等须速速商议对策，以请圣上早定大计。"陈牧吼道："定是皇上沉溺酒色，不理朝政，惹恼了这些绿林弟兄。待我和皇上进城一趟，向他等道几句歉，准备迎战赤眉也就是了。"赵萌一听，拔剑跳起来道："张卬等竟敢追杀皇上，绿林贼脸暴露无遗，已是死罪，你还逼皇上去向他等道歉，是何居心？"陈牧也拔剑在手道："老子就是绿林出身，就连皇上也当过我绿林的更始将军，你狗日的骂谁是贼？"王凤见二人就要火拼，忙劝阻道："二位不必动气，当此非常之时，万勿自伤和气。还是让皇上先安定一时，再作区处。"赵萌见陈牧如此骄横，根本不把他和刘玄放在眼里，又见陈牧竟公开袒护张卬等逆贼，思忖万一这些绿林山贼联手发难，不但更始朝廷就此完蛋，就连自己和刘玄的小命怕也不保。当夜便找刘玄密商，定下计谋。

　　三日后，赵萌来到陈牧营帐，向陈牧致歉道："昨日是赵某出言不逊，还望阴平王多多见谅。眼下赤眉屯兵华阴，不日必攻长安，我等亟须一心对敌。皇上这次要御驾亲征，与赤眉决战。然朝廷禁军多日不临战阵，皇上明日要检阅将士，鼓舞士气，特请王爷陪同检阅，展示我大汉军容。"陈牧本无多少城府，不假思索道："如此甚好！老子也多日未领兵了，正好瞧瞧这些兔崽子们还能不能上阵打仗。"翌日上午，阅兵式开始。刘玄端坐阅兵台中央，赵萌、陈牧、成丹等一众将领陪坐两旁，检阅部队。先是一队将领盔甲鲜明，骑马通过，接着是一对对兵卒手执刀枪，高呼口号，齐步前行。最后则是一排弓弩手，人人斜挎长弓，腰插羽箭。陈牧见阵容整齐，扭头对刘玄道："看这些兔崽子们，倒还能上阵拼杀一番！"话音未落，就听队前一声唿哨，百十名弓弩手人人抽箭在手，挽弓搭箭，一齐向台上射去。一霎时，台上的陈牧、成丹及七八名手下将领，个个身中数箭，当场死于非命。台上台下，顿时大乱。赵萌制止住，大声宣布道:"阴平王陈牧、襄邑王成丹等与城内反贼勾结,谋逆作乱,要杀害皇上,今日已被诛除。将士们不必惊慌,随我杀进长安城,擒拿逆贼!"一声令下,马步军兵一齐向长安城杀去。那王凤本和赵萌一起住在军营,因感觉这两日气氛不对劲,便托病不来参加阅兵。刚听闻陈牧、成丹被杀,便先自快马逃入城中,向张卬等通报了情况。张卬愤然道:"赵萌横暴,我早受够了这厮的气。我等即刻迎战,今日定要与他一决胜负!"王凤道:"赵萌兵盛,不可与之对阵。"张卬道:"那就还依原计,速返南阳。"王凤道:"南阳万不可去。现今刘赐、王常等皆在南阳一带,手握重兵,若知我等已与刘玄兵戎相见,岂能相容?再者,刘秀野心勃勃,必然经略中原。刘赐、王常等早已心向刘秀,我等不可自投虎口。"张卬道:"那就还上绿林山。"王凤捻须道:"我等已是封王拜爵,再去钻林子做山大王,岂不惹天下耻笑?为今之计,莫如固城自守。长安城高池深,赵萌一时难以攻破。赤眉不日必将杀来,我等先坐观虎斗,再待机而动为好。"张卬依王凤所言,即传令坚守城池。不过半日,赵萌已率兵来到长安城下。见张卬固守,遂下令攻城。双方激战十多日,仍呈胶着状态。

就在更始君臣自相残杀之时,赤眉大军已出华阴,破潼关,以秋风扫落叶之势,兵锋直抵长安郊外。赵萌见赤眉兵马排山倒海而来,心下着慌,忙停止攻城,返身来迎战赤眉。王凤在城头见赤眉大军连营数十里,料定赤眉必胜,肠子绕了几绕,便找张卬商道:"看来赤眉必胜无疑。依当前局势,我等还为谁困守孤城?倒不如归降赤眉,夹击刘玄、赵萌。将来论功行赏,还可保住富贵。"张卬称是,便派人到赤眉大营表示归降,并约期夹击刘玄、赵萌。赤眉渠帅樊崇大喜,当下答应。两日后,赤眉与更始两军正在城外激战,长安突然城门大开,王凤、张卬率兵杀出,直冲赵萌阵地。更始军本已军心散乱,见腹背受敌,顿时溃不成军,四散逃亡。赵萌见大势已去,急忙在乱军中找到刘玄,护着他佩戴传国玉玺,夺路而逃,不料正撞见张卬迎面杀来,抡刀就砍。赵萌心慌,战不几合，便被张卬一刀劈于马下。刘玄早已吓得滚下马来，哆哆嗦嗦乞求道："淮阳王饶我性命！"张卬笑道："看你这熊样！好歹咱君臣一场，我不忍杀你，让樊大帅定夺吧。"命士卒押了，去见樊崇。此时，更始军兵已风流云散，更始朝廷官员逃的逃，降的降，长安城全归于赤眉之手。樊崇当即请来刘盆子，命刘玄跪地，将传国玉玺上缴了，又将刘盆子扶上龙辇，前呼后拥开进长安城。至此，维持了三年的更始政权土崩瓦解。欲知后事如何，且听下回分解。

第十九回　拔长安巨寇临绝地
　　　　　　战崤底冯异败赤眉

　　话说赤眉大军进入长安城内，将刘盆子送往刘玄居住过的长乐宫，安置停当。翌日一早，赤眉首领樊崇、徐宣捧了皇冠、龙袍，来请刘盆子上朝，接受众将庆贺，颁布改朝换代的诏令。谁知进得宫来，却见刘盆子披头散发，光了脚丫子，正躺在地上打滚哭闹。徐宣猛吃一惊，忙问门外的侍卫道："皇上缘何如此？"侍卫道："皇上非要出去放牛。"徐宣哭笑不得，俯身劝道："陛下，今日事大，必得上朝。陛下愿意放牛，散朝之后臣陪你去放就是。"刘盆子哭喊道："谁愿上朝谁去，俺只是要放牛！"说罢又打起滚来。樊崇恼怒，伸手将盆子抱起，把皇冠戴在盆子头上。盆子也来了拧劲，一把将皇冠扯下，"当啷"一声摔在地上，抢胳膊蹬腿喊道："俺不上朝，就要去放牛！"徐宣见状，忙拦住樊崇道："他想放牛，先让他放去便了，不可硬逼。万一他在朝堂上如此哭闹起来，成何体统？"当下找来刘盆子的放牛伙伴，又牵来两条黄牛，让他们到御花园放牛去了。列位看官，你道这刘盆子君臣缘何上演如此闹剧？且听在下细表原委。

　　上回书中曾有一笔带过，讲赤眉军拥立了十二岁的放牛娃刘盆子为皇帝。这赤眉军发端于齐鲁之地。王莽新朝末年，山东琅琊人樊崇、逢安与东海人徐宣、谢禄、杨音在莒县一带聚众反莽，两年时间，就发展到十多万人。起义军推举樊崇为大帅，转战于青州、徐州等地。

为了与莽军交战时区别敌我，樊崇命队伍一律将眉毛染成红色，赤眉称号即由此而来。到新朝灭亡、刘玄称帝入都洛阳时，赤眉已是一支二十万众的大军。因刘玄打的是大汉皇帝旗号，农民军又有正统观念，粗通文墨的徐宣就说服樊崇归附刘玄。这樊崇大字不识一个，当初反莽也只是为了解决生计，并未想过争夺天下，今见新朝已亡，汉室重建，便依徐宣之意，从驻地濮阳到洛阳晋见刘玄，表示归附。王凤见赤眉军人多势众，思忖如若吸纳他等，将来更始朝廷的太上皇，恐怕就不是我王凤、陈牧等人了，便挑拨刘玄道："赤眉势大，如不加控制，等到尾大不掉，你这更始皇帝怕也做不稳了。"刘玄正准备移都长安，好好享受荣华富贵，听了王凤一番分析，不由心下害怕，忙向王凤问计，王凤道："可将他们头领封为列侯，挂个空名，随朝廷进长安，所有军兵一律复员。"刘玄便下旨将二十多名赤眉将领封为列侯，其余军兵全部复员。赤眉将领见刘玄如此不信任自己，一个个愤愤不平，返回濮阳后便骂道："刘玄这厮，发的什么鸟旨！全把咱们的好心当成了驴肝肺！"谢禄一擂桌子吼道："他奶奶的！咱们现有兵马二十万，何必非要在他手下称臣！"樊崇也正在气头上，当下便召集众将商议，与更始朝廷彻底决裂。待刘玄移都长安，赤眉军便开始在河南攻城略地，斩杀了更始的河南太守，占领了河南大部地区。赤眉军因迭战获胜，迅速发展到五十多万人，号称百万。众将领意气风发，建议樊崇索性一不做二不休，长驱西进，推翻更始政权。徐宣道："更始昏乱，政令不行，才使得我军发展壮大。现我军拥百万之众，却无称号，名为群盗，不能长久。现今人心思汉，应速立刘氏宗室子弟为帝，方能与刘玄一争高下。"樊崇深以为然，便在军中找到与刘邦血统最近的三人，乃是刘茂、刘孝、刘盆子，用抽签的办法选定皇帝。徐宣取来三枚竹签，一枚上写"上将军"，两枚空白，置于盒中，让这三人抽取，谁抽得"上将军"，谁就是皇帝。十二岁的刘盆子年龄最小，却抽了个正着。樊崇见刘盆子抽中，忙将其抱上高座，由徐宣宣布其即汉帝位，改元建世。刘盆子只是在军中放牛，从未读过书，并不知皇帝为何物。见众将跪拜称臣，高呼万岁，惊吓不已，当场哭闹着跑下来，要去放牛。樊崇忙命侍卫将盆子抱走，由徐宣宣布这位小皇帝的诏令，任命樊崇为御史大夫，徐宣为丞相，逄安为左大司马，谢禄为右大司马，杨音以下将领皆为将军。刘盆子当了建世皇帝，却不肯上朝，每日仍和小伙伴们放牛玩耍。因赤眉军正在征战时期，樊崇等也就不去管他。刘盆子闲散玩耍惯了，如今却要他正襟危坐龙庭，哪里受得了如此约束？这才出现了本文开头的荒唐一幕。

且说赤眉军推翻更始政权之后，本应速定大计以图天下，只可惜这支队伍纵横天下，却无一人有深图远虑。一进长安城，上上下下便忘乎所以起来。众将常在朝堂论功，你说你的官小，我说我的爵低，一言不合，便拔剑相向。地方官吏上送的贡品，常常是不等送到刘盆子宫中，便被一抢而光。这年岁终，樊崇安排了一次团拜会，建世皇帝刘盆子高座正殿，众将领坐于殿下。宴会开始前，有大臣在木牍上写了一个名帖，欲送给皇帝表示祝贺，谁知一帮将军呼啦啦全都拥了上去，争着要把自己的名字也写上去。你推我搡，霎时秩序大乱。杨音见不成体统，按剑大骂道："小儿游戏尚有规矩，尔等竟愚劣如此！"那想将领们并不住手，竟将杨音推到在地，互相殴打。殿外的士兵听得里面乱成一团，也不管不顾冲了进来，将桌上的酒肉一掠而空。几名士兵竟将刘盆子抱下龙椅，争着在龙椅上喝酒吃肉。卫尉见里面哄然大乱，急率卫士冲入，立斩数十人，场面方才安定下来。赤眉军朝纲混乱，军纪也开始涣散，抢掠百姓之事时有发生。长安百姓纷纷逃亡，民怨四起。

此时邓禹正驻军上郡。邓部诸将和关中豪杰都劝邓禹攻取长安。邓禹道："不然。今我军虽多，能战者少。赤眉新拔长安，锋锐正盛，不可与之速战。眼下关中大饥，盗贼群居，短粮缺草，必不能久。我且休兵北道，待观其变。"刘秀闻报邓禹只是持兵观望，遂下诏催促道：

第十九回　拔长安巨寇临绝地　战淆底冯异败赤眉

"司徒，尧也；赤眉，桀也。长安吏民，惶惶无所依归，司徒宜及时进讨，镇慰西京，系百姓之心。"诸将闻知刘秀诏令，也都催促邓禹进兵。邓禹却道："将在外君命有所不受。"仍按兵不动，以逸待劳。

局势的发展果不出邓禹所料。本年关中突遭大旱，庄稼颗粒无收，百姓断粮断炊，饿殍遍地。赤眉入驻长安后，朝廷一盘散沙，又不建立地方政权，更未能开辟后方供应基地，五十万大军驻扎长安周围，很快就粮草难以为继，免不了掠夺百姓。豪强大户和周围百姓痛恨赤眉军纪败坏，又都坚壁清野，不但不供应赤眉粮食，还组织小股武装，袭击赤眉抢粮队伍。樊崇等居住未央宫，吃了上顿无下顿，小皇帝刘盆子也饿得天天哭闹。宫女乐师等人饥饿难耐，只好到御花园挖草根，到太液池抓生鱼蝌蚪充饥。再说那刘玄、王凤、张卬、廖湛等归降赤眉后，本来想弄个一官半职，不想赤眉给他们安排的差事却是喂马，归属谢禄管辖。他等本就不满，又遇到大饥，终日饥肠辘辘，更是牢骚满腹。这日喂过马匹，每人吃了一把马料，计议道："没想到我等归降赤眉，竟受此奇耻大辱。如此下去，生死难料。莫不如逃回绿林山过快活日子，也不必考虑什么东山再起了。"计议已定，便趁夜化妆出营，要逃回南阳。不料正巧被巡营的谢禄发现，当场抓获，也不问长短，一律处死。赤眉因粮食急缺，军心也动摇起来。樊崇见宫中已处绝境，便召集众将商议道："此地饥荒如此严重，我五十万大军怎能久留等死？听说陇西完富，不如攻占陇西，再图发展。"众将都觉有理，遂放出宫女等人，大掠宫中奇珍异宝，又放火焚烧宫室，大军撤离长安，沿秦岭西进。半月之后，进入陇西地界。陇西史称四塞之国，历来为兵家必争之地，且物产丰富，自是因粮就食的好去处。然赤眉刚入陇西，就遭到西州大将军隗嚣的迎头痛击。隗嚣是陇西天水人，新朝末年聚众反莽，几年间人马发展到三十万众。刘玄政权灭亡后，隗嚣自称西州上将军，割据陇西八郡，据地自保。今见赤眉竟敢闯入自己地盘，岂能容许？即刻调兵遣将，赤眉走到哪里，便在哪里围追堵截。隗嚣军地形谙熟，赤眉军盲人瞎马；隗嚣军士马饱腾，赤眉军缺吃少喝；隗嚣军以逸待劳，赤眉军师劳远征，因而连战连败，旬日间损失五六万人。隗嚣本是据地自保，并不想在自己地盘上与赤眉大动干戈。见赤眉连连失利，便趁势向樊崇发出最后通牒，限其三日内滚出陇西，如若顽抗，定让其全军覆灭。樊崇此时已是兵饥马乏，见隗嚣口气如此强硬，不敢在陇西停留，遂和徐宣等商议道："陇西兵势强盛，看来我军西进无望，还是返回关中，再作区处罢了。"徐宣忧虑道："我四十多万兵马聚集一处，无粮无草，恐怕不待返回，就散亡一尽了。"樊崇沉吟一刻，决定分兵东返，各自筹粮筹草，沿途避战，保存力量，最后到长安郊外汇齐。当下分兵，由逢安率军十万走旬邑，谢禄率军十万走汉中，樊崇、徐宣、杨音等保护刘盆子走咸阳东返。

也是赤眉合当败亡。三路人马刚刚上路，老天爷就突然变了脸，一时间朔风呼啸，大雪纷飞，数日不停，坑谷积雪皆满，人马难行。沿途所见，白骨蔽野，城郭皆空。赤眉军一路上缺粮断草，啼饥号寒，常以杀马充饥。冻饿而死、流散逃亡者，难以胜数。单说那谢禄率领十万人马历尽风雪饥寒，东返至汉中地界，只剩了五六万人。这日正停在风雪中杀马造饭，四周突然鼓声大作，数万兵马蜂拥而出。为首一将，纵马舞刀杀上前来。这马上大将，乃是原更始朝廷的汉中王刘嘉。这刘嘉是刘秀族兄，自小与刘秀友善，曾与刘秀、邓禹一起在长安太学学习。当年随刘縯、刘秀在白水乡起兵反莽，多立战功。刘玄称帝移都长安后，被封为汉中王。刘嘉见刘玄失政，便返回封地汉中，联络豪强，招兵买马，以备天下有变，据地自保。一年时间，已拥兵三十多万。得知邓禹兵进关中，刘嘉即去见邓禹叙旧，听邓禹讲明刘秀中兴汉室的宏图大略，当即表示脱离更始政权，归附刘秀。邓禹大喜，任命刘嘉为汉中太守，并叫他厉兵秣马，坐观形势，准备待机消灭赤眉。现今赤眉自己送上门来，岂能饶过？即刻率领十万兵马将其包围。谢禄人马此时已毫无战力，未经交战便四散奔逃。谢禄猝然临变，心慌意乱，仓促上马迎战，不及数合，便被刘嘉一刀劈于马下。五六万赤眉兵卒，不出半日即风流云散了。

再说樊崇、徐宣等一路狼狈东返，期间的千辛万苦也不必细述。只是兵至咸阳时，却做出了一件大逆不道之事。咸阳城外的北原，乃是汉帝陵寝，埋葬着从高帝刘邦至平帝刘衎九位皇帝及皇后，均高有数丈，犹如山丘。赤眉军在此休整时，有兵卒得知是汉帝坟墓，再想想自己不知死活的处境，恨恨骂道："我等死活不知，这些皇帝老儿却还躺在地下享清福！"有那贪财的兵卒便起哄道："听说皇帝皇后下葬，都要带走无数奇珍财宝，何不掘了他们的坟墓，得些财宝，将来如能活着回家，也好买房置地。"众兵卒听罢，兴奋道："就是！掘了它狗日的！"当下联络了百数十人，找来锹镐大斧，发一声喊，叮叮吭吭撬开了高祖刘邦的陵墓。果然，陵墓中陪葬的奇珍异宝数不胜数。众兵卒一拥而上，你争我抢，洗劫一空。一兵卒见玉匣中吕后的遗容仍栩栩如生，甚觉惊奇，嬉皮笑脸道："看这老娘们，像是要和我说话咧！那我就亲上一口，也尝尝皇后的滋味！"说罢砸开玉匣，俯身就要和吕后亲嘴。不想玉匣刚刚打碎，吕后尸身经风一吹，霎时变成了骷髅。那兵卒忙啐一口道："真他娘的晦气！"旁边一兵卒喊道："快撒泡尿，可去除晦气！"那兵卒随即便在吕后尸骨上撒起尿来。众兵卒见皇陵中有如此多的财宝，索性一不做二不休，将其余八座皇陵统统掘开，洗劫一空。一时间，西汉九帝皇陵尸骨狼藉，惨不忍睹。掘陵之事传开，徐宣大惊道："大逆不道！大逆不道！真是自作孽，不可活！"立刻传令将掘陵兵卒一律斩首，没收所有财宝，连夜拔营，向东急行。

赤眉军离开长安西进时，邓禹正屯兵上郡。闻知赤眉兵进陇西，即刻挥军南下，兵不血刃占领了长安城。不久便得知赤眉兵败东返，还掘了皇陵，不由大吃一惊，急忙率诸将斋戒，赶往北原，收取九帝尸骨，重修了陵墓，并派专使护送九帝牌位至刘秀处。刘秀此时已南下中原，夺取了洛阳。因邓禹已被封为大司徒，刘秀决定调其回朝理政。又想到更始新亡，赤眉作乱，必须有一文武足备、智勇双全的大将去西定关中。这个重任自然落在了冯异肩上。刘秀遂任命冯异为征西大将军兼关中太守，亲送至黄河岸边，特赐以七尺长剑，授予生杀予夺之权。冯异叩头受命，引兵渡河而西，直抵长安与邓禹汇合。邓禹离开之前，又将刘嘉请来商议军情，决定由刘嘉镇守长安，冯异率大军截击赤眉。这冯异冯公孙久经沙场，骁勇善战，又谙熟兵法，善用计谋。其为人谦退不伐，又能善抚士卒，常能"死者脱衣以殓之，伤者躬亲以养之"，因而士卒皆愿归其麾下效命。听说要截击赤眉，各个摩拳擦掌，士气高涨。冯异又赶在赤眉返回之前，在关中地区任命各郡县官员，联络地方豪强，安集百姓，关中吏民皆归附了刘秀的建武政权。

且说樊崇、徐宣等率领疲惫之师行程一个多月返回关中，杨音恰也赶到。两军汇合，检点人马，只剩二十来万。樊崇本想再进长安城稍作休整，不想刚到长安郊外，就见城头赤旗飘扬，刀枪密布，早被汉军占领。又恐郊外汉兵大出，不敢停留，急忙退往华山脚下驻扎。因得不到吏民支持，缺粮断草，又无后方供给，只好靠东西飘忽、打家劫舍过日子。赤眉将士老家多在山东，现今千里转战，却被困在关中吃尽苦头，一时间各个思乡心切，军心动摇。樊崇因折了谢禄及十万人马，本就伤感，又夜夜闻听营中传来思乡哭声，也不由得勾起乡愁，便对徐宣、逢安道："既然此地不能久留，弟兄们又思乡心切，我等不如干脆返回山东，痛痛快快纵横齐鲁大地。"徐宣、逢安也早有此意，便休整兵马，决定集中兵力与冯异大战一场，冲出潼关，经河南返回山东。冯异得知赤眉意图，即刻调兵遣将阻截。见赤眉缺粮，急于补给，遂心生一计。这日两军对阵，冯异先以万名老弱兵卒出阵交战。战不多久，便散乱溃退而去。赤眉挥军追至半路，忽见山路两旁散散落落停放着百十辆大车，上面盖了麻布。赶车的辎重兵也早已逃散。赤眉兵卒揭开麻布看了，只见车上满载的皆是粮米柴草。赤眉军本就腹中空空，又激战半日，早已饥肠辘辘，眼前粮米突如自天而降，怎不喜出望外？又见冯异溃军已跑远，一时间欢呼雀跃，争相挖坑垒灶，欲就地埋锅造饭，饱餐一顿。不料兵卒们正兴致勃勃挖坑垒灶，就见百十辆大车的粮米柴草呼啦啦飞起，下面突兀钻出上千名汉兵，手持钢刀跳下车来，见人就砍，边砍边高喊道："冯大将军兵到！"赤眉军兵此时已精神松懈，不少人正仰卧地上，眼巴巴盼着饱餐一顿呢，哪有丝毫防备！一霎时便死伤五六千人。又听说冯异大军杀到，顿时秩序大乱，手足无措。此时冯异数万精兵大出，犹如虎入羊群，直杀得赤眉军死伤狼藉，尸横山野，大败而逃。这一仗下来，赤眉损失七八万兵马。后又与冯异数次交手，终不能突出关外，还被冯异斩杀十多员将领，又损失两三万人。此时刘秀大军已进至河南宜阳，接到冯异战报，敕书褒奖并吩咐道："赤眉东归心切，困兽犹斗，不必与之持久，可放其东来。我在此以逸待劳，折捶笞之，贼虏不足定也。"冯异得了刘秀诏令，便撤出潼关之外，屯兵崤山。崤山乃是关中通往河南的必经之路，山分左右二崤，中有崤底谷道，地势险峻，易守难攻。冯异与刘嘉设计好了，只等赤眉来投罗网。

樊崇见冯异撤兵，不知是计，又急于东返山东，这日便洗劫了几个村镇，掠来一批牛羊粮草，让人马吃饱喝足，然后破釜沉舟，一体拔营，十数万兵马一齐冲出关外。看看来到崤山脚下，却见冯异已在崤底口外摆开了拦截阵势。赤眉军先锋杨音指挥两万兵卒奋力冲杀，战不多时，便突破了冯军防线。冯异又派五千兵马来援，也被赤眉打得节节后退。杨音见冯军战力不强，急呼后队从速跟进。一时间，十多万赤眉军一齐冲进崤底。冯异见赤眉已进入设伏地段，一声令下，五万精兵大出，迎头截击。两军正战至激烈处，崤底两旁突然杀出两万多赤眉军，各个眉毛赤红，身强力壮，抡刀舞枪冲入阵中。杨音以为是后队樊崇派兵支援，高声鼓励道："众弟兄努力，闯出崤山回老家！"不想这两万赤眉军杀入阵中，不由分说，向着自己的队伍就猛杀猛砍起来。原来，这是冯异使出的浑水摸鱼之计。他见赤眉军个个眉毛赤红，一时计上心来，挑选了两万精壮士兵，描红眉毛，换上赤眉衣服，早早埋伏于崤底两旁，待两军酣战之时，突然杀出。杨音正想一鼓作气杀过崤山，忽见这些赤眉兵横杀起自己人来，还以为是手下军兵杀昏了头，忙横刀骂道："混账！怎地乱杀起自家人来？"那想这些士兵根本不听，只是不管不顾，向着赤眉队伍乱杀乱砍，不一时便将赤眉队伍冲杀得七零八落。杨音此时方知中计，见队伍溃乱，又不知还有多少假赤眉冲杀出来，忙传令身边兵卒："速报大帅，且慢前行，我军已中诡计！"也顾不得后队了，仍纵马舞刀前冲，欲闯出崤底。未冲几步，却被冯异迎面拦住去路。杨音因与冯异几次交手，早已领略过冯异的厉害，一时心下慌乱，战不几合，便被冯异一枪挑落马下。后队的樊崇闻知中计，又见赤眉军兵四处乱窜，情知不妙，忙传令人马后队变前队，急速退出崤底。不想部队刚刚调头，却听谷口外钲鼓大作，杀声震天，无数兵马已潮水般涌进崤底，截住去路。原来是刘嘉率领五万汉军来抄赤眉后路。正返回的赤眉溃军突见刘嘉大军拦截，犹如无头苍蝇，返回身又乱喊乱跑起来。樊崇见已是腹背受敌，心想今日如不拼命，必死无疑。遂一把从车上抱下刘盆子，放上马背，命逄安、徐宣左右护卫，大吼道："今日拼了！速速随我闯过崤山！"说罢舞动大刀，发疯般杀向前去。赤眉军兵见已无退路，加之返乡心切，也一齐拼力死战。冯异、刘嘉因得了刘秀指令，也不再死命拦截，两军混战一时，便放一条出路让赤眉闯过了崤山。

此时，已是日暮时分。赤眉军已冲出崤底数里，见身后渐无追兵，方才松下心来。正要稍事休息，又听身后鼓声大作，杀声震耳。明显是冯军又追将过来——岂不知这是冯异在虚张声势。赤眉军此时已如惊弓之鸟，樊崇等也顾不得手下兵将，更无心调整队伍部署，只顾护住刘盆子拍马东逃。十万人马再无人指挥，一窝蜂似地仓皇东去。再加上夜黑风高，一路上被踩死、摔死者不计其数，却也不敢再停顿片刻，只是疲于奔命。欲知赤眉军命运如何，且听下回分解。

第二十回 以德报怨仇敌献城
恩威并济赤眉归降

话分两头。先不说赤眉溃不成军仓皇东顾,且听在下从头讲述刘秀南下中原。话说刘秀平定河北、高邑称帝不久,便任命马成为真定太守,耿纯为邯郸太守,邓晨为涿州太守,邳彤为巨鹿太守,并授权耿纯代表建武朝廷任命河北各地郡县官员,嘱咐他们安集百姓,发展生产,将河北经营成坚实的战略后方。安排已毕,遂自统百万雄兵,振旅南下,经略中原。大军一路势如破竹,不出一月,兵锋已抵河内郡(今河南武陟县)。其时,更始政权尚未败亡,镇守河内的还是更始朝廷任命的郡守韩勤,郡尉则是岑彭岑君然。前回书中曾提到,岑彭原是王莽新朝时的名将,镇守宛城时曾在小长安大败刘縯、刘秀。后刘縯围攻宛城,岑彭坚守数月,粮尽而降。南阳诸将欲杀岑彭,经刘縯救下,留在朱鲔帐下任校尉。刘縯被害时,岑彭极为不满,却也无可奈何。后随朱鲔北定洛阳,西征长安,屡立战功。刘玄迁都长安分封诸将时,朱鲔举荐岑彭担任了河内郡尉。岑彭虽为更始朝廷命官,却根本瞧不起刘玄那一班人,而对刘秀佩服得五体投地。听到刘秀在河北称帝,早已心向往之。今见刘秀率大军来攻,便劝郡守韩勤道:"现今更始昏乱,权臣放纵,赤眉即将入关,朝廷必难长久。建武皇帝平河北,开王业,续汉统,此诚皇天祐汉,士人之福。大人应及早归附,共建兴汉之功。"韩勤不悦道:"君然说哪里话来!更始朝廷已历三载,刘秀却又自称汉帝,岂不是叛逆!我等既是朝廷命官,自当平叛勤王,怎能归附逆贼?"

岑彭道："刘秀现有雄兵百万，猛将如云，我等决难抵敌。"韩勤怒道："君然当年小长安大败刘秀，何等英雄！今日怎地如此胆怯？休再多言，速速整兵迎敌！"岑彭见韩勤不听，只得整饰兵马，做守城准备。

再说刘秀统帅大军在河内城外扎下营寨，便与众将商议攻城事宜。朱祐当年曾在刘縯大司徒府任护军，因岑彭归降后与刘縯过从甚密，与刘縯的护军朱祐也就甚为熟识。听得是岑彭镇守此城，便对刘秀自告奋勇道："君然正直，虽为更始命官，却是心向陛下。待我明日出战，说他来降。"刘秀大喜道："如此最好。你可告他尽管放心来归。"

翌日，两军交战。岑彭刚立马城下，朱祐便一马抢出阵前，对岑彭扬手道："君然别来无恙？"岑彭见是朱祐，忙悄声道："仲先可速败至僻处，我有话说。"朱祐会意，即举刀向岑彭劈去。岑彭三尖两刃刀接住，二人厮杀起来。战至二十来合，朱祐卖个破绽，回马往后山转去。岑彭追至山后，朱祐已下马等待。见岑彭赶来，忙问道："君然有何话讲？"岑彭下马道："建武皇帝英明神武，君然早已心向往之。怎奈太守不明事理，硬要我迎敌。我欲阵前归顺，但有小长安前嫌，不知陛下和众将可肯容纳？"朱祐道："陛下心胸之阔，无人能比，正让我告你放心来归。南阳将领早知你名声，只是河北将领尚不知你本领。明日交战，你可尽显武艺，让他等心服，然后如此如此，夺取河内。"二人商议停当，朱祐即禀告刘秀，明日依计行事。

第二日早饭罢，岑彭便来营前挑战。朱祐夸张道："此人武艺超群，我等恐都不是对手。"铫期怒道："仲先何必长敌将威风？看我擒他！"拍马挺戟抢出，直取岑彭。二人戟来刀往，大战八十余合，铫期渐渐不敌，败下阵去。吴汉不服，抢起青龙大刀接住厮杀，战至五六十合，也只剩招架之功。岑彭连战两员大将，毫无惧怯。刘秀阵前观战，见岑彭本领如此了得，心中喜欢，又已知他和朱祐定好计谋，便让吴汉退下，一拍汗血马，挺起沥泉枪，来战岑彭。岑彭会意，接住厮杀。战至三十多合，刀法渐渐散乱。立于城头观战的韩勤见状，忙命兵士

第二十回 以德报怨敌献城 恩威并济赤眉归降

擂鼓，为岑彭助威。不想岑彭却向刘秀使个眼色，回马拖刀，败进城来。韩勤见岑彭败阵而回，忙命拉起吊桥。不想刘秀马快，吊桥尚未拉起，已紧随岑彭冲进城内。早已埋伏在城下的耿弇、贾复、王霸等一班猛将也一拥而出，冲上城来。韩勤见势不妙，忙下城上马，欲逃往洛阳投奔朱鲔。不想刚到城门，正遇铫期迎头拦住，一戟戳下马来。刘秀夺得城池，入驻府衙。岑彭入见，跪地叩头道："臣当年蒙伯升大司徒全命之恩，常思有以为报，不料伯升蒙难，永恨于心。前闻陛下正位河北，臣无刻不向往之。今既遇明主，自当永随马前，效命驰驱！"刘秀忙扶起岑彭道："得君然一将，我无忧矣！"此时更始大将吕植正屯兵淇园以拒刘秀。为表诚意，岑彭第二天就单骑赶往淇园，说服吕植归降。吕植历来尊重岑彭，当下带领五万人马归降了刘秀。刘秀大喜，即任命岑彭为廷尉，行大将军事，随军征战。

刘秀见河内城邑完好，民室殷富，仓廪充实，想将此处作为逐鹿中原的后勤基地，便召来寇恂道："河内完富，朕将以此为后方，逐鹿中原。昔日高祖任萧何于关中，无复后顾之忧，方能专意经略山东，终成大业。子翼文武足备，堪比萧何。朕今委你为河内太守，望能坚守转运，给足军粮，率励兵马，防遏他兵，勿令北度。"寇恂叩头受命，上任后即安集百姓，发展生产，又讲兵习射，伐淇园之竹，造箭二百万支，养马五千匹，收粮四百万担，转以给军，为刘秀逐鹿中原立下大功。此是后话，不提。

且说刘秀安顿好后方基地，即引兵进至与洛阳一河之隔的河阳，任命冯异为孟津将军，统兵三十万于孟津，准备攻取洛阳。其时，更始的大司马朱鲔正镇守洛阳城，外围有舞阴王李轶、河南太守武勃屯兵土乡，白虎公陈侨屯兵偃师，兵马总计四十万，与朱鲔成犄角之势，以拒冯异。冯异见朱鲔早有防备，并不急于进攻，而是先给李轶写信一札，内中道："愚闻明镜所以照形，往事所以知今。昔日微子去纣而入周，项伯叛楚而归汉，皆畏天知命，睹存亡之符，见废兴之事，故能成功于一时，垂业于万世。现更始昏乱，赤眉临郊，大臣乖离，纲纪已绝。今我建武皇帝统兵百万，英俊云集，兵锋所指，势如破竹。季文能独守洛阳一隅哉？尚能觉悟成败，早定大计，可转祸为福，论功古人。如猛将长驱，兵败城破，虽有悔恨，亦无及矣。"李轶本是多变无信之人，因早就断定更始政权不能长久，才和朱鲔一起远走洛阳。今见刘秀亲率大军来攻，自知难以抵挡。思忖举兵归降，又因自己曾谋害刘縯，打压刘秀，恐为刘秀所不容。正踌躇不定，接到冯异来信。思谋再三，决定先有所表现，以博得刘秀欢心。便给冯异回信道："季文本与建武皇帝首谋复汉，起兵反莽，结生死之约，同荣枯之计。虽中道有变，季文亦常思以往。惟愿将军深达建武皇帝，季文不敢与之争锋，且愿进愚策，以取洛阳。"自此之后，李轶便按兵不动。冯异趁此机会，北上拔上党两城，南下收成皋等十三县，降更始兵将十余万众。与此同时，贾复也攻克偃师，斩杀白虎公陈侨。洛阳外围只剩李轶、武勃防守土乡。冯异见李轶果然按兵不动，便率军渡过黄河，与武勃约期会战。武勃忙与李轶商议，定下前后夹击冯异之计。两军交战不久，武勃依计佯败，只待李轶抄冯异后路，再回军大战。谁知关键时刻，李轶却闭营不出。冯异纵兵追杀，武勃大败，被冯异斩于马下，兵卒死伤万余。冯异得胜回营，将李轶的书信给刘秀看了，建议道："季文早有降意，且已见功，陛下可召他来营，献计攻取洛阳。"刘秀摇头道："季文狡诈多变，唯利无信，绝不可再留。"遂用借刀杀人之计，命冯异向洛阳城散布李轶书信。此信很快传到朱鲔手上。朱鲔看罢，勃然大怒，便以商议军情为名，召李轶进城。李轶刚进得朱鲔府门，便被门后伏兵乱刀砍死。朱鲔因李轶之变，遂将土乡兵马收回城中。如此一来，洛阳外围已无更始一兵一卒，变为一座孤城。

刘秀见洛阳外围全部扫清，便命冯异、吴汉、耿弇、贾复、岑彭、朱祐、王霸、陈俊、祭遵、坚谭、臧宫等十一员猛将率三十万兵马，将洛阳城团团围住。朱鲔算定刘秀必攻洛阳，早在城内屯足了粮草，又因自己曾是杀害刘縯的主谋,今见刘秀严兵围城,已抱必死决心,凭着城池坚固,严加防守。刘秀数次攻城,皆不能克。看看一月过去,洛阳城仍巍然不动,刘秀心下着急。这日晚间在帐中思谋对策,忽想到岑彭曾在朱鲔手下做过校尉,心下一动,便召岑彭进帐问道:"君然熟读兵书,可记得《孙子兵法》第三篇?"岑彭随口答道:"是为谋攻。上兵伐谋,其次伐交,其次伐兵,其下攻城。攻城为不得已。百战百胜,非善之善者也,不战而屈人之兵,善之善者也。"刘秀道:"我今取洛阳,可否不战而屈人之兵?君然曾随朱鲔征战有年,多有了解,如能说其归降,当是首功。"岑彭道:"朱鲔虽有大罪,尚不似王凤之辈。待臣试说之。"翌日,岑彭单骑徒手来到洛阳城下,冲城头高喊道:"我乃岑彭岑君然,请大司马城头搭话!"城上寂静片刻,就听一阵鼓响,随着城头刀枪闪亮,一口大红棺木也抬上城来。岑彭一愣,就见朱鲔全身披挂立于城头,手指岑彭道:"君然有何话说?"岑彭施礼道:"君然往日执鞭侍从,蒙大司马拔擢举荐,常心存感激,有以为报。现今形势,更始将叛兵离,赤眉已围长安,旦日即破。而建武皇帝平定燕赵,尽有幽冀之地,百姓归心,猛将云集。今亲统大军来攻洛阳,天下之事,已然明了。大司马虽知兵能战,还能拖延几日?"朱鲔拍着棺木道:"人在城在,城破人亡!"岑彭劝道:"以君然之见,为大司马和全城将士计,还是早日罢战归附,方为上策。"朱鲔道:"天下大势,我自知之。更始必亡,建武皇帝必得天下,然我却无缘看到了。个中缘由,你当清楚。"岑彭道:"建武皇帝胸襟,我已有切身感受。只要大司马举城归降……"不待岑彭讲完,朱鲔一把取过身旁兵士弓箭,口气决绝道:"君然休再多言,速速离去。不然,休怪我箭下无情!"说罢已箭在弦上。岑彭见劝说不动,只得返回禀报刘秀。刘秀见朱鲔心结难解,呵呵笑道:"自古建大事者,不记小怨,朱鲔若献城归降,可算头功,官爵可保,哪还会诛罚他呢?"抬手一指黄河道:"河水为证,朕决不食言!"

第二天,岑彭又来到城下,将刘秀所言一五一十向朱鲔叙述一遍。

朱鲔思索有顷，让兵士从城头系下一条绳索来，又命弓弩手拈弓搭箭，瞄准绳索，然后对岑彭道："君然此话若真，可抓住此绳攀上城来。"岑彭听罢二话不说，当即就抓住绳索攀将上去。一时攀到中间，朱鲔忙止住道："君然且住！我举城归降便是。你且回营奏明建武皇帝，我两日后即去大营谢罪。"岑彭离开后，朱鲔下城召来手下将领，长叹一口气道："刘秀重兵围城，洛阳早晚必破。我自知罪大，因我一人而损害众家性命，又于心何忍！我意已决，两日后即去刘秀大营请降，以一身而保全众家性命。我若三日不归，就是事有不谐。你等可速速突围，各奔前程就是。"

两日后，朱鲔单骑来到岑彭军营，让岑彭绑了，连夜去见刘秀，跪地叩头道："臣罪不容赦，生死系听陛下处置！"刘秀见朱鲔真心来降，忙亲手为其解开绳索，扶起道："将军献城洛阳，保全古城及军民，乃是深明大义之举，自当记功，何来处罚？过去一切恩恩怨怨，一笔勾销！深望将军释怀。"朱鲔见刘秀胸襟如此海阔天空，大有帝王气度，不觉感激涕零道："陛下如此对待罪臣，臣明日即迎陛下入城！"刘秀当下便让朱鲔返回洛阳城。众将得知消息，有赞叹刘秀胸襟宽阔的，也有猜疑朱鲔是缓兵之计的，议论纷纷。朱祐原本对朱鲔谋害刘縯之事一直耿耿于怀，听说刘秀放走了朱鲔，一时气不打一处来，当下提刀上马，追赶出去。朱鲔刚到河边，就听身后一声大喝道："朱鲔老贼，今日即是你的死期！"朱鲔星光下抬眼望去，只见朱祐正拍马提刀赶上前来。不由仰天叹道："我知自作孽不可活，头颅且由将军提去便是。"朱祐下马，望空拜道："伯升大哥，仲先今日为你讨回公道！"拜罢，抢刀便向朱鲔颈项砍去。朱鲔正闭目等死，忽听身后猛喝道："仲先休得胡来，刀下留人！"朱祐一听是刘秀的声音，一时愣住，手中大刀也停在半空。原来，朱祐一追出营门，便有人急报了刘秀。刘秀闻报大惊，忙纵马急追过来喝住朱祐，安慰朱鲔道："仲先无理，让将军受惊了！"朱鲔流泪跪地道："臣罪当死，无地自容，还是让臣速去见伯升谢罪吧！"

刘秀搀起朱鲔道:"将军何至自责如此!朕还要你为中兴汉室建功呢。朕今封你为平狄将军、扶沟侯!"说罢立于河边,直到朱鲔登船离去。朱祐嘟哝道:"太便宜这老小子了。"刘秀道:"仲先休要只算小账。宽恕一人,换来一座洛阳城、三十万兵马,哪个合算?"朱祐嘿嘿道:"也就是你陛下心胸大,换了谁,都早让这老小子见阎王了。"

第二天,洛阳城门大开,刘秀率大军进城,朱鲔等跪迎于城门外。正是金秋十月,天高云淡,微风轻拂,洛阳城莺歌燕舞,丹桂飘香。满城百姓听闻当年来整修洛阳的刘秀做了皇帝,无不欢欣鼓舞,高呼万岁,箪食壶浆以迎。刘秀在众将簇拥下,进入南宫,驾坐却非殿。想想三年前被贬此城整修宫殿,看看今日人唱凯歌,马敲金镫,自己以九五之尊驾坐金銮,不由心潮翻滚,感慨万端。然这位深图远略的建武皇帝远非刘玄之辈可比,他想的可不是荣华富贵、醇酒女人,而是如何逐鹿中原,一匡天下。当晚便将冯异、吴汉召来,商讨经略中原大计。君臣谈至凌晨,忽然传来急报,称赤眉已攻破长安,刘玄生死不明。刘秀闻报,断定关中地区必将一片混乱。因已有诏令调邓禹回朝理政,须有一文武兼备、智勇双全的大将前去平定赤眉,夺取关中。当下便任命冯异为征西大将军兼关中太守,西进关中。这才有了冯异大败赤眉之举。然则赤眉败军究竟如何结局?

书接上回。且说赤眉渠帅樊崇、逢安等闯过崤山之后,不敢稍事休息,十万人马一刻不停,不吃不喝,只是乱乱哄哄,挤挤挨挨,一口气向河南方向奔逃。看看两天两夜过去,来到河南宜阳的熊耳山下。此处有一条大路,通往山东。这时的赤眉军将士,个个衣衫破烂,灰头土脸,饥渴难耐,疲困已极。建世小皇帝刘盆子虽有将士保护,但已颠簸两日两夜,粒米未进,早已饿得头晕眼花,下马躺在地上打滚哭闹,要饭要水。众将放眼旷野,但见茫茫大地,树秃草黄,哪有丁点食物可寻?樊崇眼望着宜阳城头,心中一动:身后已无追兵,何不进城抢些食物充饥?然后稍事休整,调整部署,再向山东进发。当下挑选了十多名将领、五六百名壮实兵卒，组成一支抢粮队，由逢安带领，要去宜阳城抢劫。正要出发，猛听四周钲鼓齐鸣，画角声震。抬眼望去，就见熊耳山下旌旗招展，刀枪闪亮，大队兵马一齐涌出，当头拦住去路。中间黄罗伞盖之下，刘秀头戴皇冠，身穿龙袍，腰悬玉鞘宝剑，手中金色马鞭，座下汗血宝马，左有贾复、铫期，右有耿弇、马武，各个盔甲鲜明，威风凛凛。身后甲兵，铺天盖地。赤眉军万没想到刚离狼窝，又临虎口，一时惊惧万分，四散奔走——哪里还走得脱？向左逃，有王霸、臧宫率领五六万大军，正向前围拢；向右逃，有吴汉、盖延率领两三万铁骑，排山倒海般压将过来。逢安见状，急对樊崇道："大帅，我军已成瓮中之鳖，奈何？"樊崇正不知所措，就听铫期大喝道："建武皇帝在此，贼虏不降，更待何时？"这一声大喝，直震得赤眉兵卒骨软筋酥，面无人色。樊崇面对刘秀如此阵容的雄兵强将，再看看自己已毫无战力的败兵疲卒，深知想要脱身，已是万难。长叹一声，对徐宣道："丞相可速去禀明建武皇帝，我等一体归降就是。"徐宣拍马上前，见刘秀隆准日角，龙姿凤表，的确非同常人，不由心下惊叹，当即滚鞍叩头道："陛下且休动兵，我等一体归降，还望陛下全我十万军兵性命。"刘秀扬鞭道："尔等大为无道，所过之处，抢掠百姓，毁灭文物，竟敢冒天下之大不韪，掘皇陵，污圣祖，论罪当死。然犹有三善：攻城破邑，纵横天下，不曾更换原配妻妇，是一善也；立君能用刘氏宗室，是二善也；其他贼众立君，急迫时多以君王头颅为进见之功，尔等却能始终保护盆子，是三善也。有此三善，朕可善待尔等。"徐宣见刘秀允诺，忙返回报告樊崇。樊崇即刻让全体军兵放下武器。一时堆起的刀枪，竟与熊耳山一般高。徐宣将正在哭闹的刘盆子扶起来，告诉他要投降刘秀。盆子闹着道："他给不给饭吃？"徐宣道："自然给饭吃了。"盆子道："那就快快投降，饿死我了！"徐宣又呈上传国玉玺，教给刘盆子恭呈刘秀的仪式。盆子道："这玩意又不能吃不能玩，给他就给他。"樊崇命军兵跪地，自己和逢安等

第二十回　以德报怨仇敌献城　恩威并济赤眉归降

三十多名将领互相绑了，刘盆子捧了传国玉玺，由徐宣挽着走在前面，一齐跪倒刘秀马前，叩头道："谢陛下不杀之恩！"刘盆子按徐宣嘱咐，恭恭敬敬向刘秀呈上传国玉玺。刘秀摸着刘盆子的头，笑问道："当皇帝好玩，还是放牛好玩？"盆子冲口而出道："当皇帝一点都不好玩，还是放牛痛快！"马武听罢哈哈大笑道："真是傻小子一个！"众将皆大笑不止。刘秀道："你等休笑，这孩子讲的倒是实话。"遂命樊崇等就地扎营，又送来饭菜，让十万降兵饱餐一顿。

　　翌日早饭过后，刘秀在洛水之滨大陈兵马，让樊崇等观看阵容。樊崇等见刘秀大军列阵有方，进退有序，气势雄壮，无不折服。刘秀问道："尔等归降是否后悔？如有悔意，可勒兵回营，朕以两万兵马对你十万，鸣鼓相攻，决其胜负。如何？"徐宣忙道："臣等今得以归降陛下，犹如离虎口而归慈母，诚欢诚喜，何敢有半点悔意！"樊崇暗想：我赤眉只因无粮无草陷入绝境，才一败涂地。刘秀这些将领，我只领略过冯异的厉害，其他人究竟武艺如何，尚未见识。我当一展武艺，如能赢他几人，也好让他日后不得小瞧我等。想到此，便禀告刘秀道："臣闻陛下将领个个身手不凡，今日想见识一番，也好日后随时聆教。"刘秀一指身边耿弇道："这是我少年将军，可与他比试。"又叮嘱耿弇道："此是比武，不可伤人。"耿弇道："伯昭记下了。"遂横戟立马于河滩。樊崇先让逄安出马。逄安挺矛上马，二人便在河滩上交起手来。战至三十多合，逄安不敌，败下阵来。耿弇持戟叫道："哪位还来比试？"樊崇问刘秀道："这小将军年方几何？"刘秀道："年方二十。"那樊崇已年近不惑，心下不服，便提刀上马，来战耿弇。二人刀来戟去，大战五六十合，樊崇已无还手之力，拱手说声"佩服！"，拨马退回。耿弇一指铫期、贾复等将领道："我这两下子算不得什么。那几位将军，万马军中取上将之首，犹如探囊取物！"正说话间，天空中忽然传来大雁鸣叫之声。刘秀抬眼望见一排雁阵正向头顶飞来，即命取弓箭与樊崇。樊崇一箭射去，一只大雁便掉落下来。刘秀对王霸道:"元伯射来。"王霸弓张箭出,就见两只大雁串在一起,扑楞楞落于河滩。刘秀又让取来一张三百石弓,递给樊崇道:"请用此弓。"樊崇用尽气力,却不能拉满。刘秀对盖延道:"巨卿射来。"盖延张弓要射,樊崇阻止道:"将军且住手,大雁已飞过射程之外了。"盖延道:"不妨。"张弓搭箭,左手如托泰山,右手如抱婴儿,弓弦响处,一只大雁已栽落半空。河滩上顿时响起一阵喝彩之声。刘秀还要点将,樊崇羞惭满面,诚拜道:"陛下不必烦劳,罪臣已大开眼界,甘拜下风。决随陛下执鞭坠镫,效命马前!"

刘秀降服了赤眉诸将领,又逐营看望赤眉降兵,好言抚慰。对有伤病者,令医官好生治疗。十万赤眉军兵感激涕零,皆愿归汉营。自此,刘秀逐鹿中原再无后顾之忧。欲知后事如何,且听下回分解。

第二十一回 刘秀逐鹿中原地
光武情谐将相和

话说刘秀平定了赤眉，率大军返回洛阳。洛阳从周代起就是中原的政治中心，背靠黄河，南临嵩山，西通关中，东控齐鲁，历来有"得洛阳者得中原，得中原者得天下"之说。刘秀当年奉刘玄之命整修洛阳城，对洛阳的历史人文、山川形势烂熟于心，更深知洛阳的战略地位，便与诸将商议建都洛阳。朱祐笑道："当年我随陛下来整修洛阳，就想到有一天陛下要驾座这宣德殿，所以就特别卖力气。"众将哈哈大笑，皆同意在洛阳建都。休整数日，便在一片鼓乐声中将洛阳定为首都。又招来能工巧匠，建起宗庙，供奉前汉各代皇帝牌位。

当此之时，中原地区并不平静。刘玄败亡后，原更始政权的许多官吏并未归附刘秀，一些原反莽武装力量也趁机据地自保，称帝称王。刘秀既定都洛阳，卧榻之旁岂容他人鼾睡？况且此时河北有任光治理，关中有冯异安集，已无后顾之忧，便召开军事会议，部署肃清中原之战。第一批攻击目标，一是原更始的郾王尹尊，二是原更始的宛王刘赐、邓王王常，三是黎丘的武装集团楚黎王秦奉。执金吾贾复问道："此三者，谁为强？"刘秀道："郾为强。"贾复奋臂道："臣请击郾！"刘秀笑道："君文击郾，我复何忧！"朱鲔刚刚归降，想尽快立功，请战道："尹尊乃绿林旧将，与臣熟识，臣愿随执金吾前去平定。"刘秀信任道："如此最好，愿早奏凯旋！"又令吴汉攻击宛、邓两地，岑彭攻击黎丘。

且说贾复领了军令，与朱鲔率领十万兵马，杀奔郾城。郾王尹尊原是绿林山将领，武艺高强，知兵能战，是刘玄分封的十四个异性王之一。刘玄败亡后，他便趁乱据地自保。得知朱鲔归降了刘秀，断定刘秀必然要逐鹿中原，郾城不久必有一战，遂加固城防，屯集粮草，并令属地召陵、新息两县整饬兵马，与郾城成犄角之势，以拒刘秀。贾复前锋刚抵郾城，尹尊已在城外摆好阵势，以逸待劳。贾复见尹尊手持两柄铁锤立马阵前，挺起长矛就要出战。朱鲔拦住道："将军休且动兵，待我前去说他。"拍马来到阵前，拱手道："贤弟别来无恙？"尹尊瞪了眼道："谁是你贤弟？你投降了刘秀，老子却还是郾王！"朱鲔道："更始已亡，你算哪家的王爷？"尹尊怒道："赤眉入关，朝廷危殆，你手握重兵，不肯勤王，更始才有此败。今又卖主求荣，不战而降，有何面目立于我前？"朱鲔道："当年拥立刘玄，实乃绿林一己之私，至今悔恨无及。现建武皇帝雄兵百万，战将如云，我洛阳尚不能守，你以一小小郾城而拒大军，岂不是以卵击石！还是及早归降为是。况建武皇帝心胸如海，以我之大罪，还能拜将封侯……"不待朱鲔讲完，尹尊大吼一声道："休再胡言，看锤！"抡锤就打。朱鲔忙举刀架住，二人便在阵前厮杀起来。战至五十多合，尹尊不敌，忙收兵回城，闭门不出。贾复将郾城围定，攻打数次，却因城坚粮足，不能攻克。看看半月过去，贾复焦躁。朱鲔献计道："尹尊能战，尤其能守。当年他在绿林守山，莽军数次强攻，皆不能进。今郾城城坚粮足，一时恐难克服。召陵、新息两县守将均为我以前部下，如能说他二人来归，可对郾城釜底抽薪。"贾复称善。朱鲔单骑来到召陵，见了县令丁奇，备说天下大势，称颂刘秀威德，并以亲身经历劝其早日归降，为中兴汉室建功。丁奇正因更始败亡无所依归，听罢朱鲔说服，即表示归降。朱鲔又到新息，说服了县令陈辛，并与二人定下釜底抽薪之计。

尹尊困守郾城，正为不能与召陵、新息二城联络发愁，忽见丁奇派人混进城来，呈上一封密信，内称已与新息的陈辛商定，请大王与贾复约期会战，丁奇、陈辛可联兵攻击贾复背后，以解郾城之围。尹尊看罢大喜,便给贾复发去战书,约期会战。决战当日,尹尊倾全部兵马,与贾复大战于城外。两军激战正酣,就见贾军身后杀声四起,丁奇兵马大出,冲杀过来。尹尊以为援兵已至,精神大振,正要指挥人马与丁奇前后夹击贾复,却见丁奇的队伍径直冲入自己阵中,乱杀乱砍起来。尹尊见丁奇纵马前冲,忙高声制止道:"混账!怎地杀起自己人来?"不料丁奇突然变脸道:"擒拿的就是你!"指挥军兵围拢过来。尹尊本与丁奇约好夹击贾复,眼前却突然变成了丁奇与贾复夹击自己,一时心下慌乱,又恐郾城有失,急忙回军进城。谁知刚到城下,城上吊桥早已高高吊起,陈辛提刀立于城头喝道:"尹尊还不速速归降!"尹尊此刻方知丁、陈已经反水,既不能进城,只得回军再战,却已陷入重围。尹尊抡锤乱打,又偏偏迎头遇到贾复,战不几合,被贾复一矛刺于马下。兵卒皆降。贾复夺了郾城,意犹未尽,又一鼓作气,挥兵东向,连克淮阳数县,方才收兵。

再说吴汉率朱祐等将领,前去攻击宛、邓二地。吴汉虽未见过宛王刘赐、邓王王常,但从刘秀及南阳诸将言谈中早已得知,刘赐当年力排众议举荐刘秀巡抚河北,才使刘秀脱离虎口,创业燕赵,登上帝位。王常当年力挺刘秀,坚守昆阳危城,才使刘秀以少胜多,一战成名。吴汉领兵出发前,刘秀特意嘱咐,无论这二人降与不降,都不要伤害其性命。吴汉长于纵兵大战,常使战场尸横遍野,血流成河。如何既能夺取宛邓二地,又不伤及这二人性命?一路上都在琢磨策略。不想大军刚进入新野境内,刘赐便派特使前来接洽,称刘赐要举地归附,请吴汉速进宛城。吴汉自统兵以来,见惯的是陷阵溃围,沙场碟血,今见刘赐手握重兵却不战自归,甚觉蹊跷,问朱祐道:"莫不是内中有诈?"朱祐道:"子琴忠厚长者,断不会欺我。"便将刘赐当年如何鼓励刘秀中兴汉室,如何力排众议帮刘秀脱离虎口等一应细节向吴汉讲述一遍。吴汉大喜,遂屯兵新野,带了朱祐几人来到宛城。刘赐早已手捧印绶、兵符,率文武官员在城外迎候。朱祐将吴汉介绍了,刘赐施礼道:"久闻大司马襄助陛下中兴汉室，多有勋劳，今日幸得一见！"吴汉道："我早知足下身在更始朝廷，却一直心系陛下。今又深明大义，举地自归，更是大功一件！"刘赐将印绶、兵符一并呈上，请吴汉进城，设宴慰劳。更让吴汉高兴的是，当晚，邓王王常听得吴汉已进宛城，便也带了印绶、兵符，自襄樊赶来投诚。二人问起刘秀河北创业的经历，吴汉备述一遍。二人面露惭色道："我等与陛下洛阳一别，心常挂念。然年来陛下筚路蓝缕，备尝艰辛，我等却未能助力于万一，想来惭愧。"吴汉道："陛下每念往时，常提及二公当年的鼎力相助。并有钧旨，如二公来归，可封侯爵。二公可随我进京面见陛下封侯。"翌日，宛、邓二地皆贴出告示，晓谕军民齐归刘秀。吴汉兵不血刃取得宛、邓二地，偕同刘赐、王常率军凯旋京师。刘秀见了刘赐、王常二人，自是高兴。当晚深情叙旧，褒奖有加，即封刘赐为慎侯，王常为山桑侯。

再说岑彭领了刘秀钧旨，率傅俊等将领，统兵十万，南征黎丘的秦丰。秦丰乃湖北宜城人，新朝末年，他聚众万人起兵反莽，几年间拥兵十数万，据地二十县，自称楚黎王，建都黎丘。刘秀定都洛阳后，秦丰的丞相赵京断定刘秀必然南征，曾劝秦丰道："刘秀现有雄兵百万，战将云集，如长驱南下，直如摧枯拉朽。以洛阳的城高壁坚，朱鲔的知兵能战，尚举城而降，何况我等？不如及早归附。"秦丰大言不惭道："刘秀占据洛阳，也不过巴掌之地，惧他何来？兵来将挡就是。"闻知岑彭大军来攻，便调兵遣将，在黎丘各地严密布防。岑彭一路攻击，一月之内，连克十多座县城，斩秦丰大将十四名，兵锋直抵黎丘城下。秦丰出城迎战，三战三败，只剩两万兵马，这才领教了岑彭的厉害，忙缩进城内，闭门不出。丞相赵京本早有降意，见已走投无路，便暗中派人与岑彭联络，准备献城投降。岑彭遂将黎丘城团团围住，也不攻城，以待城中有变。秦丰困守孤城，虽日夜不安，却也放不下楚黎王身份，不肯投降。正思谋突围之计，就见赵京进来献计道："大王坚不肯降，亦不可死守孤城。我等可趁夜突围，西走夷陵。夷陵乃战略要地，又是臣老家，知交故旧甚多，可去联络豪杰，招兵买马，以图东山再起。"秦丰道："丞相所言，正合寡人之意。你明日即挑选五百勇士，吃饱喝足，入晚就突围西向，再图恢复。"翌日，赵京一面挑选敢死队员，一面将突围路线密报了岑彭。

入夜，黎丘西门悄然打开，秦丰、赵京率领五百精壮兵卒，一拥杀向城外。岑彭已将西门放虚，围兵只是虚张声势，虚晃几枪，放秦丰等走脱。秦丰突出重围，不敢停歇，暗夜中沿小路急奔夷陵。行不多远，就听前面一阵鼓响，顿时火把齐亮，一彪人马拦住去路。为首一将，手持三尖两刃刀，正是岑彭，大喝道："秦丰速速下马受缚！"秦丰因与岑彭数次交手，深知不是对手，忙拨马回逃，大叫丞相，哪里还有赵京踪影？却被傅俊迎面截住。一时心下慌乱，被傅俊一刀劈于马下。黎丘城内守军发现秦丰已弃城而逃，谁还肯卖死命？当夜便举城投降了。

岑彭夺得黎丘，稍事休整，便挟战胜之威挥军南下，连克南郡、夷陵等数县，屯兵江陵。此时，江南一带更始政权的多数官员对时局尚持观望态度。岑彭并不一一攻打，而是传檄江南各地，宣示刘秀威德，陈明利害，敦促军民皈依刘秀。不出两月，江夏、武陵、长沙、桂阳、零陵、苍梧直至交趾等地的太守，都先后归降了刘秀。刘秀见南征大军捷报频传，地盘迅速扩大，心下高兴万分。待吴汉、贾复、岑彭等凯旋回京，便在洛阳宣德殿大摆筵席，庆贺胜利。宴会开始前，刘秀让岑彭、贾复、吴汉、寇恂近前就座。谁知寇恂过来，见贾复已在座，忙起身远远避开。刘秀看在眼里，心下狐疑：此次大军南征，寇恂日夜操劳，保障了三路大军的粮草供给，功劳卓著，却为何在庆功宴上退避三舍？席散之后，正要召寇恂询问原因，破虏将军谷崇却趋步上前，告了贾复一状。所告何事？却原来，贾复和寇恂之间发生了一段曲折。

且说刘秀大军南征之际，负责后勤供应的寇恂也正日夜奔忙，沿大军南征线路组建了十几个兵站，供应部队粮草物资。每建一站，寇恂都要造册登记，每支部队领取多少物资，皆有严格规定，并往来督查。贾复征讨任务重，部队人数多，沿途所到之处，军需官都要多拿多要。因贾复冲锋陷阵名扬全军，又是刘秀爱将，各兵站也就睁只眼闭只眼，不和他们计较。这日贾复大军路过颍川兵站，正遇寇恂在此巡查。贾复的军需官到兵站领粮时，粮官按规定为他装车完毕，军需官又赶来三辆大车，硬要多装粮。粮官给他多装了一车，军需官并不满足，冲粮官吼道："老子要的是三车，快装！"粮官拒绝道："执金吾的粮草按规定已超过斤两，不能再多给了。"军需官瞪了眼道："放屁！执金吾能和别人一样？"粮官道："寇大人有令，各军所需物资，必得严格按规定发放。下官知执金吾兵多任重，已特殊照顾，实在不能多拿了。"军需官道："什么寇大人有令？老子叫你装你就得装！"见粮官不肯动手，便命随从兵卒上前装粮。粮官赶忙上前阻拦，军需官喝声"滚开！"一拳挥去，脸面上打个正着，顿时鼻子汩汩淌出血来。又命随从兵卒将粮官捆了，扔在一边，三下五除二装了满满三车，赶着出了粮仓。这军需官在粮仓撒泼耍横，早有人报知了寇恂。寇恂听罢大怒，即刻乘马赶去。那三辆大车刚出粮仓，就被寇恂迎面拦住。这位军需官并不认识寇恂，以为是当地官吏，马鞭一指喝道："什么人？闪开！"寇恂道："你是何人？胆敢抢夺军粮！"军需官趾高气扬道："老子是当朝执金吾贾大将军所部，还不快快闪开！"寇恂怒道："各部所需，均有明文规定，若都胡乱抢拿，军纪何在？速将粮米送回！"军需官发横道："老子们在前线提着脑袋打仗，你等在后方安享清福，老子多领几斤粮米，算个屁事！也要你来多管？快给老子滚开！"说着，举起马鞭就向寇恂抽来。寇恂按剑怒喝道："放肆！"一伸手攥住马鞭，只一扯，便将军需官拉下马来，登时摔了个嘴啃泥。这位老兄一路骄横，无人阻拦，见寇恂竟然挡横，不由恼羞成怒，唰地抽出腰刀，唬道："你再敢阻拦，看老子不……"不待他说完，寇恂怒喝一声："你抢夺军粮，就是死罪！"宝剑一挥，军需官人头已滚落尘埃。随从兵卒惊得呆了，一个个再不敢动弹。寇恂道:"我乃河内太守寇子翼,奉陛下诏令,统管南征大军给养。军纪如山,岂容尔等胡来!"众兵卒扑通跪地道:"我等该死,还望大人饶命!"寇恂道:"速速送回军粮归队,再有犯者,格杀勿论!"众兵卒送回军粮,屁滚尿流跑了。寇恂当下贴出布告,宣布贾复军需官抢粮罪行,警告各路军兵严守规定,违者格杀勿论。寇恂因在汉军中威信素著,言出必行,自此再无人敢动半点粮草物资。贾复此时正在南下途中,听闻寇恂斩杀了自己的军需官,还遍贴布告传遍全军,觉得大伤脸面,认为寇恂是有意和自己过不去,恼怒道:"我与寇子翼并列将帅,却被他如此羞辱,真真气煞我也!待得胜回朝,定要与他一较高低!"

　　两个月后,贾复平定了郾城、淮阳等地,率军北返洛阳。路过颍川时,寇恂带了后方基地一些将领前往城外劳军。见贾复乘马而来,寇恂忙上前拱手道:"君文征战劳苦!"贾复并不答话,也不下马,只是怒视寇恂,举起马鞭,冲地上"啪啪啪"三鞭,扬长而去。一众将领见贾复如此傲慢,都愤愤不平。时有寇恂的外甥、破虏将军谷崇在侧,见贾复当众羞辱寇恂,大怒道:"执金吾怎地如此无礼?待我拉他回京,御前评理!"寇恂却脸色平静,淡然一笑道:"执金吾征战辛苦,不必计较。此类小事,更不必惊动圣上。你等速去准备酒食,为将士们庆功!"又吩咐谷崇道:"执金吾的随从,每人准备两人的酒食,让他们开怀畅饮!"谷崇道:"执金吾本就居功自傲,目中无人,再喝多了发酒疯,咋办?莫若我带剑随你身旁,以防不测。"寇恂笑道:"不必。让他们醉倒就是。你去安排,我就不与他见面了。"谷崇道:"舅父德高望重,论本领也不在他之下,怕他何来?"寇恂道:"我并非怕他。你没听过廉颇蔺相如故事么?蔺相如不畏强秦而屈于廉颇,是为国也。区区之赵,尚有此义,我今为国,何必自伤和气呢。"谷崇领命,便为贾复安排好美酒佳肴。贾复吃饱喝足,因记恨寇恂,便想找茬,哗啦一摔碗盏喊道:"吃的什么烂饭菜?叫寇子翼来问话!"却无人应声。再看随从亲兵,一个个早已醉眼朦胧,东倒西歪了。贾复不见寇恂踪影，拍桌骂道："好你个寇子翼，躲得过初一，躲不过十五。待朝堂之上再给你难堪！"今日宴会，谷崇见寇恂又有意躲避贾复，心甚不平，这才将实情禀报了刘秀。

　　刘秀闻报，心下甚是不安，思忖天下尚未平定，中兴汉室任重道远，何能让二虎相争？必得为他俩解开疙瘩。思谋几日，未得要领。正在此时，侍卫报来一事。刘秀觉得这正是化解二虎矛盾的大好时机，当下安排好了，便让贾复进宫议事。贾复进得宫来，突见寇恂已经在座，哼了一声，扭头便要退出。刘秀招手道："君文止步！你且看谁来了？"贾复回头，猛见妻子抱了怀中婴儿，由侍卫扶上前来，一见寇恂，忙道了个万福。贾复大为惊讶，看看妻儿，再瞅瞅寇恂，一时目瞪口呆，愣在那里。寇恂和贾夫人之间究竟发生了何事？原来，贾复随刘秀进驻洛阳后，妻子一直在河北老家。这次南征回京，贾复派了四名兵卒前往老家接妻儿来洛阳团聚。不料行至河内境地，路过一座山寨，正遇到一帮山贼出外抢劫，见了贾夫人车辆，估计是有钱人家，便杀散兵卒，将贾夫人母子劫持上山，并传下话来，须拿一千两银子赎人，不然就要撕票。兵卒逃到河内治所，急报太守衙门。太守寇恂劳军完毕刚回到河内，就得知贾夫人被劫。有手下亲见贾复羞辱寇恂，提出可报告贾复，让他自己处理。寇恂怒道："贾夫人在河内身处险境，我身为河内太守，岂能袖手旁观？"当即手书一札，命人送上山寨，严令山贼立即放人，警告如敢损夫人母子半根毫毛，定剿不饶。寇恂任河内太守有年，在任威行素著，吏民诚服，盗贼皆不敢逆。接到寇恂信札，便乖乖将贾复妻儿送下山来。寇恂好言抚慰，并亲自护送至洛阳。因不想和贾复见面，更怕再出险情引起贾复猜疑，便将母子送进皇宫。贾夫人将进京经过讲述一遍，催促贾复道："君文还不快向寇大人道谢！若不是寇大人相救，我母子性命休矣！"贾复一时明白过来，忙向寇恂施礼道："君文多谢子翼了！"寇恂道："保境安民，职责所在，何足挂齿！"刘秀对贾复道："子翼救你妻儿，看作是职责所在；杀你部下，当然也是职责所在。如此奉公不私，心系大局，实为将帅楷模。你治军不严，反倒责怪子翼，当此天下未定之时，何能二虎相争？君文当知廉颇蔺相如故事，今日就在朕面前唱一出将相和吧！"一席话直说得贾复羞愧难当，当即单膝跪地，对寇恂赔礼道："君文愚钝，情知大错，请子翼任意处罚！"刘秀见贾复如此爽快透明，哈哈大笑道："当年廉颇是负荆请罪，子翼今日可否免他荆条之苦？"寇恂忙扶起贾复道："我本无芥蒂，君文何必如此自责？快快请起！"刘秀见二人释怀，心下高兴，又留二人一起进餐。临别，刘秀一手挽住一人，语重心长道："中兴汉室，任重道远，二位爱卿皆是国家肱骨，定要同心协力，再建大功！"贾复、寇恂双双叩拜道："谨遵陛下教诲！"携手而出。自此，二人成为好友，为中兴汉室立下不世之功。欲知后事如何，且听下回分解。

第二十二回 征黄淮刘秀伐刘永
定齐鲁耿弇擒张步

话说刘秀定鼎中原之后,便将战略目光投向江淮一带。当时江淮的割据者,乃是刘永。刘永何许人也?说起来此人也是刘氏宗室,为前汉梁孝王八世孙。要论与刘邦的血缘,比刘秀还要近。当年更始皇帝刘玄入都洛阳时,刘永前去谒见,被刘玄封为梁王。刘玄即将败亡时,刘永趁乱自立为皇帝,建都睢阳。这刘永虽无什么文韬武略,却是能说会道,野心勃勃,又善于揣度人心。他一称帝,便拉拢黄淮一带的豪杰、山贼,也不管是否称职,只要来投靠,便大封其官。如纵横齐鲁大地的农民军渠帅张步人多势众,便封为齐王;其他如山贼周建、董宪、焦强等,都封为大将军。这些将领归附刘永后,分兵四面出击,很快就攻下济阴、山阳、徐州、沛县等二十八城,拥兵四五十万,一时成为黄淮一带最大的割据者,其势力直接威胁到洛阳。刘秀起初考虑到刘永是宗室本家,原不想大动干戈,只是去信让刘永审时度势,认清大局,归顺自己,以使天下尽快统一于汉室。谁知刘永根本不买账,大言不惭回信道:"论宗室血缘我比你还近,论地盘我比你不少,论实力我比你不差,你能称帝,我为何不能称帝?"一口回绝。

刘秀见刘永拒不接受,便命虎牙大将军盖延、讨难将军苏茂率军六万讨伐刘永。大军东征途中,盖延与苏茂议起攻取睢阳方略,盖延决定先扫平外围的襄邑、砀山,再取睢阳。苏茂却不以为然道:"何必费此许多功夫?我大军直取睢阳,两县自可不战而降。"盖延道:"我在途中已得陛下手书，命我稳扎稳打，先扫清外围。我等尊令行事便是。"说着将刘秀手书取出让苏茂看了。苏茂大大咧咧道："不是将在外君命有所不受么？"盖延道："我自追随陛下以来，大小百战，凡按陛下运筹，几无败迹，你不必再多言。"苏茂原为朱鲔手下将领，此人虽能征善战，却是桀骜不驯，目中无人。他随朱鲔献城洛阳，自认为立下大功，见朱鲔封侯，自己未得重用，心中不悦。后随吴汉等名将征战，对攻伐之事几次建言，也未被采纳，一直觉得憋屈。这次见盖延不听他意见，又见刘秀发来的手书一字未提自己，便怀疑刘秀和汉军将领都不信任自己，一时恼怒，心想此处不留爷，自有留爷处，老子不如去投刘永，还能得到重用。叛心下定，便对盖延道："将军如先攻外围，睢阳必出兵来救。我可分兵两万，前出睢阳附近，待机阻击援兵。"盖延听他说得也有道理，便让他引兵两万而去。谁知苏茂一离开，便竖起反旗，攻下刘秀地盘上数县，投了刘永。刘永见苏茂送来如此大礼，立即封苏茂为淮阳王、大司马，统兵抗拒刘秀。苏茂反叛，在汉军中引起不小骚动。盖延却不屑道："逆贼无状，不足为虑。"遂按原定计划，很快攻克襄邑、砀山，兵锋直抵睢阳。刘永见盖延大军来攻，便催苏茂迎战。苏茂因在汉军有年，早知盖延勇猛，便奏明刘永道："陛下不必着忙，睢阳虽小，城池且坚。盖延劳师远来，我只要守住城池，他必不能久。待他师疲退兵，我伏兵击他，定能取胜。"于是也不和盖延交战，只是森严壁垒，死守城池。盖延围城两月，数次攻城，终不能克。时至芒种，睢阳城外的小麦已然成熟，金黄一片。盖延估计城中粮秣所剩不多，心中一动，也不再攻城，只是出动大批兵卒，将城外四周的小麦割了个干干净净，然后就大造攻城声势。这一招端的厉害。睢阳守军坚守两月，粮草本已不济，今见城外新麦颗粒无归，又见汉军要大举攻城，不由得人心惶惶，再无心守城，日夜有人偷出城外投降。有那城中青年，不想困死城内，便联络守城兵卒，趁夜悄悄打开了城门，盖延人马一举突入城中。苏茂本想盖延师老兵疲自然退去，不料自家却先乱了起来。仓促间与大将周建保住刘永杀出城外，一气逃到蒙城，固城自守。刘秀闻报刘永已经逃离睢阳，指示盖延不必穷追，而是重点攻取刘永的广大地盘。另派王霸、马武专门来攻蒙城。盖延领命，率领大军纵横黄淮大地，两月之内，接连攻克亳县、萧县、临淮、徐州、滕州等二十余县，收降卒二十万人，将刘永等压缩在蒙城、广乐、怀远等几座城内，完全失去了还手之力。

却说刘永得知王霸、马武来攻蒙城，急忙发令让蒙城周围几城的兵马赶来救驾勤王，不想刚一出动，便被盖延的大军分头截住，不由得心下大惧，惶恐不安。苏茂观察到王霸扎营城南，马武扎营城东，便对刘永道："陛下勿忧。马子张勇猛有余，谋略不足。待臣先胜他一阵，以挫其锐气。"探得马武的军粮屯于营地外数里处，便与周建定下引蛇出洞之计。这日早饭后，马武正在军帐中与王霸商议攻城之策，忽有兵卒急报苏茂派兵前来劫粮。王霸忙问："来兵多少？"兵卒道："约有千人。"马武呵呵笑道："就这些虾兵蟹将，也敢跟老子捉迷藏？我去将他等收拾了再说。"王霸提醒道："光天化日之下，怎地能劫军粮？小心有诈。"马武道："凭我这把刀，来一千杀一千！"说罢点起两千人马，杀出营去。不想刚近屯粮之地，就听一声炮响，两边突兀杀出上万名伏兵。为首一将乃是周建，挺枪跃马，直取马武。马武抡刀架住，二人战不十合，马武身后杀声又起，却是苏茂领兵两万杀出城来，合围马武。马武腹背受敌，兵力又少，虽力战二将，终不能敌，败下阵来。又怕自己营寨被冲溃，便径直向王霸营寨奔去。一时马到王霸营前，大呼道："元伯速速援我！"连呼数声，王霸却闭门不出。马武焦急，又让兵卒大喊："请王将军出兵！"王霸不理，却教手下隔营门回道："王将军有令，贼兵势大，我军须坚守营门，请你等各自力战！"仍不出兵。手下将领见王霸不救马武，甚为不解，思忖王将军往日每临战阵，必冲锋向前，今日怎地如此怯敌？纷纷前来请战道："马将军危急，我等即出兵相救！"王霸道："不然。我

第二十二回 征黄淮刘秀伐刘永 定齐鲁耿弇擒张步

若此时出兵，子张必不力战。今坚闭营门，示不相救，贼必乘胜轻进。子张见无救兵，也必拼力死战。待贼疲劳，我乘其弊而出，则可大胜。你等待命便是。"苏茂、周建前后夹击马武，眼看就要大胜，生怕王霸出兵救援，便让兵卒向王霸营寨施放乱箭，阻击其出兵。王霸正端坐饮茶，忽地飞来一箭，正中面前茶杯，哗啦啦碎渣乱飞，王霸依然安坐不动。苏茂、周建见王霸不救马武，便放心大胆，倾全部兵力围攻，一心要吃掉马武。马武见王霸坚不肯救，彻底断了依赖念头，虽大骂"元伯混账！"却也抖起精神，大刀轮动如风，一时砍下数十颗人头。手下汉军见已到生死关头，也个个以一敌十，拼死冲杀。王霸将士耳闻营外杀声震天，刀枪撞击，个个情绪激昂，摩拳擦掌。有那校尉路润，率领百多名勇士拥到王霸面前，齐齐挥刀断发，慷慨请战道："我等愿出营杀贼，请将军发令！"王霸见士气如此高涨，一声令下，营门大开，两万精锐一拥而出，直冲敌阵。马武正与周建厮杀，忽见王霸救兵大出，顿时精神倍增，奋起虎威，一刀将周建劈于马下。苏茂军兵冲杀多时，早已显疲劳，见王霸救兵个个如狼似虎冲来，一时惊慌，散散乱乱往城内奔跑。王霸挥军掩杀，就势冲进城内。苏茂见兵势大溃，也顾不得城内的皇帝刘永，乱军中冲出重围，向北落荒而去。

再说刘永困坐孤城，正忐忑不安，忽听逃兵来报，称周建战死，苏茂不知去向，军兵皆已逃散。刘永听罢，直吓得面无人色。正惊慌失措间，偏将庆吾提刀走了进来。刘永像见了救命稻草，忙作揖道："将军快保朕出城！朕今日如能脱险，定封你为王！"庆吾道："我才不要什么王位！"刘永道："朕可将皇位让你！"庆吾不屑道："都死到临头了，要你皇位何用？"刘永懵懂道："那将军想要何物？"庆吾冷笑道："只需要陛下的头颅领功。"刘永唬得浑身哆嗦，扑通跪下道："将军且请饶命……"话未讲完，庆吾已手起刀落，割下刘永头颅，提到城门口，跪献给刚进城的王霸、马武。马武见庆吾弑主求功，鄙夷道："你小子定不是什么好东西，还是找你主子去吧！"举刀就要劈将下去。

王霸忙拦住道："还是将他监押了，交由陛下处置吧。"遂进城安民。怀远、永城几县守将见刘永已死，几座城池又都处在盖延、王霸、马武大军的包围之中，估计也守不了几天，便很快归降了刘秀。至此，黄、淮、海之地全部平定。

看官要问：苏茂逃往哪里去了？原来，苏茂逃往山东，投靠了齐王张步。这张步又是何等样人？张步，字文公，琅琊即墨人。新莽末年，他聚众攻下琅琊数县，自称五威大将军，据地自保。刘秀定都洛阳后，曾发檄文给张步，如若归附，可封莱阳太守。张步答应归附，刘秀便派光禄大夫伏隆前去传达诏命。伏隆来到琅琊，传达了朝廷任命，发给了张步印绶、兵符，正要回朝复命，刘永也派人送来了诏命，封拜张步为齐王。这职位比刘秀给的职位要高得多，张步贪恋官位，自然就归附了刘永。伏隆劝阻道："高祖昔日曾与天下约，非刘氏不王。刘永的封号，将军不可接受。"张步道："这王位是刘永奉送的，又不是老子抢来的，有何不可！我听说你年轻有为，我既为齐王，就拜你为齐相，如何？"伏隆正色道："我既为建武朝臣，怎能受你拜封？你既执意归附刘永，我即回朝复命便是。"张步怒道："你既不愿为老子出力，怕是来得去不得了！"遂下令将伏隆监禁起来，且不断派人劝说，伏隆拒不从命，反而劝诫张步尽早归附刘秀。又悄悄让人给刘秀送信说："臣奉诏使齐，未能完成使命。现虽身陷困厄，王命仍不敢忘。张步叛汉已决，望陛下及时进剿，不必顾及臣的生死。"刘秀看罢，流泪叹道："伏隆大有苏武之节！"因当时正忙于逐鹿中原，无暇顾及张步。张步见伏隆执意不从，便将伏隆杀死，又发兵攻城略地，占据琅琊、莱阳、胶东、济南、平原、淄川等十二郡之地，聚兵甲三十万。刘永败亡后，张步仍称齐王，定都昌乐，成为对抗刘秀的强大武装集团。苏茂逃归张步，张步自然高兴，当即封苏茂为平南大将军、莱阳侯。

且说刘秀肃清黄淮之地后，下决心消灭张步集团。建武四年，命耿弇、陈俊、刘歆统兵十万，进击张步。张步得知耿弇来攻，便令大将费邑据守济南，费邑之弟费敢据守济南东的巨里，使两军成犄角之势。耿弇兵入山东，连破祝阿、钟城，大军直逼巨里城下。耿弇观察过地势，便下令军中准备攻城器械，多伐树木，扬言以填塞坑堑，公开宣称三日后午时全力攻取巨里，同时放松对降兵的看管，有意让其逃入济南城向费邑报信。暗中却派一万军兵备足火箭，埋伏在济南通往巨里的峡谷两旁山上，谷口两端，也一一安排妥帖。费邑得了耿弇攻击巨里时日，三日后巳时便率三万人马出济南急奔巨里，欲在午时前赶到巨里城下，与费敢城内城外夹击耿弇。耿弇得知费邑出兵急进，对陈俊、刘歆道："我之所以扬言要猛攻巨里，为的是围点打援，引蛇出洞，现今他果然上当，定然有来无回了。"立命部队依计行事，又命陈俊趁机去夺取济南。那费邑不知是计，只顾引兵急进。看看全部进入谷底，就听一声炮响，峡谷两旁杀声大起，数万支火箭飞蝗般射将下来。一时间满谷火蛇乱舞，费兵无处躲藏，被烧得焦头烂额，哭爹喊娘，四下乱窜，却被两头堵住，终不得出。不到半日，三万人马全军覆没。可怜那大将费邑不及交战，便化为了灰烬。与此同时，刘歆也趁机夺取了济南城。费敢闻听哥哥兵马转瞬间灰飞烟灭，惊恐万分，忙弃了巨里，逃归张步。

　　张步听得济南失守，忙命其弟张蓝领兵三万据守临淄，张寿领兵两万据守桓台，以拒耿弇。耿弇在济南休兵旬日，开始东攻张步。大军进至临淄、桓台中间的画中，耿弇当众宣布：五日后攻打桓台。据守桓台的张寿探得消息，不敢怠慢，急忙修筑城垣，囤积粮草，严加防守。第五天夜半时分，耿弇突然命令攻城将士就在床褥上吃饭，黎明前必须赶到临淄城下。众将见耿弇突然改变作战方案，甚为不解。刘歆劝道："临淄城大，桓台城小，还是先夺取桓台，再攻临淄为好。"耿弇道："不然。桓台闻我攻之，必日夜备战，一心守城。桓台城小却坚，我军如不能尅日攻克，旷以时日，就会失去锐气，况我军深入敌境，后无供应，旬日之内就会不战而困，临淄此时如出兵击我后背，我军危矣。而临淄并无防备，我大军猝然而至，一日即可破城。桓台惊恐，必然弃城而逃。此为击一而得二者也。"于是急兵倍道夜行，天尚未亮，已兵临城下。果如耿弇所料，临淄因无防备，半日即被攻克。桓台的张寿闻信，果然弃城而逃归昌乐。临淄、桓台皆落于耿弇之手。

耿弇收得击一得二之效，即入驻临淄，休兵养士。半月之后，见士马饱腾，便致书张步，约期会战。张步连输几阵，损兵折将，不再想和耿弇纵兵交战，只是将所有兵力收缩于昌乐周围，以逸待劳。耿弇几次致书挑战，张步不理。耿弇从降兵口中得知张步性如烈火，一点就着，便让人画了一幅漫画送于张步。张步展开一看，画中形象却是张步裸了身子，正跪在耿弇脚下乞求饶命，顿时火冒三丈，拍案大吼道："老子怎能受此羞辱！待我亲统大军反攻临淄，誓与耿弇小儿一决雌雄！"苏茂因在汉军有年，颇知耿弇厉害，忙劝阻道："耿弇虽然年轻，却是武艺绝伦，谙熟兵法，大王且不可小视。"张步怒道："本王当年纵横齐鲁十二郡，直如摧枯拉朽。今耿弇兵少，又皆疲劳，何足惧哉！"遂不听劝阻，给苏茂留三万兵马守昌乐，自领胞弟张蓝、张宏、张寿，倾全部兵力二十万众，浩浩荡荡杀奔临淄，在淄水旁列营数十座，旌旗招展，人喊马嘶，气势甚是逼人。

耿弇得知张步率大军前来决战，正中下怀，遂调兵遣将，精心安排停当，然后在临淄城外摆开阵势以待张步。张步气愤难耐，恨不得一口吃掉耿弇，扎营已毕，便出兵八万，前来挑战。见对阵上空飘动一面大旗，上写斗大"耿"字，旗下一青年将领，面白身长，容貌俊朗，身穿银白锁子连环甲，手持方天画戟，座下青鬃白马，猜测就是耿弇，粗声喝道："耿弇小儿，你等居中原，本王居齐鲁，本是互不相干，却来犯我境地，夺我城池，是何道理？"耿弇骂道："你身为汉臣，背义叛主，就是汉贼。我今奉诏平叛讨贼，天经地义！"那张步身高八尺，腰阔十围，貌似铁塔，见耿弇如此年轻，根本不放在眼里，也不再打嘴仗，抡起泼风大刀就杀向前来。耿弇举戟接住，二人便在阵前大战起来。

第二十二回 征黄淮刘秀伐刘永 定齐鲁耿弇擒张步

— 213 —

战至三十多合，耿弇戟法渐乱，卖个破绽，忙领兵往城内退去。张步见耿弇不过是徒有虚名，又见耿军士气不振，当下挥军大进，要夺临淄城。不想刚刚兵临城下，就见陈俊、刘歆伏兵左右齐出，迎头截住厮杀。耿弇佯装败回城内，便登上故齐王宫观战。见两军已杀得各显疲劳，遂一声令下，早已等候在城内的万名突骑，排山倒海般涌出城外。那张步仗着兵多势众，正想将陈俊等围歼于临淄城下，忽见刀马蔽日，杀声震天，万名突骑犹如一道洪流冲来，耿弇一马当先，舞动方天画戟，万马军中直取张步。张步知道上当，不由恼怒，大吼一声，抡刀来战耿弇。二人大战四五十合，张步渐渐不敌。张蓝、张宏、张寿见状，急忙让过张步，抢上前来，刀枪齐举，围攻耿弇。耿弇一支方天画戟神出鬼没，力敌三将，毫无惧怯。战不数合，一戟将张蓝刺于马下。张宏见二哥被杀，大吼一声，举枪向耿弇拼命刺去，耿弇举戟一挡，枪、戟的两束红缨缠绕在一起，两人拉扯不开。耿弇臂长，左手紧攥住戟杆，猛地往后一拉，腾出右手拔出宝剑，趁张宏身子前倾，顺势一剑，劈下马来。耿弇刚要回马，不防张寿的大刀又搂头劈将下来。正在千钧一发之际，就见耿弇的青鬃白马鬃毛奓起，猛然嘶吼一声。这北地突骑受过专门训练，一声嘶吼，犹如晴天响起一声霹雳，直惊得张寿坐骑腿脚发软，瞬间将张寿颠下马来。耿弇挥手一剑，也结果了性命。张步见耿弇万马军中取上将之首，直如探囊取物，瞬间斩杀自己三个兄弟，方知这位小将端地是一尊战神。又见万名突骑在自己阵中横冲直撞，骑兵刀光闪闪，兵士人头乱滚，心下惊惧，忙下令退兵。耿弇正要纵兵大进，不意乱军中突然飞来一箭，正中大腿，鲜血直流。因怕属下知道自己负伤军心浮动，并不声张，只是一剑砍断箭杆，一声不吭，指挥若定。见张步已退兵十里，也便收兵回营。

　　刘秀此时正驻军曲阜，闻知张步要与耿弇决战，便率军来助。众将见耿弇负伤，又听得刘秀大军赶来，都对耿弇道："张步兵盛，可且闭营休士，以待陛下前来。"耿弇道："陛下就要驾临，我等应以大胜向陛下报喜，哪有留贼军给陛下的道理！"于是先散布自己腿受箭伤，闭营休战。第二日晚间，却大犒兵卒，待夜深人静，即命大军人衔枚、马摘铃，直袭张步军营。张步听得耿弇养伤，便研究战法，调兵遣将，筹谋要把耿弇围歼于临淄。谁知尚未布置完毕，耿弇大军突然自天而降，那万名突骑，更是摄人心魄，杀人如麻，兵将一时散乱，四处奔逃。耿弇纵兵大战，一气夺下敌营四十余座。张步见难以收拾，慌忙率溃兵往昌乐逃去。耿弇追奔八九十里，直杀得尸横遍野，沟堑皆满。军兵溺死淄水者不计其数。张步逃归昌乐，只剩百十余骑。耿弇大军亦随后追至城下，将昌乐城团团围住。苏茂见张步全军覆没，气呼呼责怪道："大王可知耿弇是何等样人？你我相加，也不是他对手！你不听我言，终有今日之败。现又严兵围城，我等怕都要因你而亡！"张步大败亏输，又折了三个兄弟，正悔愤难当，却又被苏茂一顿奚落，顿时怒从心起，不待苏茂唠叨完毕，早拔剑刺去，苏茂当下身亡。张步耳听城外人喊马嘶，杀声四起，自忖已是走投无路，沉吟一日，自行绑了，出城跪降于耿弇马前。

　　三日后，刘秀率大军来到昌乐。见耿弇已平定齐鲁之地，乃置酒高会，大宴诸将，高度评价耿弇道："昔韩信定齐地以开基，今伯昭平齐地以归汉，功劳足相匹敌。然韩信平定的是已降之军，伯昭却独拔劲敌，其功乃难于韩信。伯昭前年就曾请缨平定齐鲁，朕总觉事有不易，如今却马到成功，有志者事竟成也！""有志者事竟成"的成语，就出于刘秀之口。

　　至此，华夏大地，除却西北的河西、陇西，西南的巴蜀，其余全部归于刘秀。欲知刘秀如何平定天下，且听下回分解。

第二十三回　据巴蜀公孙自立　游二帝马援择主

话说刘秀定鼎中原，南平荆楚，东下黄淮，北定齐鲁，五分天下已有其四。只剩割据巴蜀的公孙述、割据河西的窦融及割据陇西的隗嚣，尚未归附。此三地以公孙述为最强。公孙述何许人也？其人字子阳，陕西茂陵人，少时即有决断，能任事。因少年成名，二十岁即被新莽朝廷任命为清水县令。其父时任河南都尉，觉得儿子年轻，便派一老典吏随公孙述一起上任，以便随时指点与他。不想一个月后，老典吏便返回河南，对其父道："子阳才能已远超属下，哪里还需要我指点呢。再说，他也不大能听旁人意见。"公孙述任县令数年，因治绩突出，朝廷又让他监管五县。这五县在公孙述治理下，政事修理，盗贼不发。三十五岁，擢升为蜀郡太守。新莽末年，天下大乱，时有广汉人王岑聚众数万，自称定汉大将军，攻占益州。公孙述分析天下大事，断定王莽必败，便迎接王岑到成都，共商兴汉大计。谁知王岑兵到成都后，却大肆抢掠百姓，致使民怨沸腾。公孙述见王岑部队胡作非为，大为恼怒，召集蜀中豪杰道："王岑名为反莽，实为寇贼。我大好蜀地，岂容他等胡来？今欲将其逐出，以待明主。诸位愿与我并力者即留，不愿者可去。"众豪杰齐声道："愿随太守杀贼！"公孙述遂发兵讨伐王岑。只一战，便大败王岑军，阵斩王岑。时刘玄已在宛城称帝，然汉室草创，再加天高皇帝远，对巴蜀之地无暇顾及。公孙述见人心思汉，便私刻了大汉朝廷的印绶，又派人假扮刘玄使者从南阳来蜀，颁布自己为蜀郡太守兼益州牧。因公孙述在蜀地任职多年，政绩斐然，吏民又见有朝廷使者来颁布任命，自然拥戴无疑。公孙述自此便以蜀郡太守兼益州牧的名义，治理巴蜀。及至王莽败亡，刘玄移都长安后，任命张忠为益州牧，前往成都上任。公孙述眼看假任命就要暴露，急召众将商议对策。功曹李熊道："蜀郡地险众附，进可攻，退可守，将军何必屈于刘玄称臣？可即派兵截击张忠，不许其南来，再按兵以观世变。"公孙述听从李熊建议，即派其弟公孙恢率兵两万赶往绵竹，出其不意截击张忠。那张忠正喜滋滋做着封疆大吏的美梦，不料却稀里糊涂做了刀下之鬼。其时，赤眉大军正节节进逼长安，邓禹也已兵进关中，更始朝廷焦头烂额，岌岌可危，那还有心思顾及巴蜀！看看一年过去，更始朝廷败亡，李熊便向公孙述献言道："方今四海波荡，匹夫横议，将军据地千里，军民归心，若奋威德以顺天时，霸王之业可成矣。宜改王号，以镇百姓。"公孙述也自认为威行素著，便自立为蜀王。巴蜀之地，沃野千里，民室殷富，不出两年，四方豪杰和百姓纷纷来归。一时间，公孙述名震西南。此时的公孙述，已四十有五，因长期颂辞盈耳，一言九鼎，渐渐变得刚愎自用，酷苛跋扈，听不得半点诤言。忠谏之士渐次离去，身边多是阿谀奉承之徒。那李熊早想坐上一人之下万人之上的位子，便又劝进道："蜀地山川险要，沃野千里，果实所生，无谷而饱；女工之业，覆衣天下；器械之饶，不可胜用。又有鱼盐铜银之利，浮水转漕之便，东下汉水以窥秦地，南顺江流以镇荆、扬，所谓用天因地，成功之资。今大王之声闻于天下，宜早正大位，使远人有所依归。"公孙述见李熊劝自己称帝，心下高兴，却故作谦逊道："帝王自有天命，这大位是能随便坐的么？"李熊道："天命无常，百姓与能，能者当之。大王何必怀疑？"又知公孙述向来迷信，好为符命鬼神瑞应之事，便凑上前道："臣素知手纹祸福，待臣与大王看来。"说罢，拉过公孙述左手，细细端详一阵，跪地拜贺道："大王掌中有龙纹，如即大位，当是天命所归！"公孙述沉思一刻道："既是天命，我当思之。"

李熊见公孙述已有称帝之意，心下窃喜。为促使其早日登基，又搬来几本谶纬之书，为公孙述讲解。称《尚书》上预言，汉朝自高祖到平帝，传十二帝历数已尽，刘氏不得再受命。又讲《录运法》上有"废昌帝，立公孙"之言；又讲《括地象》中有"轩辕受命，公孙氏握"之说。这些神鬼莫测的预言，正中公孙述下怀。因日有所思，便夜有所梦。梦中有道士告诉他，公孙帝十二年为期。醒来将梦中之事告诉了妻子，忐忑道："皇位虽贵，然只有十二年之期，奈何？"其妻却鼓动道："朝闻道夕死可矣，况十二载乎？"说来凑巧，那几日正好有条大蟒蛇，夜间盘踞在蜀王府大殿上，发出光亮。李熊便带领文武大臣劝进道："此为大王得龙兴之瑞，宜速正大位！"公孙述以为水到渠成，便在自己手掌中刻下"公孙帝"三字，于公元二十五年四月在成都自立为帝。因起于成都，故号为成家皇帝，建元龙兴。其称帝时间比刘秀还要早半年。

公孙述称帝后，封李熊为大司徒，封其弟公孙光为大司马，公孙恢为大司空，命大将延岑、侯丹北守南郑，大将任满、田戎东据扞关，经营数载，使巴蜀成为富甲天下的天府之国。若是公孙述只想偏居一隅，安富尊荣，也就罢了。然这位成家皇帝并非安分守己之人，见自己兵精粮足，威震西南，野心便膨胀起来，俨然以一统天下的身份，刻天下牧守印章，备置天下公卿百官，要与刘秀争夺天下。又大作营垒，陈车骑，习战射，会聚兵甲数十万人。也曾出兵进击关中，结果被镇守关中的冯异大败，还丢了数百里地盘。公孙述见北犯无望，便采取"欲灭其国，先乱其心"的攻心战，将"刘氏传十二代而亡""废昌帝，立公孙""轩辕受命，公孙氏握"等谶纬之说印成千百张传单，不断向中原地区散发，以惑乱人心。建武朝廷中铫期、贾复、耿弇、王霸等一班猛将见公孙述图谋不轨，便建议刘秀及早进兵平定巴蜀。刘秀道："且置此子于度外，以待天时。"便手书一扎，信的开头，客气地称公孙述为成家皇帝，平心静气劝道："当初天下分崩，兵革并起，人人都想收拾残局，称王称帝，这无可厚非。足下在巴蜀称帝，也是风云际会，不能说就是我的乱臣贼子。然皇帝之位，不是人人都能力争的。足下盛年已过，妻儿弱小，应及早考虑何去何从，方可无后顾之忧。"谁知公孙述接信后，毫不客气地回信道："刘氏十二帝而绝，已经应验。不然，为何刘玄称帝两载便国破身亡？朕有龙瑞之应，乃是天命所归。我也劝你认清天时，以免后悔。"本来，王莽新朝灭亡后，刘玄的更始朝廷恢复了汉币。公孙述为与汉室彻底决裂，便在巴蜀废除汉钱，自铸蜀币使用。在与刘秀打口水战的同时，又派使者前往陇西，说服据地自保的隗嚣归附自己。

隗嚣字季孟，陇西天水人，出身豪强大户，好经书，有能名。然此人性情多变，首鼠两端，行事多以自己利益为出发点。新朝末年，天下大乱，兵戈并起，隗嚣叔父隗崔、隗义也拉隗嚣起兵反莽。隗嚣觉得一群乌合之众难以成事，生怕将来危及自己，坚不参加。不意人心苦莽思汉，几天之内，竟聚集三四万人。隗崔、隗义自感能力不足以统帅全军，便和众人推举隗嚣做义军首领。隗嚣见自己能当统帅，这才提出条件道："既然诸位看得起我，必须一切听我指挥，否则我不干。"众人皆答应。隗嚣便自称"西州上将军"，打起辅汉兴刘旗号，杀马同盟，祭祀汉高祖神位，又发布讨莽檄文，招兵买马。因隗嚣家族在陇西影响甚广，又打着复汉旗号，一时应者云集，旬日之间，聚众十万。隗嚣率军攻城略地，到王莽灭亡时，已占领陇西八郡，成为关中以西最大的一支武装力量。刘玄称帝移都长安后，因隗嚣打的是辅汉兴刘旗号，便召隗嚣等到长安受封。隗嚣原以为自己为更始朝廷立下大功，能得封重臣，不想王凤等怕他们做大，并没有重用，只是给了隗嚣个右将军名号，隗崔、隗义仍为将军，留朝任用。隗崔、隗义见更始朝廷章法混乱，王凤、陈牧等又恣肆横暴，根本不把他们放在眼里，心下大为不满，便私下与隗嚣商议，干脆脱离刘玄，返回陇西据地自保。

商议定了，隗嚣却暗自思忖：若将此事告诉刘玄，岂不是大功一件？便在表面上积极准备，暗中却向刘玄告了密。刘玄听罢大怒，立即将隗崔、隗义抓捕诛杀。因隗嚣大义灭亲、举报叔父有功，晋升为御史大夫。隗嚣见不能与王凤等并列朝堂，并不满意。待到赤眉大军进逼关中，隗嚣料定更始政权不会长久，便悄悄返回天水召集旧部，公开脱离更始朝廷，据地自保。刘玄当时正受到赤眉及邓禹两路大军威胁，根本无暇西顾，也奈何他不得。刘玄败亡后，汉中地区一片混乱，许多人士都避居陇西，投奔了隗嚣，其中有文臣武将，也有豪强、学者。隗嚣一一接纳，还给安排了职务。一时间，陇西八郡人才济济，文武齐备。隗嚣拥兵三十万众，据地千里，名震关西，闻于中原。

且说刘秀五分天下夺得其四，也并未急于进兵西北、西南，而是想以说服的方式统一天下。在致书公孙述的同时，想到隗嚣以辅汉兴刘起兵，后又痛击赤眉，还帮助冯异抵御公孙述的北犯，便也致书隗嚣，指明大势，劝其归汉。恰在此时，公孙述也派使者持书信来陇西，劝其归蜀。隗嚣手握重兵，处于左右逢源之地，却也拿不定主意，便召来他最为倚重的绥德将军马援商议。马援字文渊，陕西茂陵人，为公孙述同乡。他的祖先为战国时赵国名将赵奢。因赵奢号马服君，其后代即以马为姓。汉武帝时，马家迁居茂陵。马援十二岁父母双亡，靠兄嫂抚养长大。其兄病故，马援为亡兄服丧一年，不离墓地。又敬事寡嫂，衣冠不整不入内室。新莽时期，曾任郡督邮，因纵囚犯逃逸而亡命北地，以牧马为生。因经营有方，数年间发展到牛马羊数千头，有谷数万斛。马援为人豪放，少有大志，尤喜兵法武事。流传至今的"丈夫为志，穷且益坚，老当益壮""大丈夫当马革裹尸而还"等豪言壮语，皆出自此人之口。又轻财仗义，虽为巨富，却将财产统统分给亲朋故旧，自己仍穿羊裘皮袴，从事放牧。常对人言："凡货殖财产，贵其能施赈济贫，否则守财奴罢了。"因而宾客盈门，在凉州一带颇有声望。隗嚣据地陇西后，慕马援之名，拜其为绥德将军。马援时年四十五六，隗嚣视为长者，十分器重，常与马援谈论军国大事至深夜，抵足而眠。这次接到刘秀、公孙述双方来信，不知哪方对自己有利，一时拿不定主意，问计马援道："现今天下，一个东帝建武，一个西帝成家，都来劝我归附，是择主而从，还是据地自保？还请文渊教我。"马援沉吟一刻道："先不必向二帝表态，巴蜀子阳是我发小，他既派使者来联络，我可先到巴蜀一探究竟，再到洛阳面见刘秀，然后定夺。"隗嚣称善，便让马援随公孙述使者赴巴蜀而去。

且说马援风尘仆仆来到成都，满以为公孙述会迎出宫来，言欢如故，谁知公孙述听得马援来访，竟摆起皇帝架子，身穿龙袍坐于龙椅之上，两边摆开侍从，才让侍卫传唤马援进见。马援进得宫来，刚说一句"子阳别来无恙"，公孙述见马援衣着太随便，摆手道："文渊远道而来，可先到驿馆歇息，改日会见。"说罢就让人将马援送往驿馆。看看两日过去，并无会见消息。马援正摸不着头脑，就见馆吏送来一套新衣新帽，传话道："陛下见先生衣着陈旧，特制新衣以赠。请先生明日着新服朝堂会见。"翌日一早，马援被礼仪官引到朝堂之外，静等公孙述到来。约莫一刻过去，就见这位成家皇帝皇冠龙袍，鸾旗旌车，前面是开道的侍卫，两旁是持戟的仪仗，前呼后拥而来。公孙述朝堂前下车，与马援行了主宾之礼，再由侍卫搀扶，步入朝堂。朝堂之上，锦屏围绕，彩帐高悬，文武百官早已列班齐整，待公孙述坐于龙椅之上，百官三呼万岁，才有礼仪官将马援引到专为他设置的"旧交之座"上。公孙述也不言欢忆旧，而是让大司徒、大司空等官员向马援介绍龙兴朝廷治理巴蜀的政绩——自然都是一番歌功颂德之辞。介绍完毕，便礼送马援回馆。隔一日，公孙述又大陈兵阵，邀马援上检阅台检阅部队。望着一队队盔甲鲜明的将士从眼前通过，公孙述面有得色。马援却暗自思忖："雌雄胜败本决与疆场，子阳却摆这些花架子，又有何用？"阅兵过后，公孙述又大摆筵席，宴请马援。席间对马援道："文渊，朕的文治武功，你已得见，回去告诉季孟，他若归附，可封他为王。

第二十三回 据巴蜀公孙自立 游二帝马援择主

你文韬武略，就做朕的丞相，帮朕运筹帷幄，夺取天下，如何？"马援道："我回陇西，当向季孟转达陛下厚意。只是文渊不敏，难以胜任。"回到天水，讲了面见公孙述的经过，劝隗嚣道："子阳井底之蛙，断难长久，万不可归附于他。我可再到洛阳面见东帝刘秀，一探究竟。"

  数日后，马援进入河南境地。他并未急于去京师洛阳，而是先走城串乡，暗访百姓对建武朝廷的看法。一提到建武皇帝，众百姓皆赞不绝口。有的赞扬他下诏释放奴隶，有的赞扬他恤贫扶寡，有的赞扬他大兴教育，有的赞扬他轻徭减赋，不一而足。马援游走半月，亲身感受到了百姓对刘秀的拥戴，这才进入洛阳。刘秀听得马援求见，立即在御花园接见。马援见刘秀青衣小帽，身边并无一兵一卒，花园内也只摆了一张小桌，一壶清茶，不觉愕然。刘秀见马援进来，便笑道："朕可比不上成家皇帝气派！如此简慢将军，很是惭愧呢。"马援道："当今之世，非独君择臣，臣亦择君也。今我远道而来，陛下又从未谋面，竟如此随便，难道不怕我是刺客么？"刘秀哈哈大笑道："将军不是刺客，而是说客。朕早知将军名言，还望将军教我。"当下二人就在花园品茗交谈起来。

  刘秀留马援在京师，一连引见十数次，或论经书，或论兵法，或论治国，常常是通宵达旦尚意犹未尽。之后又邀马援一起南巡中原，北察齐鲁。马援见刘秀不讲排场，轻车简从，所到之处皆能察民疾苦，观纳风谣，虚心听取吏民意见，和公孙述形成鲜明对比，已然是口服心服。这期间，马援还随刘秀回了一趟白水村。依马援想来，刘秀贵为天子，今日衣锦还乡，定当是前呼后拥，车马不绝；南阳官员及故乡父老自然也是黄土垫道，清水净街，迎接皇帝大驾。不想刘秀并不通知南阳官员，也不穿戴皇冠龙袍，只是青衣小帽，带了几名随从，径直往白水村而去。到得白水村头，刘秀下车步行进村。自二十七岁离乡背井，数年间南征北战，戎马倥偬，但故乡仍时时萦绕心怀。望着那些熟悉的农舍，袅袅升起的炊烟，刘秀心头涌起无尽的乡愁。见路旁树下有一老妪闲坐,便趋步上前,按乡亲辈分叫了一声"婶娘",老妪揉揉眼睛,端详一阵,猛然喊道:"咦?是文叔?"刘秀点头道:"是文叔回来了。"老妪惊问道:"你不是当了皇帝,坐上金銮殿啦?"刘秀道:"那我也还是过去的文叔呀。"老妪颤巍巍站起来,连连喊道:"快来看,文叔回来了!"一时间,村中的父老童稚,纷纷跑到街上,簇拥着刘秀进入刘家老宅。老宅因常年无人居住,已然荒草萋萋。刘秀让人简单打扫一遍,就在旧屋住下。当日下午便去墓地祭扫了父母兄长。傍晚,刘秀在老宅置办了十多桌酒席,答谢父老乡亲。酒酣耳热之际,几位宗室婶娘见刘秀一一敬酒,议论道:"文叔从小就诚实柔顺,现今成了大皇上,可一点都没变!"刘秀笑道:"我治天下,也要以柔道行之呢。"有宗室父老要求道:"文叔,咱白水既是宗室之地,就得沾沾你这个皇帝的光,给咱村免除十年田租吧!"刘秀道:"我已下令将十一之税减为三十税一。今日既有父老之议,那就给白水减免一年吧。"老者笑道:"文叔也太小气了。天下之事,还不是你一人说了算?"刘秀笑道:"天下乃是百姓之天下,非我文叔一人之天下。减免一年,已经破了制度,可不敢再大气了。"一席话让众父老释怀,都欢笑道:"有你这样的皇帝,俺们一百个放心了!"马援亲临现场,见刘秀身居最高位,竟与众乡亲如此和谐无猜,更是五体投地。席散之后,即叩拜道:"天下反复,称王称帝者不可胜数,今见陛下,乃知帝王自有真也。臣回陇西,定说服季孟来归。"回到天水,讲了河南见闻,力劝隗嚣道:"刘秀才明勇略,远非成家皇帝可比。且开心见诚,无所隐伏,阔达多大节,有如高祖。而经学博览,政事文辩,前世无比。"隗嚣道:"你说刘秀胜过高祖,未免言过其实了吧?"马援道:"事实如此。将军如能追随建武皇帝,定能建中兴大功,名垂青史。"隗嚣周围一些谋士也都劝隗嚣归附刘秀。隗嚣沉吟数日,便上书刘秀,表示归附。刘秀大喜,遂任命隗嚣为西州大将军,统辖凉州、朔方二郡。刘秀在洛阳与马援谈论兵法,二人见解多相同,因而十分看重马援的

第二十三回 据巴蜀公孙自立 游二帝马援择主

军事才能，便任命马援为伏波将军，调往长安的上林苑训练兵将。从此，马援一心跟定刘秀，西征陇右，北拒羌胡，南平蛮夷，直至花甲之年，病殁于岭南军中，马革裹尸而还。此是后话，不提。

　　刘秀不动干戈收服了隗嚣，又给割据河西的窦融写信，劝其归附汉室。欲知窦融如何应对，且听下回分解。

第二十四回　审时度势窦融归汉　朝秦暮楚隗嚣离心

话说回头。前回书曾讲到，王莽新朝的波水将军窦融窦周公，曾跟随王寻、王邑前往南阳征讨汉军。昆阳一战，百万莽军被刘秀打得全军覆没，窦融保护王邑逃回长安。王邑对窦融甚是赏识，便举荐窦融任巨鹿太守。窦融是颇有眼光之人，见新莽政权已是风雨飘摇，不能长久，河北之地又兵戈并起，一片混乱，而自己祖上累居河西为官，根基深厚，且河西殷富，带河为固，一旦天下有变，杜绝河津，足可以据地自保。于是辞让巨鹿太守，要求到河西任职。因得王邑一力促成，朝廷便任命他为张掖属国都尉，监管河西的酒泉、张掖、武威、金城、敦煌等五郡。窦融上任后，抚结雄杰，怀辑羌戎，修兵马，习战射，又为政宽和，上下相亲，再加上远离战火，使得河西五郡俨然一块沙漠绿洲，关陇一带避凶避饥的流人及士大夫，归之不绝。新莽灭亡，河西曾归附过一段刘玄的更始朝廷。待更始覆灭，河西一时无所归属。窦融便召集五郡太守商议道："天下扰乱，未知所归，我等如不同心勠力，则不能自守。当推一人为首，共全五郡，以观世变。"五郡太守都觉得窦融家族世代在河西为官，吏民皆服；窦融又有御军牧民之才，遂一致推举他为河西大将军，统领五郡，据地自保。

就在窦融割据河西，静观世变之时，接到了刘秀来信。信中说："将军统五郡，兵马精强，民庶殷富，外则折挫羌胡，内则百姓蒙福，威德流闻。今益州有公孙子阳，天水有隗季孟，如蜀汉相攻，权在将军，举足左右，便有轻重。王者迭兴，千载一会。将军如倾心来归，可建大功；如欲三分鼎足，连横合纵，也要看天时人事。今天下未定，我与你绝域，非相吞之国。然王者有分土，无分民，唯望将军深思，早做抉择。"窦融接读刘秀来信，见言辞恳切，柔中有刚，分明是要让他归附汉室，便召集幕僚商议去就大事。时有辩士张玄道："更始事业已成，旋即亡灭，说明刘姓不能再兴。今豪杰竞逐，雌雄未决，应各据其土，连横合纵。如果一听说有人称帝便去归附，那不是自失权柄么？"宾客班彪驳斥道："不然。汉承尧运，历数绵长。今建武皇帝姓号已见于图书，此天命也。不言天命，且以人事论之，今称王称帝者多，而洛阳土地最广，甲兵最盛，号令最明，五分天下已有其四，又百姓归心。观天命而察人事，天下除刘秀外，他姓皆未能得也。大势不可逆，再言割据，实是庸人自扰。"班彪出身史官之家，性沉重好古，对朝代兴替烂熟于心。曾避乱于陇西隗嚣处，因隗嚣不能用其言，转而到河西投奔窦融。窦融仰慕其名，甚为器重，每有大事，皆征询其意见。见班彪分析有理，口气坚定，又因窦融亲历过昆阳大战，深切领略过刘秀的才能勇略，早有归附之意。多数幕僚亦支持班彪意见。窦融审时度势，决定归附刘秀。当即草就回书一封，表白自己诚意道："陛下玺书，言有蜀汉二主，又示臣有三足鼎立之权，窃自痛惧。臣融虽无识，犹知利害之际，顺逆之分，岂可背英明之主，事奸伪之人；废忠贞之节，为倾覆之事；弃已成之基，求无冀之利？此三者，虽问山野村夫，犹知去就，而臣独何以不知！今决追随陛下，为中兴汉室贡献微薄。"又派其弟窦友持信亲赴洛阳晋见刘秀。刘秀大喜，封窦融为凉州牧、安丰侯，仍统辖河西五郡。自此，窦融跟定刘秀，倾河西五郡全部人力物力，支援平陇伐蜀之战，为中兴汉室立下不世之功。

隗嚣、窦融的归附，本可以使刘秀无复后顾之忧，专心对付公孙述，尽快收复巴蜀，统一天下。不想隗嚣乃是朝秦暮楚、首鼠两端之人，归附不久，便生出异心来。归附之初，隗嚣倒也立下一些功劳。陇西地接西羌，羌人性情彪悍，好勇斗狠，见陇西水草肥美，常来犯境掠夺牛羊。隗嚣数次出兵进剿羌虏，保证了边境安宁。巴蜀的公孙述几次北犯陇西，隗嚣也都给以迎头痛击。隗嚣向刘秀报捷，刘秀亲笔回信，称赞他"南拒公孙之兵，北御羌胡之乱，操执款款，扶倾救危"，以后又数次书信往来，多有鼓励。隗嚣见刘秀如此赏识自己，不觉飘飘然起来，竟上书要刘秀封他为陇西王。刘秀严守高祖刘邦非刘姓不得封王的旧制，严词拒绝。隗嚣自持功高，见未达目的，便私下埋怨道："我将千里沃野、数十万甲兵都交付了刘秀，封我个王有什么了不起？说什么非刘姓不封王，刘玄当年还不是封了十四个异性王？"由怨生隙，渐渐有了不臣之意。当时班彪正避居陇西，隗嚣在与班彪议论天下大势时，便忿忿不平道："现今天下汹汹，有似战国七雄并争。难道奉天承运的，就只能是他刘秀一人？"班彪论道："周之废兴，与汉大不相同。周设八百诸侯国，诸侯之间各自为政，周王室犹如一棵根浅干弱的大树，各诸侯国则是枝繁叶茂，王室不能制，因而才会出现以强吞弱、七雄争霸的局面。今则不同。汉继秦制，设立郡县，集权于朝廷，主有专己之威，臣无百年之柄，战国并列的历史再不会重演。至于王莽篡汉，不过是成帝昏乱所致。即使王莽建立了新朝，天下人也仍以汉室为正宗。将军当年起兵，不就是以复汉为号召么？还是要审时度势，顺应天时。"隗嚣不悦道："王命无常，群雄逐鹿，且看鹿死谁手罢了。"

按隗嚣凉州刺史的职位，只是建武朝廷的封疆大吏，还不够王爷的尊位。然这老兄称王心切，陇西又天高皇帝远，竟忽发奇想，按照朝廷的建制，自行在官署设置了中郎将、御史大夫、廷尉等官职。班彪见了，又劝阻道："中郎将、御史大夫等官职，只有皇帝才有权敕封，将军既为人臣，当遵君臣之道，不可僭越。"隗嚣笑道："人生如戏，我不过游戏人生罢了，不必当真。"班彪见隗嚣不可理喻，料他不能长久，便转而到河西投奔了窦融。临走留下一篇《王命论》，劝谏隗嚣悬崖勒马。文中论述道："帝王建立功业，要顺天应民，符合潮流大势。如功德不足，却要觊觎帝王位置,就好比未经千里奔波的驽马行路,不了解奋翼雄鹰的燕雀。斗拱之才,难以承载千钧重负;斗筲之子,岂能担起帝王重任!大丈夫为事,更要冷静思虑。取舍如不合其位,对外不自量力,对内不顾天命,结果只能是身败名裂。"这一篇论述,义理昭然,曲尽其道。隗嚣看罢,交给手下群僚讨论。众人多以为班彪论述有道理,大将王元却不以为是,鼓动隗嚣道:"将军何必听那些书生之言?当年将军据地千里,士马饱腾,正是王业可成之机,却归附更始。结果更始败亡,将军几无所依。今南有子阳,北有窦融,江湖海岱,王公十数,而天水完富,士马最强。将军为何又要弃千乘之尊而皈依旁人?鱼不可脱于渊,神龙失势,还不是等同蚯蚓!将军应效昔日强秦,北收河西,东取关中,逐鹿中原,此万世一时也。若计不及此,且养富士马,据隘自守,以待四方之变。图王不成,犹足以霸。"这一番意气风发的"王霸论",直说得隗嚣怦然心动,便单独与王元计议图王称霸之策。王元道:"将军欲逐鹿中原,须先取关中。待末将提一旅之师,将冯异逐出关外,再以一丸泥而封函谷关,待机再图中原。"隗嚣见王元口气甚大,沉吟一刻道:"听说冯异知兵能战,不可小觑。我今尚在建武朝廷称臣,万一事有不谐,恐有大麻烦。"王元献计道:"可让我军扮成羌兵,发动突然袭击。如战不胜,也好与朝廷周旋。"隗嚣称善,便点起三万人马,皆换上羌兵衣服,由王元统领,前去进击关中。

再说冯异自大败赤眉,担任关中太守,很快恢复了秩序,政事修理,盗贼不发,羌人更不敢犯界。突闻羌兵大举来攻,甚觉诧异,忙整兵迎战。王元因久居一隅,夜郎自大,哪知冯异的厉害?只一仗,便损兵折将,大败亏输,狼狈逃回陇西。冯异听降兵口音都不像羌人,便找来询问内情。众降兵茫然道:"小人们皆是陇西汉兵,不知为了何事,让俺们装扮成羌人来打关中。俺们也正纳闷呢。"冯异大怒,去信质问隗嚣。隗嚣装傻道:"羌兵进犯陇西,刚被我赶走,却又去关中作乱。估计羌兵中有不少陇西边民，才发生误会，将军不必理会。"冯异见隗嚣鬼鬼秘秘，不敢大意，忙将隗嚣动静急报刘秀。

隗嚣蠢蠢欲动之时，马援正在长安上林苑中训练兵卒。有陇西故旧来长安，将隗嚣动静告知了马援。马援闻知隗嚣滋生反心，十分焦急，立即致书劝谏道："愚闻人所归者天所与，人所叛者天所去。建武朝廷承天之福，非人力能撼者也。今陛下委将军以重任，地控二州，又书信往来，诚欲与将军共吉凶。布衣相交，尚有不惜性命而重信义者，何况你是对万承之尊的陛下？如仓促变卦，陡生异心，则上负忠孝，下愧当世，唯望将军深思。"窦融闻知隗嚣离心，也致书责备道："将军忿狷之间，改节易图，必君臣纷争，上下接兵。百年累之，一朝毁之，岂不惜乎！今西州局迫，易以辅人，难以自建。计若失路不返，将军不是南投子阳，就是北入羌胡，此二地何能轻入？融闻智者不危众以举事，仁者不违义以要功。今以小敌大，岂非危众违义之事？且初事本朝，忠臣节也。俄而背之，忠节何在？"隗嚣见自己已遭众怒，实力又难敌刘秀，反叛时机尚不成熟，便使出缓兵之计，亲笔写信向刘秀谢罪道："陇西边民久居山野，耳目闭塞，不达天听，见征西大将军驻军关陇塞隘，恐自身有失，辄作骚动。臣教化不及，禁止不力，是臣之罪也。现已全部追还，加以训诫。臣虽不敏，何敢忘臣子之节？今日之事，在于本朝。臣即命将军周游入京谒见陛下，陈明实情，陛下赐死则死，加刑则刑。如蒙陛下施恩，更得洗心，死骨不朽。"刘秀接到隗嚣谢罪的来信，遍示群臣，征询意见。吴汉、铫期、耿弇、王霸等一班战将见隗嚣出尔反尔，首鼠两端，皆愤慨道："公孙将军来信已阐述明白，隗嚣图谋反叛，昭然若揭。陛下如听信他谎言，仍按兵不动，只会使其诈谋益深，公孙子阳也会乘隙连横合纵，以成后患。应及早进兵收服陇西，方为上策。"刘秀却还不想撕破面皮，听说周游要来朝谒见，也想借此了解陇西情况及隗嚣动向，也就按兵不动，等待周游前来。

却说周游前来洛阳途中，路过关中，因慕冯异之名，便前去拜访。

冯异听说周游要代表隗嚣去洛阳谒见刘秀，遂热情招待，留他住宿军营。谁知这军营有一降兵，名叫张成，是前几日刚从王元军中投降过来。闻知周游到来，不由怒气上冲。这是为何？原来这周游能征善战，却治军不严。每每攻占一地，便纵兵掳掠百姓。一年前羌兵犯境，周游率兵抵御，驻军张成老家金城。金城地处边塞，百姓多养牛羊。张成家也有牛羊几十头。周游杀退羌兵后，要大摆筵席庆贺胜利，便让兵卒去抢百姓牛羊。有兵卒到张成家牵了牛羊要走，张成老爹喊着闹着死活不让，兵卒恼怒，一刀将老爹劈死，牵走牛羊不算，还一把火烧了房子。时张成在隗军中服役，却不在周游手下。闻知家破人亡，大哭一场，无奈难以报仇。今日听得周游住进营地，决定为父报仇。便于夜深人静之时，摸进周游住处，趁周游酒后酣睡，一刀结果了性命。冯异翌日得知周游被杀，大吃一惊，当即处斩了张成，又亲自将周游尸首送回陇西，向隗嚣道歉，并将此事急报刘秀。刘秀闻报，大为震憾，为表示安慰，派铫期押送一车金银财宝前往陇西，送于隗嚣。按说由铫期这样的猛将押送，应是万无一失了，然强龙难压地头蛇，刚走到华县，财宝却被几个盗贼盯上了。趁夜深人静之际，盗贼潜入旅舍，将一车财宝盗窃一空。铫期虽英雄盖世，却也无可奈何，只得空手回京交差。刘秀将与隗嚣来往的两件事联系起来，不由喟然叹道："隗嚣派使来朝，中途被杀，朕赐给他财物，又路上被盗。君臣交往怎地如此不和谐！"果然，隗嚣经此一事，认为刘秀并不信任自己，开始对刘秀疑神疑鬼、口是心非。为防不测，加强了关陇之间的防备，同时又向巴蜀的公孙述频送秋波，以便一旦生变，能得到公孙述的支持。公孙述见隗嚣想不臣于刘秀，自然高兴，便致书隗嚣，称其如能归附，可考虑封王。隗嚣自此对刘秀更加离心离德。

这期间，刘秀曾数次致书隗嚣，让其来京述职，想开诚布公交谈，密切君臣关系，使其不至于越走越远。隗嚣生怕有去无回，便托病不朝，还放出话来，表示要告老归田。刘秀见隗嚣分明是虚与委蛇，不觉恼怒。

随后又接到冯异报告,称隗嚣在陇西与关中交界处大作营垒,提升防务,同时发现陇西官员与巴蜀往来频繁。刘秀思虑再三,还是想给隗嚣最后一次机会,便给隗嚣写信,称朝廷大军即将从陇道伐蜀,命他作为先锋,自天水出兵进击公孙述,以试探他的态度。信的末尾不客气地警告道:"我年垂四十,在兵十岁,讨厌浮语虚辞。你如不应命,也不必再回信讲什么理由。"时有中郎将来歙奏道:"臣与隗嚣熟悉。此人始起,曾以复汉为名。今陛下威德著于天下,他虽偏居一隅,当自明之。待臣持陛下玺书,前往陇西说他。如若从命最好,如仍执迷不悟,即发兵攻之。"来歙字君叔,乃刘秀姑母之子,为刘秀表兄。其祖上为汉武帝时大将。来歙生长于长安,少时常来南阳走亲,与刘秀最为亲善。此人性情刚毅,言必信,行必果,在关中一带颇有威望。刘玄入都长安后,任命来歙为太中大夫,一段时间曾与隗嚣同朝为官。由于敢犯颜直谏,不受刘玄重用,因而托病去职。刘玄败亡,刘秀遂征调来歙入洛阳,官拜中郎将,常与刘秀研讨军国大事。刘秀听来歙如此说,甚为赞同,便让来歙持亲笔书信前往陇西去见隗嚣。

来歙来到天水,见了隗嚣,递上刘秀玺书。二人叙旧罢,来歙道:"季孟镇守陇西,南拒子阳之兵,北御羌胡之乱,多有勋劳。今若为前锋伐蜀,以使陛下统一华夏,当又建大功一件!"隗嚣看罢刘秀玺书,心下思忖:"你讲什么从陇伐蜀,还不是要假途灭虢,夺我地盘!"因正与公孙述书信往来,讨价还价,未得公孙述明确答复,还不能与刘秀公开决裂,便佯作热情道:"君叔远道而来,且请馆舍歇息,我当依陛下之命准备。"于是将来歙送往馆舍招待,一面急派使者向公孙述报告刘秀动静,表明决心叛汉归蜀。公孙述正担心唇亡齿寒,当即封隗嚣为朔宁王,派人前去送印绶。再说来歙枯坐馆舍,每日好酒好菜,却不见隗嚣动静,看看五日已过,便来见隗嚣道:"洛阳大军即将进陇,足下既愿做伐蜀前锋,军马粮草可准备完毕?"隗嚣道:"蜀道难行,天下皆闻,有飞鸟不过,猿猴难攀之喻。我已派兵卒前去勘察进军之路,不日可回。君叔且等待一时。"又过数日,来歙再去催问,隗嚣因还未接到公孙述回话,心中无底,一时搪塞道:"从天水出兵伐蜀,诸将意见不一。待我明日召集军事会议讨论,以做决断。君叔亦可参会与谋。"翌日,隗嚣召集手下诸将讨论,有意强调攻蜀之难。大将王元道:"天水通蜀之路,白水险阻,栈阁败绝,人马皆难通行,不宜由此路出兵。"来歙道:"攻伐之事,向无坦途。为将之责,就是要逢山开路,遇水填桥。我军可伐山开道而进。"大将牛邯道:"陇西连年遭遇灾荒,现已兵疲粮缺,再伐山开道,何能再事攻战?"来歙不悦道:"我建武朝廷现有雄兵百万,战将云集,十分天下已占其九,只剩一区区巴蜀之地,一旦平定,天下归一。你等却推三阻四,是何道理?"王元道:"朝廷既有雄兵百万,西南通蜀之路甚多,何必非要从陇伐蜀?"其余众将也一齐叫难。隗嚣摇头道:"看起来,从陇道伐蜀,实是勉为其难。君叔可上达陛下,另选伐蜀之路便了。"来歙勃然变色道:"如此说来,你等是要抗旨不遵了?"恰在此时,有典吏进来告诉隗嚣,公孙述已封其为朔宁王,并送来了印绶。隗嚣心中有了底数,马上变脸道:"本王再不奉汉旨!你待怎地?"来歙见隗嚣公然反叛,不由怒火上冲,一指隗嚣骂道:"贼匹夫!竟敢负主叛国,难道想招灭族之祸?吉凶之决,在于今日!"说罢,刷地抽出宝剑,上前要刺隗嚣。隗嚣躲过,进屋披挂出来,要与来歙决斗。隗嚣手下将领也拔剑挥刀,怒目而视来歙。面对众将汹汹,来歙面不变色,气度从容,仗剑跨马而去。隗嚣盛怒之下,立命大将牛邯率领数百人马,追斩来歙。大将王遵劝阻道:"自古敌国交兵,不斩来使,何况他还是刘秀表兄,不必太过。大王刚就尊位,刘秀必然来攻,还是速议军国大事为要。"隗嚣方才作罢。想到自己正式举起了反叛旗帜,刘秀必然要大动干戈,当即发布命令:伐木塞道,杜绝关中、陇西之间所有路径,同时加强关隘防守。又向公孙述报告,请求帮助。公孙述即调拨三万兵马入驻陇西,以拒刘秀进兵。

来歙回到洛阳,将隗嚣叛汉投蜀之事禀告了刘秀。众将听闻,人人恼怒，个个愤慨，都奋臂请缨，要征讨隗嚣。不久，河西窦融也来信请战道："臣闻隗嚣叛汉，西州豪杰又有蠢蠢欲动之意。陛下宜速进兵陇西，猛将精锐，长驱在前，臣融促其后，缓急迭用，首尾相接，嚣不得进退，此必败也。若兵不早进，久生迟疑，则外长寇仇，内示困弱，复令奸邪得有因缘，臣窃忧之。"至此，刘秀方痛下决心，要平定陇西。建武六年三月，刘秀命建威大将军耿弇、捕虏大将军马武、征虏大将军祭遵、虎牙大将军盖延、汉忠将军王常、武威将军刘尚等率大军二十万，开进关中，与冯异会和，并力攻取陇西。欲知隗嚣如何结局，且听下回分解。

第二十五回　堆米为图马援指路
　　　　　　征战陇西隗嚣敉平

话说耿弇、马武等一班战将奉了刘秀将令，率领二十万大军前来征讨陇西。这一班战将擅长平原作战，短于山地用兵。而陇西地势山岭逶迤，河川纵横，道路曲折，关隘险阻。隗嚣叛汉投蜀之后，料定刘秀必然发兵来攻，早已做了充分准备。汉军远来，又不熟悉陇西地形，攻战半年，却是败多胜少。连耿弇这样的战神，也连吃了几场败仗。隗嚣见汉军不胜，气焰嚣张起来，竟扬言要夺取关中，进兵中原。刘秀在洛阳得知众将进军不利，心下着急，便留大司徒邓禹主持朝务，自己带领吴汉、寇恂、岑彭、来歙等将领，御驾亲征。

刘秀来到长安，将已入陇地的诸将召回关中，调整了军事部署，便要亲临前线。寇恂劝道："陛下不可轻进。长安位置居中，各方接应方便。陛下驻跸长安，足以使陇西之敌震惧，此所谓从容一处可制四方。现今士马疲顿，陛下却要远涉险阻，这不是你万乘之尊所做的事。"刘秀道："朕统兵多年，每战必亲自查清敌我态势，才胜多败少。伯昭、子张等向来攻无不克，今却败于隗嚣，皆因不熟悉地势。待我查清地势，再做区处。"遂不听劝阻，直抵前沿漆县。漆县为连接关陇的咽喉要道，前方即是隗军防地。刘秀住下后，便招来马武道："子张明日可随我进陇地一望。"马武道："这个鸟地方，不知隗嚣这老小子是咋日鬼的，一进来就让你分不清东南西北。陛下还是不要冒险。我等正准备雇请当地百姓带路呢。"刘秀道："不入虎穴焉得虎子？再说你找当地百姓带路，万一他将你带进死地，岂不更为麻烦？子张随我走一趟就是。"翌日，二人扮作商人模样，骑马进入陇西地界。举目四望，但见山岭凹凸，大小道路纵横交错，蜿蜒曲折。二人沿山路绕了几道弯，已然迷路。马武寻觅一时，忽然高叫道："陛下快看，此处有一宽阔山谷，可长驱直进！"刘秀尚未搭话，就听不远处一声大喝："什么人？胆敢窥我防地！"突兀闪出一彪人马，为首一将正是王元，率兵巡查防地到此。见二人指指划划，心生怀疑，上前诘问。马武性急，大喊一声："陛下速去，我自抵敌！"拍马仗剑，便要厮杀。刘秀急拦住道："此地复杂，子张休要恋战！"王元听马武大喊"陛下"，猜测是刘秀到来，顿时指挥兵马围拢过来。刘秀、马武拨马转进山谷，疾驰而去，王元紧追不舍。二人驰出山谷却因地形不熟，竟奔到一条河边。眼见河水湍急，追兵已近，刘秀急招呼马武道："子张弃马，与我同乘一骑！"马武弃了马匹，纵身跳上刘秀的汗血马，冲进河中。那汗血马真好本事，扬起四蹄，踏水劈浪如履平地，待王元追兵赶到河边，君臣二人已渡过一半。王元见刘秀就要逃脱，忙命手下兵卒放箭。不想弓弩手刚刚张弓搭箭，就见河对岸嗖嗖飞来几箭，弓弩手应声倒地。原来，是耿弇得知刘秀进入陇地，心下牵挂，便与盖延急急赶来寻找，二人路过河边时，恰遇刘秀在河中遇险。盖延见对岸兵卒要射刘秀，忙拉开三百石长弓，隔河连发数箭，射倒兵卒，惊退王元，这才救下刘秀、马武。

  刘秀返回漆县，方知要平定陇西，绝非一日之功。这日正在帐中苦苦思索对策，忽报马援赶到。原来，马援正在长安上林苑训练兵卒，闻听汉军进兵不利，心下着急，正想向刘秀陈述进兵方略，听说刘秀已进驻漆县，便连夜赶来。马援久居陇西，对陇西的山川关隘了如指掌，又因谙熟兵法，隗嚣在境内的兵力部署都征询过他的意见，因而熟知从何处进兵为要。见马援连夜赶来，刘秀喜出望外道："文渊，你可是我的北道主人了！"马援道："季孟背主忘义，臣曾多次去书警告，就是不听。陛下今亲统大军前来，仍不自量力，抗拒天威，真是死期到了！"刘秀道："陇西地势纵横曲折，隗嚣又伐木塞道，究竟从何处进兵为要，还请文渊指画。"马援道："臣深夜赶来，正为此事。陇西为四塞之地，道路曲折，关隘险阻，兵要地志形容以一丸泥即可封关。臣居陇西多年，图形早已在心，愿为陛下剖析。"说罢便为刘秀及众将详尽讲解陇西地势。讲过一遍，刘秀等仍然听得懵懵懂懂。马援沉思片刻，眼睛一亮道："取米谷来！"一时送来一担米谷。马援抓起一把把米谷，就在地上铺撒开来。过不一时，地上便出现了一幅米谷堆成的立体山川图。内中一座座山丘、一片片平原，一道道河流，一条条道路，赫然在目。马援又抓来一把石子，将一颗大石子摆在一座山丘下，手指道："此为天水城，隗嚣老巢。"又将一颗中等石子置于天水城东南，指道："此处是略阳，为天水屏障，兵家必争之地。"又取一小石子，摆于天水一侧，指道："此为西城，距天水百里之遥，虽为小城，却和天水成掎角之势，常有重兵把守。"讲过各关口要隘，又将大路、小径何处可以通过，何处可以设伏等等，一一指点清楚。剖析完山川形势，又将各关隘守将姓名及擅长战术详尽介绍一遍。刘秀看罢听罢，心下豁然开朗，手指地图道："敌虏已全在我眼中了！"马援堆米为图，后来就演变为作战用的沙盘，一直沿用至今。

　　刘秀明了了陇西地势，成竹在胸，立即在马援堆起的地图前，与众将商议进兵方略，分拨作战任务。命来歙攻取天水屏障略阳，冯异攻取关陇交界处的重镇旬邑，寇恂攻取陇西重镇高平，对天水形成钳形包围之势。又命刘嘉坚守汉中，不放隗嚣一兵一卒进犯。同时又派人去河西通知窦融整顿兵马，待机夺取天水。马援因与隗嚣手下将领熟识，便自告奋勇，去陇西向他们宣扬刘秀威德，陈明利害，劝其归降刘秀。刘秀大喜，特赐马援宝剑一把，让他便宜行事。一切规划停当，刘秀便与吴汉、岑彭等返回长安，随时支援各路人马。

　　且说来歙奉了刘秀将令，要攻取天水屏障略阳。他从马援的介绍中，深知略阳是块硬骨头，便关起门来，对着马援堆起的地图琢磨了一整天，发现进军略阳有两条路可走。一条是由关中走大路进击，然路途四五百里，进军途中还要突破隗军数道防线。一条是从番须抄小路直取略阳，此路百多里地，并无隗军防守，然有崇山峻岭挡路，且栈道败绝，人马难行。来歙决定由小路突袭，便命兵卒前去小路勘察，不几日回报说几乎无路可行，且人迹罕至。来歙想到当年韩信"明修栈道暗度陈仓"的战术，思忖我何不来个"明攻略阳，暗修栈道"？便将两万兵马大张旗鼓地摆在直通略阳的大路上，每日鼓噪训练，虚张声势，摆出一副要由大路进击略阳的架势。略阳守将金梁探知汉军要从大路来攻击，不敢怠慢，忙将大部兵马沿途摆开，准备节节抵御汉军。来歙见金梁上当，即亲率三千名矫健兵卒，秘密转入番须山中，伐木采石，日夜不停修筑栈道。两月过去，百里栈道修成，弯弯曲曲悬挂山崖。趁一个月黑风高之夜，来歙率三千精兵，悄悄沿栈道绕出了番须口。略阳城就在番须山下，汉军出其不意，蜂拥冲下山来，直抵城垣。那金梁一心防备汉军从大路来攻，将大部兵力摆在城前百里之外，城中几近空虚，万没想到城后山中会冲出大队汉兵，一时懵懵懂懂，忙披挂上马，出城迎敌。刚出城门，来歙已纵马舞刀，杀上前来。金梁心下惊惧，战不几合，便被来歙一刀劈于马下。汉军挑起金梁人头，向城上大呼："金梁头颅在此，速速开城投降！"城上不多的守军皆是老弱，本就毫无防备，见汉军自天而降，又见金梁已死，无不惊恐万状，当下打开城门，一体归降。

略阳失守，早有逃兵报知天水城。隗嚣闻报，以杖击地惊呼道："如此之速，是何神也！"略阳距天水不足二百里，屏障一失，门户顿开。隗嚣心急如焚，第二天就亲率三万步骑赶来，将略阳城团团围住，死活要夺回略阳屏障。来歙召集众将士道："陛下已发数路大军围攻天水，我等必须固死坚守，牵住隗军主力！"众将士奋臂高呼："人在城在！"隗军攻城猛烈，汉军守城志坚，激战半月，城不能下，汉军三万支箭也已用完。来歙下令拆掉废弃民房,将砖瓦木料做成檑木滚石,抵御攻城隗军。隗嚣见一时不能攻克,又下令斩山筑堤,激水灌城。城中百姓见来歙秋毫无犯,又闻听隗军要激水灌城,心中怨怒,也纷纷送水送饭,协助守城。

不说来歙固守危城,却说冯异奉了刘秀将令,领兵两万向旬邑挺进。隗嚣闻报,立即派大将行巡急去抢占旬邑,抵御汉军进入陇地,并寻机进犯关中。冯异听得行巡扑来,也命兵马日夜兼行。当时正值行巡战胜汉军不久,隗兵乘战胜之威,气焰嚣张。部众劝阻道:"敌兵乘胜而来,势头正盛,不可与争锋。应停军扎营,仔细考虑对策。"冯异道:"不然。隗军初获小胜,不知天高地厚,还想犯我关中。如其先占领旬邑,关中就会动摇。我军如先抢占,便可以逸待劳,挫其锋锐。"即命兵不卸甲,马不停蹄,赶在行巡之前抢占了旬邑。进城之后,又令紧闭城门,偃旗息鼓,士马饱食,以待敌兵。那行巡来到城下,见城头并无一兵一卒,便也松下心来,命人马进城休整,以待汉军。隗军正在卸甲歇马,忽听城头鼓声骤响,随即城门大开,两万精兵高喊杀声,冲向城外。为首大将乃是冯异,挺枪跃马,直取行巡。刚刚下马歇息的行巡,万没想到冯异早已抢占旬邑,且伏有重兵,一时慌乱,急忙上马迎敌。不想刚刚上马,还没来得及出刀,冯异已马到枪出,将行巡一枪挑于马下。隗军毫无防备,突遭汉军冲击,顿时惊慌失措,四散奔逃。冯异追击数十里,斩首七八千级,又挥军西进,连克陇县、清水、秦州三地,兵锋直指天水,陇西震动。

再说寇恂奉了刘秀将令,率军攻取高平。高平守将高峻本来已被马援说动,表示归降。见寇恂领兵前来,忽又思忖我本隗军大将,以我之本领,拼死固守,汉军也未必能攻克。现今不经交战而献城归降,应是大功一件,必先答应封我高官才行。于是闭城不开,先让军师皇甫文到寇恂营中讨价还价。皇甫文见了寇恂,甚是傲慢,开口便问道:"我家将军问了,如举城归降,可授何官职?"寇恂见皇甫文如此无礼,不悦道："本帅只管攻城，封官拜爵之事当有陛下定夺。"皇甫文大大咧咧道："你兵不血刃就想占据高平城，又不答应为我家将军封官，岂不是太过便宜了？"寇恂怒道："我已兵临城下，你等若降便早降，如不归降，我明日便要攻城，休再罗唣！"皇甫文冷笑道："攻城便攻城，明日一见高低！"说罢，气昂昂要走。寇恂大怒，大喝一声道："来人，推出去斩了！"立时上来武士，将皇甫文推出。有部将劝道："高平兵精粮足，又遮挡陇道咽喉，易守难攻。今日本欲招降，将军却斩杀他军师，此事恐使不得。"寇恂不听，立命斩杀了皇甫文。又给高峻最后通牒道："皇甫文无理，我已杀之。要降便降，不降守城。"高峻得报，甚为惶恐，即日便开城归降了。部将不解，问道："将军杀了高峻的军师，他反而立即归降，这是为什么呢？"寇恂道："皇甫文乃高峻心腹，此次来营，辞意不屈，必无降心。如放他回去，则其计谋正好得逞，杀之则令高峻闻讯丧胆，只有投降。"部将听罢，都拜服道："将军胆识，非我等所及也！"

再说刘秀得知来歙攻下略阳，正遭遇隗嚣围城，即命岑彭统兵十万杀出关中，一路连克隗军十多座防御营垒，长驱直入略阳城下。隗嚣见岑彭大军势如破竹，急忙命围攻略阳的主力部队撤回天水。岑彭与来歙合军，略作休整，便直扑天水。隗嚣见来歙、岑彭来势凶猛，又得知冯异、寇恂、祭遵等连克重镇，正由南、北、东三面向天水围拢，忖度前景不妙，忙与大将王元商议对策。王元建议道："刘秀大兵压境，猛将云集，我军如分散迎敌，势必被各个击破，最后天水亦不能保。为今之计，大王可速下调令，将各处兵马集中于天水，依靠熟悉地势，与汉军决一死战，庶几尚可挽回溃势。"隗嚣也就下决心孤注一掷，一天之内连发八道令牌，命各地守将急速率军赶回天水，准备殊死大战。一面又派员急入蜀地，请求公孙述派兵援助。谁知令牌发出不久，便接二连三接到急报："陇坻守将王遵归降刘秀！""瓦亭守将牛邯归降刘秀！""鸡头道守将王孟归降刘秀！"这一连串的噩耗，直击

第二十五回 堆米为图马援指路 征战陇西隗嚣枚平

得隗嚣心碎胆裂，连连顿足痛呼："叛将负我！叛将负我！"原来，就在来歙、岑彭、冯异、寇恂攻城略地的同时，马援已经往来陇西各地，对隗嚣诸守将阐明大势，晓以利害，劝他们早日脱离隗嚣，归降刘秀。因马援在陇西诸将中颇有威望，这一"虎口掏心"的办法果然收到奇效。三个月中，隗嚣的十三员大将，二十六个郡县，二十万人马，全部归降了刘秀。陇西之地，只有天水、上邽、西城还在隗嚣手中。刘秀见陇西几无防敌，遂命吴汉、耿弇、马武等随后各领大军，数路并进，参与围攻天水之战。

隗嚣将叛兵离，丢城失地，又得知刘秀数路大军正向天水逼近，自己却无将可派，无兵可战，又不见公孙述出兵来救，不由得心急如焚。这日和大将王元登上天水城头瞭望，忽见城外黄河两岸旗帜招展，刀枪闪亮，两路人马前不见头，后不见尾，辎重车辆源源不绝，正向天水城逼来。原来，河西窦融得了刘秀指令，早就整顿兵马粮草待机而动。听得刘秀数路大军进击天水，便点起十万兵马，五千车粮草辎重，沿黄河两岸杀入陇西，直逼天水。隗嚣见自己将成瓮中之鳖，仰天叹道："此天亡我也！"拔出宝剑就要自刎。王元急忙一把夺下宝剑，宽慰道："大王万不可如此轻生！臣已在西城屯下精兵，万一天水不保，我等还可退居西城固守，以待成家皇帝派援兵前来。"隗嚣流泪叹道："巴蜀之地，恐也自身难保了。"一时胸气郁结，竟口吐鲜血，晕倒在地。王元忙将隗嚣救下，断定天水城再难固守，遂保护隗嚣撤离天水，退入西城。惊魂甫定，便有探马报知刘秀大军已占领天水。隗嚣困坐愁城，想想自己一生朝秦暮楚，孜孜以求功名利禄，却落得如此下场，不由悔恨交加，竟一病不起，吐血而亡。王元等遂拥立隗嚣之子隗纯为王，又聚拢五六万兵马，以做困兽之斗。

刘秀见陇西基本平定，便令众将齐集天水，摆宴庆功。正当君臣尽欢之际，突然洛阳传来急报，称巴蜀公孙述派大将任满、田戎顺江而下，袭取了荆门、虎牙两地，大有北犯中原之意。刘秀当即命冯异兼任天水太守，收拾残敌，安集百姓；又命来歙、马援屯兵长安；窦融还军河西，自率其余诸将急返洛阳。临走叮嘱冯异，若上邽、西城两地平定，则可整兵出陇，南击巴蜀。又感慨道："人苦不知足，既得陇，复望蜀。每一发兵，头须为白啊。"得陇望蜀的成语，即由此而来。

且说王元等拥立隗纯为王，据守西城。冯异攻克上邽后，乘战胜之威，兵不卸甲，马不停蹄，一口气杀奔西城。王元等见汉军兵盛，惧怕被冯异困死西城，忙退至西城辖地洛门聚。洛门聚地肥水足，民室殷富，是屯兵的理想之地。冯异追至洛门聚，王元已在聚外摆开了阵势，欲做最后抵抗。两军对阵，冯异挺枪立马阵前，对王元喝道："我大军在道，骁将云集，你等如速速归降，尚能保全性命，如再执迷不悟，死无葬身之地！"王元正要搭话，部将王捷已拍马抢出，挺枪便刺冯异。冯异接着，战不几合，一枪刺王捷于马下。部将周宗一见，又抡动双鞭杀上前来，两马盘错之际，只见冯异枪影一闪，周宗已掉落马下。部将田合、赵匡见瞬间便有两死，心下恼怒，双马齐出来战冯异。冯异力敌二将，毫无惧怯，二三十合过去，田合、赵匡也先后死于冯异枪下。王元见身边已无将可出，知已到最后关头，大吼一声，拍马抢刀，来劈冯异。二人大战四五十合，冯异奋起神威，一枪刺中王元左臂，掉下马来。冯异喝声"绑了！"王元嗔目道："我身为大将，岂可受辱？唯死而已！"右手唰地拔出宝剑，自刎而亡。那小王隗纯哪里见过这等惊心动魄的阵势？见王元人头落地，直吓得肝胆欲裂，扑通一声，跌下马来。身旁的群僚，一个个也早被冯异的神勇吓得呆了，一齐跪地求饶。冯异正要下马受降，突见他眉头紧皱，额上冷汗沁出，手捂胸膛，也扑通跌下马来。众将大惊，急忙上前扶起，冯异手指西城，却已口不能言。众将领急急押了隗纯等撤回西城，并将冯异罹病之事急报刘秀。

刘秀在洛阳闻报冯异病重，大吃一惊，急忙放下一切，跨汗血宝马，日夜兼程，赶来西城。一见冯异昏迷不醒，即命军医官急救。然冯异积劳成疾，已然病入膏肓了。刘秀床前守候两天，冯异回光返照，苏醒过来。睁眼见刘秀坐于床前，忙要起身，却已无力坐起。刘秀拉住冯异手道："公孙终日鞍马无暇，积劳成疾，朕之过也！"冯异流泪道："臣自父城追随陛下，充备行伍，十年间无日不聆陛下教诲，方得长进。臣过蒙陛下恩私，位大将，爵通侯，微功而受大任，心常不安。正待兢兢以报陛下，不想天不假年……"刘秀含泪止住道："爱卿休如此说。朕自父城得卿，十多年来，论兵，你为朕运筹帷幄；论战，你为朕攻城略地；论治，你为朕安定一方；论功，你大如丘山。朝野谁人不知？爱卿且安心休养，朕还望你帮朕平定巴蜀，统一天下……"话未讲完，冯异又昏迷过去。刘秀见冯异大限已到，紧握冯异之手不放，泪如雨下。一时冯异又醒来，望着刘秀，露出无限留恋的眼神。刘秀忙问道："爱卿可有家事交代？"冯异断断续续道："臣无家事。只是不能亲见天下归汉，遗憾终生。唯望陛下早日平定……平定……"话未说完，撒手归西了。终年四十二岁。刘秀见冯异气绝，不由得泣不成声，连连叹道："公孙！公孙！公孙一去，大树萧萧！"原来，冯异为人谦退不伐，知兵爱士，行军时与诸将相遇，常引军让路，进止皆有表识。每战之后，诸将并坐论功，冯异常独坐大树之下，翻阅兵书，总结经验教训，因而军中号称"大树将军"。后人曾有诗盛赞这位大树将军、中兴名将：谦必受益满招损，戒盈持虚至道存。攻城夺地经百战，身是开国一元勋。诸将夸功声如雷，己独默然倚树干。知雄守雌无矜色，大树将军德馨芬。

　　冯异英年早逝，使得刘秀感伤不已。冯异棺木运回洛阳时，刘秀又率文武百官出城迎灵，扶棺恸哭，下诏谥为节侯。欲知后事如何，且听下回分解。

第二十六回　溯江大战岑彭伐蜀
　　　　　　　出师未捷名将归神

话说隗嚣败亡、陇西平定之后，华夏大地东西南北，除巴蜀之外，全部归于刘秀。公孙述断定刘秀必然要攻取巴蜀，一匡天下，不久必将有一场大决战。为与刘秀争雄，即先下手为强，派大将任满、田戎顺流而下荆楚，抢先攻占了荆门山、虎牙山两地。荆门山雄踞长江南岸，虎牙山雄踞长江北岸，两山皆是悬崖峭壁，隔江相对。任满在两山筑起营垒扼守，又横江架起浮桥，桥上竖起数座斗楼，内藏弓箭手，虎视江面；桥下水中又埋上一根根粗大木桩，木桩上满挂铁钩，断绝水路，以拒刘秀溯江伐蜀。刘秀从陇西返回洛阳后，见公孙述气焰嚣张，即命征南大将军岑彭屯兵江陵，早做准备，决心要与公孙述进行最后的决战。

建武十一年六月，刘秀命大司马吴汉率臧宫、刘隆、刘尚等将军，发南阳、武陵、南郡兵马，又征调零陵、长沙等地运输水手，共计八万余人，战马五千匹，与岑彭会于江陵。吴汉自在河北追随刘秀，十年间南征北战，纵横大半个中国，几乎每战必胜，并未把公孙述放在眼里。见有两万刚刚征来的运输水手，便对岑彭道："这些水手老幼不齐，又从未经过战阵，如何打仗？只是浪费军粮而已，遣返一半返乡便了。"岑彭因屯兵江陵有年，深知水战大不同于陆战，反驳道："蜀地水多，士卒的吃住、粮草兵器的运送，都离不了船只。况我军又是劳师远征，遣散水手，我大军就有瘫痪之忧。"吴汉不屑道："本帅统兵以来，攻无不克，战无不胜，一块小小的巴蜀之地，何难攻取？"岑彭见吴汉听不进去，心下忧虑，便派人急赴洛阳向刘秀报告，并坚持自己的意见。刘秀听罢，即刻下令道："大司马善用步骑，不谙水战。荆门之事，一由征南将军为重而已。"又命吴汉统兵江陵，严防公孙述进犯，同时保障岑彭大军的后勤供应。

　　岑彭见刘秀如此倚重自己，更加专心专意研究攻蜀之策。他利用三个月时间，征来大批能工巧匠，改进水军船只，建造了千艘灵巧机动的楼船，又加紧训练提高兵卒水上作战技巧。看看三月过去，一切准备停当，岑彭一声令下，上千艘战船一字排开，樯橹如林，旗帜招展，雄赳赳溯江而进。谁知前锋船只刚进到桥前，就被桥下木桩阻住，不能前进。汉军正想斩桩而进，就听浮桥上一阵鼓响，斗楼中突然乱箭齐发，数十艘前锋战船因不知桥上早伏有弓箭手，一时手脚大乱，兵卒损伤多人。岑彭见前进受阻，忙命船只后退十数里，思谋对策。经过几天观察，见浮桥和斗楼皆为竹木构造，遂定下火攻之计，立让水手运送来大批硫磺火药，装备了数十艘机动快船。又见浮桥上游已排列数十艘蜀军战船，眼见得是要阻截过桥汉军的，便挑选了数百名水性极高的水手，命他们潜入江底，待机如此如此。一切准备停当，挑选出五百名敢死之士登船，鼓励道："能先登浮桥者，记头功！"偏将鲁奇奋臂道："末将愿打头阵！"也是合当公孙述败亡。这日鲁奇刚率敢死船队逆流而上，江面上突然东风大作，助力船行。风吹船进，转瞬冲到桥前。桥上斗楼中的弓箭手见汉军船只又冲上来，立刻乱箭齐放，一时间水面上箭如雨点。鲁奇让勇士们以盾牌遮挡，将船只顺桥下排开。斗楼上虽乱箭齐放，却也难射到船上。鲁奇见大家准备停当，挥手高喊一声："烧桥！"就见数千支火把带着火药，飞蝗般落上浮桥。这浮桥、斗楼本是竹木构造，一挨火药，瞬间噼噼啪啪燃烧起来。又正赶上东风劲吹，风怒火盛，不多时，浮桥已陷入一片火海之中。斗楼内的弓箭手万没想到江面上突然燃起大火，一时惊惧万分，扔了弓箭，乱喊乱跑。鲁奇见敌方已乱，即刻率领敢死士卒飞身上桥，于火海中砍瓜切菜，将弓箭手一齐砍落江中。待鲁奇等跳回船上，就听浮桥嘎啦啦一阵乱响，坍塌下来。一根根竹木散落江面，顺流而去。岑彭见浮桥已毁，立即指挥大军溯江而进。岑彭战船在前，臧宫战船殿后，一时间千帆竞发，鼓噪而前，杀声震彻大江。

再说蜀将任满、田戎本来仗恃浮桥阻堵岑彭，估计岑彭船只即使通过，也早已千疮百孔，便早早率数十只战船等在浮桥上游，准备给岑彭以迎头截击。不想浮桥转瞬间灰飞烟灭，汉军船只又翻江倒海般压将过来，一时惊慌失措，船队散乱。任满正想整兵迎敌，就见一艘小型战船迎面驶来。船头一将，手持三尖两刃刀，正是汉军统帅岑彭。两船相接，认满料是岑彭，举枪便刺。岑彭不慌不忙，抡刀架住，二人各立船头，枪来刀往，厮杀起来。二三十合过去，就见任满的战船左摇右晃，直往下沉。任满正不知何故，忽听船上士兵乱喊："船已进水，大帅速速离船！"随着喊声，士兵们扑通扑通跳进江中，去扒附近战船去了。任满见船已进水，急喊附近战船驶来，却不防岑彭的三尖两刃刀已兜头劈下，顿时落江而死。此时，臧宫也已催动后队，进至浮桥上游。见蜀兵船队已乱，臧宫挥动虎节钢鞭，跳上敌船，见人就打。正杀得性起，忽见一敌船迎面驶来，船头一人，乃是蜀将程凡，见臧宫在自己船队里乱杀乱砍，抡刀便劈将下来。臧宫钢鞭逼过大刀，伸手抓住程凡盔甲丝带，一把提过船来，高高举起，大喝一声"下去！"程凡便扑通一声，栽进江中喂鱼去了。岑彭见臧宫在敌船上大开杀戒，忙招呼道："君翁速上我船，敌船已全被凿漏！"臧宫刚刚跳到岑彭船上，就见数十艘敌船摇摇晃晃，先后沉入江中。原来，是岑彭让那些水手潜入江中，赶在两军交战之前，将敌船统统凿漏了。一时间满江蜀兵哭爹喊娘，无处躲避，仅溺水死者就有五六千人。汉军又任意追杀，鲜血染红江面。田戎见已溃不成军，也顾不得收拾残局，忙乘一条小船，急急逃往奉节而去。这一场大战，岑彭大破蜀兵，随即溯江而上，连克奉节、广汉、平曲等地。所过之处，严令军中不得掳掠，并向百姓讲明统一天下大势，宣扬刘秀威德。沿途百姓常奉牛酒慰劳，岑彭皆辞谢不受，汉军因而进击顺利。公孙述闻知岑彭大军连战皆克，势若风雨，心下吃惊，急忙派大司马延岑率六万兵马，前往阻击岑彭。岑彭兵出平曲西进至沅水，被延岑大军阻住。两军交战数次，相拒半月，汉军仍不能进。岑彭思忖如此相拒下去，旷以时日，汉军必师老兵疲，士气不振。便将五万降兵留给臧宫，嘱咐他多张疑兵，摆开进攻架势，死死牵住延岑，自己却率五六万精兵，悄悄溯江而上，径直杀奔成都。

却说臧宫屯兵平曲，与延岑对峙。时延岑拥兵六万，臧宫屯兵五万，且多是蜀地降兵，战力不强。看看又是半月过去，一些降兵见延岑势大，有的便逃回家乡，也有的又逃归了延岑。臧宫见军心动摇，担心延岑如发起攻击，恐不能胜，便思谋如何虚张声势，牵住延岑。恰在此时，平曲当地乡绅见臧宫师行有纪，从不扰民，送来百车粮米表示慰劳。臧宫见粮车进城，顿时心生一计，当下召集众将宣布：大司马吴汉已水运三十万担粮米来平曲，不日便有二十万汉军前来助战。鼓励大家打好最后一战，为统一华夏建功。入夜，命人悄悄将城门门槛锯断，又命兵卒假扮车夫，赶了粮车，大张旗鼓自东门而入，却悄悄从西门而出；再让粮车大张旗鼓从东门而入。自晨至夜，车声不绝，似有数十万担粮米运来城内。有那准备逃离的兵卒见粮车一夜不绝，又见城门门槛都被磨断，便安下心来，相互转告汉军兵盛粮足，一时士气大振。事有凑巧，过不几日，恰有刘秀派出两万兵马前来支援岑彭，内中还有千匹铁骑，路过平曲时，在臧宫军营留宿。臧宫一见，又计上心来，对带队的将领道："征南大将军轻骑急进，已西去千里之遥。离开时曾有交代，凡陛下拨来的兵马，皆留我处所用。"带队将领信以为真，又因臧宫在军中颇有威望，便高高兴兴留了下来，听从臧宫调遣。臧宫于是大张旗鼓，登山鼓噪，左步右骑，挟船而引，呼声震动山谷。延岑登山观望，见汉军突然大至，大为震恐，忙命部队严加防守，却不敢前攻一步。臧宫与延岑对峙半月，忽报延岑收拾兵马粮草，急急西退而去。臧宫生怕是延岑之计，便命细作前往沅水侦探。一时回来禀报，称延岑大军确已人去营空。臧宫见前无阻兵，即率军西进。

且说岑彭让臧宫牵住延岑，自与副将刘尚率精兵五万溯江而上，晨夜兼行两千余里，经岷江直抵武阳。武阳距成都不足百里，为成都屏障，夺取武阳，即可大大威胁成都。因对武阳山川形势不熟，岑彭便将战船停在岷江之上，将两名身手矫捷的校尉李育、刘启找来，命他二人扮成蜀地百姓，先上岸侦查。李育、刘启趁夜幕上得岸来，便潜往武阳城。正行之间，就听身后有人说话。一个道："你看咱这史将军，人家汉军正步步逼来，他还总想着寻欢作乐。"另一个道："他是驸马，公主不管，谁敢管他？早晚得让汉军收拾了。咱们也得早想后路呢。"李育、刘启回头看去，见是两名蜀兵抬了一顶粉红小轿，正边走边发牢骚。听他俩说得有内情，李育、刘启互递个眼色，闪在两边，待轿子走近，便一人一把匕首，逼住了蜀兵。蜀兵以为遇到了盗贼，扔下轿子想要格斗，却被李、刘二人三拳两脚打翻在地，直喊饶命。李育道："我等乃是汉军，不害你性命，且将武阳情况详细报来。"二蜀兵见突然冒出汉军，一时惊惧不已，忙将武阳城中情况一一供述。原来，这武阳守将不是别人，乃是龙兴朝廷的中郎将、成家皇帝公孙述的驸马史兴。这史兴风流倜傥，却是个花花公子，好色之徒。因在朝中为臣，公主又爱吃醋，还不大敢造次。数月前公孙述听得汉军伐蜀，便命史兴前去武阳屏障镇守。武阳距成都百里之遥，公主又不跟来，史兴便放荡起来。又觉得汉军远在千里之外，也无心防守，只是三天两头找城中女子寻欢作乐。几日前，史兴出城打猎，在郊外偶遇一村姑，见此女颇有姿色，便带回城中尝了村姑的新鲜。这晚又想起村姑新鲜，欲火难耐，便让两名亲兵出城去接。不想走到半路，恰被李育等擒住。李育等得知实情，忙让蜀兵抬了轿子，上船参见岑彭。岑彭详细询问了武阳城防情况，又向其讲明当前大势，劝二人早日归降，为汉军统

第二十六回　溯江大战岑彭伐蜀　出师未捷名将归神

一天下建功。二蜀兵叩头谢过不杀之恩,痛快归降。岑彭便让他二人照旧去接那村姑。一时将村姑接来船上,岑彭好言抚慰,又送她纹银百两,教她如此如此。村姑答应,岑彭便让蜀兵将她急送进城。你道那岑彭想出何等计谋?原来是,岑彭让这村姑晚间好生侍候史兴,待他熟睡,偷出令牌。两名蜀兵刚将村姑抬走,岑彭便分拨人马上岸,悄悄埋伏在武阳城四门周围。

再说驸马史兴在府中正急不可耐,一见村姑深夜到来,直兴奋得云里雾里,即刻宽衣解带,颠鸾倒凤起来。一番云雨过后,便进入了温柔梦乡。那村姑记着岑彭之命,见史兴睡熟,忙将其衣服上的令牌解下,悄悄溜出,交于那两名亲兵。两亲兵将村姑送出城外,又将令牌交于等在城外的李育、刘启。李育、刘启拿了令牌返回城内,传令四门即刻开城。古时征战,兵将只认令牌。城门守兵见是史兴令牌,并无怀疑,还以为是要调兵入城,当下便大开了城门。城下伏兵见四门大开,发一声喊,潮水般冲进城来。那史兴正做着鸳鸯春梦,忽被街上人喊马嘶之声惊醒,不知发生了何事,迷迷糊糊披挂上马,出门查看。不想刚出府门,正遇岑彭迎面杀来。史兴刚要发问,岑彭的三尖两刃刀已搂头劈下。这位花花公子,至死也没弄明白命丧何人之手。城中蜀兵,做梦也没想到大批汉军直如神兵天降,不及交战,懵懵懂懂便悉数做了俘虏。此时已是黎明时分,百姓一觉醒来,武阳城已落入汉军之手。岑彭下令不得惊扰百姓,并出榜安民。市民见汉军秋毫无犯,各个惊喜,直呼万岁。公孙述原以为汉军虽攻至平曲,距成都尚有两千里,又有大司马延岑拒守沅水,尚不足为虑。万没想到岑彭大军会突然自天而降,一夜之间夺得武阳屏障,直惊得手杖掉地,急忙传令延岑撤回成都,调整军事部署,欲与汉军作最后决战。

龙兴朝廷文武官员突闻岑彭兵下武阳,各个惶恐不安,不少人开始收拾细软,准备逃离。公孙述连杀数名大臣,仍不能禁止。丞相李熊见公孙述日夜忧心,便启奏道:"陛下且休忧虑。臣有一计,不敌其力,可削其势。"公孙述急问道："爱卿有何妙计？"李熊道："臣家中新来一游侠，江湖诨号血滴子，身手不凡，有飞檐走壁之功。陛下可许他高位，命他如此如此。如能成功，汉军必然慌乱无措，我军可乘胜出击，一举扭转形势。"公孙述听罢，连声称善，立命血滴子进见，将李熊计谋讲明了，下旨道："你如建成此功，朕即封你为刺奸大将军，保驾护朝。"那血滴子本不是良善之辈，多年游走江湖，有奶便是娘，不分是非，充当杀手。今见成家皇帝许诺大位，自是高兴，便去精心准备。

且说岑彭攻下武阳城之后，又前出十数里，扎下中军大营。扎营完毕，却发现此地名为"彭亡"。岑彭见此地名与自己姓名相克，心生厌恶。副帅刘尚也觉此地不吉，劝岑彭另觅驻地。岑彭因暮色苍茫，心想暂住一晚，明日另觅驻地就是。入夜，岑彭正思谋如何攻取成都，完成统一天下的最后一战，忽有卫兵进帐禀道："启禀大将军，帐外有一百姓求见。"岑彭大军长驱入蜀，一路秋毫无犯，深得民心，因而常有百姓前来慰问。这次又以为是当地父老前来慰劳，摆手道："若是来送牛酒的，不得收取，谢绝人家好意就是。"卫兵道："此人并非来送牛酒，只说是有机密大事，非要亲见大将军不可。"岑彭听此人话中有因，便让卫兵请他进帐。但见此人三十来岁年纪，一副山民打扮，身材矮小，腿脚灵活。一见岑彭，扑通跪地哭道："大将军，小人要报仇！"岑彭忙拉起问道："后生仇从何来？"来人道："小人名叫李三，家住成都郊区，只有父子二人，以打柴为生。半年前，我老爹从山上背柴回来，正遇到成家皇帝外出打猎。老爹因上了年纪，腿脚不便，躲避不及，成家皇帝的侍卫大骂老爹冲撞了龙辇，二话不说，便一刀将老爹砍死。小人虽刻骨仇恨，却也是敢怒不敢言。今听将军大兵杀到，正是小人报仇的机会来了。小人因常年打柴卖柴，对成都周围大小路径烂熟于心，愿为大将军指路，早日拿下成都，宰了那个狗皇帝！"岑彭正思谋由何处进击成都为好，听李三如此说法，心下高兴。又因亲见马援堆米为图，便也让人取来米谷铺于地上，让李三堆米为图，

第二十六回 溯江大战岑彭伐蜀 出师未捷名将归神

指划地势。李三眨眨眼道:"此乃军事机密,还请大将军屏退旁人。"岑彭便命别人退出,只留李三一人在帐内。那李三思路敏捷,手脚利索,抓起谷米铺撒开来,不多时便将成都外围的山川河流、大路小径堆成了一幅立体地图。又将哪座山丘可以绕路而攻,那条河流可以涉水而过,直至成都城墙何处薄厚,城内街巷何处宽窄都一一讲解清楚。岑彭听罢李三剖析,只觉得心开目明,又见已是夜深人静,便拍着李三的肩膀道:"李三,本帅取得成都,你实建大功一件!今夜可留军营歇息。我明日集合各营将领,烦你再为大家讲解一遍,以便达到人人心中有数,一举攻下成都。"李三听得帐外并无动静,凑近岑彭道:"小人不过一山野柴夫,不要什么功劳,只要大将军早日为小人报仇则是。"岑彭正要喊人领李三去歇息,就见李三从怀中刷地抽出一把匕首,猛然向岑彭刺去。岑彭因毫无防备,离得又极近,不及躲避,匕首已刺入胸膛。岑彭惊呼一声:"有刺客!"抬手去抓李三,却因刀中要害,扑通跌坐在地。看到此处,看官想已明白,这刺客李三并非别人,正是要杀人立功的血滴子。所堆地图,也不过是一通胡说八道。血滴子见岑彭已经中刀,飞身蹿出帐外,施展飞檐走壁之功,转瞬间已不见人影。

帐外卫兵听得岑彭呼叫,急忙冲进帐内,只见岑彭已跌坐地上,胸插匕首,汩汩淌出鲜血。卫兵见状大惊,忙将岑彭扶到榻上,又大喊军医官。岑彭喘气摆手道:"不必再烦劳军医,速将刘尚将军找来。"一时刘尚赶到,猛见岑彭已成血人,不由得伏地大哭,无法言语。岑彭怒道:"我被贼刺中要害,即刻不治。召你速来,是要托以军务大事。你怎能像女人孩子一样哭哭啼啼?"刘尚强收泪眼,站起听命。岑彭将军务简略交代一过,又命人取来笔墨,奏明刘秀道:"臣夜入定后,为贼刺客所伤,中臣要害。臣不敢惜身,诚恨奉旨不称,以为朝廷羞。臣自追随陛下以来,多蒙恩宠,虽死无以为报。只是国家即将统一,臣却无缘得见。惟愿将臣葬于武阳,冥冥中能得见巴蜀敉平,天下归汉！"写毕，投笔抽刃，气绝身亡，年三十九岁。可叹一代名将，南征北战，斩将破军，为中兴汉室立下累累战功，正待一睹华夏统一之盛景，却功败垂成，死于江湖宵小之手。真可谓"出师未捷身先死，长使英雄泪满襟"！后人有诗叹道：雨骤风驰善用兵，斩将破军惊如神。如何壁垒疏防夜，已悟彭亡竟殒身。刘秀惊闻岑彭被刺身亡，追思岑彭大功，伤痛不已，命刘尚遵照岑彭遗愿，厚葬于武阳，谥曰壮侯。岑彭长驱直入蜀地，持军整齐，秋毫无犯，深得巴蜀百姓敬重，因集资在武阳建"彭公祠"，岁时祭祀。此是后话。欲知伐蜀之战如何结局，且听下回分解。

第二十六回 溯江大战岑彭伐蜀 出师未捷名将归神

第二十七回 战成都吴汉大鏖兵
平巴蜀华夏归一统

话说血滴子刺杀岑彭之后，立即潜出汉营，连夜返回成都，报知丞相李熊。翌日一早，李熊领血滴子进见公孙述，将刺杀岑彭经过讲述一遍，公孙述听罢大喜，以手加额道："此天助我也！"当场诏封血滴子为刺奸大将军。因想到岑彭身亡，汉营必然一片混乱，便将大司马延岑召来，令他趁夜前去武阳劫营。延岑领命，挑选五千精兵，酒足饭饱后，趁着夜幕，悄悄杀奔汉营。到得汉军营前，却见汉营灯火通明，井然有序，并未任何慌乱迹象。延岑正觉纳罕，就听营中一声炮响，大队人马汹涌而出。火把亮处，但见为首一将，面如重枣，手持三尖两刃刀，座下黄骠马，大声喝道："贼虏休走，岑彭在此！"延岑在平曲迎拒岑彭时，只见其面，却未闻其声。今见岑彭横刀立马，精神十足，更不知周围有多少伏兵，心知中计，忙喊一声"快撤！"回军而走。岑彭追赶几步，让兵卒大喊了一阵杀声，便收兵回营。原来这是刘尚使出的以假乱真之计。岑彭身亡后，他立刻封锁消息，秘不发丧，又找来一名酷似岑彭的士兵，拌成岑彭模样，照常巡视军营，安定军心，严加防守，暗中急将岑彭遇刺之事报知洛阳。这才吓退了延岑。

延岑急急退兵数里，见岑彭追兵未至，方才松下心来。一路上悔恨不已，大骂血滴子骗官骗爵。回到成都，即连夜奏明公孙述道："岑彭毫发无损，且早有埋伏，若不是臣撤兵及时，几被岑彭所擒！"公孙述大惊道："刺奸将军说得明明白白，岑彭已是中刀身亡了呀？"

延岑道："臣曾与岑彭数次交手，最是认得清楚。陛下错信江湖骗子了！"公孙述生性酷苛，听延岑如此说，顿时勃然大怒，当即将血滴子召进宫来。那血滴子刚被封为刺奸大将军，正自得意，闻听成家皇帝召唤，忙整衣进宫叩见。不想刚刚跪呼一声"臣叩见陛下……"公孙述一拍案几喝道："血滴子，岑彭是否身亡？你老实讲来！"血滴子道："实是身亡。"公孙述道："你亲见他气绝？"血滴子支吾道："臣匕首中其要害，亲见鲜血喷流……"延岑道："你骗得了陛下，可骗不了本帅。就因误听你言，本帅今晚几被岑彭所擒！"血滴子着慌道："岑彭怎地未死？待臣明晚再进汉营，定取他头颅献于陛下！"延岑冷笑道："你没取他头颅来，我的头颅倒差点让他取去！"公孙述怒火迸发道："大敌当前，你胆敢骗朕邀功！来人，推出去斩了！"即刻进来两名武士，不由分说，将血滴子推出，顷刻做了刀下之鬼。

再说刘秀得到刘尚急报，伤痛之余，立命吴汉倍道赴蜀，接替岑彭统领大军。吴汉领命，急自荆门溯江而上，日夜兼程赶赴武阳，接过岑彭大军。听刘尚汇报了敌我态势，决定先取广都。广都在成都东南二十里处，位于郫江、流江之间。古蜀王蚕丛、杜宇等都曾以此地为国都，汉武帝元年改为广都县。县有鱼田盐井之饶，百姓从不知饥，史称"天府之国"。西晋文学家左思曾有名篇《蜀都赋》，赞广都百姓"家有盐泉之井，户有橘柚之园"，城内"贿货山积，纤丽星繁，喧哗鼎沸，嚣尘张天"。又叹山川"临谷为塞，因山为障，一人守隘，万夫莫向"。公孙述在成都称帝后，就把广都作为战略后方基地。夺取了广都，就是扼住了成都咽喉，因而攻守双方都作了充分准备。

吴汉本是叱咤风云的大将，每排兵布阵，必纵兵大战。因攻击广都必渡郫江，便从岷江调出百艘战船，船上载了两万人马作为先头部队绕进郫江，直驶到广都对面，顺江一字排开，要横渡郫江，夺取广都。开战这日，吴汉一声令下，百艘战船扬帆竞发，直取对岸。不想那广都守将魏党已在对岸埋伏了千名弓弩手，待汉军船到中流，伏兵齐出，对汉军实施"半渡而击",一时箭如飞蝗,射向汉军船只。汉军船不能进,遮挡不及,纷纷落水,不多时死伤两千多人。吴汉见船队被动挨打且不能还手,忙命部队返回。蜀军靠着郫江天堑,初战获胜,士气高涨,隔江大骂,要汉军退兵。吴汉回营,急忙与刘尚商议渡江之计。刘尚道:"敌军在岸,我军在水,如要强渡,总是被动。可选水性极高的兵士如此如此。"吴汉因知水手在岑彭溯江大战中发挥了不可替代的作用,也对水手有了新的认识,颇觉刘尚之计可行,便从水军中挑选了两千多名水性极高的水手,酒足饭饱之后,个个口衔芦苇,腰插匕首,悄悄潜入郫江。同时又命百艘战船扮作民船,载了三万名兵卒,顺广都北边的流江,驶至广都地界上岸,埋伏于广都城外左右山中。一切准备停当,吴汉便命战船夜间起航,直取对岸。郫江对岸敌军见吴汉战船来攻,照旧采取"半渡而击"的战术,待船到江心,岸上弓弩手又一齐跳出来放箭。谁知这些弓弩手刚刚张弓搭箭,潜入岸边水底的汉军"咕嘟嘟"一齐冒出,匕首闪处,岸上的弓弩手一个个腿脚中刀,扔了弓箭跌坐地上,吱哇乱叫。也有水手并不用匕首,干脆猛地攥在蜀兵两脚,一使劲"扑腾"扔进江中。不多时,岸上的蜀兵弓弩手已全部消灭干净。汉军的战船没了阻拦,即刻变换队形,船挨船连成一座座浮桥,六万多汉军一时间全部冲上北岸,直扑广都城。据守广都的蜀将魏觉早已在弓弩手身后数里处摆开三万兵马,作为第二道防线。见汉军扑来,遂指挥蜀兵与汉军厮杀起来。战不多时,早已埋伏在广都城左右山上的汉军一齐冲下,从蜀军背后发起了猛攻。蜀兵腹背受敌,又见郫江之上灯火通明,战船穿梭,正不知有多少汉军杀来,一时阵脚大乱,四散奔逃。魏觉见无法抵挡,只得弃城而走,逃回成都。天亮时分,吴汉大获全胜,夺取了广都城。

吴汉攻下广都,成都已赫然在目。汉军诸将纷纷摩拳擦掌,请缨攻城,争为统一华夏的最后一战建功。吴汉此时已统兵二十余万,见诸将意气风发,士气高涨,便也积极做攻取成都的准备。刘秀此时仍想劝公孙述投降,命吴汉先按兵不动,亲笔写信给这位成家皇帝,内云:"往年诏书数下,曾开示恩信,子阳不听。今将帅疲倦,吏士思归,足下如早日献城,可保家族完全。诏书手记,不可数得,朕不食言。若迷惑不喻,委肉虎口,痛哉奈何!"公孙述看过刘秀的劝降信,遍示群臣。不少大臣看罢,表示成都已走投无路,抗拒无益,不如献城归降,以保万全。大司马延岑却慨然道:"大丈夫当死中求生,岂可坐以待毙!"力主决战成都。公孙述沉吟一刻,一拍案几道:"废兴,命也。岂有投降的天子!"当下命延岑调兵遣将,迎拒吴汉。

刘秀见公孙述终无降意,遂下决心给其最后一击。因知吴汉喜欢纵兵大战,去信指示道:"成都十数万精锐,困兽犹斗,不可轻敌。只需坚守广都,待敌来攻,切不可与之争锋。敌若不来,可断其粮道,待其力疲,再一鼓而下成都。"不想吴汉仗着兵盛粮足,甚为轻敌,放言道:"成都弹丸之地,破城有何难哉!"遂不听刘秀指示,亲率步骑三万余人,前出至成都十多里处,扎营江北龙门山下;命副将刘尚屯兵两万于江南,江上搭浮桥,两军成掎角之势,准备一举夺取成都。吴汉将部署报告刘秀,刘秀大为吃惊,立即急信严厉批评道:"朕曾千叮咛万嘱咐,你也统兵多年,为何临事如此悖乱?你既轻兵深入,又与刘尚隔江分兵,倘贼先出兵围你,再以大军攻刘尚,尚破,你必败无疑。速退广都坚守待敌!"不料刘秀书信尚未到达,吴汉已发起攻击,一时便攻到成都市桥之下。公孙述的大司马延岑,前几日见吴汉扎营江北龙门山下,料定其必然攻城,便奏道:"生死在此一役。陛下可速散发财帛,招募勇士,待臣以奇兵袭之。"公孙述便在军中精选了五千名敢死队员,每人发黄金百两,交由延岑指挥。延岑见汉军攻到市桥之下,便在市桥上多张旗帜,让士兵登桥鼓噪,摆出一副决战架势,自己却带领敢死队,仗着地形谙熟,悄悄绕到汉军身后,突然发起攻击。汉军正专心攻城,不想身后突然杀出五千蜀兵,且人人奋勇,个个拼命。正惊愕间,城中大批蜀兵又蜂拥而出,一时阵脚大乱。吴汉见不能敌,忙收兵撤回龙门山下。不料扎营未毕，便被大司徒谢丰率十万蜀兵团团围困。扎营江南的刘尚欲出兵来救，却被执金吾袁吉率大军截住。吴汉此时才后悔未听刘秀指示。然其到底是沙场名将，并不惊慌失措，只是闭营不出，思谋对策。一面多张旗帜，烟火不绝，虚张声势，一面派出机灵兵卒勘察龙门山出路。两日过去，有兵卒发现山下有一洞口可通山外。吴汉大喜，召集众将士慷慨言道："我与诸君转战千里，所在斩获，不意未听圣上之言，轻入敌腹地，我之过也。而今与刘尚二处守困，互不相接，其祸难量。我欲今晚遁过江南，与刘将军合兵破敌。若能同心一力，大功可成。如若不然，败必无疑。成败之机，在此一举！"众将齐声应道："愿随大司马并力死战！"入夜，吴汉命营中多张灯火，四放炊烟，全军吃饱喝足，然后人马悄无声息钻出山洞，急驰江南刘尚大营外，埋伏在蜀兵身后。刘尚因惦记吴汉安危，一心要闯过江北，为吴汉解围，早饭后又出兵与袁吉交战。两军激战半日，各自疲惫。吴汉见时机已到，一声令下，伏兵大出，直捣蜀兵背后。袁吉突见背后汉军大至，心下狐疑：吴汉既已被大司徒团团包围，汉军又从何而来？正错愕间，吴汉已纵马舞刀冲来，不由分说，手起刀落，将袁吉劈于马下。刘尚见是吴汉率兵杀来，心下大喜，振奋精神，即与吴汉前后夹击蜀兵。不多时，两万蜀兵便全军覆没。吴汉虽然转败为胜，却再不敢大意，忙与刘尚收兵转回广都。那在江北的谢丰，还以为吴汉被围困在龙门山下，待举兵攻进营寨，哪里还有汉军踪影？正狐疑间，有江南败兵逃来报告，称吴汉已在江南大败蜀兵，袁吉也已被吴汉斩于马下。谢丰闻讯大惊，又恐成都有失，急忙回军成都。

　　吴汉、刘尚合军转回广都之后，也不再急攻成都，而是按照刘秀吩咐，坚守广都，陈兵待敌。又四处截断粮道，不让一粒粮秣进入成都。公孙述不甘心广都这个后方基地丢失，便不断派主力出城攻击吴汉。吴汉从容不迫，在广都与成都之间迎击蜀军，稳扎稳打，八战八捷，两月之内，歼灭蜀军主力六万余人，且节节推进至成都城下。随着战局的发展,成都已呈现出被重兵包围之势:成都之南,吴汉已兵临城下;成都之北,自冯异去世后,由马援、马武接掌汉军,从陇西一路南下,斩关夺隘直入蜀地,兵锋也已抵成都;成都之东,臧宫自两千里外的平曲西进,两月之内,接连攻克遂宁、资阳、广安、乐山、绵阳等地,斩杀公孙述十数员大将,收印绶八百余枚,降卒十余万,直杀到成都北门,与吴汉大军会师。三路大军拥兵三十万众,势若风雨,扫向成都。刘秀见彻底平定巴蜀的时机已到,即命三十万大军由吴汉统一指挥,围攻成都。面对咄咄逼人的汉军阵势,龙兴朝廷的文武大臣人人惊慌失措。为稳定人心,公孙述上演了一场骗人把戏。成都城内有一座秦时修建的粮仓,公孙述称帝后改为白帝仓,早已多年废弃不用。这日夜晚,公孙述让人悄悄将大批粮米运进白帝仓,封闭好了。翌日一早,便召集群臣,宣布道:"朕夜来梦见天帝召唤,告朕帝祚尚长,不必惊慌。因城中缺粮,先降粮米万担于白帝仓,随后即派遣六丁六甲神兵来助,旬日之间即可解围。无论汉军如何嚣张,卿等不必在意。现随朕前往白帝仓一观虚实。"说罢,带领群臣来到白帝仓,打开粮库,果见里面白米堆积如山。公孙述扑通跪地,望天连拜三拜,口中念念有词,众臣也都跪地望天朝拜一番,乞告天帝保佑。有那迷信的,倒也心稍自安。可把戏归把戏,汉军谁管你这一套?公孙述刚返回朝堂,便接到吴汉的最后通牒,言称今日如不归降,明日大军就要攻城。公孙述向来迷信,宫中专门养了一名卜者,遇有大事即请来占卜吉凶。见吴汉就要攻城,断不能再玩什么把戏了,忙请卜者前来占卜。那卜者仗剑披发,当下起了一卦,一时面露喜色道:"陛下不必担忧,卦辞上已有四字明示。"公孙述急问道:"有哪四字明示?"卜者神神秘秘道:"虏死城下。"公孙述道:"这就是说,吴汉等要死于城下?"卜者道:"正是此意,且有六丁六甲神兵来助。陛下明日尽管出战无妨。"公孙述以手加额道:"如此,朕无忧矣!"翌日一早,大犒兵卒,命十万人马全部杀出城外迎敌。他却稳坐皇宫,等待捷报传来。看看两军已厮杀半日,便让侍卫出城观战。一时侍卫回来禀报,城外已尸横遍野,两军皆伤亡惨重。公孙述急问道:"可知那汉军统帅死于城下?"侍卫道:"尚未听得。"公孙述思忖:看来上天是要他死于我手了。当下披挂上马,出城来寻吴汉决战。其时,吴汉在两军厮杀之前,早已安排好六万精兵作为预备队,见蜀汉两军已厮杀得各自疲惫,正要下令预备队直冲敌阵,忽见公孙述出马城外,便也立马阵前。两军对阵,这位成家皇帝仍不忘摆出帝王架子,但见他身披龙袍,金盔金甲,横矛立马于黄罗伞盖之下,两旁武士高举斧钺大戟,左右护卫。见对阵吴汉出马,抬手一指道:"贼虏无状!朕安居巴蜀,与尔等何干?竟然犯我境地,损我吏民,速速退兵便罢,如若不然,定教尔等死于城下!"吴汉道:"老贼休得胡言!你背汉自立,实为汉贼。本帅奉旨讨贼,西土咸悦,吏民归心。现天兵临城,仍敢口出狂言!你本行将就木之人,若举城归降,还可保余年,如冥顽抗拒,定死无葬身之地!"公孙述因有卦辞明示,自觉底气十足,大喝一声:"虏死城下!"拍马挺矛,直取吴汉。吴汉抡刀架住,二人便在阵前厮杀起来。那公孙述虽说也有武艺,终究是年过半百,体力不支,战至二十来合,竟被吴汉一刀劈下马来,口中还念叨着"虏死城下",见阎王去了。蜀军将士本已战得疲劳,见成家皇帝殒命沙场,顿时大乱。吴汉大刀一挥,六万预备队员如狼似虎,杀声震天,直冲敌阵。已经疲惫的蜀军哪里还有什么战力?成都城下,一时血流成河。吴汉挥军掩杀一阵,见眼前蜀军已伤亡殆尽,即纵马来到南城门下,大叫开城。城中文武官员听得皇帝已死,自知大势已去,便准备投降。那位宫中卜者正准备逃走,却遇宰相李熊慌张赶来。听说公孙述已在城外战死,一指卜者喝道:"混账!到底谁死城下?你那六丁六甲神兵又在何处?"卜者不答,拔腿便逃,李熊赶上,一剑结果了性命。又见朝中众臣都有降意,心想如不投降,自己也定然性命难保,当下便命打开城门,举城归降。

再说延岑正在北门外与臧宫交战,忽有逃兵跑来报道:"大司马速撤！陛下已被斩杀，城内官员已大开城门，迎接汉军入城了！"延岑一听大惊，心想今日已是国破家亡，何处又能容身？干脆拼个鱼死网破！抖起精神，轮动泼风大刀，直冲入汉军阵中，左劈右砍，一时斩杀汉军数十人。臧宫见延岑要拼死命，忙纵马挥鞭，截住厮杀。二人大战四五十合，延岑终因心下恍然，刀法渐乱。臧宫双鞭逼过延岑大刀，一把提离马鞍，摔在地上，命兵卒绑了。蜀军见大司马被擒，也就逃的逃，降的降，一时间如鸟兽散。

且说吴汉率大军进入成都，扎营已毕，将延岑押来，趾高气扬道："延岑，你这个大司马今被我这个大司马所擒，还有何话说？"延岑道："此天亡巴蜀，非你人力所及。我今既被擒，自无话说。只是必要见到成家皇帝陛下。"吴汉冷笑道："子阳逆贼，已被本帅斩杀，你见他何益？"延岑张目道："活要见人，死要见尸。如不让见，死不归降！"此时公孙述的尸首已运回城内，正待装入棺木。吴汉便让人带延岑前去认尸。延岑见了公孙述尸首，跪拜三拜，抚尸恸哭一番，猛地站起，大喊道："陛下，臣追随你去了！"喊罢，一头撞向棺木，顿时头破血流，气绝而亡。吴汉闻报大怒，立命将公孙述、延岑的妻子儿女满门抄斩，以绝后患。因怒气未息，又命放火焚烧公孙述皇宫，还纵兵大掠城中百姓，致使吏民惶然。本来，刘秀得知吴汉攻下成都，完成了华夏统一，心中大喜，特派太中大夫张堪前往前线劳军。未料吴汉进城之后却大肆杀戮，又纵兵掠民，不觉大怒，立即去信严责道："成都既下，吏民本已归附，城内老幼数以万计，你却杀降、焚宫、掠民，闻之可为鼻酸！仰视天，俯视地，你的所作所为，哪一点符合吊民伐罪的宗旨？征南将军岑彭长驱入蜀，秋毫无犯，才赢得吏民归心。今却毁于你手，其过大矣！"立命吴汉率军回朝述职，诏令张堪为蜀郡太守，安抚百姓。张堪进入成都，立即出榜安民，检阅库藏，又严惩扰民兵卒，追回所掠财物，交还百姓。又召集已归降的文武官员，好言抚慰，量才使用。吏民皆心悦诚服，蜀地很快安定下来。

刘秀二十七岁起兵，三十岁称帝，以他世无其匹的胆识、勇略、心胸、品格，延揽英雄，务悦民心，历经十多年血火征战，终于扫灭群雄，一匡天下。至此，华夏六百万平方公里土地，东至滨海，西逾葱岭，北抵大漠，南至百越，皆归于刘秀的东汉王朝版图。

建武十二年（公元36年）十月，正是金风送爽的收获时节，四十一岁的建武皇帝刘秀驾座洛阳宣德殿，大宴群臣，庆祝国家统一大业的完成。众将回顾跟随刘秀百战创业的艰难历程，再看今日一匡天下的完胜局面，纷纷盛赞刘秀的威德，有的赞他用兵如神，有的赞他胸怀似海，有的赞他意志如钢……。刘秀摆手制止道："众卿所言，皆成过去，不必津津乐道。十年战乱，国家虚耗，百废待兴。朕不喜虚辞，还望众卿努力事事，以使国家早见中兴。"众将齐声应道："臣等决不负陛下教诲，定尽心竭力，完成中兴大业！"欲知后事如何，且听下回分解。

第二十八回　光武帝尊贤传佳话
　　　　　　阴丽华让位留美名

　　话说刘秀底定天下之后，便将注意力转到治国理政、发展生产上来。而这治国理政的重任需要何人担当？刘秀敏锐地察觉到，他手下那一大批武力功臣，若说攻城略地、沙场鏖兵，个个毫不含糊；若说文化素养、明经通儒，多数尤显不足。当下要偃武修文，发展经济，若是让他们在朝中继续占据要位，眼见得难以胜任。如此下去，势必阻碍中兴大业。有感于此，刘秀产生了"退功臣，进文吏"的想法，要让多数武力功臣退出要职，只留少数文武兼备的将才镇守要隘，同时选拔明经通儒、熟悉政务的天下才俊治国理政。然又想到，我能扫平天下，多赖这些武力功臣的出生入死。今天下大定，便要解除他们的要职，换作儒生秉权，岂不要说我是"飞鸟尽，良弓藏"？一时感到兹事体大，便找大司徒邓禹商议。邓禹见刘秀有偃武修文之意，很是赞同，对刘秀分析道："臣观前朝故事，自高祖始，朝中公卿，皆用武力功臣。此举弊病有三：武力功臣拥众京师，易成尾大不掉之势，一旦隙生乱起，难以收拾，此一也。功臣久居要职不退，自会使天下贤能壅闭，才俊塞道，此二也。治平临政，就须课职责咎，赏罚分明。若功臣失职，惩罚则显圣上失恩，放纵则违废禁典，致使君臣尴尬，此三也。圣上今欲退功臣，进文吏，正是去此三弊的良策，秦汉以来，未之有也。臣即请辞去本兼各职，在家侍奉老母，读书教子，颐养天年。"刘秀道："仲华文武兼备，朕从来视为肱股，怎能离开？"邓禹道："臣乃百官之首，我若恋栈官位,其他将领又该当如何?朝臣如不能面孔一新,圣上的深图远略恐难实现。臣明日决上送辞呈,望圣上允准!"刘秀听罢,心生感动,起而抚邓禹背道:"朕有仲华,汉室之福也。朕准你去职,然则朝中遇有大事,还得请你上朝来议。"邓禹道:"只议不治,臣可当之。"刘秀道:"仲华可晓谕众将,朕决不做兔死狗烹之事,凡辞去要职的,朕当封侯封邑,使其优游岁月,安享清福。"邓禹起而拜道:"圣上如此厚待功臣,实是臣等之福!"翌日,邓禹便上表请辞本兼各职。其余诸将,如贾复、耿弇、铫期、马武、王霸、臧宫等,也上表请辞官职。刘秀也确实重情重义,对这些武力功臣大加褒奖,封侯封邑,让他们安享清福。还经常在闲暇之时,到他们家中看望聊天,把酒忆旧。史称"君臣交尽其美,唯东汉为盛焉"。

刘秀安置好这些武力功臣后,便诏令全国各郡县,每地至少推荐一名"德行高妙、志节清白、学通经修、明达法令"的儒生到洛阳,由刘秀当面览试授职。刘秀也常到基层访求发现人才。南阳人卓茂,乃当朝鸿学大儒,名冠天下。汉平帝时曾任密县令,劳心谆谆,政声卓著。王莽当政时辞官归里。刘秀仰慕卓茂大名,亲到乡间拜访,任命为太傅。长安人宋弘,为当时名儒,节操闻于四方。王莽当政时,曾在华山设馆授徒。王莽数次征他入朝为官,都遭拒绝。后派兵将其"请"往京师,车过灞桥时,宋弘竟然跳入渭水,以死明志。刘秀早听说过宋弘节操,便亲到华山敦请,拜封为大司空。由于刘秀求贤若渴,很快就吸纳了一大批有各类才能的知识分子。如侯霸、董宣、冯勤、任延、鲍永、李章、王良、郭丹、刘昆、丁邯、张纯等等,这些儒生或精于吏事,或明察守正、或教化民风、或理恤百姓、或抑制豪强、或兴修水利,或垦荒拓田,都为中兴汉室做出了突出贡献。

也有一些鸿学大儒,并不给刘秀面子,甚至刘秀三请,仍拒不入仕。在常人看来,纯属不识抬举,而在刘秀看来,却是人各有志,不必相强。太原人周党,为当时一代名儒。家产千金,却轻财好义,扶贫济困,名重一时。王莽新朝时期，托病不仕，只是在家中著书立说。刘秀平定天下后，请他入朝，拜封为议郎。谁知不过旬日，周党却挂冠封印，携妻躲进黾池山中去了。刘秀不解其意，便将周党从山中请来洛阳。周党穿短衣，戴斗笠，见了刘秀，只是作揖，并不跪拜。刘秀问道："先生可显官职低了？"周党道："我无任官之才，只愿固守本志。"刘秀道："先生志向何在？"周党道："著书立说，教化子民。"刘秀道："先生可否留朝任太史令？掌管国家典籍，不是照样可以著书立说么？"周党道："我少小有志，永不做官。陛下还是不必相强。"刘秀叹口气道："人各有志，朕不相强。先生请回，安心著述便是。"周党离京时，刘秀想到他避居深山，生活无甚来源，又赐粮五十担，布帛四十匹。

更有那会稽郡余姚人严光严子陵，曾是刘秀在长安求学时的同窗好友。此人大刘秀五六岁，才华横溢，见解明远，却是狂放不羁，目中无人。刘秀要吸纳才俊，第一个想到的就是严光，便让人到余姚去请。谁知严光听说刘秀在招纳人才，赶忙搬离余姚，改名换姓，隐居不出。使者在余姚遍寻不见，回京奏报刘秀余姚并无此人。刘秀已猜到严光是有意避见自己，不觉笑道："好你个严子陵，竟跟朕捉起迷藏来了，挖地三尺，也要找到你这个狂徒！"当下命人画影图形，张贴全国各地，派人四处察访，并奖励举报。看看一月过去，有会稽百姓报告，称桐庐县富春山下有个五十来岁的男子，披羊皮，打赤脚，经常在富春江畔垂钓，形貌极似严光。刘秀得报，即命会稽太守李忠前去辨认，并透露严光额头有红痣一枚，叮嘱道："此人是朕知交，有大才，更有狂态。你去不可相强，只是要把他请来。"李忠带了严光画像，来到富春山。刚拐进山谷，就听江边传来吟诵之声："鸢飞戾天者，望峰息心；经纶世务者，见流忘返。"李忠循声寻去，就见江边一块大青石上，坐了一名男子，约莫五十来岁，头戴斗笠，身披羊皮，手持鱼竿，双脚入水，正优哉游哉垂钓。李忠将画像与男子对照了，又走至近前，发现此人额头果有红痣一枚，眼见得是严光无疑了，便轻声问道："足下可是严子陵先生？"那男子并不搭话，只是手不离竿，眼不离漂，优哉游哉，物我两忘。少倾，一条金色鲤鱼被他钓了上来，攥在手中观赏一阵，又将其放归江中，随口念道："从流飘荡，任意西东，鱼之乐也！"见鱼儿游得不见踪影了，才抬眼望望李忠。李忠忙弯腰施礼道："会稽太守李忠，见过子陵先生！"男子摇头道："老夫姓归名岸，不晓得什么子陵先生。"李忠将画像展开道："先生可仔细辨认。"男子扫了一眼道："天下体貌相似者所在多有，焉知此画就是老夫？"李忠笑道："先生额头红痣显著，以此知之。"男子道："此画像额头并无红痣，你从何处得知？"李忠道："从当今建武皇帝处得知。"男子呵呵笑道："这个刘文叔，总是记着老夫的短处。"李忠见他承认了自己是严光，忙道："建武皇帝求贤若渴，特命在下来请你老入朝辅政。"严光一听，也不搭话，撩起江水洗洗耳朵，迅速收起鱼竿，沿小路急急进山而去。李忠也不阻拦，只是在后面暗暗跟随，眼见严光转入山中一间茅草房中，闭了柴门。李忠记下地址，翌日一早，便备了豪车，带几名兵卒来到严光草舍。严光一见，扛起鱼竿要走，李忠拦住道："现今建武皇帝中兴汉室，正是用人之际。先生有经天纬地之才，不去建功立业，却在一隅野钓，岂不可惜？"严光道："你非钓徒，焉知钓之乐？"李忠施礼道："我奉皇帝诏令，命驾京师。先生之乐，尽可对皇上讲来。"严光道："昔日舜帝要传位于许由，许由认为污了耳朵，跑去颍水洗耳。你身为太守，可知此一典故？"李忠激他道："在下不但知道许由颍水洗耳，还知道姜尚渭水垂钓。不过依我看来，皆不过是假作清高，沽名钓誉罢了。"严光道："此话怎讲？"李忠道："假如他等藏于高山深谷，脱弃凡尘，谁又能知他是何人？昔日姜尚垂钓渭水，是不钓锦鳞钓王侯。先生今垂钓富春江，我看亦有此意吧？"严光瞪了眼道："太守说哪里话来？当年我和文叔谈论志向，他说仕宦要做执金吾，我说闲云野鹤田舍翁。今已各得其所，我还有何求？"李忠激道："当今圣上英明神武，魅力无穷，在下敢与你老打赌，只要你去洛阳一见，便甘愿驰驱马前。"严光道："输赢何物？"李忠道："女儿红十坛。"严光手舞足蹈道："好！好！我今就随你去洛阳。你那十坛女儿红，老夫喝定了！"李忠见严光已入彀，当下便请他上车，护送至洛阳。

且说严光被请到洛阳，当日住进高档驿馆。大司徒侯霸侯君房原是严光的老朋友，闻听严光来到京师，便派属吏前往驿馆问候，并说明公务繁忙，晚上一定前来看望。严光根本就不看属吏，只是抱膝读书，直到读完，才问属吏道："君房本是痴人，现今做了大官，有没有点长进？"属吏道："大司徒总理百官，辅国理政，何言痴也？"严光道："他今日所言，就是痴话。天子请我多次，我才勉强前来。人主还未见，怎能先见他这个做臣子的？"属吏见严光口出大言，并不想见侯霸，忙道："先生可否给大司徒一手书？"严光道："老夫累了，我说你记就是。"遂口述道："君房足下，位至鼎足，甚善。怀仁辅义天下悦，阿谀奉承要领绝。"属吏见严光连个问候的话都没有，便问道："先生可否再问候大司徒一些言语？"严光笑道："你以为这是买菜？还要再搭上一点。"说罢又埋头读书，不再言语。属吏回府将严光的狂态讲了，不解道："这严子陵是何许人也？毫无礼教！"侯霸道："你不懂他。若是中规中矩，就不是他严子陵了。"当下将严光的口授回信拿给刘秀看。刘秀笑道："狂徒故态依旧！朕这就去会会他。"当日来到驿馆，进门便高叫道："子陵！子陵！你到底还是来了！"里面却无人应声。馆吏忙奏道："启禀陛下，先生正在卧睡，臣下即唤醒他来见。"刘秀摆手道："不必。朕可等他醒来。"谁知严光竟一睡不醒。刘秀干脆走进卧室，听严光鼾声如雷，知他是装睡，便抚摸他肚皮道："子陵醒来！"严光仍呼呼大睡。过了一刻，才睡眼惺忪地望着刘秀，并不起床。刘秀道："子陵兄别来无恙？快起来一叙。"严光打着哈欠道："我车马劳顿，甚觉困倦，改日再谈便是。"说罢又翻身睡去。刘秀叹口气，吩咐馆吏道："此人狂傲，不拘小节，出入由他自便就是，不必拦他。"

说罢回宫。

两天后,刘秀将严光请进后宫,两人无拘无束,回忆起长安太学岁月。其时刘秀、严光家境都不太富足,两人曾合蜜为丸,卖蜜丸以资助学费。又因互相倾慕,常常讨论学业至深夜,同睡一床。抚今忆昔,刘秀问严光道:"我与过去相比,如何?"严光道:"略有长进。"刘秀道:"子陵大才,文叔不及。方今百废待兴,国事繁难,还请子陵出山,助我治国理政。"严光道:"当年谈论志向,你说要做执金吾,我说要做田舍翁。如今你驾座洛阳城,我躬耕富春山,昔日所愿已各得其所,再无所求。"刘秀道:"子陵既不愿为官,那就以客卿身份留住京师,以便随时教我。"严光道:"人各有志,何必强相逼迫!"刘秀见严光油盐不进,忽地变了脸色,一拍桌子道:"好你个严子陵!你既不肯辅佐我,也决不许你辅佐别人!"指指桌旁的酒壶道:"里面是毒酒,如不奉旨,请即自尽!"严光并无惧色,抓过酒壶,咕嘟嘟喝了下去——却是一壶蜜水。严光摸摸嘴巴道:"不想天子也有戏言!"刘秀哈哈大笑道:"我虽为天子,却不敢忘昔日合蜜之时。"便不再谈论政事,只是畅叙友情。直到夜深,严光要回驿馆,刘秀留住道:"今夜再习长安故事,你我就同睡一床便了。"严光也不推辞,滚进龙床,便和刘秀一起睡下。睡梦中竟将两腿压在刘秀的肚子上。翌日上朝,便有太史官奏报,称昨夜客星犯紫微甚急。刘秀笑道:"是朕与故人严子陵共卧而已。"朝散,刘秀又去驿馆探望严光,馆吏禀告道:"先生已于早饭后离京而去,因圣上有旨,小的们也不敢阻拦。"此事传开,有朝中大臣、博士范升见严光如此狂傲无礼,刘秀却如此以礼相待,甚是不服,启奏刘秀道:"周党、严光之辈,文不能演绎,武不能死君,却故作狂态,无非沽名钓誉而已。臣愿与他等同坐云台之下,辩论国是。若不如臣,则判其虚妄之罪。"刘秀道:"自古明王圣主,必有不宾之士。伯夷、叔齐不食周粟,周党、严光不受朕禄,亦各有志焉。"

严光回到会稽,仍躬耕于富春山下。刘秀也不再请他出仕,只是逢年过节，送些食品慰问。严光活到八十多岁，无疾而终。刘秀和严光的交往，展示了朋友的真情，留下了千古传诵的佳话。至今在桐庐县的富春江畔，还有"严陵台"旧迹，令游人遐思无穷。

　　花开两朵，各表一枝。且说刘秀建都洛阳、定鼎中原之后，册立皇后便提上了议程。当时阴丽华和郭圣通都已接来洛阳，两人都被封为贵人。谁来坐皇后这个宝座？在满朝文武看来，阴丽华是刘秀结发之妻，不但才貌双全，更雅性宽仁，束身自俭，谦恭下士，以皇后之位母仪天下，非她莫属。刘秀与阴丽华伉俪情深，也认为册立阴丽华自是水到渠成之事，郭圣通对此亦无异议。恰在此时，刘秀接到真定王刘扬一道奏章，催刘秀早立皇后和太子。刘秀知刘扬的用意是想立郭圣通为皇后，但见满朝文武皆赞成立阴丽华，便不改初衷，命筹备册立皇后大典。筹备处为阴丽华定制了凤冠霞帔、紫绶金印，送阴丽华审定。阴丽华却看也不看，退了回去。筹备处以为阴丽华嫌礼服不够华贵，又用上好衣料重新定制一身送上，谁知阴丽华二话不说，又退了回去。筹备处摸不着头脑，便将此事奏报刘秀。刘秀思忖丽华平时躬身自俭，衣无绣纹，今日怎地一反常态？便欲找阴丽华问明原因。正要动身，阴丽华却找上门来。刘秀问道："丽华，册封大典不日就要举行，你因何不要皇后的凤冠霞帔、紫绶金印？"阴丽华道："妾身正想奏明圣上，这大汉皇后，还是由圣通来做为好。"刘秀大吃一惊，心想这皇后之位，全天下女子谁不梦寐以求？丽华却为何轻而易举地推掉？正讶然不解，只听阴丽华问道："皇上请想，当年你在河北征讨王郎，若不是真定王送你十万兵马，怕是胜负难料吧？"刘秀道："的确如此。"阴丽华道："老王爷阅人无数，非要圣通嫁你，当是有深意所在。妾身却不同，当时认定你，只是情投意合，并无他念。"刘秀道："正因为我当时答应了这门亲事，至今耿耿于怀，总觉对你不起。你也不必介意老王爷的心思。若论德容言工，你来做皇后，朝野无人不服。"阴丽华淡然道："我本一农家女子，今日能陪伴皇上左右，已是心满意足。

圣通出身名门大户，知书达理，更已生下皇子，而妾身尚未为你生下一男半女。圣通母仪天下，正当其时。"刘秀沉吟一刻道："兹事体大，待我让群臣再议。你如此推脱，恐南阳诸将想不通。"阴丽华阻止道："妾意已定，决不去争这个皇后！南阳诸将若不通，我自向他等解释。如将此事拿到朝堂七嘴八舌，万一生出是非，妾之罪也。"刘秀虽对阴丽华的品德早有体会，却没想到面临后位大事，阴丽华竟如此谦退大度，深明事理，心中不由得一阵发热，一把揽过妻子，喃喃道："国有丽华，汉室之福也！"翌日上朝，刘秀将阴丽华让位一事讲给文武官员听了，朝堂之上，顿时响起赞扬之声。博士范升道："臣遍观史书，千百年来，只见宫闱争斗，相互残伤，从未闻谦让后位之事。臣今日就将此事记入史册，以为典范，流芳百世！"几天后，册立皇后大典在皇宫举行。郭圣通坐于皇后之位，大郭圣通三岁的阴丽华，以贵人身份向郭圣通行了跪拜大礼。自此，阴丽华谨遵后宫礼制，从不逾矩。

　　阴丽华不仅谦恭礼让，不恋高位，还对阴氏一族严加约束。哥哥阴识，自随刘秀白水起兵，身经百战，多有功劳；弟弟阴兴，也在建武元年来到刘秀身边任黄门侍郎，跟随刘秀征战南北。刘秀定鼎中原后封赏功臣，念及阴氏兄弟忠心耿耿，出生入死，准备越级提拔。阴丽华得知后，即劝阻刘秀道："我家兄弟，虽说跟随陛下沙场征战，但若论能力、战功，都不能和冯异、铫期、贾复、耿弇、岑彭、王霸、马武、臧宫等相比，不可越级提拔。"刘秀道："他二人自有功劳，难道皇亲就不能封功？丽华不要太过谦恭了。"阴丽华道："我不是说皇亲不能封功，而是说外戚不可权势过大。王莽家族不都是贪权暴富、奢极而亡么？殷鉴不远，我阴氏一族，决不能重蹈覆辙。"又将阴识、阴兴叫来，谆谆嘱咐谦退自抑。阴识兄弟赶忙奏报刘秀道："臣等未有披羽登城之功，蒙陛下恩泽至厚，已是富贵。富贵有极，人当知足。如功小而受高禄，恐亏损圣德，唯望陛下圣裁。"刘秀大为感佩，就不再坚持，而是将阴氏兄弟官位排在九卿之下。到后来，阴丽华位居皇后、皇太后，仍然恭俭孝慈，从不干预朝政，更不为娘家亲友谋求官职利益。她的德容言工，成为历代皇后的典范。在她的影响下，阴识、阴兴虽为皇后兄弟，却一生谨慎，奉公守法。阴识后来当到执金吾，仍躬身自俭，府中房屋不避风雨。阴兴当到侍中，从不为亲友求官。刘秀晚年曾想让阴兴担任大司马，面对三公的高位，阴兴却叩头流泣，坚决辞谢。阴氏一门，都以阴丽华为榜样，临渊履冰，善始善终度过了一生。公元六十四年，皇太后阴丽华崩逝，年六十一岁，谥号"光烈"。后人有诗赞曰：母仪天下阴丽华，德容言工朝野夸。光武千载称明主，还赖后宫好当家。欲知后事如何，且听下回分解。

第二十九回　刘秀点赞强项令　董宣名动洛阳城

话说建武十三年秋,洛阳令出缺。刘秀闻知怀县县令董宣在任廉洁清正,执法不阿,吏民皆服,口碑甚佳,便诏令其来洛阳面试,要任命他为洛阳令。洛阳乃是帝都,有多少官员削尖脑袋想谋取洛阳令之职?谁知董宣一听,却叩头婉谢道:"微臣不才,不敢奉旨。"刘秀讶然问道:"却是为何?"董宣道:"洛阳乃是帝都,多有皇亲国戚、勋贵重臣。将来遇有公事,难免有皇亲重臣插手。微臣性直,万一事有抵牾,恐非圣上所愿。"刘秀道:"正因为洛阳有皇亲国戚、勋贵重臣,朕才要找一个奉公不私、执法不阿的洛阳令。朕意已决,不得抗旨!"董宣道:"既然圣意已决,微臣奉旨就是。只是将来遇有公案,旁人不要干预。"刘秀道:"朕准奏。只要你执法不阿,包括朕在内,均不得干预!"董宣见刘秀一口许诺,这才上任洛阳。董宣在任勤于职事,并不与皇亲国戚、勋贵重臣来往;又能察民疾苦,以律执法,颇得百姓称颂。

也是合当有事。却说刘秀大姐、湖阳长公主刘黄,正值盛年之时,丈夫却一病归西,因而心情郁结,见花落泪。阴丽华见皇姐终日闷闷不乐,湖阳府内几个老苍头又暮气沉沉,府内几无笑声,便将新野老家的远方侄子阴豹推荐到湖阳府做了苍头。这阴豹年方二十,平日不事稼穑,游手好闲,却也口齿伶俐、腿脚利索,刀枪也能比划几下,戏法也能玩得几手,更练得一手好口技,模仿鸟鸣狗吠,几可乱真。阴豹进了湖阳府，府中果然热闹起来。为逗长公主开心，这小子使出浑身解数，又是在大树上学鸟叫，又是在草坪里踢花球，还能在平地上变戏法。每过十天半月，便赶了凤辇拉长公主到郊外观光。不出半年，长公主刘璜心情大为开朗，脸上笑容多了起来。阴丽华每进湖阳府与皇姐叙谈，刘璜总免不了要夸奖几句阴豹。那阴豹虽说是阴丽华八竿子打不着的本家，却总爱以阴贵人的侄子自居。阴丽华见阴豹常面有得色，吹吹擂擂，便也训诫他束身自修，不得狐假虎威。谁知阴豹见长公主喜欢信赖他，渐渐就忘了自己的奴才身份，惹是生非起来。

却说秋日的一天，阴豹带了家丁，来洛阳城东市闲逛。这东市有一角落，地势平坦，林木茂盛。有那殷实人家养了鸟儿，闲时便来此处遛鸟。一来二去，此处便成了鸟市。树上常挂满了鸟笼，画眉、百灵等灵性宠物，在笼中蹦蹦跳跳，比赛歌喉。那阴豹本是玩鸟斗鸡之徒，只要听一阵鸟叫，便能判知高下优劣。这日他逛进鸟市，来到一只红漆竹笼下，抬头见笼中画眉叫得正欢。那画眉青黄相间的羽毛甚是丰满，尤其是头上还有圆圆的一撮红毛，恰似顶了一团火球，惹人眼目。那小精灵的叫声也与众不同，只要它一开口，那声音便响遏行云，将一众鸟儿的叫声全都压了下去。阴豹听得兴起，便施展口技，和那画眉比拼起来。一时间鸟市轰动，众人都围拢过来，啧啧称赞。一位道："我养了一辈子鸟，还没见过这么神的！"一位道："没见它头上顶着火球么？委实是只神鸟！"那画眉的主人是位老者，听众人夸赞，也眯起眼睛，捋着长须，神情悠然自得。阴豹比拼一阵，收了口技，望着鸟儿思忖：这小东西咋这等神奇？若是给长公主买回去，她老人家肯定喜欢。便问老者道："你这画眉可是要卖？"老者道："这是老汉的爱物，不卖。"阴豹道："我出个大价钱买，五十两银子，如何？"老者摇头道："这不关价钱事，你就是出百两千两，俺也不卖。"阴豹眼珠一转，拉上家丁就走。家丁边走边对阴豹道："要不咱回去禀明长公主，多多给老汉银两，把这神鸟买到手？"阴豹道："你没听那老东西说么？百两千两他都不卖。再说了，咱们这位皇帝可是个大抠门儿，他把后宫的费用卡得死紧，又不许下面送钱送物，长公主虽为皇姐，花销也月月吃紧哩。只是咱们当下人的，还得想法子让主子高兴。要想把这只神鸟弄到手，还得如此如此。"

二人边说边来到鸟市的僻静一角，花了五十文钱，买下一只和那神鸟毛色、个头一样的画眉，塞进袖筒，返身回到老者面前。有人见阴豹折返回来，便问道："这位官家，想必是深通鸟经了？"阴豹道："那是自然。我不但能判定鸟声的高下，还能判定它带给主人的祸福哩。"那老者听了，便对阴豹道："那就请官家为老汉判定判定。"说着将鸟笼取下，伸手将画眉抓了，递与阴豹。阴豹将画眉的头部、眼睛、羽毛、爪子一一看过，对老者皱眉道："老汉，你这画眉倒是万里挑一的上好品类，只是它头上的火球，有妨主之凶。"老者未及搭话，旁边有人道："莫不是你想吓唬老汉一通，将人家的神鸟弄走？"阴豹道："你那汉子，不是这等说话。人家不卖，谁能强买？我自小在深山养鸟，学得鸟经的阴阳之数。凡有鸟类妨主，皆有化解之法。像老汉这只画眉，只需将头上火球化掉，凶气自除。你今却诬我沾人家便宜，罢了！罢了！"将画眉递给老汉，转身要走。老者听得清楚，忙拉住阴豹道："官家慢走，烦你为老汉破解一回则个。"阴豹摇头道："不济！不济！怕人家说我骗了你呢。"老者赔笑道："他们是嘴上没毛说话不牢，老汉信你便是。"说着又将画眉递给阴豹。阴豹抓了画眉，装作不情愿的样子道："看你老面子，我就救你一回。"说罢，口中念念有词，抬手往天上一指，说声"去！"眨眼间画眉已无影无踪。其实是阴豹眼疾手快，趁众人仰头观瞧之际，已把画眉装进了家丁口袋。那家丁见画眉到手，即转身离去。阴豹见家丁走远，又伸手向天空一抓，说声"回来！"一只画眉又突兀站在他手上，只是少了头上那朵红火球。众人一时大为惊奇，一齐鼓掌道："奇了！奇了！"阴豹将画眉递给老者，拍拍手道："老汉，你这画眉凶气已除，放心喂养便是。"说罢扭身便走。老者刚将画眉放进鸟笼，一人忽然挤上前来，指着笼中画眉道："老丈，你中了他的调包计了！这只画眉，是他刚用五十文钱向我买的。"老者一听，心下忽然明白，急忙趋前几步，一把扯住阴豹衣袖，连连叫道："还我画眉！还我画眉！"阴豹拍打拍打衣服道："老汉你不必听旁人胡言，我若是换了你的画眉，任你搜遍全身！"老者怕阴豹溜掉，只是死死扯住，不肯放手。有认得阴豹的，便劝老者道："老丈，此人是湖阳府苍头，不好惹的。你就吃了亏吧。"又有人嘀咕道："这就叫狗仗人势！"那老者不管众人说东道西，只是扯住阴豹不放。阴豹走不脱，又见众人指指点点，骂骂咧咧，一时性起，刷地抽出佩刀，唬道："快快放手！"那老者却也倔强，死不放手，还连声叫道："不还画眉，你就杀了老汉！"阴豹听了，不由怒从心起，说声："杀你怎地！"刀尖一挥，噗嗤刺进老者胸膛。老者顿时倒地，嘴里吐着血沫，还喃喃念着："还我……画眉……"，渐渐没了气息。阴豹也不理会，只管转身离去。一旁众人惊呆了，待回过神来，赶忙去通知家人。恰在这时，洛阳令董宣下乡回城，路过此地。见有人被杀，大吃一惊，忙下马问道："什么人如此大胆？竟敢白日杀人！"因董宣时常在街头体察民情，百姓多认识他。一时围拢上来，诉说阴豹杀人原委。董宣听罢，勃然大怒，回衙立命衙吏验伤取证，又写就一封公文送往湖阳府，请长公主交出阴豹，依法处置。

再说阴豹回府，并未将杀人之事向刘璜汇报，只说是画眉从街上买来，挂在树上请刘璜观赏。刘璜高兴，正夸赞阴豹，却见侍卫进来送上洛阳府公文。刘璜看罢，吃了一惊，沉下脸来道："好你个小豹子！此事也做过头了。皇上如若闻知，你吃不消不说，本宫怕也要受责呢。"沉吟一刻，命人将画眉送回原主家，并送去五十两银子，作为老者的葬礼。又安抚家属不要告官，同时命阴豹闭门思过。却将洛阳府的公文扔到一边，不予理会。

第二十九回 刘秀点赞强项令 董宣名动洛阳城

董宣见刘璜并不买账，又不便直接进府抓人，便吩咐手下留意阴豹行踪，只要他出府上街，即刻抓捕。看看一月过去，刘璜见董宣不再过问，以为此事已经了断，也就放下心来。这日见天气晴好，想到郊外散心，便让阴豹驾车出城一游。刘璜出府，早有衙吏报告董宣，说阴豹赶车往夏门亭方向去了。董宣闻报，即刻换了官服，带了两名捕快，提前赶到夏门亭，只等阴豹前来。过不多时，果见湖阳长公主的凤辇粼粼而来。那阴豹赶了骏马，甩着响鞭，正趾高气扬前行，抬眼忽见董宣怒容满面，立于亭下。阴豹早听说这位洛阳令六亲不认，不由得心中发怵，"哎呀"一声，猛然将车停了下来。刘璜猛觉车子颠簸，刚要问话，就听阴豹禀道："启禀殿下，洛阳令拦路，看样子是冲奴才来的。"刘璜不屑道："一个洛阳令，还敢阻拦本宫？你只管赶车前行。"阴豹一听，胆子壮了，催马扬鞭，直过夏门亭来。董宣见车到跟前，伸臂喝道："停车！"阴豹不理，只顾打马前行。董宣纵身一个箭步，抓住了马辔头。那大红马前蹄腾空，一声长嘶，停了下来。阴豹打马欲行，却被董宣死死抓住不放，车子左移右挪，前进不得。刘璜被马车晃得恼怒，掀开窗帘喝问道："什么人？敢如此大胆！"董宣放开马辔，一旁施礼道："洛阳令董宣参见殿下！"刘璜道："你就是洛阳令？为何阻拦本宫？"董宣道："只因阴豹当街杀人，触犯国法，臣特来拿他归案。"刘璜道："阴豹误伤人命，本宫已与事主了断。事主又未告官，你不必再管此事。"董宣道："禁奸罚恶，是臣的职责。人命关天，臣如坐视不顾，岂不是草菅人命？"刘璜道："本宫知你执法严明，回头见到皇上，我会给你奏报。阴豹我自会教训他，去吧！"董宣道："臣职责所在，断不敢失职！"刘璜怒道："你眼中还有没有本宫？闪开！"董宣毫不退让，抗声道："大汉自有法律，还望殿下依律守法！"刘璜冷笑道："怎么？你还要与本宫理论？"董宣抽出佩剑，边在地上划动边数落道："依臣看来，殿下已有三失。豢养恶奴，欺凌街市，此一失；纵奴抢物，白日杀人，此二失；袒护凶奴，无视王法，此三失也。"刘璜勃然变色道：

"如此说来，你还要缉拿本宫？"董宣道："臣不敢。只是要缉拿凶犯归案。"刘璜见董宣寸步不让，又见围观的百姓越来越多，气哼哼命阴豹道："拉开这个洛阳令，回府！待我禀明皇上，定让他赦你无罪！"阴豹说声"奴才谢殿下！"跳下车来，就去拉扯董宣。董宣见阴豹趾高气扬，又听刘璜如此说话，心想万一皇上下旨赦免阴豹，我若遵旨，岂不是徇私枉法？若不遵旨，岂不是违抗圣命？阴豹杀人既是死罪，不如今日就将他正法，免生掣肘。主意既定，一把推开阴豹，随即就手起剑落，那阴豹毫无防备，只见一道寒光闪过，头颅早滚落尘埃。

董宣动如霹雳，顿时将刘璜惊呆了。待回过神来，手指董宣叫道："反了！反了！"董宣辇下施礼道："臣依律执法，诛除凶犯，别无他意。今日之事，臣自当奏明圣上，还请殿下移步回府。"说罢，即命捕快护送刘璜回府。那围观的百姓，一时议论纷纷，有的拍手称快，有的却也担心董宣职位不保。董宣却面不改色，回衙即草就奏章一道，内云：

陛下圣德中兴，再隆大命，即位以来，劳心忧国，夙兴夜寐，约法省禁，四海宴然。然则近来皇亲国戚之家，仰仗皇威，干犯吏禁，杀人不死，抢物不论。今有湖阳长公主府苍头阴豹白日抢物，当街杀人，又藏匿湖阳府，以避惩罚。长公主无视王法，偏袒家奴，使得京师侧耳，天下拭目，议论汹汹。如此下去，纲纪则弃而不用，刑律则废而不举。为国家社稷计，臣直道不顾，冒死干主讨奸，已将阴豹就地正法，以正纲纪。唯望陛下对皇亲国戚严加约束，使其遵纪守法，不越绳墨。如此，方是百姓之幸，国家之福。

董宣诛杀阴豹一事，早有人报知了阴丽华。阴丽华大吃一惊，急忙赶到湖阳府中。那湖阳长公主刘璜自感受了天大羞辱，正在大发脾气，将那上等南阳玉茶壶也摔了个粉粹。一见阴丽华到来，便怒冲冲道："反了！反了！一个小小洛阳令，竟敢如此胆大包天，眼中还有你我么？"阴丽华劝道："皇姐暂且息怒。阴豹抢物杀人，受诛身死，也是罪有应得。

倒是我用人不察，向皇姐推荐了这个不争气的东西，以致累及皇姐，我心不安哩。"刘璜道："打狗还要看主人，像这样下去，咱们这些皇亲国戚还不要任人欺负？"阴丽华道："皇亲国戚只要奉公守法，谁又能欺负咱们呢？"刘璜听不进去，只是怒道："丽华你能忍，我却不能忍。我这就去告诉皇上，非处置这个洛阳令不可！"说罢便让备车，径直往皇宫而去。

刘秀这日散朝后正在批阅公文，刘璜怒冲冲闯了进来，叫着刘秀的小名道："文叔，看你把个洛阳令宠惯的，快把刀架到我脖子上了！"刘秀一惊，忙问何故。刘璜气咻咻将董宣诛杀阴豹之事述说一遍，定要刘秀惩处董宣。刘秀听罢也觉董宣行事孟浪了些。但又想到自己曾许诺过董宣不干预公务，有道是天子无戏言哪！沉吟一刻，劝刘璜道："皇姐你先回去，待我教训他就是。"刘璜刚走，刘秀便接到了董宣的奏章。刘秀看罢，苦笑着摇摇头，回后宫见了阴丽华，皱眉道："丽华你看看，一个状告纵奴杀人，一个状告杀奴欺主；一个是执法不阿，一个是死要面子。叫我这当皇帝的也为难了呢。皇姐心情刚好些，不给她争点面子，怕要出什么差池。"阴丽华道："我可将董宣请来，对他表态支持，再说动他给皇姐陪个不是，事情就算过去了。皇上你看如何？"刘秀苦笑道："丽华，你看我这个皇上当的！人家当皇帝，生杀予夺，一言而已。可我想为皇姐争点面子，还要费这许多周折。"阴丽华叹道："自古做君主难，做明君更难啊。"

再说董宣回衙送出奏章后，心下并不平静。正在思虑此事的结果，就见衙吏领了御前侍卫进来，言说阴贵人宫中有请。董宣不由暗暗思忖：要说这位阴贵人的德容言工，朝野有口皆碑。然这次我诛杀了她侄子，恐怕就不能免俗了。看来是要拿我问罪？董宣来不及多想，急忙换了衣服，来到后宫。阴丽华请董宣坐定，让宫女献上茶来，和颜悦色道："本宫今日请爱卿来，并非为阴豹一事。阴豹抢物杀人，爱卿依法诛杀，正是维护了大汉法纪。我已命人将阴豹尸首运回新野老家，严令不得入阴家祖坟。此事皇上已知，说你执法不阿，还要褒奖你呢。"阴丽华这一番话，说得董宣心生感动，忙道："殿下如此体谅微臣，微臣定当为中兴汉室鞠躬尽瘁！"阴丽华道："爱卿公忠体国，皇上心中有数。只是这次你当面斩杀阴豹，使皇姐大失颜面。她已找到皇上，非要向你讨个说法不可。"董宣直筒筒道："圣上下过多次旨意，严令皇亲国戚束身自修，奉公守法。长公主却知法犯法，干预公务，我已向圣上呈送了奏章，提请圣上对她严加约束哩。"阴丽华劝道："这位皇姐非同旁人，年来又婚姻不顺，心情一直不好。依本宫想来，你随我到湖阳府陪个不是，事情就算过去了。爱卿以为如何？"董宣沉吟片刻回道："殿下容禀。长公主是圣上至亲，当知圣上复汉之艰难，更应时时为大汉江山社稷着想。现今她却纵奴杀人，不反躬自省，反要微臣赔罪，此例万不可开。不然，依法惩治一个犯法家奴都得赔礼，那王子犯法庶民同罪岂不是一纸空文？微臣面子事小，汉家纲纪事大。还望殿下恕臣不能从命。"阴丽华本是深明大义之人，见董宣毫不退让，也就不再勉强。回宫对刘秀讲了，刘秀道："真是一头犟牛！看来，是要牛不喝水强按头了。"阴丽华慨叹道："我朝有这样的犟臣，乃是汉室之福呢。"

　　两天后，刘秀召董宣进宫。董宣进得宫来，只见刘秀坐于御榻之上，长公主刘璜坐在御榻之旁，杏眼圆睁，怒容满面，执戟武士列于两旁，气氛甚是紧张。董宣跪于榻前，刘秀问道："董宣，你可知罪？"董宣道："臣无罪！"刘秀一拍案几道："你当街惊扰、羞辱长公主，还说无罪？"董宣道："湖阳府苍头抢物杀人，人证物证俱在，臣依律执法，何罪之有？"刘秀道："你不知长公主就在车上？"董宣道："是长公主偏袒家奴，干预执法，臣才与其当众理论。若说臣有罪，除非更改大汉律令。"刘秀道："如何更改？"董宣道："在律令中特加一条，凡皇亲国戚，抢物可以不论，杀人可以不死。如此可治臣之罪。"刘秀一听大怒，喝道："大胆！竟敢讥讽朝廷！来人，推出去斩了！"武士应声，上来就要执拿董宣。董宣面不改色道："不劳陛下刀斧，臣自有死处。愿陛下听臣最后一言。"刘秀道："你还有何话说？"董宣道："惟愿陛下率己正人，严管皇亲，圣德中兴，善始善终。愿我大汉国泰民安，福祚绵长。陛下，臣去了！"说罢双手将纱帽一挺，猛地站起，纵身一跃，直撞向御榻旁的龙柱。两旁武士大惊，急忙上前去拦，哪里还拦得住？只听咚地一响，早已头破血流。刘秀本想吓唬一下董宣，逼他陪个礼了事，谁知这个洛阳令竟如此刚烈！一时也吃了一惊，忙命人为他匆匆包扎了，扶着跪在一旁。刘璜本想拿董宣出出气，没想到事情会弄成这样，也觉没趣，站起来要走。刘秀拉刘璜坐下，对董宣道："董宣，朕念你公忠体国，免你一死。但你要向长公主叩头赔礼！"董宣头上血迹未干，气喘吁吁，仍抗声道："臣决不赔礼！"刘秀见董宣如此顶撞，真的恼怒了，喝令武士道："摁头！"武士摁住董宣脑袋就往下压。不想脑袋刚摁下去，董宣脖子一挺，头又仰了起来。刘秀又喝道："摁头！"武士心下有火，猛力摁压，董宣也来了犟劲，双手撑地，强忍疼痛，昂首不屈。如是三次，董宣昂首大叫道："臣乃朝廷命官，可杀不可辱，请陛下取臣项上人头！"刘秀见眼前情状甚为滑稽，不由得"噗嗤"笑出声来，指着董宣道："这头犟牛，真是个强项令！罢了，罢了！强项令，你下去吧！"

　　董宣被带走后，刘秀摊摊手，对刘璜道："皇姐你看见了，赔礼之事不好办哪。"刘璜道："文叔贵为皇帝，生杀大权集于一身，怎么连个洛阳令都治不了？"刘秀道："我若无法无天，当然能治得了他，可又如何治天下呢？"刘璜沉思一阵，面有惭色道："为姐明白了。"

　　刘秀送走刘璜，让董宣洗净血迹，换上新衣，笑呵呵道："爱卿今日吃苦了。你这个强项令，倒是给朕上了一课呢。"又留董宣在宫中吃饭。董宣吃得干干净净，还将杯盘扣在桌上。刘秀不解问道："爱卿这是何意呀？"董宣道："臣不敢留余食，有如奉旨不敢留余力。"刘秀高兴道："朕有董卿，汉室之福也。再赏你黄金百两，绸帛五十匹！"

董宣回衙,将黄金、绸帛全部分给了属下。

翌日,刘秀上朝,将董宣执法不阿、强项不屈的故事讲给文武大臣听,问道:"众位爱卿,你等谁有洛阳令这样的胆子?谁又有洛阳令这样的脖子?从今往后,诸位可都要小心这位强项令了!"自此,董宣的"强项令"大名,震动朝野。刘秀和董宣的这段故事,也千古流传。欲知后事如何,且听下回分解。

第三十回 听逆言刘秀诚纳谏
勤国事光武获中兴

话说刘秀平定天下之后，偃武修文，让各地推荐"通博之士"入朝理政。大司空宋弘便推荐了安徽人桓谭入朝任议郎。这桓谭不但博学多才，遍习五经，还精通音律，弹得一手好琴。刘秀本是太学出身，也雅好音乐。每逢宴会，便让桓谭在席上抚琴。琴声起处，悠扬悦耳，常听得君臣如痴如醉。宋弘是守正之人，最不喜声色犬马，对此甚是生气。一日，刘秀与群臣宴饮，又让桓谭弹琴娱乐。席散之后，宋弘便在大司空府内穿了官服，召桓谭来见。桓谭来后，宋弘也不让座，正色道："我所以推荐你来朝，是想让你辅国理政，随时检点陛下得失。你却一次再次用靡靡之音乱主心志，这能是忠正之举么？我真后悔推荐你！"一席话说得桓谭羞惭满面。一月之后，刘秀与朝臣议论完国事，一时心血来潮，又命桓谭朝堂抚琴。桓谭见宋弘正襟危坐，面有愠色，不觉心下慌乱，一时琴音失常。刘秀听出琴音不谐，讶然问道："议郎今日因何失手？"桓谭尚未搭话，宋弘已离席跪禀道："启禀圣上，现今天下初定，百废待兴，臣所以推荐桓谭，是希望他能中正导主，辅朝廷以道德，谁知他一再散布靡靡之音，导致君臣耽溺声色，是臣荐人不察。请圣上治臣之罪。"刘秀聪明过人，顿时听出宋弘弦外之音是责备自己。忙笑道："朕今后不再听议郎弹奏靡靡之音，只听'雅'、'颂'，可以吗？"宋弘道："上有好者，下必甚焉。圣上若远离声色，谁还敢散播靡靡之音？"刘秀从善如流，自此再不听桓谭弹琴。为表示决心，还把桓谭打发到六安任职去了。又一日，宋弘到皇宫奏事，突然发现宫室内新添了一扇屏风，上面画了几名仕女，个个风华绝代，让人心动。刘秀在与宋弘谈论国事时，不时就瞟一眼画中仕女。宋弘见刘秀心猿意马，一指屏风问道："此画是谁为陛下所作？可杀！"刘秀一惊道："爱卿何出此言？是朕让城中画师所作。"宋弘正色道："天下吏民都在盛赞陛下圣德，臣却未见好德如好色者。如此下去，不过多久，恐怕陛下就要依画中容貌遍选天下美女了吧？现今国事维艰，还望陛下常思创业之难。"刘秀面有惭色，立即命人撤掉了屏风，对宋弘道："朕定闻过则改！"过了一段时间，宋弘又到宫中言事，就见屏风上新换了一幅大大的《芜蒌亭风雨图》，画面是刘秀和冯异、邓禹、铫期、王霸等在芜蒌亭风雨中吃剩馍的形象。刘秀指着屏风道："朕依爱卿之言，常思创业之难，可乎？"宋弘起而拜道："陛下进德，乃国家之福，臣不胜其喜！"刘秀道："爱卿再随我看一样东西。"说罢领宋弘来到南宫的云台。宋弘进得门来，就见墙壁上新挂了二十八幅武力功臣的画像，一个个神采飞扬，栩栩如生。他们是：邓禹、冯异、吴汉、贾复、耿弇、铫期、寇恂、岑彭、王霸、朱祐、祭遵、盖延、景丹、耿纯、臧宫、马武、任光、邳彤、马成、陈俊、傅俊、杜茂、坚谭、刘隆、李忠、万修、王梁、刘植。后人称为东汉开国二十八将，或云台二十八将。刘秀指着这二十八将，深情道："朕自白水起兵，多赖这些将领披羽登城，不计生死，才使得汉室得以恢复。为他们画像，就是要让子孙后代记住创业艰难，永不忘这些功臣。"宋弘再拜道："都说是太平只许将军定，不许将军见太平。以君王而论，如此念念不忘功臣，秦汉以来，唯陛下一人！"刘秀笑道："这也是得爱卿启发而明。还望爱卿时时匡朕不逮。"

还是这个宋弘，竟犯颜拒绝刘秀的赐婚。说起来是那湖阳长公主刘璜，因盛年丧夫，寡居府中，心情一直不爽。刘秀来湖阳府看望姐姐时，便想为她在朝臣中物色一位中意之人。谈起此事，刘秀接连提及十多

第三十回 听逆言刘秀诚纳谏 勤国事光武获中兴

个文臣武将，刘璜独独看上了宋弘。对刘秀道："在为姐看来，宋公威容德器，群臣莫及。"刘秀笑道："皇姐果然好眼力！此人公忠体国，确是栋梁之才。"刘璜问道："听说宋公至今尚无子嗣？"刘秀道："正是。我曾几次劝他休妻，或者纳妾，他总是不以为意。待我从中作伐，玉成此事。"一日散朝之后，刘秀留下宋弘，君臣二人聊起了风俗民情、婚丧嫁娶等事。刘秀有意问宋弘道："常听说贵换友、富易妻，这是不是人之常情？"宋弘道："不足取。世间大义，应是贫贱之交不可忘，糟糠之妻不下堂！"刘秀道："你讲的是做人的典范。古往今来，达到这个境界的，能有几人？"宋弘道："陛下已经达到了。"刘秀道："说来听听。"宋弘道："陛下贵为天子，对那些跟你起兵征战的老朋友，至今念念不忘，亲如兄弟。陛下乃一国之君，却不设三宫六院，对结发之妻至今恩爱有加，堪称吏民典范。"刘秀哈哈笑道："爱卿不必给朕戴高帽了。朕实话对你说，皇姐看中了你的威容德器，欲下嫁于你，正要朕作伐呢。"在那个年代，休妻纳妾，平常人家也所在多有，何况宋弘身为大司空？更有那刘璜身份高贵、容貌俊美，娶她为妻，攀龙附凤，在常人看来，正是求之不得的大喜事，谁知宋弘一听，却大吃一惊，即刻跪地叩头道："陛下可不敢开如此玩笑，折煞臣了！"刘秀道："爱卿请起，听朕细说原委。皇姐守寡有年，总不能长此清冷下去。她既然看中了你，说明她颇有眼光。你无子嗣，休妻再娶，朝野亦无闲话。爱卿如能应允，朕当将夫人也封为长公主，另辟府邸，朕也以皇姐相待，让其安度余年，岂不是好？"宋弘正色道："臣已说过，贫贱之交不可忘，糟糠之妻不下堂！"刘秀道："朕要是下旨让你休妻再娶呢？"宋弘抗声道："横刀夺爱，恐非明君所为！"刘秀慨叹道："真君子也！朕不强人所难，皇姐之事，到此为止。"由于刘秀从善如流，朝中官员多敢犯言直谏。洛阳城东门守郅恽闭门拒刘秀于城外的故事，至今令人传为美谈。

且说建武十五年秋日，刘秀上朝，见朝班面孔一新，多有明经行修、治国理政之才，心情愉悦。又见天高云淡，日丽风清，不觉又想起那些曾经生死与共的武力功臣，便让侍卫通知邓禹、王霸、马武、贾复、耿弇等元勋宿将，随他前往洛阳郊外秋游狩猎。那些功臣宿将听说皇上要与大家同乐，个个欢呼雀跃。君臣一行来至郊外，翻山越岭，盘马弯弓，猎得野物若干。眼见夕阳西下，暮色四合，君臣仍意犹未尽。刘秀招呼众将道："朕本不喜游猎，今见卿等精神焕发，也想与众卿尽兴一乐。朕带了御酒，不如就在此处架火烧烤，一醉方休。卿等以为如何？"那扬虚侯马武，在家优悠岁月，又不喜读书，早已憋得难受，听刘秀如此说，腾地跳起来道："妙极！俺早就想和陛下大碗喝酒，大口吃肉哩！"众将皆拍手赞同。刘秀当下命侍卫将野味收拾干净，点起篝火烧烤，又开了御酒，君臣围在火边，推心置腹，把酒言欢，不觉间已时过半夜。侍卫见夜晚渐有凉意，便催刘秀回城。君臣踏着月色，信马由缰，一路谈笑，返回洛阳。看看来到东门城下，抬头望去，只见城门紧闭，城楼上高挂一盏红灯，其余并无动静。侍卫上前高叫道："城上人听了，快快开门！"连叫数声，并无应声。马武性急，拍马上前喊道："守城的，快给老子们开门！"就听城头一阵响动，随风传来一声喝问："城下什么人？敢在此喧哗！"马武问道："你是何人？"城上答道："东门城守郅恽在此！何处强人，胆敢夜来偷城？弓箭手，准备了！"话音刚落，城头一声响箭，射向夜空。眨眼之间，一排弓箭手突兀立起，挽弓搭箭，对准城下。马武喊道："老子是扬虚侯马武，你速速开城就是。"郅恽按剑立于城头道："你大呼小叫，哪里像是侯爷？倒像是盗贼诓城。"马武哈哈大笑道："要说老子们是盗贼，全天下人岂不都是盗贼了？"郅恽道："陛下有严旨，亥时闭城。无论何人不得放入。"马武恼怒，冲城上喊道："东门守，你眼睛瞎了？单是老子们也就罢了，当今圣上就在城下。今夜你若惊了圣驾，小心老子拧断你脖子！"邓禹见马武口出粗言，忙拍马上前拦住话头道："东门守侯，邓禹城下有礼了！"郅恽道："刚才一个冒充马侯爷，你又来冒充邓大人，

第三十回 听逆言刘秀诚纳谏 勤国事光武获中兴

下一个莫非还要冒充当今圣上？"邓禹道："圣上确实在此，你且通融一回就是。"郅恽道："当今圣上乃是勤政之君，怎地会远猎山林，日以继夜？"邓禹道："守侯听我解释。我等正是因了圣上太过操劳，才偶尔陪圣上外出散心。不意君臣尽兴，错过了回城时间，圣上确实就在城下。"郅恽厉声道："声色犬马，岂是我大汉君臣所为？分明是编造故事，意在偷城。不必多言，速速离去，不然，休怪箭下无情！"邓禹还想解释，马武焦躁道："你们读书人就是啰嗦！请圣上发一句话，他还不乖乖开城？"说罢，吩咐侍卫点亮火把，围住刘秀，冲城上喊道："东门侯，你可认得当今圣上？"郅恽搭眼望去，但见城下火把亮处，马上一人，隆准日角，阔口长须，分明是刘秀无疑。又见跟随刘秀的皆是当年沙场猛将，料想皇帝安全万无一失，心中有了底数，却回答道："明火燎远，难以看清。你等休得罗唣，速速离去！"说罢命人将城头红灯取下。刹时，只剩一弯残月，清冷冷照在城头，刘秀君臣生生被晾在了城下。马武又连吼几声，见无人理会，便对刘秀嚷嚷道："回头治他欺君之罪！"刘秀笑道："子张，你在万马军中如入无人之地，这回一个小小的门守不好惹了吧？"马武嘟囔道："还不是圣上惯的他！"刘秀摆摆手道："既然东门不开，咱们再去北门试试。"君臣转到北门，马武便让随从兵卒大呼大喊："圣上在此，快快开门！"北门城守见是一班元勋宿将簇拥着皇帝驾到，不敢怠慢，急忙大开城门，点头哈腰将刘秀君臣迎进城内。

两日后，刘秀刚一上朝，便接到郅恽一道奏章，内云：

陛下即位以来，平明视朝，日仄不息，耳不听靡靡之音，守不持珠玉之玩，躬身节俭，心无嗜欲，故能内外不懈，君臣同心，勤勉之风行于上下，中兴之势现于海内。然则陛下近日犬马为欢，远猎山林，侵晨而出，夜深方还。如此可顾念宗庙社稷乎？臣观前朝故事，自夏商周秦汉以降，大凡创业初起，艰难困苦，生死未卜，因而无一事不用心，无一人不努力，以从万死中觅一生路。继而天下大定，则精神倦怠，惰性发作，好逸恶劳，上下皆然。至风气养成，虽有大力，无法扭转。此所谓其兴也勃焉，其亡也忽焉。臣观历朝人主，善始者多，克终者寡。今汉室正待中兴，惟愿陛下善始克终，一以贯之，方是国家之福。

刘秀览奏，神色肃然，遂将郅恽奏章遍传群臣观看。有大臣看了，不以为然道："陛下束身自修，勤政俭约，朝野谁人不知？偶作游猎，何必小题大做！"刘秀却正色道："郅恽虽言辞激烈，却是苦口婆心，匡朕不逮。古训讲，有谔谔诤臣者，其国昌；有默默谀臣者，其国亡。朕正日夜寻找谔谔之论，唯恐找不到呢。"说罢下旨，赐给郅恽绸帛三十匹。又因北门城守不依规办事，将其贬到下面做县尉去了。

列位看官！本书所叙，远非光武中兴的全部功业。刘秀自克定天下，光复汉室之后，国内承平，秩序安定，他却无丝毫懈怠，反而更勤于政事。平明视朝，日仄不息，常在散朝之后，还留下公卿大臣讲经论理，商讨国是。臣下见刘秀勤劳不怠，劝他道："陛下有汤禹之明，而失黄老养生之福。还望怡爱精神，优游自宁。"刘秀却道："我自乐此，不疲也。""乐此不疲"这句成语，就出自这位皇帝之口。他在位三十二年，花去半生精力治国理政。早在建武六年，就一气减并四百余县，裁减吏员十分之九，官民比例达 1∶960。此一比例，历朝历代至今，尚无出其右者。又躬身自俭，严禁各地送礼送物。称帝十二年，出行不用仪仗。还是平定巴蜀之后，才将公孙述的仪仗修旧利废，加以使用。又释放奴婢，分拨田地发展生产。又兴办教育，传播文化。又例行监察，澄清吏治。又完善礼仪，移风易俗。又南抚蛮夷，北和羌戎等等，将一个千疮百孔的华夏大地，治理得民富国强，风清气正，史称"中兴之盛，无出光武"。据史书记载，当此之世，环球并列两大帝国，一个是欧洲的罗马帝国，一个就是亚洲的东汉王朝。其中细节，在下一支秃笔，难以描述。惟愿再有如椽大笔，将这位中兴明主的治国功业细细写出，以飨读者。

建武中元二年（公元 57 年）二月，六十二岁的刘秀驾崩于洛阳南宫前殿，走完了他叱咤风云的一生。死后谥号"光武"，取"克定祸乱，光复汉室"之意。光武帝生前多次下诏提倡薄葬，临终仍留下遗诏曰："世以厚葬为德，薄终为鄙，致使富者奢侈，贫者破家。朕无益于百姓，墓地不建高陵，只要封土稍稍隆起，不存积水即可。丧事期间，各地刺史、太守一律不许离开城地，亦不许派遣吏员进京吊唁。"近两千年过去，刘秀到底葬于何处，至今说法不一。如今巍然耸立在河南孟津的"汉世祖中兴光武皇帝陵"，乃是宋太祖赵匡胤因对刘秀佩服得五体投地，特下诏为其重新修建的。

刘秀走了，而他中兴汉室的文治武功，却千古流传。后人赞颂他的诗词歌赋，数不胜数。当代新闻大家、解放军报原总编辑杨子才先生亦有古风一首，咏赞光武大帝刘秀的治国功业：

精简官吏并郡县，罪徒奴婢俱释免。
轻徭薄赋济民生，兴修水利劝耘垦。
群臣奏请封泰山，明颁诏书严责问：
"朕今即位三十年，百姓寡欢满腹怨。
东行封禅吾谁欺？难道欺天自涂粉！
若再虚美妄称功，必髡屯田流边远！"
帝王最贵自咎弹，一言兴邦冠两汉。

图书在版编目（CIP）数据

光武大帝刘秀传奇 / 刘波著. -- 北京：中国书籍出版社，2018.6
ISBN 978-7-5068-6905-8

Ⅰ.①光… Ⅱ.①刘… Ⅲ.①长篇历史小说—中国—当代 Ⅳ.①I247.5

中国版本图书馆CIP数据核字(2018)第122611号

光武大帝刘秀传奇

刘 波 著

责任编辑	李国永
责任印制	孙马飞　马 芝
封面设计	东方美迪
出版发行	中国书籍出版社
地　　址	北京市丰台区三路居路97号（邮编：100073）
电　　话	（010）52257143（总编）　　（010）52257140（发行部）
电子邮箱	eo@chinabp.com.cn
经　　销	全国新华书店
印　　刷	三河市顺兴印务有限公司
开　　本	710毫米×1000毫米　1/16
字　　数	235千字
印　　张	18.25
版　　次	2018年7月第1版　2018年7月第1次印刷
书　　号	ISBN 978-7-5068-6905-8
定　　价	39.00元

版权所有　翻印必究